償いのフェルメール

ダニエル・シルヴァ
山本やよい 訳

THE COLLECTOR
BY DANIEL SILVA
TRANSLATION BY YAYOI YAMAMOTO

ハーパーBOOKS

THE COLLECTOR

BY DANIEL SILVA

Published by K.K. HarperCollins Japan, 2024

いつもどおり、妻のジェイミーへ
そして、わが子、ニコラスとリリーへ

われわれはみな、手に入らないものをほしがる。
まっとうな人間であるというのは、
その事実を受け入れるということだ。
——ジョン・ファウルズ著『コレクター』

そして、覚えておいてほしい。
何があろうと、けっして絶望してはならない。
希望を持つこと、行動すること。
それが悲運を前にしたときのわたしたちの義務である。
——ボリス・パステルナーク著『ドクトル・ジバゴ』

償いのフェルメール

おもな登場人物

ガブリエル・アロン――イスラエル諜報機関〈オフィス〉の元長官。美術修復師
キアラ――ガブリエルの妻。〈ティエポロ美術修復〉の総支配人
アイリーン、ラファエル――ガブリエルとキアラの子どもたち
ルーカス・ファン・ダンメ――〈LVD海運〉のオーナー
イングリッド・ヨハンセン――フリーランスのITスペシャリスト
ペーター・ニールセン――稀覯本を扱う古書店の店主
グリゴーリー・トポロフ――ロシア対外情報庁（SVR）の暗殺者
マウヌス・ラーセン――〈ダンスクオイル〉のCEO
カーチェ・ストロム――〈ヨーンス・スモーブロー・カフェ〉で働く女性
リッケ・ストロム――カーチェの双子の妹
ニコライ・ペトロフ――ロシア連邦安全保障会議書記
ユーリ・グラスコフ――VTB銀行の頭取
ゲンナージー・ルシコフ――トベリ銀行の頭取
ラース・モーデンセン――デンマーク国家警察情報局（PET）の長官
エイドリアン・カーター――アメリカのCIA長官
チェーザレ・フェラーリ――将軍。イタリア国家治安警察隊の美術班長
リモーナ・スターン――〈オフィス〉の長官
ミハイル・アブラモフ――〈オフィス〉の職員

第一部

合奏

1

アマルフィ

ソフィア・ラヴェッロはその日のもう少し遅い時間に、憲兵隊《カラビニエリ》の隊員にこう供述することになる――日中の大半をよその男性の自宅で過ごし、食事をこしらえ、シーツを洗濯し、掃除をしていても、その男性のことは何ひとつ知らない場合もあるものだ、と。カラビニエリからやってきたカルーソという名の隊員がソフィアの供述に異を唱えることはなかった。なぜなら、カルーソがこの二十五年間ベッドを共にしてきた女性も、ときとして見知らぬ他人になるからだ。カルーソはまた、この被害者に関して、目撃者であるソフィアに告げた以上のことを知っていた。被害者は殺されても仕方のない男だった。

それでもカルーソが詳しい供述をソフィアに求めると、彼女は嬉々《きき》として語りはじめた。彼女の一日はいつものように、古いデジタル式目覚まし時計のアラーム音によって午前五時という無情な時刻に始まった。前夜遅くまで働いていたので――雇い主が客を招いたのだ――十五分だけ余分に眠りをむさぼり、それからベッドを出た。〈ビアレッティ〉の直《じか》火式《び》コーヒーメーカーでエスプレッソを淹《い》れ、次にシャワーを浴びてから黒いユニホームに着替えたが、そのあいだずっと、なぜ自分が、名門のボローニャ大学を出た二十四歳の魅力的な女が、ミラノの洗練されたオフィスビルではなく、リッチな外国人の自宅で使用人として働いているのかと自問しつづけた。

その答えはイタリアの経済にあった。世界で八番目の経済大国と言われていたのに、高い失業率が続いているため、大学出の若者たちは職を求めて海外へ行くしか選択肢がなくなっている。しかしながら、ソフィアは高い教育を受けた身には不似合いな職業につくことになろうとも、生まれ故郷のカンパニア州にとどまるつもりでいた。雇い主であるリッチな外国人は給料をはずんでくれるし——大学時代の友人の多くに比べても、ソフィアの稼ぎのほうが上だった——仕事自体も過酷なものではなかった。たいてい、一日のうちかなりの時間を、ティレニア海の青緑色の水面や、雇い主のみごとなアート・コレクションを眺めて過ごしていた。

ソフィアのちっぽけなアパートメントはカルティエーレ通りの崩れそうな建物のなかにあり、アマルフィの町でも小高い場所に位置している。そこからレモンの香り漂う道を二十分歩くと、パラッツォ・ファン・ダンメというご大層な名前のついたヴィラに到着する。コスティエーラ・アマルフィターナにある海辺の豪邸の例に漏れず、このヴィラも高い塀の奥に隠れている。ソフィアがキーパッドに暗証番号を打ちこむと、すべるようにゲートが開いた。玄関先にもキーパッドがあって、別の暗証番号を打ちこまなくてはならない。いつもなら、ソフィアが玄関をあけた瞬間にアラームシステムが甲高い音を上げるのだが、この日の朝は沈黙したままだった。その時点ではとくに妙だとも思わなかった。シニョール・ファン・ダンメはときどき、就寝前のアラームのセットを忘れることがある。

ソフィアはキッチンへ直行して、本日最初の仕事にとりかかった。シニョール・ファン・ダンメの朝食の支度である――コーヒーのポット、スチームミルクのピッチャー、砂糖壺《つぼ》、トーストに添えるのはバターと苺《いちご》のプリザーブ。これらをトレイにのせて七時きっかりに寝室のドアの外に置いた。いえ――カラビニエリに説明した――部屋には入っていません。ノックもしてません。ソフィアは前に一度だけ、そういうミスをしたことがあった。シニョール・ファン・ダンメは几帳面《きちようめん》な男で、使用人たちにも几帳面さを要求する。必要もないのにドアをノックすることは禁じられている。彼の寝室のドアについてはとくに。

ソフィアが雇われたときは、その前に彼の豪華な仕事部屋で一時間にわたって面接がおこなわれ、最後に多数のルールと命令が彼女に伝えられたが、これもそのひとつに過ぎなかった。ファン・ダンメは自分のことを成功した実業家《ビジネスマン》だと言い、〝ビーズネーズマン〟と発音した。このヴィラは彼の本宅であり、グローバルに展開する事業の中枢でもあるという。そのため、家事がスムーズに処理されることと、不要な騒音と邪魔が排除されることを望み、使用人には忠誠心と口の堅さを求めた。彼に関するゴシップを流したり、自宅の様子を話したりすれば、ただちに解雇されることになっていた。

ソフィアがほどなく知ったことだが、彼女の雇い主は〈LVD海運〉というバハマを拠点とする船会社のオーナーだった。LVDというのは、彼のフルネーム、ルーカス・ファン・ダンメの頭文字をとったものだ。また、彼が南アフリカ共和国出身で、アパルトヘイト政策撤廃後に祖国を脱出したことも、ソフィアには推測がついた。ロンドンに彼の一人娘、トロントに別れた妻がいて、ときたま彼を訪ねてくるセラフィーナという名のブラジル人女性もいる。それを別にすれば、人づきあいはほとんどないようだ。大切なのは絵画だけで、ヴィラのどの部屋にも、廊下にも、絵がかかっている。だから、防犯カメラとモーション・ディテクターが設置され、神経を苛立《いらだ》たせるアラーム装置のテストが毎週おこなわれ、ゴシップとよけいな邪魔に関して厳格なルールが定められているわけだ。

仕事部屋に立ち入るべからずというのは絶対的なルールだった。ソフィアが入ってもいいのは、シニョール・ファン・ダンメが部屋にいるときだけだった。また、ドアが閉まっていたら、けっしてあけてはならなかった。前に一度だけ、彼のプライバシーを侵害したことがあった。ただ、ソフィアにはなんの落ち度もなかったのだが。半年前の出来事で、南アフリカから来た男性がヴィラに泊まっていたときのことだ。紅茶とビスケットを仕事部屋に運ぶようシニョール・ファン・ダンメに命じられてソフィアが持っていくと、ドアが少し開いていた。隠し部屋の存在をソフィアが知ったのはそのときだった。移動式書架の背後に隠された部屋だった。シニョール・ファン・ダンメと南アフリカから来た友人がそこにいて、母国語と思われる風変わりな言語で激論を戦わせていた。

その日目にした光景のことを、ソフィアは誰にも言わなかった。とくに、シニョール・ファン・ダンメには何も言えなかった。ただ、雇い主のことをひそかに調べはじめた。調査は主として海辺のヴィラの内部で進められた。雇い主をこっそり見張って集めた証拠から、ソフィアは次のような結論を出した――ルーカス・ファン・ダンメは成功したビジネスマンだと自称しているが、それは違う。彼の船会社はとうてい合法的とは言えないし、彼の金は汚れているし、彼自身もイタリアの組織犯罪と関わりがあって、過去の何かを隠している。

前夜ヴィラにやってきた女性のほうには、そうした胡散臭《うさん》さは感じられなかった――漆黒の髪をした三十代半ばの魅力的な女性で、ある日の午後、サンタ・カタリナ・ホテルのテラスバーでシニョール・ファン・ダンメが偶然出会った相手だった。珍しいことに、自分のアート・コレクションを解説つきで彼女に見せてまわった。それが終わると、海を見渡すテラスでキャンドルに照らされて食事をした。二人が最後のワインを飲んでいるあいだに、ソフィアとあとの使用人たちはヴィラを出た。時刻は十時半になっていた。女性は目下、上の階でシニョール・ファン・ダンメのベッドにいるのだろうというのが、ソフィアの推測だった。

夕食の残りがテラスに置きっぱなしになっていた――汚れた皿が何枚か、ガーネット色の雫の跡が残ったワイングラスが二個。いずれのグラスにも口紅の跡はなく、ソフィアは珍しいことだと思った。ふだんと違う点はどこにもなかったが、ただ、ヴィラの一階のドアがあけっぱなしになっていた。犯人はたぶんシニョール・ファン・ダンメ自身だろう。食器を洗って丹念に拭いてから――水滴の跡がひとつでもあれば叱責される――シニョール・ファン・ダンメの寝室の外に置かれた朝食のトレイをとってこようと思い、八時ちょうどに階段をのぼった。朝食が手つかずのままだと知ったのはそのときだった。ソフィアはあとでカラビニエリに言うことになる――あの方にしては珍しいことです。でも、前例がないわけではありません。

しかし、九時になってもトレイがそのままなのを知って、さすがに心配になった。そして、十時になり、十時を過ぎても、シニョール・ファン・ダンメが起きてくる様子がないため、ソフィアの懸念は恐怖に変わった。そのころにはもう、あと二人の使用人――長年ヴィラのシェフをしているマルコ・マッツェッティと、庭の管理担当のガスパーレ・ビアンキ――も出てきていた。シニョール・ファン・ダンメがいつもの時間に起きてこない原因は、ゆうべヴィラで食事をした魅力的な若い女性にあるに違いないという意見に、二人とも同意した。そのため、行動に出るのは正午まで待ったほうがいいというのが、同じ男として二人がよこした厳粛なアドバイスだった。

というわけで、ボローニャ大卒の二十四歳のソフィア・ラヴェッロはバケツとモップをとってきて、毎日おこなっているヴィラの床掃除にとりかかった――おかげで、シニョール・ファン・ダンメのみごとなコレクションに含まれている絵画やその他の美術品を鑑賞するチャンスができた。場違いなものは何もなく、紛失したものもなく、面倒なことが起きた気配もなかった。

手つかずの朝食のトレイがあるだけだった。

正午になっても、トレイはそこに置かれたままだった。ソフィアの最初のノックは遠慮がちで、応答はなかった。二度目はこぶしの側面で何度か強くノックしたが、結果は同じだった。とうとう、取っ手に片手をかけてゆっくりドアを開いた。警察に電話するまでもなかった。マルコ・マッツェッティがあとで言ったように、ソフィアの悲鳴はサレルノかららポジターノまで聞こえていたことだろう。

2

カンナレッジョ

「あなた、どこにいるの？」

「わたしの勘違いでなければ、ゲットー・ヌオーヴォ広場で妻のとなりにすわっている」

「物理的な意味じゃないわ、ダーリン」彼女は指で彼の額に触れた。「ここ」

「考えていた」

「何を？」

「何も考えないようにしようと」

「無理でしょ」

「無理だなんて考えをどこから仕入れてきたんだ？」

それはガブリエルが若いころに磨き上げた独特のスキルだった。思考と記憶のすべてを沈黙させて、音も光もなく、ほかに誰もいない自分だけの宇宙を創りだす能力。潜在意識のなかの空虚な一角に、完成した絵が姿を見せる。まばゆいばかりの出来栄えで、手法は革命的、そして、彼の母親の横暴とも言えそうな影響はまったく見られない。ガブリエルがなすべきは、トランス状態からさめて、潜在意識のなかに浮かんだイメージが消える前にカンバスに再現することだけだ。最近になって、感覚的な雑音を心から消し去る力をとりもどし、それとともに、満足できるオリジナル作品を生みだす能力も戻ってきた。さまざまな形と曲線を描くキアラの身体が彼のお気に入りの画題になった。

その身体は目下、彼にぴったり押しつけられていた。午後から冷えこんできて、広場《カンポ》には風が吹き荒れていた。ガブリエルは何カ月ぶりかでウールのオーバーをはおった。キアラのおしゃれなスエードのジャケットとシェニール織りのスカーフは、この天候には向かなかった。

「何か考えてたのはたしかでしょ」キアラは執拗《しつよう》に言った。

「たぶん口にしないほうがいいと思う。老人たちがショック死しかねないから」

二人がすわっているベンチは〈カーザ・イスラエリティカ・ディ・リポーゾ〉――縮小しつつあるヴェネツィアのユダヤ人社会で暮らす高齢者のための介護ホーム――の入り口から数歩のところにあった。

「わたしたちの将来の住まいよ」キアラが言って、ガブリエルのこめかみにのぞくプラチナ色の髪に指先を走らせた。昔からの髪形に比べると、いまのほうが長い。「早めに入居する人もいるわ」

「会いに来てくれる？」

「毎日」

「あの子たちはどうするだろう？」

ガブリエルは大きな四角い広場の中央のほうへ視線を向けた。アイリーンとラファエルが近所の子供たち数人と一緒に、何かの激戦に参加している。その向こうに見える何棟ものアパートメントはヴェネツィアでもっとも背の高い建物で、沈みゆく夕日を受けてシエナ色に染まっている。

「あれ、どういうゲームなの？」キアラが訊《き》いた。

「わたしも自分に同じ質問をしていた」

ゲームに使われているのはボール一個と広場に古くからある井戸を覆った屋根だが、それを別にすると、参加していない者にはルールも得点方法もちんぷんかんぷんだった。アイリーンはわずかに有利な立場を死守しようとしている様子だが、双子の兄はほかの子たちに交じって猛烈な反撃にとりかかっている。この子はガブリエルの顔立ちと鮮やかな緑色の目を受け継いでいる。また、数学の才能があり、最近、家庭教師について勉強を始め たところだ。アイリーンは気候変動に危機感を持っていて、ヴェネツィアが近いうちに海に呑《の》みこまれそうだと危惧し、ラファエルの才能で地球を救うべきだと言っている。彼女自身のキャリアはまだ選んでいない。いまのところは、父親を悩ませるのが何よりも楽しいようだ。

　誰かが蹴ったボールがバウンドしながら、〈カーザ〉のドアのほうへころがっていった。ガブリエルはあわてて立ち上がり、足先を巧みにひねってボールをゲームの場に蹴り返した。重装備のカラビニエリの歩哨《ほしょう》がよこしたおざなりな拍手に礼をしたあと、ゲットーのホロコースト追悼碑である七枚の浅浮彫りのパネルのほうへ顔を向けた。一九四三年十二月に逮捕されて強制収容所に入れられ、のちにアウシュヴィッツへ移送されたヴェネツィアのユダヤ人二百四十三人――介護ホームにいた二十九人を含む――に捧《ささ》げられたものである。ヴェネツィアのチーフ・ラビだったアドルフォ・オットレンギもその一人で、一九四四年九月に殺されている。

　ユダヤ人社会の現在の指導者はラビ・ヤコブ・ゾッリ、一四九二年にスペインから追放されたアンダルシア出身のセファルディ(スペイン・ポルトガル系ユダヤ人)の子孫である。ラビの娘はいまこの瞬間、ゲットー・ヌオーヴォ広場のベンチに腰かけて、わが子二人を見守っている。ラビの有名な娘婿と同じく、彼女もかつてはイスラエルの諜報《ちょうほう》機関で活動していた。現在は、美術品修復の分野においてヴェネト州でもっとも有名な会社〈ティエポロ美術修復〉の総支配人をしている。国際的な名声を持つ美術修復師のガブリエルは絵画部門の責任者。つまり、どこからどう見ても妻の下で働いているわけだ。

「いまは何を考えてるの?」キアラが尋ねた。

ガブリエルが考えていたのは、これが初めてではないが、一九四三年の秋を皮切りとして数千人のイタリア系ユダヤ人がアウシュヴィッツに送られたことに、彼の母親が気づいていたかどうかということだった。収容所生活を生き延びた人々の多くと同じく、彼の母親もかつて放りこまれていた悪夢の世界について語ることを拒みつづけた。かわりに、自分の証言を何枚かのオニオンスキン紙に書き記し、ヤド・ヴァシェム・ホロコースト歴史博物館の文書保管室に閉じこめた。過去に——そして、生き延びたことへの永遠の罪悪感に——苦しめられていたため、たった一人の息子に純粋な愛情を注ぐことすらできなかった。この子まで奪われるかもしれないという恐怖からだった。絵を描く才能と、ベルリン訛《なま》りのドイツ語と、たぶんわずかな肉体的勇気をわが子に伝えた。やがて、母親はこの世を去った。一年また一年と、母親の姿がガブリエルの記憶から消えていく。イーゼルの前に立つ遠い姿、左の前腕に包帯を巻き、彼に永遠に背を向けている。ガブリエルが妻とわが子から一時的に心を切り離した理由がここにあった。母親の顔を見ようとしていたのだ。うまくいかなかったが。

「何を考えてたかというと」腕時計にちらっと目をやって、ガブリエルは答えた。「そろそろ帰ったほうがいいんじゃないかなって」

「ゲームの結果を見ずに？　わたしなら夢にも思わないでしょうね。それに」キアラはつけくわえた。「あなたのガールフレンドのコンサートが始まるのは八時よ」

それは毎年恒例のブラックタイ着用のガラコンサートで、ロンドンを拠点としてヴェネツィアの脆弱《ぜいじゃく》な美術品と建築物の手入れと修復のために活動している、〈ヴェネツィア保存協会〉という非営利団体が資金集めを目的として催すイベントだった。ガブリエルはかつて、スイス生まれの有名バイオリニスト、アンナ・ロルフと一時的にロマンティックな関係にあった。その彼に説得されて、アンナが今年の資金集めコンサートに出演することになっている。ゆうべは、大運河を見渡す邸宅の主階《ピアノ・ノビーレ》を改装した、寝室が四つあるアロン一家の豪華な住まいで食事をした。抜群の腕前で料理をしてテーブルに並べた妻がふたたび口を利くようになってくれて、ガブリエルはそのことに感謝するのみだった。

彼がベンチに戻ったとき、キアラはモナ・リザのごとき微笑を浮かべてまっすぐ前を見ていた。「このへんでそろそろ」落ち着きはらった口調で、彼女は言った。「世界でもっとも有名なバイオリニストがいまはもうあなたのガールフレンドじゃないってことを、わたしにちゃんと言ってほしいものだわ」

「そんな必要があるとは思わなかった」

「あるわよ」

「ガールフレンドではない」

キアラは彼の手の甲に親指の爪を立てた。「それから、彼女に恋したことはないと言って」

「一度もなかった」ガブリエルは誓った。

キアラは爪を離し、彼の皮膚に残った三日月形の刻み目をそっとなでた。「あの人、あなたの子供たちに魔法をかけてしまったわよ。アイリーンがけさ、バイオリンを習いたいってわたしに言ったの」

「魅惑の女だからな。われらがアンナは」

「暴走列車だわ」

「だが、天才だ」ガブリエルはこの日の午後のもう少し早い時間に、ヴェネツィアの歴史的なオペラハウスであるフェニーチェ劇場へ出かけ、アンナのリハーサルに顔を出してきた。これまでに聴いたなかで最高の演奏だった。

「不思議なんだけど」キアラは言った。「実物の彼女って、CDのジャケットほど美人じゃないわね。カメラマンが年を重ねた女性を撮影するときは、特製のフィルターでも使うのかしら」

「きみも意地悪だね」

「それぐらいいいでしょ」キアラは芝居がかったため息をついた。「暴走列車は今夜の曲目をもう決めたの？」

「シューマンのバイオリンソナタ第一番と、ブラームスのバイオリンソナタ第三番ニ短調」

「あなた、昔からブラームスが好きだったわね。とくに、第二楽章が」

「好きでない者がどこにいる？」

「みんな、アンコールの《悪魔のトリル》まで席を立たないでしょうね」

「あの演奏がなかったら、暴動が起きる」

ジュゼッペ・タルティーニ作曲の超絶技巧を要するバイオリンソナタト短調は、アンナの代名詞となっている。

「悪魔のようなソナタ」キアラは言った。「あなたのガールフレンドがなぜああいう曲に惹《ひ》きつけられるのか、こちらとしては想像するしかないわね」

「アンナは悪魔の存在など信じていない。ついでに言っておくと、その曲を夢のなかで聴いたというタルティーニの与太話《よた》も信じていない」

「でも、あなた、ガールフレンドだってことは否定しないのね」

「その点はすでにはっきりさせたはずだ」

「彼女に恋したこともなかったの？」

「その質問にはもう答えた」

キアラはガブリエルの肩に頭を預けた。「じゃ、悪魔についてはどう？」

「わたしのタイプではない」

「存在を信じる？」

「どうしてそんな質問をするんだい？」

「この世界にはびこるすべての悪の説明になるかもしれないから」

キアラが言っているのは、もちろん、すでに八カ月目に入ったウクライナでの戦争のことだ。恐怖の日々が続いている。キーウの民間施設にさらに多くのミサイルが飛んできた。イジュームの町で数百人が埋葬された集団墓地が発見された。

「男たちは自ら進んでレイプと盗みと殺人に走る」ホロコーストの追悼碑に視線を据えたまま、ガブリエルは言った。「しかも、人類史上最悪の残虐行為の多くは悪魔への心酔ではなく、神への信仰から生まれたものだ」

「あなたはどうなの？」

「わたしの信仰？」ガブリエルはそれ以上何も言わなかった。

「うちの父と話したほうがいいかも」

「きみのお父さんとなら、しょっちゅう話してるぞ」

「わたしたちの仕事と、子供のことと、シナゴーグのセキュリティの話はするけど、神について論じることはないでしょ」

「次回の話題にしよう」

「二、三分前、あなたは何を考えてたの？」

「きみが作るフェットチーネのマッシュルーム添えを夢に見ていた」

「冗談でごまかさないで」

ガブリエルは正直に答えた。

「どんな顔だったか、ほんとに思いだせないの？」

「最後に浮かんできた。だが、それは母の顔ではなかった」

「これが助けになるかも」

キアラはベンチから立ち上がると、広場の中央まで行ってアイリーンの手をとった。しばらくすると、少女は父親の膝の上にすわり、父親の首に両腕をまわした。「どうしたの？」あわてて頬の涙を拭く父親に、彼女は尋ねた。

「なんでもない」ガブリエルは娘に言った。「なんでもないよ」

3

サン・ポーロ区

アイリーンがゲームの場に戻ったときには、彼女のランキングはすでに三位に沈んでいた。正式に抗議を申し入れたが、謝罪の言葉がなかったため、アイリーンはサイドラインにひっこみ、ゲームが大混乱ととげとげしさに変わっていくのを見守った。ガブリエルが秩序を回復させようとしたが、だめだった。口論の根底にあるのはアラブとイスラエルの複雑な関係なのだ。解決策が浮かんでこないため、明日の午後までゲームを延期してはどうかとガブリエルは提案した。騒々しい口論が続けば、〈カーザ〉の高齢者たちが休息を妨げられる。ゲームをしていた子たちも同意し、四時半にゲットー・ヌオーヴォ広場に平和が戻ってきた。

アイリーンとラファエルは教科書の入ったカバンを肩にかけて、広場の南端にある木製の橋をスキップしながら渡り、ガブリエルとキアラがあとに続いた。これが二、三世紀前なら、キリスト教徒の衛兵に止められていただろう。日の光が薄れつつあり、夜間は橋が通行止めになるからだ。いまはもう煩わされることもなく、一家でギフトショップや人気レストランの前をゆっくり通りすぎ、やがて、向かいあうふたつのシナゴーグを仰ぎ見る小さな広場までやってきた。レヴァント系シナゴーグの開いた扉の外で、チーフ・ラビの妻のアレッシア・ゾッリが待っていた。冬のあいだ、ここが信者たちの礼拝の場になる。子供たちが祖母に抱きついた。三日前に会ったばかりなのに、まるで何カ月ぶりかのようだ。

「覚えておいてね」キアラが説明した。「この子たちは明日の朝、遅くとも八時までに学校に行ってなきゃいけないのよ」

「で、子供たちの学校はどこにあるの?」アレッシア・ゾッリはいたずらっぽく尋ねた。「このヴェネツィア? それとも、本土のどこか?」ガブリエルに渋い顔をしてみせた。「キアラがこういう態度をとるのはあなたのせいよ」

「わたしが何をしたというのでしょう?」

「言うのは遠慮しておくわ」アレッシア・ゾッリはキアラの豊かな鳶《とび》色の髪をなでた。「さんざん苦労してきたかわいそうな子ですもの」

「わたしのほうは、これから苦労しそうな気がします」

キアラは子供たちにキスをし、ガブリエルと二人でフォンダメンタ・カンナレージョのほうへ歩いていった。グーリエ橋を渡るあいだに、軽く食べておいたほうがいいということで二人の意見が一致した。演奏会は午後十時終演の予定で、その後チプリアーニ・ホテルへ移動し、〈ヴェネツィア保存協会〉の理事長や寄付をしてくれる何人かの大金持ちとともに正式なディナーをとることになっている。キアラはこのところ、実入りのいいプロジェクトを協会からいくつも請けている。それゆえ、ディナーに出席する義務がある。そのせいで夫のかつての恋人と顔を合わせる時間が長くなるとしても。

「どこにする？」キアラが訊いた。

ガブリエルお気に入りのヴェネツィアのバーカロは〈アッラルコ〉だが、リアルトの魚市場の近くだし、いまは時間がない。「〈アダージョ〉はどうだい？」ガブリエルは提案した。

「ワインバーにしちゃ、ずいぶん残念な名前だと思わない？」

場所はフラーリ広場で、鐘楼のすぐそばだった。ガブリエルはロンバルディアの白のグラスワイン二人分と、チッケッティの盛りあわせを頼んだ。ヴェネツィアの料理マナーからすると、この美味なるフィンガーフードは立って食べるべきだが、キアラは広場のテーブルにしようと提案した。そのテーブルに前の客が『イル・ガゼッティーノ』紙を置いていっていた。リッチなセレブの写真が満載で、アンナ・ロルフもその一人だった。

「数カ月ぶりに夫と二人だけになれる夜なのに」新聞を半分に折って、キアラは言った。

「よりにもよって、彼女と過ごさなきゃいけないなんて」

「わたしに対するお義母《かあ》さんの評価をさらに下げることが、本当に必要だったのかい？」

「母はあなたのこと、水の上を歩ける人だと思ってるわ」

「高潮《アクア・アルタ》のときだけだが」

ガブリエルはアーティチョークの蕾《つぼみ》とリコッタチーズののったチッケッティにかぶりつき、白ワインで流しこんだ。本日二杯目のワインだった。ヴェネツィアに住む男性の大半と同じく、ガブリエルも午前半ばの休憩時間にコーヒーとワインを飲む。この二週間、ムラーノ島でイル・ポルデノーネというヴェネツィア派の画家が描いた祭壇画を修復中なので、島のバーへ頻繁に通っている。余った時間には、個人的に注文された仕事を少しずつ片づけている。なにしろ、妻から与えられるわずかな給料だけでは、妻が慣れ親しんでいる暮らしに手が届かないからだ。

キアラはチッケッティを見つめ、スモークした鯖《さば》とサーモンのあいだで迷っていた。どちらもクリーミーなチーズの上にのっていて、フレッシュなハーブのみじん切りが散らしてある。ガブリエルは鯖のほうをとって問題を解決してやった。フリンティなロンバルディアのワインにぴったりだった。

「それがほしかったのに」キアラは口を尖《とが》らせると、サーモンに手を伸ばした。「今夜、あのガブリエル・アロンかと誰かに訊かれたときにどう答えるか、あなた、少しは考えてあるの？」

「そういう状況はひたすら回避しようと思っていた」

「どうやって?」

「いつものように、不愛想な態度で通せばいい」

「悪いけど、それは選択肢に入らないわ、ダーリン。社交行事なの。だから、社交的にふるまうことを求められるのよ」

「わたしは因習打破主義者だ。伝統を軽蔑している」

彼はまた、世界でもっとも有名な引退したスパイでもある。イタリアの官憲当局の了承を得て——そして、ヴェネツィアの文化を支える大物たちに知らせたうえで——この街に落ち着いたのだが、彼がここに住んでいることはあまり知られていない。ふだんはたいてい、顕然たる世界と隠然たる世界にはさまれた曖昧な領域に生息している。銃を携行し——これもイタリア警察の承認を得ている——偽名で旅行する必要が生じた場合のために、ドイツの偽造パスポートを二冊所持している。それを除けば、前世の装いはすべて脱ぎ捨てた。いずれにしろ、今夜のガラコンサートが彼のデビューパーティになる。

「心配ご無用」ガブリエルは言った。「思いきり愛想よくふるまうから」

「アンナ・ロルフとはどういう知りあいかって、誰かに訊かれたら?」

「急に耳が聞こえなくなったふりをして、紳士用トイレへダッシュする」

「みごとな作戦だわ。でも、作戦を立てるのは昔から大の得意だった人だしね」チッケッティがひとつだけ残っていた。キアラはガブリエルのほうへ皿を押しやった。「これ、どうぞ。でないと、ドレスに身体が入らなくなっちゃう」

「〈アルマーニ〉？」

「〈ヴェルサーチ〉」

「そのドレス、どれぐらい悪趣味なんだ？」

「スキャンダラスなほどよ」

「プロジェクトの資金を確保するためのひとつの方法だ」

「言っときますけど、寄付してくれる人たちを楽しませるためじゃないのよ」

「きみはラビの娘だ」

「膨張が止まらない身体の持ち主」

「承知しております」ガブリエルはそう言って、最後のチッケッティを平らげた。

　フラーリ広場から自宅までは徒歩で十分の心地よい道のりだった。ガブリエルは広々としたマスター・バスルームで手早くシャワーを浴び、それから、鏡に映った自分と向かいあった。満足のいく姿だと思った。ただ、盛り上がってしわの寄った左胸の傷跡がその姿を損なっている。左肩甲骨の下にある同じような傷のほぼ半分のサイズだ。銃創はほかにも二カ所あって、そちらはきれいに治っている。かつて、ある屋敷を警備していたアルザス犬に咬《か》まれたことがあるが、その傷も治っていた。残念ながら、腰のところの砕かれた椎骨《ついこつ》二個については、同じとは言えなかった。

二時間のコンサートのあとに着席のディナーが予定されていて、何コースもの料理が出るはずなので、痛み止めのアドヴィルを少し飲み、それから化粧室へ向かった。最近ワードローブに加わったばかりの〈ブリオーニ〉のタキシードが彼を待っていた。ズボンのウエストのところに隠しポケットをつけるようガブリエルが頼んでも、〈ブリオーニ〉では妙だと思わなかったようだ。彼のズボンはすべて、銃を隠し持つためにこういう仕立てになっている。お気に入りの拳銃はベレッタ92FS。手ごろなサイズの火器で、フル装塡《そうてん》したときの重量は一キロに近い。

着替えを終えたガブリエルはウエストのくびれに銃を押しこんだ。それから軽くふりむいて、自分の姿をもう一度点検した。今度もまた、鏡に映った姿にほぼ満足した。エレガントな仕立ての〈ブリオーニ〉のタキシードが銃を完全に隠してくれている。それだけではない。ファッショナブルなサイドベンツのおかげで、銃を抜く時間が短縮される。肉体に数多くの傷を負ってきたにもかかわらず、その早業はいまも電光石火だ。

〈パテックフィリップ〉の腕時計をはめ、照明を消してから、リビングへ行って妻が姿を見せるのを待つことにした。うん――大運河を一望に収めながら思った――わたしはあのガブリエル・アロンだ。かつてはイスラエルの復讐《ふくしゅう》の天使だった。現在は〈ティエポロ美術修復〉の絵画部門の責任者を務めている。アンナはここまで来る途中で出会った相手。正直に言うと、彼女を愛そうと努力したが、どうしてもだめだった。やがて、ヴェネツィアのゲットー出身の若く美しい女性に出会い、その女性に命を救われた。

腿の上まで深いスリットが入り、肩のストラップがないにもかかわらず、キアラの黒い〈ヴェルサーチ〉のイブニングドレスはけっしてスキャンダラスではなかった。ただし、靴はどう考えても問題だった。ピンヒールの〈フェラガモ〉のパンプスで、彫像のようなキアラの姿が十・五センチも高くなって魅力を増す。フェニーチェ劇場の外に集まった新聞社のカメラマンの群れに近づくあいだに、キアラはガブリエルをこっそり見下ろした。

「覚悟はできてる？」氷のような微笑を浮かべて尋ねた。

「バッチリさ」まばゆく光るフラッシュに目がくらむなかで、ガブリエルは答えた。

二人は劇場の柱廊から垂れ下がるブルーと黄色のウクライナ国旗の下を通って、さまざまな言語の喧騒《けんそう》に満ちた混雑するロビーに入っていった。何人かがふりむいたが、ガブリエルが視線を集めすぎることはなかった。とりあえずいまのところは、若い美女を連れた、国籍のはっきりしない、平凡な中年男性に過ぎなかった。

キアラが励ますように彼の手を握りしめた。「そう悪くなかったでしょ？」

「夜は若い」ガブリエルはつぶやき、光り輝くロビーを見まわした。色褪《いろあ》せた貴族、権力者や大物、巨匠絵画を扱う少数の有名画商。重要なパーティと見ればかならず駆けつける太っちょのオリヴァー・ディンブルビーが、ロンドンからわざわざ来ている。最近起きた贋作《がんさく》スキャンダルで黒焦げにされてしまったフランスの著名なコレクターを慰めているところだ。そのスキャンダルとは、いまは亡きフィリップ・サマセットと、詐欺を働いていたアート専門のヘッジファンド〈マスターピース・アート・ベンチャーズ〉がひきおこしたものだった。

「あの人が来ること、知ってた？」キアラが尋ねた。

「オリヴァーかい？　ロンドンの美術界にいる多数のわが情報源の一人から、そのような意味の警告が来ていた。われわれに近づかないよう、オリヴァーはきびしく指示されている」

「向こうが我慢できなくなったらどうする？」

「迷惑そうな顔をして、なるべく急いでその場を去る」

新聞記者がオリヴァーに近づき、コメントを求めた。なんのコメントかは、神のみぞ知るというところだ。その他数人のジャーナリストは、イタリアに新たに誕生した連立政権の文化相を務めるロレーナ・リナルディのまわりに集まっていた。首相と同じく、リナルディも極右政党の議員で、この政党はもとをたどればベニート・ムッソリーニの国家ファシスト党に行き着く。

「彼女、少なくとも腕章はしてなかったな」ガブリエルの肩のところで男性の声がした。評判の高い美術品修復会社のオーナー、フランチェスコ・ティエポロの声だった。その会社には彼の有名な一族の名字がついている。「わたしとしては、こういう催しにあのフォトジェニックな顔を出さないだけの慎みが彼女にあればよかったのにと思うばかりだ」

「きっと、アンナ・ロルフの大ファンなんだろう」

「そうでない者がどこにいる？」

「ここにいるわ」キアラが言った。

フランチェスコは笑みを浮かべた。熊のような巨漢で、ルチアーノ・パヴァロッティに薄気味悪いほどよく似ている。テノール歌手が亡くなって十年以上になるが、いまもなお、サインを求める観光客がヴェネツィアの通りでフランチェスコのまわりに群がる。いたずらっぽい気分のときには——たいていそうだが——フランチェスコは人々の求めに応じてサインをする。

「ゆうべのテレビで文化相のインタビューを見たかね？」フランチェスコが訊いた。「イタリア文化からウォーキズムを排除すると誓っていたぞ。いったいなんのことやら、さっぱりわからなかった」

「当人だってわかってないさ」ガブリエルは言った。「先日のアメリカ訪問のときに、たまたま聞きかじっただけだ」

「せっかくの機会だから、挨拶に行ったほうがいいかな」

「なぜそんなことをしなきゃならん？」

「このヴェネツィアで実施される主な修復プロジェクトについては、誰が費用を持つかに関係なく、当分のあいだ、ロレーナ・リナルディが最終決定権を持つことになるからだ」

ちょうどそのとき、ロビーの照明が暗くなり、チャイムが響いた。「ベルの音に救われた」ガブリエルはそう言いながらキアラをエスコートして客席に入った。最前列のＶＩＰ席に腰を落ち着けた彼女は内心の不快さをどうにか隠すことができた。

「まあ、すてきな席ね。ステージにこれ以上近づけないことだけが残念だわ」

ガブリエルはとなりの席にすわり、ベレッタの位置を少しだけ調整した。ようやく言った。「なかなかうまくいったと思うが、どうだい？」

「夜は若い」キアラは答え、彼の手の甲に親指の爪を立てた。

4

チプリアーニ

シューマンはみごとだった。ブラームスは鋭利な美を秘めていた。しかし、聴衆のスタンディング・オベーションを受けたのは、タルティーニ作曲《悪魔のトリル》の煽情《せんじょう》的な演奏だった。劇的なカーテンコールが三度続いたのちに、アンナは聴衆に最後の別れを告げた。ほとんどの客はぞろぞろとサン・ガエターノ広場へ出ていったが、ひと握りの選ばれた客は人目につかないようにホテルの船着場へ案内された。人々をチプリアーニ・ホテルへ運ぶために、光沢を放つ水上タクシー《モトスカーフィ》の一団が船着場で待っていた。ガブリエルとキアラは愛想のいいニューヨーカーたちと同じ船で運河を渡った。引退した有名なスパイが同じ船に乗っていることには、誰一人気づいていない様子だった。チプリアーニの名高いレストラン〈オーロ〉のクリップボードを持った魅力的な案内係の女性についても、同じことが言えた。

「いらっしゃいませ。こちらへどうぞ、シニョール・アロン。五番テーブルでございます。

シニョーラ・ゾッリは一番テーブルへどうぞ。主賓席でございます」案内係は笑顔でつけくわえた。

「シニョーラ・ゾッリのほうがわたしよりはるかに重要な人物ということかな」

案内係がレストランの個室の入り口のほうをしぐさで示したので、ガブリエルはキアラに続いてそこに入った。「お願いだから、わたしの席は彼女のとなりじゃないって言って」

「文化相のこと？　あの人はたしか、焚書《ふんしょ》の場へ急いで駆けつけなきゃいけないはずだ」

「わたしが言ったのはアンナのこと」

「行儀よくするんだぞ」ガブリエルはそう言うと、自分のテーブルを捜すために個室を出た。指定されたテーブルへ行くと、水上タクシーで一緒だった四人のニューヨーカーがいた。アメリカ人は少数派だった。あとはみんな、明らかに英国人だった。

ガブリエルは自分の名前が書かれた席を見つけだし、座席札を手近なシュレッダーに放りこみたい気持ちを抑えて腰を下ろした。

「さきほどお名前を伺ったのですが、よく聞こえなかったので」アメリカ人の一人が言った。生姜《しょうが》色の髪をした男性で、六十五歳ぐらい、赤身の肉を食べすぎたような体形だ。

「ガブリエル・アロンといいます」

「どこかで聞いたような……。ご職業は？」

「修復師《コンサーヴァター》です」

「美術修復師です」ガブリエルはもう一度言い、語尾を強くした。「おお、そうでしたか。この場にいる保守派《コンサーヴァティヴ》はわたし一人かと心配していました」

「コンサーヴァター」ガブリエルはもう一度言い、語尾を強くした。

「最近、何か修復されましたか？」

「しばらく前に、マドンナ・デッロールト教会でティントレットの作品をひとつ手がけました」

「そのプロジェクトの費用はおそらく、わたしが全額出していると思います」

「おそらく？」

「ヴェネツィアを救うのが家内の趣味なのです。正直に言いますと、わたしから見れば美術は退屈でたまりません」

　ガブリエルは右側の座席札をチェックし、英国でスーパーマーケットを経営するリッチな一族の女相続人の席だと知って安堵《あんど》した。ロンドンのタブロイド新聞の記事を信じていいのなら、最近、女癖の悪い夫を肉切り包丁で殺そうとしたらしい。左側の席に置かれた座席札には、妙なことに何も書かれていなかった。

　顔を上げると、女相続人の姿が目に入った。年齢のわりに若く見える女性が真っ赤なドレスでテーブルにやってきたところだった。ガブリエルが自己紹介をしたとき、人工的に若さが保たれている顔には驚きの片鱗《へんりん》すら浮かばなかった。ついでに言うなら、それ以外の感情もなかった。

「念のために申し上げておきますけど」女相続人は言った。「ただの皮むきナイフだったのよ。それに、傷といってもごく軽いもので、縫合の必要もなかったわ」笑みを浮かべて自分の席にすわった。「あなたはどういう方なの、ミスター・アロン？　どういうわけでここにいらしたの？」

「その人は修復師です」アメリカ人が話に割りこんだ。「マドンナ・デッロールト教会にあるティントレットの絵のひとつを修復された方です。家内とわたしがその費用を負担しました」

「わたしたち全員、心から感謝しております」女相続人は言った。次にガブリエルのほうを向いた。「ビーフィーターを使ったジントニックをもらいたい場合、ここにいる誰を殺せばいいのかしら」

ガブリエルは返事をしようとしたが、周囲のテーブルで大きな拍手が沸いたので黙りこんだ。

「魅惑のマダム・ロルフよ」女相続人が言った。「マッド・ハッターみたいにマッドな人。少なくとも世間ではそう噂《うわさ》してるわ」

ガブリエルは何も答えずに、その言葉を聞き流した。

「母親は、ほら、自殺したのよね。次に、父親と、戦時中ナチスに略奪された絵のコレクションのことが、恐ろしいスキャンダルになったでしょ。それ以来、アンナの人生は軌道をはずれてしまった。結婚に失敗したのは何回だったかしら。三回？　それとも四回？」

「二回だったと思います」

「それから、バイオリニスト生命を危うく絶たれそうになった事故のことを忘れてはだめよ」いっこうに躊躇《ちゅうちょ》する様子もなく、女相続人は言った。「細かいことは思いだせないけど」

「コスタ・デ・プラタの自宅近くでハイキングをしていたとき、暴風雨のために丘の斜面が崩れたのです。落ちてきた岩に左手をつぶされました。ふたたび手が使えるようになるまでに何カ月ものリハビリが必要でした」

「その口ぶりだと、あなたも崇拝者のようね、ミスター・アロン」

「そう言ってもいいでしょう」

「ごめんなさい。軽率なことを申し上げたのでなければいいけど」

「いえ、とんでもない」ガブリエルは言った。「実物の彼女に会う光栄に浴したことは一度もありません」

アンナの席がどこかをめぐって多少混乱があったようだ。主賓席の八つの椅子はすべて埋まっていた。ダイニングルームのほうの椅子も同じく埋まっていた。ひとつの席を除いて。

まさか——何も書かれていない座席札にちらっと目をやって、ガブリエルは思った。いくら彼女でも、まさかそこまでは……。

「あらあら」世界でもっとも有名なバイオリニストがテーブルに近づいてくるあいだに、女相続人が言った。「今夜はあなたにとって幸運な夜のようね」

「想像もしませんでした」ガブリエルはそう答え、ゆっくり立ち上がった。

ガブリエルが差しだした手を、アンナは見知らぬ人の手のようにとり、彼が名前を名乗るといたずらっぽく微笑した。「ええっ、あのガブリエル・アロンじゃないでしょうね」と言って腰を下ろした。

「よくこんなことができたね」

「いつもの法外な出演料を要求するかわりに、コンサート後のディナーの席順に関して、交渉の余地なき条件をひとつ出すことにしたの」アンナはとなりのテーブルにいる後援者にまばゆいばかりの笑みを向けた。「あーあ、こういうのって大嫌い。どうしてひきうけてしまったのか、自分でも不思議だわ」

「わたしの家庭をひっかきまわすチャンスに抵抗できなかったからだね」

「言っときますけど、崇高な意図のもとでひきうけたのよ」

「本当に？」

「ほぼ」白いジャケット姿のウェイターが目の前に置いた皿に、アンナは不安そうな視線を落とした。「これ、いったい何なの?」

「イカ」ガブリエルは説明した。「地元民の好物だ」

「前にラグーナでとれた海の幸を生で食べたときは、身体が一週間麻痺《まひ》したんだけど」

「最高の味だぞ」

「郷に入っては……」アンナはためらいがちに味見をした。「今夜はいくらぐらい集まったの?」

「一千万近く。だが、テーブルの向こう側にいるあのリッチなアメリカ人のほうへきみがそっと足を伸ばせば、二千万も夢ではなくなる」

やがて、リッチなアメリカ人が目を丸くして自分の電話を凝視した。

「あの人、あなたが何者か知ってるの?」アンナは尋ねた。

「いまわかったようだ」

「で、何を考えてると思う?」

「引退したイスラエルの諜報機関の長官が、こともあろうにアンナ・ロルフのとなりにすわっているのはなぜなのか?」

「二人で教えてあげる?」

「こっちの話を信じてくれるかどうかわからない」

かつてガブリエルがごくふつうの依頼だと思って仕事を請けたときに、すべてが始まった。莫大《ばくだい》な資産を持つスイスの銀行家、アウグストゥス・ロルフが住むチューリッヒの屋敷の絵を修復する仕事だった。悲劇的な終わりが訪れたのはその数カ月後のことで、ヘル・ロルフの有名な娘が一族の嘆かわしい過去から逃れて暮らしていたポルトガルのヴィラを、ガブリエルがあとにしたときだった。その日自分がとった行動を、ガブリエルはずっと悔やんできた――電話一本かけることも、メール一通送ることもないまま、二十年の月日が過ぎていくあいだずっと。妻に嫌みを言われているにもかかわらず、アンナがふたたび彼の人生の一部になったことを、ガブリエルは喜んでいた。

「警告してくれればよかったのに」不意にアンナが言った。

「何を？」

アンナは主賓席のほうへ視線を向けた。そこではすべての目がキアラに向いていた。

「奥さんのあでやかな美貌について。ゆうべ初めて奥さんに会ったときは、大きなショックだったわ」

「ニコラ・ベネデッティにちょっと似ていることは、きみに言ったように思うが」

「わたしの仲良しのニコラのほうが、キアラに似てればいいのにって言いそうよ」アンナはため息をついた。「あらゆることを完璧にこなす人なんでしょうね」

「料理はきみよりはるかにうまい。さらにありがたいことに、四六時中バイオリンの稽古をすることもない」

「あなたを傷つけたことはないの？」

ガブリエルは手の甲に残っているかすかな赤い爪跡を指さした。

「あなたを奪いかえせる見込みはまったくなかったわけね？」

「わたしがポルトガルを離れたとき、きみが露骨に示したじゃないか――もう口も利きたくないという思いを」

「それってたぶん、わたしがたまたまエンドテーブルからはたき落としてしまったスタンドのことね」

「あれは陶器の花瓶だった。しかも、きわめて力強い右腕を使って、わたしの頭にじかに投げつけた」

「運がよかったと思いなさい。あなたのとなりにすわってる淑女だったら、それよりずっと危険な凶器を手にしてあなたを追いかけたでしょうから」

「本人はただの皮むきナイフだったと断言している」

「写真が何枚も出てたわよ」アンナは自分の皿をテーブル中央のほうへ押しやった。

「好みに合わない？」

「明日の朝いちばんでロンドンへ飛ぶことになってるの。危険は冒したくないわ」

「二、三日ヴェネツィアに滞在するものと思っていた」

「土壇場で計画変更。来週、ヤニック・ネゼ＝セガンの指揮でヨーロッパ室内管弦楽団とレコーディングの予定になってて、リハーサルにどうしても二、三日必要なの」

「うちの子たちががっかりするぞ、アンナ。きみを崇拝してるんだ」

「わたしも。でも、どうにもできないわ。すぐロンドンに来るようにって、ヤニックが譲らないから。あっちにいるあいだに破滅的な恋でもしようかと思ってる。ゴシップ欄にわたしの名前が返り咲くような恋を。そこがわたしの居場所ですもの」

「また傷つくだけだぞ」

「でも、その結果、いい演奏ができる。わたしのことはわかってるでしょ、ガブリエル。幸せなときはぜったいうまく弾けないの」

「今夜のきみは最高だった、アンナ」

「そう?」アンナは彼の手を握りしめた。「なぜかしらね」

5

ムラーノ島

《横たわる裸婦》を模写するようガブリエルに提案したのは——挑発したようなものだが——キアラだった。モディリアーニの傑作で、ニューヨークの〈クリスティーズ〉のオークションにおいて約一億六千万ドルで落札されて話題になったものだ。模写の出来栄えに満足したガブリエルは次に、モディリアーニのオリジナルをもとにして、本物と見紛《みまが》うほどのパスティーシュを描き上げた——遠近法を変え、女性のポーズに微妙な変化を加えた。絵画の贋作者《がんさく》として生計を立てる気になっていたら、どれほどみごとな才能を発揮できたかを示したい一心からだった。ガラコンサートの翌朝ガブリエルが目をさますと、どちらのカンバスも、大運河を見渡す高い窓から射《さ》しこむ朝の光を浴びていた。光はくすんだ灰色で、ガブリエルの眉間の痛みとよく似ていた。真夜中のディナーの席で飲んだ赤ワインとは関係ない——自分にそう言い聞かせた。ヴェネツィアの雨の朝はいつも頭痛を運んでくる。

キアラの眠りを邪魔しないようゆっくりと身を起こし、ゆうべのガラコンサート後の出来事がもたらしたダメージに目をやった。大急ぎで脱いだイタリア製のフォーマルウェアとその他さまざまな付属品が、玄関からベッドの裾まで点々と続いていた。〈ブリオーニ〉のタキシードとシャツ。腿の上まで深いスリットが入った、ストラップのない〈ヴェルサーチ〉のイブニングドレス。〈フェラガモ〉のピンヒールのパンプスと、エナメル革のオックスフォード・シューズ。金のネクタイピンとカフスボタン。〈パテックフィリップ〉の腕時計。〈ファッブリカ・ダルミ・ピエトロ・ベレッタ〉製の92ＦＳ、九ミリ口径の拳銃。前戯はほぼ省略で、あっというまに最後までいった。そのあいだじゅう、キアラはかすかな笑みを浮かべ、わたしのものよと言いたげにガブリエルを見下ろしていた。ライバルは打ち負かされ、悪霊は追い払われた。

キッチンに入ったガブリエルはコーヒーマシンに〈イリー〉の豆とペットボトルの水をセットし、コーヒーができあがるのを待つあいだに、『イル・ガゼッティーノ』に出ているガラコンサートの記事を読んだ。音楽評論家が次のようにコメントしていた――アンナのリサイタルには感嘆すべき点が多々あり、とくにみごとだったのがアンコール曲で、二十年前にサン・ロッコ大同信会で同じ曲を演奏したときの伝説の演奏会を凌《しの》ぐほどだった、と。記事に添えられたどの写真を見ても、ガブリエルがイベントに出ていたことを示す証拠はなく、彼の右肩が写っているのが一枚あるだけで、その肩には〈ティエポロ美術修復〉の魅惑的な総支配人、キアラ・ゾッリの手が置かれていた。

ガブリエルがコーヒーのカップを二個持って寝室に戻ったとき、キアラはまだぐっすり眠っていた。姿勢にも変化はなかった。仰向けに横たわり、両腕を頭の上に置いている。本人が意識していなくてもまさに芸術品だ、とガブリエルは思った。羽根布団をひっぱって丸みを帯びた豊かな胸をあらわにさせ、スケッチブックを手にとった。十分ほどたったころ、チャコールペンシルのザッザッという音でキアラが目をさました。

「描かずにいられないの？」とうめいた。

「そう」

「こんなひどい格好なのに」

「わたしの意見は違う」

「コーヒー」キアラが懇願した。

「ベッドの横のテーブルに置いてある。だけど、まだ飲めないぞ」

「修復する絵があるんじゃない？」

「きみをスケッチしてるほうがいい」

「すでに予定より遅れてるでしょ」

「毎度のことだ」

「だから、ほんとはクビにすべきなのよね」

「わたしのかわりはどこにもいない」

「ここはイタリアよ、ダーリン。この国には、ウェイターより多くの美術修復師がいるのよ」

「そして、稼ぎはウェイターのほうがいい」

キアラが羽根布団のほうへ手を伸ばした。

「動いちゃだめだ」ガブリエルは言った。

「寒い」

「そうだね、見ればわかる」

キアラは最初のポーズに戻った。「彼女を描いたことはあるの？」

「アンナを？　一度もない」

「モデルになるのを拒否されたの？」

「いや、描いてくれとせがまれた」

「メンデルスゾーンのバイオリン協奏曲のリハーサルが必要だなんて話、ほんとは信じてないんでしょ？」

「彼女なら眠ってても弾ける」

「だったら、あの人、どうしてここを離れるの？」

「二、三分したら教えよう」

「十秒だけあげる」

ガブリエルは世界でもっとも安全と言われるイスラエル製の電話ソラリスで、キアラの写真を撮った。

「不届き者」と言うと、キアラはコーヒーに手を伸ばした。


一時間後、シャワーと着替えをすませ、小雨に備えてレインコートを着た二人は、サン・トーマのヴァポレット乗場の桟橋に並んで立っていた。キアラの乗る二系統のサン・マルコ行きが先に来た。

「ランチの時間、空いてる？」ガブリエルは尋ねた。

キアラは非難の視線を彼に据えた。「本気じゃないわよね？」

「スケッチのことだよ」

「考えとく」そう言って、キアラはヴァポレットに乗りこんだ。

「それで？」桟橋を離れる船に向かって、ガブリエルは大きな声をかけた。

「一時に空くかも」

「何か食べるものを買っておく」

「お気遣いなく」キアラは答え、彼に投げキスを送った。

一系統のヴァポレットが大学の方角からサン・トーマの乗場に近づいてきた。ガブリエルはそれでリアルト橋まで行き、カンナレージョ区を徒歩で横切ってフォンダメンテ・ノーヴェに出ると、〈バル・クーピド〉で急いでコーヒーを飲んでから、次の四・一系統のヴァポレットに乗った。船は死者の島であるサン・ミケーレ島の西側で一度止まり、それからムラーノ島へ向かった。ガブリエルは島にふたつある乗場のうち、二番目のムゼオで降り、フォンダメンタ・ヴェニーレに並んだガラス製品の店々の前を通りすぎて、サンタ・マリア・デリ・アンジェリ教会まで行った。

ここは一一八八年以来、キリスト教徒が礼拝をおこなう場所になっていたが、傾いた鐘楼とカーキ色のレンガの外壁がある現在の建物は一五二九年に建てられたものだ。十八世紀後半に、哲学者であり、冒険家であり、モーツァルトやヴォルテールのような人々と親交のあった人物が、ここのミサにいつも出ていた。この人物を教会に引き寄せたのは信仰ではなかった。そもそも信仰心などない男だった。となりの女子修道院の若く美しい尼僧をひと目でいいから見たくて通っていたのだ。その人物の名前はジャコモ・カサノヴァ、数多くの女と――なんと、数百人と――関係を持ってきたが、修道院にいる秘密の恋人の身元だけは慎重に隠しつづけた。ヴェネツィア貴族の令嬢と噂されているその恋人のことは、回想録のなかでも〝M・M〟としか書いていない。

修道院には、彼女のように共和国でもっとも裕福な市民の娘がほかにも何人かいたので、院長が金に困ることはめったになかった。それにもかかわらず、やがてティツィアーノという名で知られるようになる人気の高い画家が、教会の主祭壇のために書いた受胎告知の絵の代金として五百ドゥカートを請求したとき、院長は支払いを渋った。怒ったティツィアーノがその絵をカール五世の妃《きさき》のイザベルに献呈してしまったため、修道院長は、イル・ポルデノーネという男を雇ってかわりの絵を描かせることにした。野心満々のマニエリスムの画家で、暗殺者を使って実の弟を殺そうとした罪に問われたこともある男だった。ポルデノーネがチャンスに飛びついたのは間違いない。なにしろ、自分はヴェネツィアでもっともすぐれたティツィアーノのライバル画家だとうぬぼれていたからだ。

ティツィアーノが描いたもともとの祭壇画はナポレオン戦争の時代に跡形もなく消えてしまったが、それより劣るポルデノーネの祭壇画は生き残った。目下、身廊の中央に置かれた特注の板枠に固定してある。主祭壇の奥の壁には絵と同じサイズの黒い長方形が見える。かつて祭壇画がかかっていた場所で、古い教会の大々的な修復が終わったら、ふたたびそこにかけられることになっている。高くそびえる足場のてっぺんにアドリアンナ・ジネッティがのぼって、華麗な大理石の額縁にたまった一世紀分の埃《ほこり》と汚れを落としていた。ジッパーつきのフリースのジャケットを着て、指なし手袋をはめている。教会のなかは地下の納骨堂のように冷えている。

「ボンジョルノ、シニョール・デルヴェッキオ」ガブリエルが持ち運びできる暖房器のスイッチを入れると、アドリアンナが歌うように言った。デルヴェッキオというのは、彼が以前の人生でかなり使っていた偽名だ――マリオ・デルヴェッキオ、不愛想で気まぐれな天才、偉大なるウンベルト・コンティに師事してヴェネツィアで修業し、この街でもっとも有名な絵画の多くを修復した人物。アドリアンナは祭壇と彫像の汚れ落としの名人として有名で、マリオと一緒に大きなプロジェクトを何回か手がけてきた。彼を誘惑しようとするとき以外は、猛烈に彼を嫌っていた。「そろそろ心配になってたのよ。いつも真っ先に来る人なのに」

「ゆうべ、遅かったから」ガブリエルは答えて、作業用カートに目を凝らした。昨日の午後残していった侵入者発見用の目印はそのまま残っていた。だが、油断は禁物だ。「何ひとつ手を触れてないだろうな?」

「片っ端からさわったわ、マリオ。この汚い小さな指で、あなたの大切なフラスコや溶剤の全部にさわりました」

「その呼び方、いい加減にやめてくれないか」

「わたしの一部が彼を恋しがってるの」

「彼もきみに同じ気持ちを持っているのはたしかだ」

「で、わたしがあなたの品物に触れてたらどうだというの? 世界が終末を迎えるとでも?」

「たぶんね」ガブリエルはレインコートを脱いだ。「何を聴く、シニョーラ・ジネッテ

るわよ」

イ？」

「エイミー・ワインハウス」

「かわりにシューベルトはどうだ？」

「弦楽四重奏はもううんざり。《死と乙女》をまた聴かなきゃいけないのなら、飛び下りるわよ」

ガブリエルは絵具で汚れたプレイヤーにＣＤ――マウリツィオ・ポリーニが弾くシューベルト後期のピアノソナタのクラシックなレコーディング――をセットしてから、木の軸の先端に脱脂綿を少し巻きつけた。次は、アセトンとメチルプロキシトールとミネラルスピリットの量を正確に測った混合液にその綿棒を浸し、円を描くようにして祭壇画の表面をやさしくなでた。黄ばんだニスは落とせるがポルデノーネのオリジナルには影響を与えないように、溶剤の強さが調整されている。ツンとくる臭いがアドリアンナの作業スペースにまで侵入した。

「ほんとにマスクをかけなきゃだめよ」アドリアンナがガブリエルに注意した。「何年も一緒に仕事をしてきたけど、あなたがマスクをかけたのは一度も見たことがない。脳細胞をいったいいくつ殺したのか、わたしには想像もつかないわ」

「消えたわが脳細胞は、わたしの悩みのなかでいちばん軽いものだ」

「どんな悩みを抱えてるのか、ひとつ挙げてみて、マリオ」

「わたしがせっかく作業しようとしているのにしつこく話しかけてくる、祭壇画のクリーニング担当者」

ガブリエルの綿棒がニコチンの色に変わった。それを捨てて次の綿棒を作った。修復にとりかかってこれで二週間、絵の下のほう三分の一の汚れはほぼ落ちた。絵具の剝落《はくらく》が広範囲にわたっているが、ひどく状態の悪い部分はほとんどない。修復の最終段階となるレタッチを四カ月で完了させるのがガブリエルの宿願で、それがすんだら、身廊を飾る残りの作品の修復にとりかかるつもりだった。

〈ティエポロ美術修復〉で昔から働いているアントニオ・ポリーティがすでに、作品のひとつの修復を始めている。パルマ・イル・ジョーヴァネの《聖母子と聖者たち》。ポリーティが教会にのんびり入ってきたのは十時半近くになってからだった。

「ボンジョルノ、シニョール・デルヴェッキオ」大声で言った。

主祭壇のてっぺんから笑い声が響いた。ガブリエルはプレイヤーのCDを抜き、シューベルトの弦楽四重奏曲第十四番ニ短調を入れた。それからレインコートをはおり、笑みを浮かべて雨の朝の戸外へ出ていった。

6

〈バール・アル・ポンテ〉

一九八八年八月のうっとうしい朝、カラビニエリのナポリ支部に届いた小包は外から見れば無害そのものだったが、じつはそうではなかった。カモッラという名で知られるカラブリア州の犯罪組織のメンバーが作った、小型ながらも強力な爆弾が入っていた。受けとったのはチェーザレ・フェラーリ将軍、これまで何度か暗殺の標的にされたことがあり、つい最近も、カモッラの幹部の一人が逮捕されたあとで命を狙われた。それにもかかわらず、郵便室の係は将軍の執務室に小包を届けた。将軍は爆発のなかを生き延びたが、右目と右手の指二本を失うことになった。一年後、彼を殺そうとしたカモッラの男をひそかにポッジョレアーレの刑務所に連れこみ、あまり親切とはいえないやり方で別れを告げた。

フェラーリ将軍が次に命じられた任務に関して、将軍には向いていない、将軍のやり方はいささか荒っぽすぎると思った者が何人かいたが、将軍の考えは逆だった。荒業こそが美術班にまさに必要なものだと主張した。美術班の正式名称は美術遺産保護部隊、この種の——盗難美術品や古代遺物を扱うぼろ儲《もう》けの商売をつぶすための戦いに専念する——捜査機関として世界で初めて誕生した。最初の二十年間は、何千人も逮捕し、注目度の高い品を次々と奪還したが、一九九〇年代の半ばに入ると組織の活動が停滞してきた。人員も減らされて定年間近のわずかな隊員だけになり、その大半が美術のびの字も知らない連中だった。美術班に批判的な者に言わせると——もっともな意見だと言えなくもないが——隊員たちは毎年イタリアで姿を消す美術館級の絵画を捜すより、どこでランチにするかを相談するほうに多くの時間を割いているとのことだった。

フェラーリ将軍は美術班の指揮をまかされて数日のうちに、スタッフの半数を解雇して、自分たちが見つけようとする美術品について多少は知識のある仕事熱心な若い隊員たちを補充した。また、名を知られた絵画泥棒たちの電話に盗聴器を仕掛ける権限を手に入れ、窃盗がじっさいに起きている各地に、とくに南のほうにいくつも支部を作った。最大の功績は、マフィアと戦うためにナポリ時代に使った手法の多くをとりいれ、美術品窃盗に手を出そうとするちんぴらレベルの連中ではなく、大物に狙いをつけたことだった。フェラーリ将軍の指揮のもとで、美術遺産保護部隊は失われた輝きをとりもどした。フランス国家警察の〝美術探偵〟たちですら、この分野ではイタリアの同業者が最高であることを真っ先に認めたほどだった。

美術遺産保護部隊の本部はローマの聖イグナツィオ広場を見下ろす黄色と白の華麗なパ

ラッツォに置かれているが、ヴェネツィアにも三人の隊員が常駐している。盗まれた絵画の行方を追っていないときは、〈ティエポロ美術修復〉の絵画部門の責任者の監視にあたっている。その人物は最近、〈バール・アル・ポンテ〉で仕事の合間のコーヒータイムをとることにしている。バールの名前は、ムラーノ島でいちばん交通量の多い橋の近くにあることに由来する。彼がバールに入っていくと、紺と金色のカラビニエリの制服を着たフェラーリ将軍が奥のテーブルを占領していた。

『イル・ガゼッティーノ』の朝刊の上に顔をのぞかせてガブリエルに笑いかけた。「習慣の奴隷になったようだな」

「妻も同じことを言っている」と答えて、ガブリエルは椅子にすわった。

「きみの奥さん、ゆうべのガラコンサートで人々の目を奪ったようだ」将軍は新聞をテーブルに平らに置き、文化欄の写真を指さした。「しかし、となりに立っている焦点のぼやけた男は何者だ？」

「付属品」

「それは言い過ぎじゃないかね。きみがヴェネツィアに住んでいるのはもはや秘密でもなんでもないと言っていいだろう」

「永遠に隠れてるわけにはいかないんでね、チェーザレ」

「長い年月を経たあとで正常な人間に戻って、いまはどういう気分だ？」

「調子に乗りすぎないようにしよう。わたしは厳密に言うと正常ではない」

「興味深い友達が何人もいることだしな。シニョーラ・ロルフの演奏会に行けなかったのが、わたしは残念でならない」

「ご心配なく。文化相がご臨席くださった」

「きみが行儀よくしてたのならいいが」

「大の仲良しになった。それどころか、来週のレニ・リーフェンシュタール映画祭に招待されたぞ」

フェラーリ将軍の微笑は慇懃《いんぎん》で短かった。いつものように、右の義眼にはなんの影響もなかった。「わが国の政治情勢は、笑いごとですませることではない。ムッソリーニの台頭から百年たったいま、イタリア国民はふたたびファシストに権力を与えてしまった」

「〈イタリアの同胞〉の連中は自分たちをネオファシストだと思っている」

「どう違うんだ？」

「制服の趣味がいい」

「それから、拷問にひまし油は使わない」フェラーリ将軍はつけくわえて、ゆっくりと首を横にふった。「いったいなぜこんな話になってしまったんだ？」

「世の出来事は崩れゆく」ガブリエルは暗唱した。「中心を維持すること能《あた》わず」

「ウェルギリウスの言葉かね？　それとも、オウィディウス？」

「たしか、デヴィッド・ボウイだったと思う」ガブリエルは将軍をからかった。

バーテンダーが二人分のコーヒーをテーブルに運んできて、ガブリエルには小さなグラスに注いだ白ワインも持ってきた。フェラーリ将軍は腕時計をじっと見た。「きみたちヴェネツィア人は人生の過ごし方をじつによく心得ている」

「コーヒーを飲みすぎると手が震えるんだ。数滴の白ワインがカフェインの影響を中和してくれる」

「きみが手の震えるタイプだとは思いもしなかった」

「ときどき起きる。旧友に頼みごとを押しつけられそうな、不吉な予感がするときはとくに」

「で、もしそうだとしたら？」

「祭壇画が待っているので、と答えることにする」

「イル・ポルデノーネ？　きみが修復するには値しない画家だ」

「だが、修復費を払ってくれる」

「では、わたしがもっと興味深いものを提案したらどうだね？」将軍はベッリーニが描いた《総督レオナルド・ロレダンの肖像》のごとき瞑想《めいそう》的な表情を浮かべた。「数年前、このヨーロッパで美術品の盗難が相次いだことがあった。最初はウィーンだった。窃盗団がウィーン美術史美術館に勤務する不満たらたらの警備員を抱きこんで、きみの旧友カラヴアッジョが描いた《ゴリアテの首を持つダヴィデ》を盗んでいった。きみもよく覚えているに違いない」

「うっすら聞いた気はする」ガブリエルは答えた。

「翌月」フェラーリ将軍は話を続けた。「バルセロナのピカソ美術館から《カナルス夫人の肖像》が盗まれた。その一週間後に、マティス美術館から《フヌイエの家》が消えた。次はもちろん、ロンドンのコートールド美術館で教科書にのせてもいいような盗難事件が起きた。このときもやはり、盗まれたのは一点だけだった」

「フィンセント・ファン・ゴッホの《耳に包帯をした自画像》だな」

フェラーリはうなずいた。「きみにも想像がつくように、ヨーロッパじゅうのわが同胞たちがこれらかけがえのない美術品を徹底的に捜しまわっているが、まったく見つかっていない。ところが、思いがけないことに、そのひとつが姿を現したようだ」

「どこで」

「よりにもよって、このイタリアで」

「どの絵だ?」

「わたしの口から言うわけにはいかん」

「なぜ言えない?」

「その絵は昨日の午後遅く、カラビニエリの別の部署によって発見された。それが本当に問題の作品であれば、わたしから関係当局に連絡をとり、返還の手続きにとりかかることにする」

「何か疑わしい点があるのか？」

「たしかに本物のように見える。だが、ご承知のように、美術市場には質の高い贋作があふれている。言うまでもないが、消えた名画が見つかったことを公表し、そののちに贋作だと判明したら、そんな恥さらしなことはない。われわれには守るべき評判がある」

「その件がわたしとどう関係してくるんだ？」

「力になってくれそうな人間を、きみが誰か知らないかと思ってね。カラヴァッジョからゴッホまでの広範な専門知識を持つ人物。画廊――例えばパリの画廊――に入っていって、数分もしないうちに何点かの贋作を見破ることのできる人物」

「まさにぴったりの達人を知っている」ガブリエルは言った。「ただ、いまはけっこう忙しいみたいだ」

「スケジュールに空きを見つけるよう、わたしからその人物にアドバイスしたい」

「脅迫かい？」

「きみがこの国を訪れた客であり、わたしが宿の主人であることを、友達として思いださせてやっただけだ」

美術班のトップとしての権限にものを言わせて、ガブリエルがイタリアの永久的な滞在《ペルメッソ・ディ・ソ》許可証《ツジョルノ》を取得できるよう手をまわしてくれたのはフェラーリ将軍だった。許可証を無効にされたら、暮らしが立ちゆかなくなる。結婚生活については言うまでもない。

「単なる真贋鑑定《しんがん》？　それだけでいいのか？」

将軍はイエスともノーとも言わずに肩をすくめた。

「絵はいまどこに？」

「発見された場所に」

「発見された場所とはどこだ？」

「アマルフィ。いますぐ出発すれば、キアラとの遅めの夕食に間に合う時間に帰ってこれる」

「本当に？」

「いや、無理かな。はっきり言うと、カバンに荷物を詰めたほうが賢明かもしれん」

「銃はあり？　なし？」

「ありだ」フェラーリ将軍は言った。「かならず銃を持参すること」

7

アマルフィ

カラビニエリの巡視艇でラグーナを渡るあいだ、ガブリエルは午前中の事態の進展をキアラにどう説明するのがいちばんいいかと考えていた。出かけるのに向いた服に着替え、一泊用のカバンに服の替えを放りこむあいだも、さらに考えつづけた。結局、将軍の作り話に従って、盗難にあった絵画が見つかったため、美術班が鑑定家としての彼の目を必要としている、と言うことにした。携帯メールでこの話を伝えた。なぜなら、それ以外の伝達方法を使って妻にもっともらしく嘘《うそ》をつく能力を、ガブリエルはすでに失っていたからだ。キアラは彼の説明を疑う様子もなく受け入れた。遅めの夕食に間に合うようヴェネツィアに戻ってくる、という偽りの断言まで含めて。どちらかといえば、どうしようもなく好色な夫が何時間か留守にすると知って、ホッとしている様子だった。

巡視艇が将軍とガブリエルを空港に送り届け、二人はそこでアグスタウェストランドAW一〇九ヘリに搭乗した。ヘリは時速二百八十五キロの巡航速度で飛びつづけ、三時間弱でナポリに到着した。次に、カラビニエリのアルファロメオに乗せられてソレント半島の丘陵地帯の曲がりくねった道を走り、吐き気を催しそうな上り下りやヘアピンカーブを体験させられた。ハンドルを握った男はきっと、F1レーサーを夢見ているのだろう。ティレニア海を見渡せる崖の中腹に建つ宮殿のようなヴィラの、開いたセキュリティゲートを車が通り抜けたのは、二時半のことだった。前庭にカラビニエリの車がさらに三台止まっていて、現場係のバンも一台来ていた。

「ご機嫌な家だな」ガブリエルは言った。

「邸内を見るまで待つがいい」

「所有者は誰なんだ？」

「南アフリカ共和国の人間で、名前はルーカス・ファン・ダンメ」

「何で生計を立てている？」

「シニョール・ファン・ダンメは最近まで海運業をやっていた」

「わたしは明らかに職業選択を間違えたようだ」

「わたしもだ」

ガブリエルは将軍のあとからヴィラの豪華な玄関を通り抜けた。光にあふれた廊下が目の前に延び、台座にのった花瓶や壺、古代ギリシャとローマの彫像が廊下の両側に並んでいる。漆喰《しっくい》壁にはあらゆる派とジャンルを網羅した巨匠絵画のみごとなコレクションがかかっている。廊下の突き当たりのドアが大きく開き、午後の爽やかなそよ風が流れこんでいた。太陽がターコイズブルーの海に向かっていまから沈もうとしているところだった。

ガブリエルは古代遺物のひとつ——エトルリア美術のテラコッタのアンフォラ——のそばへ行き、取っ手から下がっている美術班の証拠品タグを調べた。「パリスの審判の場面？」

「そのようだ」フェラーリ将軍が言った。「個人の邸宅よりも美術館に置くべき品だ。シニョール・ファン・ダンメがどこで入手したのか、われわれはまだ突き止められずにいる」

「その人物はいまどこに？」

「ナポリ」

「拘束されたのか？」

「まあな」将軍は冷淡に肩をすくめて言った。

アンフォラのとなりに、バッカス祭の光景を描いた大きな絵があった。バロックを代表するフランスの画家、ニコラ・プッサンの特徴がはっきり出ている。そして、バッカス祭の光景のとなりには、クロード・ロランが描いたのかどうかはっきりしない風景画。どちらも状態は完璧で、コレクションの残りの作品も同じだった。

「ヴィラのなかには同レベルの絵画と美術品があふれている」フェラーリ将軍は言った。

「すぐれた作品が何点かある」

「それはどこで見られるんだ？」

　将軍は漆塗りの華麗な両開きドアを指さした。ドアの向こうには、光に満ちた広い仕事部屋があった。自分を重要人物だと思っているのが明らかな男の部屋だ。カラビニエリの隊員二人がデスクの引出しの中身を調査中で、三人目はパソコンのファイルをリモート・ストレージ・デバイスにダウンロードしていた。フェラーリ将軍の指示で隠しボタンを押したのがこの三人目の隊員だった。頑丈な造りの書架二台がモーターによって回転し、開きはじめた。その奥に、銀行の金庫室のドアに似たステンレス製のドアとキーパッドがあった。

「ここにすぐれた作品が？」ガブリエルは訊いた。

「判断はきみにまかせる」

　専門家たちは長いあいだ、そういう人物の存在を疑問視してきた。彼らの意見によれば、オープンマーケットで正当に購入するのが無理な作品を違法に取得する、謎の裕福なコレクターなどというものは存在しないというのだ。ハリウッドの豊かな想像が生みだした幻想だと彼らは主張していた。神話なのだ、と。そういう人物に名前までつけて、ドクター・ノオと呼んでいた。英国の秘密諜報員を主人公とするイアン・フレミングのスパイシリーズのタイトルにもなった、漫画に出てきそうなキャラクターだ。しかしながら、ガブリエルがそのような誤った考えに惑わされたことは一度もなかった。たしかに、絵画盗難事件の多くは、盗んだ絵を高値で売る方法も知らない平凡な犯罪者がひきおこすものだ。しかし、所有できないものを所有したいという思いにとりつかれた男たちの欲求を満たすために、盗難絵画のブラックマーケットが繁盛しているのも事実だ。ルーカス・ファン・ダンメはどこからどう見てもそういう男だった。

彼の金庫室はおよそ三メートル×四メートルの広さで、画廊の展示室と同じように本格的な内装がなされていた。イームズチェアが一脚だけ置いてあり、一点だけかかっている絵のほうを向いていた——フィンセント・ファン・ゴッホの《耳に包帯をした自画像》、油彩・画布、六〇×四九センチ。しかしながら、ガブリエルがそれ以上に興味を持ったのは、別の壁に立てかけてある絵のない額縁と木枠だった。サイズは七〇×六五センチ。プラスマイナス一センチか二センチ。銅メッキの専用釘《くぎ》が二十個ほど床に散らばっていた。

ガブリエルはフェラーリ将軍のほうを向いて説明を求めた。

「昨日の晩に盗まれたとわれわれは見ているが、ぜったいとは言い切れない。泥棒はヴィラのWi－Fiネットワークをハッキングして金庫室に忍びこんだものと思われる。システム全体がダウンし、ビデオ映像はすべて消去されていた」

「昨日の晩だったと思う根拠は？」

「それについては、すぐあとで詳しく説明する。問題なのは」フェラーリ将軍は言った。「泥棒はなぜその絵を盗みだし、現存する美術品のなかでもっとも有名な絵画のひとつを残していったのかということだ」

「二通りの説明が考えられる」

「その一は？」

「ゴッホはゴッホではない」

「金庫室に隠してあったという事実からすると、おそらくゴッホだと思われる」

「たしかにそうだ」

「では、第二の説明は？」

「ゴッホはゴッホだが、盗む価値がなかった」

「どういうことだ？」

「もう一点の絵のほうが大きな価値を持っていた」ガブリエルは声を落とした。「はるかに大きな価値を」

「《耳に包帯をした自画像》をオークションにかけたら、もちろん仮定の話だが、いくらになるだろう？　一億？　二億五千万？」

「確実に」

「それ以上の値がつく絵がほかにあるというのか？」

「一点だけ」

「まず大事なことから確認しておこう」フェラーリ将軍は言った。

「《耳に包帯をした自画像》はフィンセント・ファン・ゴッホの作なのか？　違うのか？」

ガブリエルは片手を顎に持っていき、首をいっぽうに傾けた。分厚い包帯に覆われているのは、もちろん右耳だ。一八八八年十二月二十三日の夜、アルルの黄色い家でポール・ゴーギャンと派手な口論をしたのちに、ゴッホはカミソリで耳を切り落とした。一八八九年一月に退院したあとで自画像を描いた。早く仕上げようと焦るあまり、カンバスのところどころに絵具を塗り忘れた部分ができてしまった。例えば、頬骨の下と、ウールの上着の襟が首の横に触れている部分に。ガブリエルが目にしている絵具なしの部分は、コートールド美術館から盗まれた絵と一致していた。ゴッホが塗り忘れた部分だ――ガブリエルは思った。筆遣いもゴッホのものだ。

「どうだね？」長い時間がたったあとで、フェラーリ将軍が尋ねた。

「確認のために、本来ならカンバスの裏側も見たほうがいいと思う」

「だが、必要ないわけか？」

「ない」ガブリエルはそう言うと、壁に立てかけてある絵のない額縁と木枠のほうへ――そして、床に散らばった二十個ほどの銅メッキの専用釘のほうへ――ふたたび注意を向けた。この泥棒はカミソリを使っていない。プロの仕事だ。しかも冷静なプロだ。

木枠に手を伸ばした。

「やめろ」フェラーリ将軍が言った。「容疑者から除外するための指紋をとられたいという気がないのなら」

ガブリエルは手をひっこめた。

「いつごろのものだ?」フェラーリ将軍が訊いた。

「木枠? 二十年ぐらい前か、もう少し最近かな。松材の薄い層を重ねたものだ。きわめてありふれている。ヨーロッパの画材店だったら、どこにでも置いてある」

「サイズから判断すると、誰かの細かい注文に合わせて作られたもののようだ」

「七二・五×六四・七センチ?」

フェラーリはうなずいた。「そのサイズの絵で、フィンセント・ファン・ゴッホの《耳に包帯をした自画像》より値打ちがあり、しかも行方がわからない作品を、きみ、まさか知らないだろうな?」

「ひとつだけ知っている」ガブリエルは答えた。

「だろうと思った」将軍は微笑した。「そろそろヴェネツィアに戻りたいかね? それとも、犯行現場の残りを見るとしようか?」

8

アマルフィ

二階に上がると、ガブリエルはルーカス・ファン・ダンメのベッドの裾に立ち、右腕を伸ばした。「バーン」低い声で言った。

「じっさいには」フェラーリ将軍が言った。「二回撃たれている。犯人がサプレッサーを使ったのは間違いない」

ガブリエルは腕を下ろした。「口径は？」

「九ミリ」

「薬莢《やっきょう》は？」

「なし」

「被害者はどこを撃たれたんだ？」

「被害者は」将軍はくりかえした。「頭部を二回撃たれている。一発目はヘッドボードの背後の壁から回収された。弾道から推測すると、犯人はまさに、いまきみがいる位置に立っていたものと思われる」

「では、二発目は？」

「至近距離」

「確実に仕留めるため？」

「そのようだ」

「死亡時刻は？」

「午前零時から四時までのどこか」

「争った形跡は？」

「なし」

「手の防御創は？」

将軍は首を横にふった。

「眠っていたのだろうか？」

「鑑識の専門家は、たぶんそうだと言っている」

「毒物検査の報告は？」

「まだだ」

ガブリエルは血に染まった寝具をじっと見下ろした。「状況を推測すると？」

「泥棒がファン・ダンメを殺害する。泥棒が絵を盗む」

「泥棒はどうやってヴィラに入った?」

フェラーリは微笑した。「泥棒はディナーに招かれた」

外の広いテラスに置かれたテーブルにつき、下のほうに見える崖に波が打ち寄せるなかで、フェラーリ将軍はアタッシェケースの留め金をパチッとはずしてマニラ封筒をとりだした。封筒のなかから出てきたのは、近くのサンタ・カタリナ・ホテルの防犯カメラがとらえた監視画像だった。ホテル内にある人気のバーのテーブルに三十代半ばの黒髪の女性の姿があった。いまは亡きルーカス・ファン・ダンメとしゃべっている。

「この女は九月にアマルフィにやってきて、あそこにあるヴィラを半年契約で借りた」フェラーリは椅子の上でわずかに身体をまわし、小さな家を指さした。骨のように白い家で、ファン・ダンメのヴィラの上にそびえる崖にへばりついている。「きみが気にしているといけないので言っておくと、現金払いだった。ウルスラ・ロートと名乗った。ドイツ人だと言った。ヴィラの管理人や、彼女の話に耳を傾けるそのほかの者には、小説を執筆中だと言った。昨夜、ファン・ダンメのディナーの招待に応じた」

「鑑識チームは性行為の証拠を何か見つけたのか?」

「何もなし」

「毛髪は?」

フェラーリは首を横にふった。

「その点をしつこく論じるつもりはないが」ガブリエルは言った。「性行為の証拠や、女性がファン・ダンメのベッドにいた証拠は何ひとつないというのか？　そう解釈していいんだな？」

「そのように思われる」

ガブリエルは写真を見下ろした。「これ一枚だけか？」

「見つかったなかでは、これがベストだ。女はカメラを避けるコツを心得ているようだ。それから、自分の痕跡を徹底的に消すコツも」フェラーリはつけくわえた。「借りたヴィラを出ていく前に、あらゆるものの表面を拭いていった。こちらのヴィラにも指紋はない。少なくとも、まだひとつも見つかっていない」

「車については？」

「フォルクスワーゲン・パサートのステーション・ワゴン、ミュンヘンで登録されている。高速道路《アウトストラーダ》での女の動きを追うことができた。日の出の少し前にフィレンツェに到着、あっというまに監視網から消えてしまった」

「今日の日の出は七時半ごろだったな。わたしが間違っていなければ」

「合っている」

「アマルフィからフィレンツェまでは車で五時間。つまり、ここを出たのは午前二時ごろということだ」

「死亡推定時刻の範囲内に充分に入る」

「だが、あなたの説にはひとつだけ問題がある、フェラーリ将軍」

「なんだね？」

「絵画泥棒が人殺しをすることはめったにない。魅力を武器にして被害者の自宅に入りこみ、使用人に姿を見られている泥棒の場合はとくに」

「だったら、誰がファン・ダンメを殺したんだ？」

「泥棒が去ったあとでヴィラに入ってきた、サプレッサーつきの九ミリ口径の拳銃を持った男。金庫室の絵については」ガブリエルは言った。「盗まれたゴッホに間違いないという完璧な保証を添えて、コートールド美術館に返還するといい」

「正直に言うと、当分のあいだ手元に置いておきたい気持ちだ」

「だが、絵が見つかったことはロンドン警視庁に連絡するつもりだろう？」

「そう急ぐことはない」

「どうして？」

「英国の官憲当局に知らせたりしたら、泥棒があの七二・五×六四・七センチの特別誂《あつら》えの木枠から丁寧にとりはずした絵をきみに見つけてもらうのが、困難になるだけだ」

「それはあなたの仕事では？」

「盗まれた絵を見つけるのが？　正式には、たしかにそうだ。しかし、われわれよりきみのほうがはるかに優秀だ。とくに、イタリア人以外の泥棒が登場するこうした事件では。もしわたしがきみだったらまず、美術業界のダーティな側にいる情報源の何人かにあの写真を見せてまわるだろう」将軍はいったん言葉を切り、それからつけくわえた。「ダーティであればあるほど好ましい」

きみなら美術業界の芳《かぐわ》しくない連中とコネがあるはずだ、というフェラーリ将軍の主張に、ガブリエルはあえて反論しなかった。かつての人生においては、ときにそういう連中とつきあう必要があったし、たまには彼自身が美術犯罪に走ったこともあった。ときには派手に、ときには控えめに。その過程で、盗まれた絵や略奪された絵を無数にとりもどしてきた。カラヴァッジョの《聖フランチェスコと聖ラウレンティウスのキリストの降誕》もそのひとつだ。ガブリエルはそれをフェラーリ将軍と美術班の手柄にした。

「わたしの情報源が協力してくれない場合は？」ガブリエルは尋ねた。

「向こうが自分の過ちに気づくまで締め上げてやれ。スピーディにな」将軍はつけくわえた。「女がゴッホを残していったという事実からすると、おそらく裕福なクライアントの依頼で絵を盗んだのだろう。つまり、絵がふたたび消えてしまう前に見つけだすための時間はわずかしかないわけだ。最長で数日」

「ひきうけた場合、こちらの行動をどこまで大目に見てもらえる？」

「かなり」

「かなりというのはどれぐらい？」ガブリエルはさらに押した。

「かつてこの世に存在したもっとも偉大な画家の一人の手になる、わずか三十四点しか現存しない絵のひとつをとりもどすために？　ほぼどのようなことも大目に見るつもりだ」

「死体は？」

フェラーリ将軍は肩をすくめた。「ルーカス・ファン・ダンメは祖国からこの国にやってきた者たちの社会の柱とは、とうてい言えない人物だった」

「何か具体的な証拠は？」

「カラブリアを拠点とする悪名高き犯罪組織と親しいビジネス関係にあった」

「〈ンドランゲタ〉か？」

フェラーリはうなずいた。「きみも知ってのとおり、〈ンドランゲタ〉は南米の麻薬カルテルのためにヨーロッパでブツを売りさばいている。そして、ここ十年ほどのあいだ、〈LVD海運〉は大西洋を横断するベルトコンベヤーの役割を果たしてきた」

「すばらしい。わたしが調査にとりかかる前に、何か言っておきたいことはあるか？」

「泥棒がファン・ダンメを殺害した。泥棒が絵を盗んだ」

「ありえない」

「わかった。きみの推理を聞かせてもらおうじゃないか」

ガブリエルはサンタ・カタリナ・ホテルのテラスバーにすわっている女性の写真に視線を落とした。「仕事を請けたとき、泥棒は真実を知らされていなかった。泥棒は現在、可愛い顔を悩ませている」

9

ミロメニル通り

ローマのフィウミチーノ空港を八時半に離陸するITAエアウェイズのパリ行き便があった。フェラーリ将軍の力添えによって、ガブリエルはボディスクリーナーの保安検査を回避することができた。出発ロビーからキアラに電話をした。

「いまどこにいるか、きみには想像もつかないだろうな」

「あなたの現在地なら正確にわかってるわ、ダーリン。さらに重要なことに、行き先もわかってます」

「なんでそこまでわかるんだ？」

「たったいま、将軍の電話を切ったところなの」

「怒ってないだろうね？」

「少し」キアラは正直に言った。「でも、二、三日休みをあげるから、そちらの件に専念してちょうだい。有休扱いじゃないわよ、もちろん」

「なんと寛大な」

「くれぐれも気をつけて。いいわね？」

「どこの画廊にも足を向けないと約束する」

「ホテルはたぶん、粗末なところね？」

「じつは、友達のアパルトマンを借りるつもりでいた」

友達というのはスイスの大富豪の投資家、マルティン・ランデスマンで、サン＝ルイ島に彼の豪華なアパルトマンがある。ガブリエルは〈オフィス〉の長官として最後の大々的な作戦を展開したとき、このアパルトマンを——そして、ジュネーブを拠点とし、倫理的に問題があるマルティンの会社を——利用させてもらった。

「何日ぐらい必要だね？」マルティンが訊いた。

「二泊。最長で三泊です」

「お安いご用だ。管理人に言って冷蔵庫の中身をストックさせておこう。ワインセラーにたしか、シャトー・ペトリュスが一本か二本あったはずだ。あれを飲んだら、ほかのワインはもう飲めなくなるぞ」

ガブリエルはその夜遅く、夕食の若鶏《わかどり》のローストとサヤインゲンに合わせて、秀逸なるポムロールのワインをグラスに一杯だけ飲んだ。マルティンのアパルトマンのゲストルームでぐっすり眠り、翌朝九時十五分にはパリ八区のミロメニル通りを歩いていた。通りの北の端に〈アンティーク理化学機器専門店〉という店がある。店主のモーリス・デュランは通りの向かいの〈ブラッスリー・デュマ〉でカフェ・クレームを飲んでいた。ガブリエルは招かれもしないのにデュランのテーブルへ行き、自分のためにコーヒーを注文した。デュランは『ル・モンド』紙を馬鹿丁寧に折りたたんでテーブルに置いた。着ているのは葬儀屋のようなグレイのオーダーメイドのスーツ、ストライプが入ったドレスシャツを合わせ、ラベンダー色のネクタイを締めている。禿《は》げた頭がピカピカに磨いてある。

「なんと不快な驚きだろう、ムッシュー・アロン。午前中にあんたと会う約束があったとは知らなかった」

「きみが度忘れしたに違いない、モーリス」

「そのようなことはありえないと断言できる」窓の外を通りすぎる歩行者たちを、デュランは一対の小さな黒い目で見守った。「あんたがパリに来ていることを、国家警察のお友達連中は知ってるのかね？」

「そうでないよう願いたい」

「おれも同じ気持ちだ」

ちょうどそのとき、ブラッスリーのドアが開いてアンジェリク・ブロサールが入ってきた。フランス製のアンティークなクリスタル製品や陶器人形《フイギユリン》を扱う店が近くにあって、そこのオーナーだ。彼女が選んだテーブルは向こう端だった——デュランからできるだけ距離を置いていることにガブリエルは注目した。

「誰の目だろうとごまかせないぞ、モーリス。きみたち二人がフランス史上最長期間にわたって昼下がりの情事を楽しんでいることは、パリ八区の全員が知っている」

「言っとくがな、悪意に満ちた噂だ」

「いつ結婚するつもりだ？」

「アンジェリクは結婚している。相手がおれじゃないだけで」

「で、彼女はいつきみに飽きるんだ？」

「飽きるわけがない。なにしろ、おれはけっこう上手だから」デュランは笑みを浮かべた。

「あんたと同じさ、ムッシュー・アロン」

「わたしは絵画修復師だ。そして、きみは――」

「科学や医療分野のアンティーク機器を扱う業者だ」デュランは向かいの店のほうを指で示した。「ウィンドーにそう出ている」

しかし、モーリス・デュランはかつてこの世に存在した絵画泥棒のなかで、もっとも凄《すご》腕《うで》の一人でもあった。最近は〝委託を受けた窃盗〟と呼ばれる分野のブローカーとして活躍している。もしくは、デュランの好む言い方をするなら、正式に売買されることのない絵画の取得を手がけている。

「なんの用でパリに？」デュランは尋ねた。

「注目を浴びた事件が興味深い展開になってきたんでね」

デュランはガブリエルが差しだした電話を受けとり、画面に出ている写真をじっと見た。不可解な表情を浮かべていた。ようやく尋ねた。「やったときは痛かったと思うか？」

「死なずにすんで運がよかったよ。カミソリが頸動脈《けいどうみゃく》まで切り裂いたからな。黄色い家のあらゆる部屋に血が飛んでいた」

「だが、そこから傑作が生まれた。なのに、永遠に失われてしまったなんて」デュランはのろのろと首を横にふった。「真の悲劇だ」

「だが、ハッピーエンドになった。いいか、モーリス、その写真は昨日撮ったばかりだ」

「ありえない《セ・タン・ポシブル》」

「絵はアマルフィ海岸にある豪華なヴィラで見つかった。ヴィラの所有者の名前は――」

「ルーカス・ファン・ダンメ」デュランはガブリエルの電話の画面に視線を落とした。

「いまどこにいる？」

「イタリアのモルグ」

「気の毒に」

「その嘘っぽい悲しみの表情からすると、きみとファン・ダンメは顔見知りだったようだな」

「共通の友人に紹介された」

「いつ?」

「五年前とでも言っておこう」

「かわりに正確な答えを頼む」

デュランは考えこむふりをした。「たしか二〇一七年の秋だったと思う」

「ファン・ダンメがきみのサービスを利用しようとしたわけか?」

デュランはうなずいた。

「やつは何を狙っていた?」

「ゴッホ」

「具体的には?」

「《ファン・ゴッホの寝室》」

「どのバージョンだ?」

「三番目」

「オルセー美術館に展示されてるやつか?」

「バスティーユだよ」デュランはつぶやいた。「ぜったい無理だとファン・ダンメに言って聞かせ、もう少し手に入れやすいゴッホを数点挙げてみた。すべて却下されたんで、《耳に包帯をした自画像》はどうかと提案した」

「きみがコートールドから盗みだしたやつだな。六年前に」

「だいたいそれぐらいだ」

「アラブ世界のクライアントから依頼を受けて」ガブリエルはつけくわえた。

「買手の身元と国籍は、このさいどうでもいい。重要なのは、あの絵を売って儲けないかとおれがそのクライアントに提案したところ、やつが同意したことだ。ムッシュー・ファン・ダンメはこの取引に大満足して、数カ月後に別の依頼をしてきた」

「今度はどの方面を？」

「オランダの黄金時代」

「だが、オランダの黄金時代なら誰でもいいわけではあるまい？」

「まあな。ファン・ダンメはある特定の絵に狙いをつけていた。風俗画、音楽の世界、一六六四年にデルフトで描かれたもの」

「カンバスに油彩？　七二・五×六四・七センチ？」

「ウィ」モーリス・デュランは言った。「ヨハネス・フェルメールの《合奏》だ」

10

ミロメニル通り

彼は数年のあいだだけ、少なくとも故郷の町においては、ほどほどの名声を得ていた。ところが、長引くフランスとの戦争でオランダの経済が低迷していったため、一六七二年の秋にはもう、絵の買手を見つけることができなくなっていた。一六七五年十二月に彼が亡くなると、妻のカタリーナと十一人の子供は極貧のなかにとり残された。カタリーナは債権者たちへの嘆願書のなかで、夫は絵が売れなくなったせいで〝狂乱状態〟に陥り、〝堕落と頽廃《たいはい》〟のなかへ落ちていった、と述べている。彼の最期はあっけないものだったという。〝たった一日半のうちに、命ある人だったのが命なき人になってしまいました〟と書いている。夫の全作品の半分以上にあたる十九点の絵をカタリーナが相続した。そのうち二点をすぐさま、ヘンドリク・ファン・バウテンというパン屋に計六百十七ギルダーで売った。このパン屋に多額の借金があったのだ。

デルフトのアウデ・ランゲンダイクに妻の母親の広々とした屋敷があり、その二階が彼のアトリエになっていたが、裁判所命令によって作成されたアトリエの品々の目録には、椅子二脚、イーゼル二台、パレット三枚、カンバス十枚、机一台、オーク材のテーブル一卓、そして、〝箇条書きにする価値もないがらくた〟の詰まった戸棚一台が記載されていた。管財人が作ったその目録には、高価な絵具――とくに彼が好んで使ったラピスラズリ――のことも、絵を描くあいだ手を支えるのに使っていた腕杖のことも出ていない。また、カメラ・オブスクラやカメラ・ルシダに関する言及もない。これらは光学装置で、後世の研究者たちの主張によると、彼はこういうものを利用していたそうだ。

彼がどこで絵の技法を学んだのか、もしくは、本格的に修業したのかどうかもわかっていない。それどころか、短かった一生の詳細は、わずかな例外を別にすれば、デルフトのアウデ・ケルクにある墓のなかへ彼とともに消えてしまった。その墓には、幼いころに亡くなった三人の子供の棺《ひつぎ》の上に彼の棺が安置されている。一六三二年生まれだが、何月何日かまではわからない。ただ、現存する改革派教会の記録によると、十月三十一日に洗礼を受け、ヨアンニスという洗礼名を授けられた。たぶん、彼の両親が伝統的なヤンよりこちらに惹かれたのだろう。父親は宿の経営者で、美術商でもあり、レイニエル・ヤンスゾーン・フォスという名前だった――フォスはキツネという意味のオランダ語だ。ところが、一六四〇年ごろ、レイニエルはファン・デル・メール（〝海の〟という意味）を縮めたものを自分の名字にするようになった。息子もやはり同じ名字を名乗った。それがフェルメールである。

死後わずか数年のあいだに彼の名声が凋落《ちょうらく》の一途をたどったため、アルノルト・ホウブラーケンがその代名詞とも言うべきオランダ絵画黄金時代の画家たちの伝記（一七一八年刊）を執筆したさいには、彼をとりあげる必要はないと判断したほどだった。しかし、一八二二年五月二十二日、《デルフト眺望》と題する絵がアムステルダムでオークションにかけられ、ハーグのマウリッツハイス美術館の代表者に落札された。二十年後、ここでテオフィル・トレ＝ビュルガーがこの絵に目を奪われた。フランスの有名ジャーナリストで美術評論家でもあったトレ＝ビュルガーは絵に魅了され、残された作品すべての行方を突き止めて画家を無名状態から救いだそうと決心した。一八六六年の論文――題して〝デルフトのファン・デル・メール〟――のなかで、フェルメールの可能性のある絵を七十点以上紹介している。もっとも、トレ＝ビュルガー自身ですら、じっさいの数は四十九点ぐらいだと確信していた。後世の研究者たちがそれをさらに削り、わずか三十四点という数に落ち着くことになる。

ほとんどの絵はアウデ・ランゲンダイクにあった家の二部屋の片方で描かれたもので、同じ家具が、そして、モデルとなった同じ女性たちが登場する。絵のなかの女性たちは、家の女主人やメイドであったり、手紙を読む女や書く女であったり、ワインを飲む女やレースを編む女であったりする。そして、一六六五年、若い女性に異国風の衣装とターバンを着けさせて傑作を描き上げた。この作品はやがて、若い女性が着けている大粒の真珠の耳飾りを題名とするようになる。本物の真珠かどうかは現在、一部で論争となっていて、少なくとも一人の研究者は真珠ではなく錫《すず》で作られた可能性が高いと言っている。

この作品と同じころ、彼は音楽の演奏場面を絵にしていて、これはのちに《合奏》という題で知られるようになる。彼のアトリエを出た絵がどこへ行ったのか、正確な場所ははっきりしないが、長いあいだ彼のパトロンであったピーテル・ファン・ライフェンのコレクションに含まれていた時期があったと広く考えられている。はっきりしているのは、一八九二年十二月五日にパリのオテル・ドルーオで《合奏》がオークションにかけられ（ロット番号31、油彩、カンバス、七二・五×六四・七センチ）、二万九千フランで落札されたということだけだ。売ったのは、誰あろう、テオフィル・トレ＝ビュルガー。買ったのは、アメリカの裕福な女相続人にしてアートコレクターのイザベラ・スチュアート・ガードナーだった。彼女は絵をボストンへ持っていき、一九〇三年、ボストンの湿地帯フェンウェイに建設した新しい美術館に収めた。以後ずっと二階の展示室にかけられていたが、一九九〇年三月十八日日曜日の早朝、忽然《こつぜん》と消えてしまった。

午前一時二十四分、そうとは知らずに二人組の泥棒を美術館に入れてしまったのは、バークリー音楽院を中退し、いまは地元のロックバンドでキーボードを担当しているリック・アバスという警備員だった。いかにも本物っぽいボストン警察の制服に身を包んだ泥棒二人は、付近で起きた騒ぎを捜査中だと説明した。その説明を疑う理由などアバスにはなかった。二人のうち小柄なほうが、警備デスクから離れるように頼んだときも、別に変だとは思わなかった。賊はすぐさまアバスを壁に押しつけ、両手を彼の背中にまわして手錠をかけた。しばらくしてから、夜間のシフトを初めて担当したランディ・ヘスタンドも、館内の巡回を終えて警備デスクに戻ったところで手錠をかけられた。

「諸君」賊の一人が言った。「略奪させてもらう」

警備員たちがおとなしくさせられ、美術館の防犯カメラの機能が停止すると、イザベラ・スチュアート・ガードナーの美術品及び古代遺物のみごとなコレクションは防御のすべを失った。泥棒二人は一時間以上にわたって略奪を続けた。まず、二階のダッチルームに展示されていたレンブラントの作品二点――《黒衣の紳士と淑女》と、唯一の海景画である《ガリラヤの海の嵐》。どちらの絵も賊が木枠から切りとった。また、レンブラントの代表作である《二十三歳の自画像》も盗もうとしたが、キャビネットに立てかけたままにしておき、かわりに切手大のレンブラントの銅版画を奪っていった。不当な暴力に頼ることなく額縁からはずすことのできた絵が二点あった。一点はホーフェルト・フリンクの《オベリスクのある風景》。もう一点はダッチルームで最高の価値があったヨハネス・フェルメールの《合奏》。

賊は古代中国の花瓶を奪ってから、次にショート・ギャラリーへ向かい、フランス帝政時代の頂華《フィニアル》とエドガー・ドガのデッサン画五点を手に入れた。最後に盗みだされた絵は一階のブルールームにあったエドゥアール・マネの《シェ・トルトーニ》だった。盗んだ品が大量だったため、泥棒二人はパレス・ロードに止めておいたハッチバックつきの車まで二往復しなくてはならず、午前二時四十五分に最後の品を積みこんで逃走した。盗みに要した時間は全部で一時間二十一分。盗まれた十三点の美術品の推定価格は二億ドルという驚くべき額で、史上最高の盗難事件となった。

正午にはFBIが捜査の主導権を握っていた。指揮をとるのは二十六歳のダン・ファルゾン。指紋、足跡、毛髪、煙草《たばこ》の吸殻などの法医学的証拠がゼロという異様な状況のもとで、捜査は停滞することになる。捜査官たちは目撃者に事情聴取をおこない、盗難事件との関連を見つけだすために、美術館の雇用記録とメンテナンス記録に丹念に目を通した。警備員のアバスとヘスタンドは何度も事情聴取を受け、二人の供述に矛盾点はないかと、ファルゾンと部下の捜査官たちが確認をおこなった。その夜の早い時間に館内を巡回したアバスが美術館の横手の通用口を開閉したことに、捜査官たちは疑惑を抱いた。また、窃盗がおこなわれた一時間二十一分のあいだ、ブルールーム——マネの《シェ・トルトーニ》が盗まれた展示室——のモーション・ディテクターが一度も反応しなかったことにも、捜査官たちは頭を悩ませた。

ガードナー美術館は年間予算がわずか二百八十万ドルのため、コレクションに保険をかける余裕がなかった。しかし、オークションの世界の巨人である〈サザビーズ〉と〈クリスティーズ〉が助けの手を差し伸べてくれたおかげで、盗まれた品々をとりもどす役に立ちそうな情報に百万ドルの賞金を提供できることになった。ファルゾンと捜査官たちは一般から寄せられた何千もの手がかりと情報を追いつづけ、そのなかには、《合奏》が隣家の壁にかかっているのを見たというチャールズタウン在住の男性からの通報もあった。隣家の女性はFBI捜査官たちと美術館のスタッフを自宅に招き入れ、高画質で印刷された絵を見せた。《ガリラヤの海の嵐》が日本にあるかもしれないとの情報も同じくガセネタだった。変わり者のコレクター宅の壁にかかっているのをファルゾンと日本の警察が見つけたが、それはレンブラントの傑作ではなく、番号どおりに色を塗っていけば完成するという子供用の絵だった。

盗難事件の四年後、タイプで打った匿名の手紙が美術館に届いた。二百六十万ドルとひきかえに、盗まれた美術品の返却を約束するものだった。キュレーターのアン・ホーリーはそれまででもっとも有力な手がかりだと考えたが、ほかの手がかりを追ったときと同じく、徒労に終わっただけだった。ホーリーは藁《わら》にもすがる思いで賞金を破格の五百万ドルに吊《つ》り上げた。ダッチルームとブルールームでは、来館者たちが六枚の空っぽの額縁の前で呆然《ぼうぜん》としていた。ある霊能者は、美術館の創設者から聞いた話だとして——創設者は一九二四年からずっと墓に入っているのだが——行方不明の絵は修復ラボの天井裏に隠されていると主張した。警備主任のライル・グリンドルが梯子《はしご》をかけてのぼり、その目で見てみた。もちろん、絵はなかった。

二〇一七年五月、ガードナー美術館の理事会は賞金額を二倍の一千万ドルにした。盗難品に対する賞金としては史上最高だった。それでも、犯人たちは略奪した品を手放すのを拒んだ。しかし、彼らはいったい何者なのか？　そして、誰のために盗みを働いたのか？　容疑者には事欠かず、その大半がアイルランドとイタリアの暗黒街と関わりを持つ連中だった。しかし、それ以外の説もあり、笑うしかないものや信じがたいものなど、さまざまだった。そして、絵画泥棒のなかで史上最高の凄腕と言ってもいいモーリス・デュランは、ここから話の続きに入ったのだった。

11

ミロメニル通り

「おれが気に入ったのは謎めいたヴァチカンの工作員という説だった」

「わたしもだ」ガブリエルは正直に言った。

「だが、ヴァチカンは絵がありすぎて持て余してるのに、なぜまたさらに盗もうとするんだ？　それに、いわゆる謎めいたヴァチカンの工作員というのはどんな連中なんだ？」

「知ったら驚くぞ」

デュランは片方の眉を上げた。「そういうことがあるというのか？」

「わたしはきみの説のほうに興味がある、モーリス」

デュランは真剣に考えこんでいる様子だったが、やがて答えた。「おれが考えるに、泥棒どもはほぼ間違いなく、地元ボストンのごろつき連中で、もっと大きな犯罪組織につながってるはずだ。概してそういう組織ってのは、美術品を盗むのは大の得意だが、市場に出す方法についてはまったくの無知だ。その結果、絵画は暗黒街のキャッシュとして使われることになる。犯罪者のトラベラーズチェックと言ってもいいかな。ギャングからギャングへ手渡される。たいていは担保として。また、贈物や記念品にされることもある。絵画は簡単に持ち運べるから、長距離を移動することが多い。じっさい、海を渡ることもある」

「フェルメールはどこまで移動したんだ？」

「ムッシュー・ファン・ダンメはビジネス仲間の一人に、ダブリンで入手できると言われたそうだ」

「誰から？」

「〈キナハン・カルテル〉。アイルランド最大の勢力を持つ犯罪組織だ。ムッシュー・ファン・ダンメは自分のかわりにアイルランドへ行って交渉するよう、おれに頼んできた」

「きみはどう返事をした？」

「せっかくだが断る、と。アイルランドのギャングと関わりを持たなくても、充分ヤバいビジネスだからな」

「きみにイエスと言わせるために、向こうはいくら払った？」

「そのあたりの記憶は曖昧でね」

「全力で思いだせ、モーリス」

「最終売買価格の二十パーセントだったかもしれん」

「ぼったくりだな」ガブリエルは言った。

デュランは自分の心臓に片手をあてた。「交渉には、目隠しされて車のトランクに放りこまれ、数時間走ることも含まれてたんだぞ。生き延びられただけでも幸運ってものだ」

「交渉のテーブルの向こう側にいた男は誰だった？」

「ムッシュー・オドンネルと呼んでおこう。絵を見る目はなさそうだった。おれに一度だけ絵を見せてくれた。あのときおれがいたのは、たぶんベルファストだと思う」

「それで？」

「おれがオランダの黄金時代の画家たちに関する権威だなんて言うつもりはないが、間違いなくフェルメールだと思った」

「セカンド・オピニオンはとったのか？」

「ムッシュー・オドンネルが許してくれなかった」

「最終売買価格は？」

「五千万。一週間後にバルセロナで絵を受けとった。そこでも生き延びることができて幸運だった。翌日、アマルフィへ絵を届け、ムッシュー・ファン・ダンメが手数料を払ってくれた」

「おめでとう《マゼル・トフ》、モーリス」ガブリエルは一泊用のカバンのジッパーつきポケットから、マニラ紙のファイルホルダーをとりだした。アマルフィでフェラーリ将軍に渡された写真がそこに入っていた。デュランの前に写真を置いて言った。「たぶん見覚えのある男だと思うが」

「ウィ」

「女のほうはどうだ？」

デュランは首を横にふった。

「ウルスラ・ロートと名乗っていた」

「ドイツ人？」

「当人はそう言ったそうだ」

「女の手口に関してどんなことが言える？」

「甘い言葉を並べてファン・ダンメのヴィラに入りこみ、ディナーのあとで金庫室に忍びこんだものと思われる」

「かなり厳重に施錠されてたぞ」

「金庫とパソコンに詳しい女のようだ」

デュランは写真をファイルホルダーにすべりこませた。「で、おれがこの女を見つけだしたら？」

「わたしからボストンのイザベラ・スチュアート・ガードナー美術館に《合奏》を返しておく。そして、不本意ではあるが、今回もきみの嘆かわしき行動を大目に見ることにする」

「では、おれの探索が不首尾に終わったときは？」

「そんなことにはならないと確信している」

「時間はどれぐらいくれる？」

「どれぐらい必要だ？」

「少なくとも一週間」

「では、きっかり七十二時間ということで」

12

スケーエン

サイクリングの盛んなユトランド半島で憧れの的となっている、オーダーメイドの〈ピナレロ〉のロードバイクが、ハウネ通りの〈ノルデン・バー&カフェ〉の外壁に立てかけてあった。そばのテーブルに、〈ゴアテックス〉のジャケットとレギンスを身に着け、電話を手にしたイングリッド・ヨハンセンの姿があった。周囲に広がる町にはスケーエン・イエローに塗られた風変わりな建物が並び、まばゆい金色の陽光を浴びていた。十九世紀の終わりごろ、この光に惹かれた画家たちが小さな漁村に集まってきたものだった。だが、イングリッドの頭には陽光のことなどほとんどなかった。偶然目にしたナポリの日刊新聞『イル・マッティーノ』の記事に注意を奪われていた。アマルフィ海岸に住んでいた裕福な南アフリカ人が殺害されたという記事だった。

立ち上がり、〈ピナレロ〉の傾斜したトップチューブをまたいで、がら空きの道路を走りだした。村の南端で環状交差路をまわってプリメアルート40号線と境を接する自転車専用道路に入った。背中に風を受けながら、フルスィまでの十三・五キロを二十分で走った。次に西へ向かい、テーブルみたいに平らな農地を抜けてケネステザネに着いた。ハリエニシダに覆われた砂丘に別荘の立ち並ぶ一角があり、主に夏のあいだだけ人がやってくる。イングリッドのモダンな住まいは北海に面して大きな窓があり、海岸から数歩の距離だった。玄関ドアのロックは電子式で、暗証番号は十四桁という面倒なものだが、それを頻繁に変更している。暗証番号をキーパッドに打ちこんでから、自転車をひいて玄関ホールに入り、商用グレードのアラーム装置の警報音を消した。画面を確認したところ、留守にしていた二時間のあいだに侵入した者は誰もいなかった。

サイクリングシューズを脱ぎ、靴下だけになって広いリビングまで行った。床は淡い色のフローリング、家具はスカンジナビア製のモダンなタイプ。高価なものをそろえているが、〈ヘーゲル〉の超高級オーディオ装置を別にすれば、イングリッドに秘密の収入源があることを示唆する品はどこにもない。税務署は彼女のことを稼ぎのいいフリーランスのIT関係のプロだと思いこんでいる。事実そうなのだが。〈スケーエン・サイバーソリューションズ〉という彼女の会社は、二〇二一年には四百万デンマーククローネを超える額を稼ぎだした。今年は表向きの収入がわずかにダウンしたが、裏の稼ぎが記録的レベルまで上昇し、不足分を補って余りある状況だ。

冬は毎年スイスとフランスのスキーリゾートへ出かけることにしているが、今年の儲けはまた格別に大きかった。コネティカット州からやってきた裕福だがお人好《ひとよ》しのカップルがいて——彼はヘッジファンド勤務、彼女は広報関係の仕事——イングリッドは二人が泊まっていたサンモリッツのバドラッツ・パレスホテルのスイートから、〈ミキモト〉の真珠の二連ネックレスと〈ハリー・ウィンストン〉のダイヤモンドのブレスレットをいただいてきた。また、ロシアから来た財界の好色な大物は、クールシュヴェルのクラブを何軒もまわって深酒をした翌朝、目をさましたときに、イングリッドと百万ユーロもした〈リシャール・ミル〉の腕時計の両方が跡形もなく消えていることを知った。そして、身分低めのサウジのプリンスで、未来の国王の遠い親戚筋にあたる人物は、三人の妻と十二人の子供を連れてツェルマットで休暇を過ごしていたとき、どういうわけか、現金の詰まったアタッシェケースをどこかに置き忘れてしまった。

宝石だけでも、アントワープのブラックマーケットで五十万ドルになった。イングリッドはエーゲ海のミコノス島に所有するヴィラで夏のあいだのんびりすることにした。彼女が盗みをせずに過ごす、世界のなかで数えるほどしかない場所のひとつだ。デンマークに戻るのは九月に入ってからの予定だったが、ペーター・ニールセンから電話をもらったあとで予定を変更した。ペーターは古い稀覯《きこう》本を扱う業者で、無人になったヨーロッパのヴィラやシャトーでイングリッドがときたま貴重な写本を見つけると買いとってくれる。クライアントの一人からいっぷう変わった依頼を受けたという。アマルフィ海岸のヴィラにかかっている絵に関する依頼だった。報酬が法外すぎて断りきれなかった。前金として五百万ユーロ、絵を渡した時点で残りの五百万。

イングリッドの仕事部屋はコテージの二階にある。絵は革製の円筒形の書類入れに隠して、鍵のかかった戸棚に入れてあった。とりだしてデスクに広げた。額縁がないと、なんだか平凡な感じだ。それでも、絵を前にするとやはり心が躍った――同時に、罪悪感を覚えた。現金や宝石のかわりはいくらでもあるが、ヨハネス・フェルメールの《合奏》は西洋の宝のひとつであり、聖なる品だ。

ゆうべ、マイルス・デイヴィスを聴きながら、フェルメールをそれにふさわしいところへひそかに持っていこうかと真剣に考えた――たぶん、オランダの町デルフトへ。あの絵の物語にぴったりの劇的なフィナーレを迎えることができるだろう。だが、それではペーター・ニールセンと彼のクライアントを裏切ることになる。クライアントの金のうち五百万ユーロを受けとり、そのかなりの額を匿名で慈善団体に寄付してしまったのだから。

やがて、『イル・マッティーノ』にあの記事が出た。ルーカス・ファン・ダンメがちゃんと生きていたことは間違いない。午前十二時四十五分に彼女がヴィラを出たとき、バルバレスコと一緒に飲んだ液状の麻酔薬のおかげで、彼はぐっすり眠りこんでいた。イングリッドが金庫室に忍びこむのに要した時間はわずか三十秒だった。フィンセント・ファン・ゴッホの代表作を目にして呆気《あっけ》にとられたが、盗みたいという衝動を必死に抑えた。

彼女が受けた指示は明確だった。フェルメール。そして、フェルメールだけ。しかも、カンバスを木枠からはずす作業に思ったより手間どってしまった。

そのとき電話が振動して、暗号化メッセージがシグナル経由で届いたことを知らせてきた。ペーター・ニールセンからで、いつになったら世界でいちばん価値のある行方不明の絵を届けてくれるのか――というか、そのような趣旨の言葉が――書いてあった。イングリッドには、約束どおりフェルメールを届けるしか選択肢がなかった。いずれにしろ、アマルフィの件についてひとつかふたつ、はっきりさせる機会にもなる。とりわけ知りたいのが、この友が自分をどんな泥沼にひきずりこんだかということだった。

いつもだったら、盗んだ品はペーターの店に届けるのだが、いまの状況を考えると慎重に行動する必要があったフュン島のヴィセンビェアなら、スケーエンとコペンハーゲンのちょうど中間あたりだ。高速道路のＥ20を出てすぐのところにオートプラザがあったはずだ。Ｑ８ガソリンスタンド、コンビニ、小さなカフェ。カフェの名前はなんだった？　ヨーンス？　そう、それだ。〈ヨーンス・スモーブロー・カフェ〉。そこで会えばいい。

でも、あわてて会うこともない――電話に手を伸ばしながら、イングリッドは思った。フェルメールを届ける前に、一日か二日そばに置いておきたい。木曜日がよさそう。でも、考えてみたら、金曜日のほうがたぶん楽だろう――金曜日の午後六時、〈ヨーンス・スモーブロー・カフェ〉で。ペーター一人で来ること。現金で五百万ユーロ持ってくること。

現金をもらわなければ絵は渡さない――イングリッドはそう打ちこんだ。というか、そのような趣旨の言葉を。

13

サン＝ルイ島

ガブリエルはサン＝ルイ島にあるマルティン・ランデスマンのアパルトマンを翌日の午後一時に出て、ノートルダム寺院のすぐ近くでランチをとった。そのあと、セーヌ河の岸辺を歩いてオルセー美術館まで行き、印象派の展示室に《ファン・ゴッホの寝室》が無事にかかっているのを見て胸をなでおろした。次に立ち寄ったのはルーブル美術館のリシュリュー・ウイングで、フェルメールの《天文学者》を見るためだった。《合奏》と同じく、この絵もかつて盗まれたことがある――犯人はありふれた犯罪者ではなく、全国指導者《アインザッツシュタープ・ライヒスライター・ローゼンベルク》ローゼンベルク特捜隊という、ナチスドイツの時代に美術品の略奪を担当していた部局だった。絵は戦時中の試練をほぼ無傷で乗り越えた。ただ、カンバスの裏に黒インクで鉤《かぎ》十字の小さなスタンプが捺《お》されている。

ガブリエルの最終目的地はミロメニル通りの〈ブラッスリー・デュマ〉だった。五時十五分、モーリス・デュランが店のウィンドーのサインを〝営業中《ウヴェール》〟から〝営業終了《フェルメ》〟に換えるのを見守った。その三十分後にアンジェリク・ブロサールが姿を見せ、ほどなくデュラン自身も出てきた。アペリティフを飲むためにガブリエルのところにやってきた。

「古き良き自動車泥棒だ、あんたの女は。標的に近づき、それからこっそり盗みを働くのを好んでいる。現金と宝石がお気に入りだが、ときとして、その他の価値ある品物が彼女の粘着性の指にくっつくこともある」

「ドイツ人か？」

「あんたが誰に質問するかによって答えが変わる。カメレオンみたいな女のようだ。ドイツ人かスイス人だと言う者もいれば、オランダ人かスカンジナビア人だと言う者もいる。全員の意見が一致しているのは、セキュリティ・システムを無力化することにかけては凄腕だということだ」

「九ミリの拳銃を扱う腕前のほうは？」

「持ち歩いてる可能性はあるが、使用するのは抵抗があるだろう。彼女のやり方ではない」

「彼女がきみの領分に迷いこんできたのは今回が初めてか？」

「そのようだ」

「図々《ずうずう》しい」

「まさに同感」

「絵画より宝石のほうが処分しやすい」ガブリエルは意見を述べた。

「はるかに」デュランも同意した。「もちろん、高級腕時計を転売するときは無傷でなきゃならん。だが、金は融《と》かすことができるし、ダイヤモンドはばらしてほかの品にすればいい」

「どれもみな、故買屋が必要だな」

「毎度のことながら、おれのほうがあんたの一歩先を行っている」


翌朝、目ざめたパリの街は雷鳴と稲妻の集中砲火のなかにあった。気まぐれな秋の嵐の始まりで、パリの街の一カ月分に相当する量の雨が一時間足らずのうちに降ることもある。セーヌ川の水嵩《みずかさ》が増していくのを、ガブリエルはマルティンのアパルトマンの快適なリビングから見守りながら、フランス2チャンネルの朝食時の番組『テレマタン』を片方の目で追っていた。

ほかの国々のニュースもろくなものはなかった。英仏海峡の向こうでは、英国首相が破滅を招きかねない減税計画を承認して債券市場を混乱させ、ポンドの記録的急落を招いたのちに、政治生命を失うまいとあがいていた。ロシアも負けず劣らずで、戦争で疲弊したウクライナの民間施設を標的にして、またもや残忍な空爆を始めていた。今回はイランから提供されたドローンによる攻撃だった。アメリカを代表するセキュリティ分野の専門家が、世間の耳目を集めることはほぼなかったものの、今回の戦争によってロシアと西側世界はキューバ危機のとき以上に核戦争に近づきつつある、と警告を発していた。ガブリエルが思うに、世界はコントロールを失って危険水域に入ってしまったようだ。あと一度でも世界に衝撃が走ったら——例えば、金融危機、食物供給システムの崩壊、パンデミックの復活などがあれば——戦後のリベラルな秩序と呼ばれる体制はおそらく終焉《しゅうえん》を迎えるだろう。

午後も遅くなるころ、豪雨は収まり、パリの暮らしはほぼ正常に戻った。少なくともミロメニル通りではそうだった。「次は何が起きる?」雨粒に打たれる〈ブラッスリー・デュマ〉の窓を憂鬱そうに見つめながら、モーリス・デュランが訊いた。「イナゴの異常発生か?」

「蛙《かえる》だ」ガブリエルはつぶやいた。

「蛙ならかまわん。もちろん、食べられるやつだぞ」

「疫病の蛙は食べられないぞ、モーリス。疫病をばらまくからな」

デュランは眉をひそめた。「心配ごとでもあるのかね、ムッシュー・アロン?」

「西洋文明の崩壊が目前に迫っていることのほかに?」

「ウィ」

「わが極秘の情報源が愛人との日々の逢引《あいび》き時間はとれるくせに、盗んだ宝石をわたしの女がどこで金に換えているのか、いまだに突き止められずにいることに、いささか気分を害している」

「アントワープだ」デュランは言った。「ほかにどこがある？」

もっともな意見だとガブリエルは思った。世界のダイヤモンドの八十パーセントがアントワープを経由する。しかも、ベルギーは中央政府の力が弱く、国家警察もほぼ無能なため、ブラックマーケットで品物を売買しようとする犯罪者たちにとってはヨーロッパにおける最高の終着地点だという、立って当然の評判が立っている。

「故買屋の名前、知ってるかい？」ガブリエルは尋ねた。「それとも、わたしがダイヤモンド・クオーターへ出かけて一軒一軒まわらなきゃいけないのかな？」

「最終期限までまだ二十四時間残ってるはずだ」

ガブリエルはその時間のほとんどを、マルティンのアパルトマンに閉じこもったまま、セバスティアン・フォークスの『シャーロット・グレイ』のフランス語版を読んで過ごした。残りは〈ブラッスリー・デュマ〉へ場所を移し、上質のコート・デュ・ローヌを飲みながら読み終えた。モーリス・デュランが六時半にやってきた。信じられないと言いたげな虚《うつ》ろな目をしていて、ガブリエルの印象では、がっくりきている様子だった。

「その落ちこみようはどうしたんだ？」

「アンジェリクが」デュランはつぶやいた。

「ほかの誰かと」

「具合でも悪いのか？」

「恋愛中だ」デュランは黙りこみ、それからつけくわえた。「ほかの誰かと」

「長いつきあいだったのに？」

「おれも彼女に同じことを訊いた」

「彼女もよくまあ、時間を見つけられたものだな」

「あのな、おれはそれも訊いた」デュランはガブリエルに一枚の紙を渡した。氏名と住所が書かれていた。「アルメニア・マフィアのヨーロッパ支部の関係者だ。怒りを抑制するのが下手だからな、アルメニアの連中は。だから、あんたがそいつと話をすることがあったら、おれの名前を出さずにいてくれるとありがたい。おれはただでさえ悩み多き男なんだから」

店を出たガブリエルは恋に破れた極秘の情報源に別れを告げて、サン＝ルイ島のアパルトマンに戻った。所有者に電話をかけ、もうひとつ頼みごとをした。

「どれぐらい必要だね？」スイスの投資家が尋ねた。

「アントワープのダーティなダイヤモンド商人をふりむかせるのに充分なぐらい」

「きみの同国人ではあるまいな？」

「アルメニア人です。じつを言うと」

「そいつがモニクの宝石を見たら、きっと気に入るはずだ」モニクというのはマルティンの妻、フランス生まれの魅惑的な女性だ。「パリにはほんの少ししか置いていないが、どれもきわめて高価なものだ」

「ダイヤモンド？」

「わが愛《いと》しのモニクはダイヤモンドで全身を飾り立てないかぎり、屋敷の外へ足を踏みだそうとしない」

「どこに置いてあるんです？」

「そこの化粧室のなかにある金庫だ」

「コンビネーションは？」

「きみにそんなものが必要とは意外だな」マルティンは三つの数字を暗唱した。「はっきりさせておきたいが、すべて返してくれるね？」

「うっかり紛失することさえなければ」

「塵《ちり》も積もれば山となるという諺《ことわざ》を知っているだろう？　こちらで百万、あちらで百万、そんなふうに紛失が続くと、そのうち莫大な額になってしまうぞ」

「そうだ、現金も必要です」

「金庫に二十万入っている」ため息混じりにマルティンは言った。「好きなだけ持っていきたまえ」

14

フュン島

〈グリーン・デンマーク連合〉は二〇〇五年に、オールボー大学の政治社会学部の学生だったアナス・ホルムと九人の仲間によって設立された。このグループの主な目的は仰々しい宣言書にも書かれているとおり、二〇二五年までに脱炭素のデンマーク経済を達成することだった。ウェブサイトを立ち上げたが誰も閲覧せず、シンポジウムとデモ行進を計画したが誰も参加せず、崇高な嘆願書の署名を集めたが、受けとってくれる権力者や影響力のある者はほとんどおらず、ましてや読んでくれるはずもなかった。

そのため、連合の設立から二年たったとき、アナス・ホルムは戦術を転換しようと決めた。パンフレットと嘆願書の日々は終わったと宣言した。今後は挑発的な直接行動という作戦をとることにし、デンマークで最大量の温室効果ガスを排出している複数の企業のコンピュータ・ネットワークに悪質なハッキングをしたり、集中的なアクセスによってサーバーをダウンさせたりした。デンマーク警察はハッカーの正体を突き止めることがどうしてもできなかった。ひとつには、ハッカーの正体を知る者がアナスしかいなかったからだ。それはイングリッド・ヨハンセン。大学のコンピュータ・サイエンス学科の優秀な学生だった。

イングリッドは連合のためにおこなったハッキングを誇らしく思っていたが、何よりも刺激的だったのは、安全と思われているコンピュータ・ネットワークに入りこむ瞬間に感じる、麻薬にも似た陶酔だった。アナスに頼まれてさらに何回かハッキングをおこなった——相手は環境を汚染する者や、強大な力を持つ実業家、さらには政府の閣僚のこともあった——だが、まもなく、キーボード上のスキルだけでは依存症状を和らげることができなくなった。簡単すぎるし、安全すぎる。満足のゆく陶酔を得るにはさらに大きな危険を冒す必要があった。

たいていの泥棒と同じく、イングリッドも万引きで腕を磨いた。やがて、錠前破りやスリをやるようになった。とくに稼ぎやすいのが、狙う相手がしばしば酒でへべれけになっているオールボー界隈《かいわい》のバーだった。もともとは外交的で軽薄なタイプではなかったが、そういう態度を身につけ、言い寄ってくる男たちを歓迎するよう心がけた——相手が年配ならとくに歓迎だった。たいてい、かなりの現金と貴重品を持っているし、魅力的な若い女のお世辞に簡単にだまされる。自分の容貌が財産であることにイングリッドは気がついた。彼女の顔を見ても、現代の北欧における犯罪者らしきところなどまったく感じられない。

大学二年の終わりに、自分のＩＴコンサルタント会社を立ち上げるという口実を設けて退学し、犯罪の海に向かって女一人で船出をした。その海はデンマークの北から南まで、西から東まで広がっていた。コペンハーゲンで初めてのダイヤモンドを盗み、フランクフルトでセルビア人のギャングに売却した。本来の価値からすると何分の一かの値段だったが、この取引のなかを生き延びることができただけでも幸運だった。それをきっかけに、スウェーデンのマルメを縄張りにしている〈ブラック・コブラ〉という不良グループのメンバーから、銃――サブコンパクト・モデルのグロック26――を買った。コブラのそのメンバーはイブラヒム・カドウリといって、銃の使い方と、盗品の宝石を途中で殺されることなく売りさばく方法を教えてくれた。イブラヒムはアントワープのダイヤモンド・クオーターに住むアルメニア人を知っていた。評判のいい故買屋だという――そんなものが実在するならの話だが。イングリッドはそのお礼に、現金一万クローネと、彼女自身には使い道のない盗んだクレジットカード二百枚をイブラヒムに渡した。

三十歳になるころには、コンサルタント業から入ってくる正当な収入のほかに、泥棒稼業で年に五十万ユーロを超える額を稼ぐようになっていた。ケネステザネにコテージを購入し、それから、サントロペで格別に実り多き夏を送ったあとでミコノス島にヴィラを買った。金持ちからしか盗まず――そもそも、現金と貴重品を持っているのは金持ち連中だ

――手元に残しておくのは快適なライフスタイルを維持するのに必要な額だけだった。残りは慈善団体に寄付することにしていて、匿名で電信送金したり、現金を詰めこんだ小包をDHLで送ったりしていた。

そうした日々のなかでも、イングリッドは熱心な環境保護論者であり、気候変動活動家でありつづけた。自宅はカーボンニュートラル、車はプラグイン・ハイブリッドカーのボルボXC90だった。金曜日の午後四時半、その車はE45を走り、ユトランド半島を南へ向かっていた。イングリッドは〈ランダース〉のおしゃれなニットキャップをかぶり、薄い色のついたサングラスをかけて、完全に顔を隠していた。グロックはハンドバッグに入れてあり、そのバッグを助手席に置いていた。ヨハネス・フェルメールの《合奏》が入った革製の円筒形の書類入れはボルボの荷物室の前のほうに積んであった。

激しい風雨が四十八時間続いたあとでようやく、ユトランド半島の空が明るくなった。イングリッドは午後五時にリトルベルト橋を渡ると、E20を走って東へ向かい、フュン島を横断した。ヴィセンビエアのオートプラザに着いたときもまだ、太陽がまばゆく輝いていた。ボルボを有料駐車場に預け、ハンドバッグだけを持って〈ヨーンス・スモーブロー・カフェ〉に入った。

ふたつのテーブルがふさがっていた。ひとつには不機嫌な顔をした中年後期のカップル、もうひとつにはカーコートの下にダークな色のビジネススーツを着た四十歳ぐらいの男性。

デンマーク人ではなさそうだとイングリッドは思った。たぶんフィンランド人。もしかしたら、エストニアかラトヴィアかもしれない。上等の靴、趣味のいい腕時計、財布にはたぶん数百ユーロ。ただし、いいカモにはできそうにない。自信たっぷりという感じだ。それに、わたしにはまったく興味がなさそう。珍しいことだ。男ならたいてい、こちらを値踏みする視線ぐらいはよこさずにいられないのに。

イングリッドはカウンターの奥の女の子にコーヒーとチキンサラダのオープンサンド《スモーブロー》を注文し、窓際のテーブルへ運んだ。午後五時四十五分、不機嫌な顔をしたデンマーク人のカップルが先にカフェを出ていき、その十分後に、フィンランドかバルト三国のひとつの出身かもしれないし、そうでないかもしれない男性も出ていった。外では六十代半ばの男性がEクラスのベンツにガソリンを入れていた。ツイードのジャケットにベージュのタートルネックのセーターとくれば、古い稀覯本を売買するコペンハーゲンの業者であることはひと目でわかる――そのうえ悪人であることも。

男性はノズルを所定の位置に戻してから、ベンツを駐車スペースへ移動させた。カフェに入ってきたときは、安っぽいアタッシェケースを提げていた。カウンターでコーヒーを注文し、両手がふさがった状態でイングリッドのテーブルにやってきた。イングリッドは立ち上がって愛想よく彼を抱擁しながら、彼が着ているツイードのジャケットのパッチポケットから電話を抜きとった。

　男性は椅子に腰を下ろし、横の椅子にアタッシェケースを置いた。

「いつになったらあの車をお払い箱にするつもり？」ペーターの電話をハンドバッグにすべりこませながら、イングリッドは尋ねた。

「まだ三年目だぞ」

「ハイブリッドカーかEVカーに買い替えれば、すごくいい値段で下取りしてもらえるわよ」

「ガソリンエンジンの感触が好きなんだ」

「潮位が上がってストロイエにあるご自分の美しい書店が水浸しになったら、あなたはどう感じるかしら」

「わたしの書店は二階だ」ペーターはそう答え、片手を差しだした。

　イングリッドは渋い顔で電話を渡した。

「腕が鈍ったようだな」

「わたしの車に置いてある絵はその逆だと言ってるわ」

「うちのクライアントのものだぞ」

「まだよ」

「何か馬鹿なことをしようと思ってるんじゃなかろうな？」

「どんなこと？」

「取引条件を自分に有利にしようとするとか」

「考えたこともなかったわ。でも、あなたがそう言うのなら……」

「やめとけ、イングリッド。うちのクライアントはただでさえご立腹だ」

「どうして？」

「不要な流血沙汰」

「わたしだって同じ気持ちよ」

「絵を手に入れるのに、ほんとにあれしか方法がなかったのか？」

イングリッドはコーヒーカップを唇に持っていった。「ファン・ダンメを殺したのはわたしじゃないわ」静かな声で言った。「わたしが帰ったあとで何者かがヴィラに忍びこんだ。いったい誰なのか、あなたかクライアントが知ってるんじゃないかと思ってたんだけど」

「誓ってもいいが、クライアントはその件とは無関係だ」

「その人、誰なの？」

「ルールは知ってるはずだ、イングリッド。きみがクライアントの正体を知ることはないし、クライアントがきみを知ることもない」ペーターは窓の外に目をやり、イングリッドのボルボのほうを見た。「ちゃんとロックしてあるだろうな」

「正直に言うと、よく覚えてない」

「状態はどうだ？」

「すばらしくいいわよ」

「見せてもらったほうがよさそうだな」

イングリッドはアタッシェケースにちらっと目を向けた。「その前にまず大事なことから」

イングリッドは電力をチャージしていたケーブルをボルボからはずし、運転席に乗りこんだ。ペーターが助手席にすわった。膝にのせたアタッシェケースのバランスをとりながら、彼がコンビネーション・ロックを操作すると、留め金がパチッとあいた。

イングリッドは手の切れそうな五百ユーロ紙幣の束をふたつとりだし、車内灯にかざして調べた。「五百万。間違いないわね、ペーター？」

「金をごまかしたことがこれまでにあったか？」

一度もなかった。しかし、こんな高額の取引をするのは初めてだ。おまけに、当分のあいだ、これがイングリッドの稼ぐ最後の金になるだろう。

彼女が札束をアタッシェケースに戻すと、ペーターが蓋を閉めた。「取引成立かね？」と尋ねた。

イングリッドは車のエンジンをかけ、荷物室のリリースボタンを押した。

「少しは自分用にとっとけよ」ペーターはアドバイスをして車を降りた。しばらくすると、革製の円筒形の書類入れを持って駐車場を横切り、彼のベンツのほうへ向かった。携帯電話がなくなっていることには気づいていなかった。イングリッドはデバイスの電源を切り、いつもハンドバッグに入れて持ち歩いているファラデーパウチに放りこんだ。腕が鈍ったなんて言わせない──そう思いながら、ケネステザネに向けて車をスタートさせた。

ペーター・ニールセンはグレートベルト橋──フュン島とシェラン島を結ぶ全長十八キロの橋──を半分渡ったところで、またしてもイングリッドに電話を盗まれたことに気づいた。自業自得だと思った。腕が鈍ったなどと彼女に言ったのが間違いだった。以前と少しも変わらない凄腕だ。リアシートの床に置いてある絵がその証拠だ。

いまから彼女を追いかけても遅すぎる。クライアントに絵を届けたあと、朝のうちにスケーエンまで車を走らせることにしよう。それまでのあいだ、イングリッドが電話のロック解除に成功しないことを願うしかない。電話に入っている暗号化メールのやりとりを彼女に見られてはまずい。クライアントの身元や、フェルメールを手に入れるためにクライアントがペーターに支払った金額が記されている。たしかに、イングリッドは高額の報酬を受けとったが、金の分け方はとうてい公平とは言えないものだった。あと数時間で、ペーターはとてつもない大金持ちになる。

　ふたつの島のあいだのグレートベルト海峡では、いつものように風が唸《うな》りを上げていた。ペーターは両手でハンドルをしっかり握って走りつづけた。それでもなお、高くそびえるケーブルに支えられた吊り橋部分に入ったときには、車線からはみでないようにベンツを走らせるのがひと苦労だった。快適な気分でグレートベルト橋を渡ったことは一度もない。夜はとくに苦手で、黒い海面の上のほうで宙吊りにされた気がして、いつも軽い吐き気に襲われる。それに、あのガードレールは大丈夫だろうか？　高さ一メートルにも満たない。突風で車を制御できなくなったとき、あれが身を守ってくれるだろうか？　たぶん無理だ――ペーターは思った。死に向かって落下し、深海にゆっくり沈んでいくことになる。海峡のなかでもこのあたりがもっとも深いはずだ。そして、未来永劫《えいごう》そこに横たわる。傍らにヨハネス・フェルメールの《合奏》を置いて。

　シェラン島の西側の海岸線に向かって長い下りが始まると、ペーターの気分も明るくなってきた。追い越し車線の料金所を猛スピードで通り抜け、一時間後にはコペンハーゲンのはずれに到着した。彼が住んでいる独身者向けのアパートメントはトレンディなノアブロ地区のナンセンス通りにあって、店から徒歩十分の距離だった。アパートメントの外の空きスペースにベンツを止めてエンジンを切った。それから、リアシートの床のほうへ右手を伸ばし、世界でもっとも価値のある紛失した絵画が入っている革製の円筒形の書類入れをつかんだ。

助手席のヘッドレストの上から慎重に書類入れを引き寄せ、車のドアをあけて外に出た。そこで初めて、カーコートのポケットに両手を入れて歩道を歩いてくる男に気づいた。前にどこかで見たのは間違いない——それも、ごく最近。

しかし、どこだった？

銃がペーターの思考を不意に断ち切った。男がカーコートの内側から驚くほど優雅なしぐさでとりだした大型のセミオートマチック拳銃。ペーターの顔に向けられると、鮮やかな閃光《せんこう》が二回生まれたが、銃声はほとんどしなかった。そして、ペーターは倒れた。黒い水のなかへ、深海の底へ。ヨハネス・フェルメールの《合奏》は彼の旅の道連れにはならなかった。銃を持った男が奪っていった。この日の夕方五時五十五分にヴィセンビェアのカフェから出ていく姿をペーターが目にしたあの男。イングリッドの命も危険にさらされていることを彼女に伝える必要があったが、できなかった。イングリッドに電話を盗まれていた。

15

ダイヤモンド・クオーター

モニクの化粧室の金庫をあけたときにガブリエルが見つけた燦然《さんぜん》と輝く宝石のコレクションを描写するのに〝ほんの少し〟という言葉を使うのは、マルティン・ランデスマンのような巨万の富の持ち主だけだろう。装身具の数は全部で百以上、そのなかには、十二カラットのダイヤモンドがセットされたプラチナペンダントもあった。ガブリエルは慎重に品定めをおこなって、必要な分だけ盗みだし――活動資金の十万ユーロも含む――被害者の車に乗りこみ、被害者がいつも使っているパリのお抱え運転手の運転で逃走した。サファイア・ハウスという、この街にふさわしい名前がついたアントワープ中心部のホテルに入ったときは、真夜中になっていた。彼の名前でダイヤモンド・スイートが予約してあった。宿泊代は細かい費用も含めて、彼の被害者がオーナーをしている投資会社に持ってもらうことになっている。

ホテルがあるのはランゲ・ニーウ通り、アントワープの荘厳な旧市街からそう遠くないところだった。狭い通りが交差し、商店やカフェがいくつもあるため、監視と探索をゆっくりおこなうにはうってつけの場所で、ガブリエルは翌朝、軽く朝食をとったあとでひとまわりしてみた。〈オフィス〉の元長官がこの街の高級ホテルのひとつに泊まっていることに、ベルギーの優秀な保安機関がまだ気づいていないと判断するまで、数分もかからなかった。

次は服の替えを買うために、アントワープの人気ショッピング街であるマイル通りへ向かった。細身の黒いジーンズ、黒いセーター、ジッパーつきのアンクルブーツ、革のコート、特大サイズの金の腕時計、金のネックレス、黄色いカラーレンズの眼鏡。サファイア・ハウスのスイートに戻って、買ってきた服に着替え、十二時半に部屋を出たときにはかなり物騒な不審人物になりきっていた。そもそも、いまの彼は犯罪者なのだ。パリのサン＝ルイ島にあるアパルトマンから百万ユーロ相当の宝石を盗んできたばかりの大泥棒。そのうち数点は、十二カラットのダイヤモンドがセットされたプラチナペンダントも含めて、コートのポケットに隠してある。残りの盗品は、イスラエルのパスポートと、世界でもっとも安全という評判のイスラエル製携帯電話と一緒に、ホテルの部屋の金庫にしまってきた。九ミリのベレッタは腰のくびれのところでズボンのウェストに押しこんである。泥棒仲間の多くと違って、銃の扱いはお手のものだ。

一階に下りると、ロビーを横切ってふたたびランゲ・ニーウ通りへ出ていくガブリエルに、コンシェルジュが嫌悪の目を向けた。今度は右へ曲がり、世界でもっとも美しい駅のひとつとして広く認められているアントワープ中央駅のほうへ歩きはじめた。西側の堂々たるファサードからダイヤモンド・クオーターを見渡すことができる。小売店、宝石の工房、仲買店などが密集した地区で、年間二億三千四百万カラット分のダイヤモンドがここで取引されている。そこまで行ってみると、あたり一帯のシャッターの多くが閉ざされ、人影もなかった。今日は土曜日、ユダヤ教の安息日で、アントワープのダイヤモンド取引の多くはいまもユダヤ人の手に委ねられている。

しかし、ユダヤ人の宝石業者たちが宗教で定められた安息と祈りの日を遵守しているのに対して、最近になってダイヤモンド・クオーターにやってきた業者の多くは土曜日も店をあけている。その一人にコーレン・ナザリアンという男がいる。アルメニア生まれで、アペルマンス小路二十三番地の〈マウント・アララト・グローバル・ダイヤモンド取引所〉のオーナーだ。通りの向かいに〈カフェ・ヴェルテ〉というトラットリアがあった。ガブリエルがそこの案内係の女性にイタリア語で声をかけると、彼の胡散臭い外見にもかかわらず、誰もが憧れる窓辺の席へ案内された。

席についたガブリエルは、主として本能と過酷な経験から身に着けた知恵のおかげで、すぐさま、旧友のモーリス・デュランが今回も彼を正しい方向へ導いてくれたという結論に達した。たぶん、不透明なガラスのドアとつい見落としがちな真鍮《しんちゅう》の看板という、店の目立たない入り口のせいだろう。もしくは、一時十五分に店に入る許可を求めた二人の男性――一人は銃を隠し持っている様子――のせいか。もしくは、剃《そ》り上げた頭と木の幹のような首をしたステロイド濫用者のせいか。二十分ほどすると、この男がミーティングの成功を示す笑みを浮かべて、二人の訪問者を秋の午後の通りへ送りだした。

高価な宝石の取引がおこなわれただけなのか、それとも、〈マウント・アララト・グローバル・ダイヤモンド取引所〉はほかの犯罪行為の隠れ蓑《みの》なのか？　例えば、麻薬とか、法で禁じられている火器とか。ガブリエルのほうは、名前がわかればそれでいい――アマルフィのファン・ダンメのヴィラからフェルメールを盗みだした女の名前が。単純なビジネス取引を通じてその情報をひきだしたいというのがガブリエルの望みだった。そうすればこちらの身元を知られずにすむ。そのために、ひと財産にも値する宝石を悪趣味なコートのポケットに隠してきたのだ。そして、これがうまくいかなかったときは暴力に訴えればいい。ただ、そうならずにすむよう願っていた。ガブリエルにとって、ベルギーは政府機関にも法執行機関にも彼の友達が一人もいないという、ヨーロッパでも珍しい国のひとつである。おまけに、背中の古傷が疼《うず》いていた。

しかし、自己紹介のときにどう名乗ればいい？　ランチの勘定書に手の切れそうな紙幣を何枚かのせながら、息子の名前を借りようと決めた。粋な点では彼自身の名前といい勝負だ。ラッファエーレと名乗ることにしよう。名字はなし。あの画家と同じく、ただのラッファエーレ。自分はカラブリア州の貧しい村出身の泥棒で、〈ンドランゲタ〉という名で知られる荒っぽい犯罪シンジケートの関係者だ。組織の幹部連中が、最近アマルフィ海岸で大きな仕事をした女を捜している。上納金をとりたて、仁義を通してもらうために。犯罪組織の者なら誰もが理解する言語だ。〈ンドランゲタ〉のメンバーが不意に訪ねてきたとなればとくに。

まさにそれが、二時きっかりにガブリエルがやったことだった。インターホンのパネルのボタンを押し、応答がなかったので、もう一度押した。

ようやく、金属的な男性の声が尋ねた。「ヤー？」

ガブリエルはイタリア訛《なま》りの強い英語で答えた。「コーレン・ナザリアンと話がしたい」

「ミスター・ナザリアンは手がふさがっている」

「待たせてもらう」

「どちらさまですかね？」

「ラッファエーレという者だ」

「名字は？」

ガブリエルは大粒のダイヤモンドを防犯カメラに向かってかざした。

ガチャッと音がして、デッドボルトがはずれた。

16

アッペルマンス通り

先ほど見かけたステロイド濫用者が膨らんだ胸筋の前で腕組みをし、足を肩幅に広げて、狭苦しい玄関ホールで待っていた。足元のカーペットはベージュ色ですりきれていた。頭上の照明はぎらぎらした蛍光灯だった。男の背後にロックされた別のドアがあり、別の防犯カメラがあった。男は無言でガブリエルのほうへ片手を突きだした。てのひらが上を向いていた。ガブリエルはその手をとって愛想よく握りしめた。コンクリートブロックと握手をしているみたいだった。

「ダイヤモンド」アルメニア出身のその男が言った。

ガブリエルは時計の振子のようにダイヤモンドをぶら下げた。

「どこで手に入れた?」

「死んだ母のものだった。母の霊よ、安らかに」

「趣味のいい人だったんだな」

「リッチな夫もいた」ガブリエルはペンダントをコートのポケットに戻した。「こいつを売りたい。ほかにも二、三ある」

「銃を持ってるのか？」

「どう思う？」

「預からせてもらう」

　ガブリエルはベレッタの銃尾のほうを相手に向けて差しだした。撃つつもりだなどと誤解されるのを避けるためだった。いつもなら弾丸も抜いておきたいところだが、〈ンドランゲタ〉のメンバーともなれば、銃の安全に関する基本的エチケットを守るようなことはないはずだ。「そろそろミスター・ナザリアンと話をさせてもらえるかね？」

　アルメニア出身の男が防犯カメラのほうへ視線を上げると、次のドアのデッドボルトがはずれた。ドアの向こうにあったのは無人の待合室で、きらめくダイヤモンドと、採掘地と思われるアルメニアの険しい山々の特大サイズの写真が飾ってあった。かつてソ連邦に属していたこの共和国には五十以上のダイヤモンド研磨会社があり、この国の輸出額の四分の一をダイヤモンドが占めている。コーレン・ナザリアンはそうした石の一部を扱っている。自前の鉱山や工場は持たず、小売もやっていない。単なるブローカー、仲介者だ。誰かからダイヤモンドを買いとり、別の誰かに売る。どうにか暮らしていけるだけの利益が出るよう願いつつ。生計を立てるのは容易なことではない。だから、ときには出所のはっきりしない石でも喜んで扱うことにしている。

ナザリアンは仕立てのいいグレイのスーツと、ダイヤモンドのカフスボタンがついたオープンネックの白いシャツという装いで、彼のオフィスにガブリエルを迎えた。目鼻立ちのはっきりした細身の男で、年齢は五十代半ば、鼻はワシのくちばしのよう、薄くなりかけた髪を頭皮になでつけている。

何やら考えこむ様子で、火のついていない煙草の上からガブリエルを見つめた。「さっき、名前が聞きとれなかったが」

ガブリエルはもう一度名乗った。名前はひとつだけ。あの画家と同じように。

「で、どんな仕事をしてるんだ、シニョーレ・ラッファエーレ?」

「数多くの慈善活動に携わっている。主に未亡人と子供のためだ。また、教会の活動にもきわめて熱心だ」

「なんと気高いことだろう」ナザリアンは優美な金のライターに炎を上げさせ、くわえていた煙草の先端に火をつけた。「では、空いた時間は?」

「イタリアのカラブリア州に本社を置く国際的コングロマリットに勤めている。昨年の年商は約六百億ユーロ、製薬と不動産開発の分野が中心だ」

ナザリアンは仲間のほうへ懸念の視線を向け、アルメニア語でひそやかにやりとりを始めた。ガブリエルはアルメニア語がひとことも話せないし、理解もできないので、この機会を利用してナザリアンのデスクに並んだ品々を点検することにした。オーバルカットのダイヤモンドをかたどったペーパーウェイト。ビンテージものの真鍮のメモスタンド。プロが宝石の鑑定に使うシュナイダールーペ。クッションパッドのついたトレイ、煙草の吸殻があふれた重そうな陶製の灰皿。電卓。蓋を開いたノートパソコン。

部屋の唯一の窓から無人の中庭を見渡すことができた。窓ガラスはグレイがかった緑色、内側からしか見通せないマジックミラーで、飛散防止加工がされている。防弾ガラスかもしれない、とガブリエルは不意に思った。もちろん、そうでないよう願いはしたが。なにしろ、銃をとりあげられている。フル装塡し、一発目が薬室に入っているその銃は、アルメニアの巨漢の上着のポケットに入っている。正確に言うと、左側のポケットに。

ナザリアンが彼の煙草を灰皿に置いた。「よかったら、ダイヤモンドを見せてもらおうか?」

ガブリエルは相手が〝よかったら〟という言葉をつけたことに注目した。幸先《さいさき》のいいスタートだ。

ダイヤモンドがセットされたペンダントをトレイに置いた。ナザリアンがルーペで石を鑑定し、そのあいだにステロイド濫用者がガブリエルの身体検査をした。さっきほど強硬な態度ではなくなっていた。

「すばらしい」しばらくしてから、ナザリアンは言った。「じつにみごとな石だ」

「ああ、そのとおり」ガブリエルは残りの宝石をわざと無造作にトレイに放り投げた。ダイヤモンドのネックレス四本、ダイヤモンドのブレスレット六本、ダイヤモンドのイアリング四対、ダイヤモンドの指輪二個。大きいほうの石は六カラットある。「これらも悪くないぞ」

ナザリアンはゆっくり時間をかけて石を一個ずつ鑑定した。「どこで手に入れた、シニョーレ・ラッファエーレ？　聖女のようだった母親がどうのなんて話は、頼むから省略してくれ。これまで何度も聞かされてきた」

「手に入れたのはパリだ」

「最近かね？」

「昨日の夜」

「〈カルティエ〉？　〈ピアジェ〉？」

「パリ四区のアパルトマン」

「紛失したことを持ち主は知ってるのか？」

「まだだ」

ナザリアンは電卓のほうへ手を伸ばし、しばらくのあいだ手早くボタンを叩《たた》いた。

「いくらになる？」ガブリエルは訊いた。

「これだけの品質のダイヤモンドだからな、正規のマーケットだと四百万ユーロ近くになるだろう」

「では、〈マウント・アララト・グローバル・ダイヤモンド取引所〉だと?」

ナザリアンはふたたび電卓を叩き、むずかしい顔になった。「二十万ってとこかな」

「カラブリアにいるおれの相棒ががっかりしそうだ」

「すまん、シニョーレ・ラッファエーレ。まあ、こういう状況だしな。申しわけないが、これが精一杯だ」

「ほかの形で合意できるかもしれん」ガブリエルは提案した。

「どんな形だ?」

「あんたに現金で一万ユーロ払うから、どこへ行けばおれが捜してる女が見つかるかを教えてほしい。三十代半ば。かなりの美人。ドイツ人かスイス人。いや、もしかしたら、オランダか北欧かも。ターゲットに接近してごっそり盗んでいくのが女の手口だ。とくに宝石がお気に入りで、あんたは女のかわりにそれを売りさばいている。女は先日、アマルフィ海岸ででかい仕事をした。おれの相棒が分け前をほしがってる」

「で、もしわたしがその女を知っているとしたら?」しばらくしてから、ナザリアンが訊いた。「たかが一万ユーロのために、なぜ女を裏切らなきゃならん?」

「いまの提案がきっかり十秒後に失効するからだ」

「で、そのあとは?」

「悲惨な事態になりかねない」

ナザリアンはルーペを目にあてた。「そのとおりだ、シニョール・ラッファエーレ。きわめて悲惨なことになるだろう」

ガブリエルはふりむき、ステロイド濫用者と向きあった。「お先にどうぞ」

クラヴマガと呼ばれるイスラエルの格闘技は優美さで知られているのではない。だが、そもそも美的センスを念頭に置いて考案されたものではない。めざすところはただひとつ、敵を最短時間で戦闘不能にするか殺害することだ。また、この格闘技は公正さを尊重することもない。それどころか、攻撃のさいには重量のある品を使うよう、インストラクターが生徒たちに奨励するほどだ。自分より大柄で力のある敵に立ち向かうときはとくに。ダビデはゴリアテと格闘をしていない——これがインストラクターの好む言葉だ。ダビデはゴリアテに石を投げつけた。そのあとでようやくゴリアテの首を切り落とした。

コーレン・ナザリアンのオフィスにある石はダイヤモンドだけだったが、十二カラットの石がアルメニア人ボディビルダーの身体にあたったとしても、猛スピードで走るトラックに向かって投げつけられた小石のごとく跳ね返るだけだろう。ガブリエルは賢明にも、かわりにガラスのペーパーウェイトのほうへ手を伸ばした。アルメニア人の左目に叩きつけた。命中した瞬間のグシャッという音からすると、眼窩《がんか》の七個の骨のうち、一個か二個は砕けたようだ。

　真鍮のメモスタンドを活用したい誘惑に駆られたが、かわりに相手の向こう脛《ずね》に強烈な蹴りを入れ、続いて、無防備になった睾丸《こうがん》に膝蹴りを、喉頭に必殺拳を見舞った。こめかみへの肘打ちは不要だったかもしれないが、没収されたベレッタを奪いかえす役に立った。コーレン・ナザリアンに銃口を向ける必要はなかった。体格が二倍で年齢が半分の男をガブリエルがこてんぱんにやっつけるのを見ていたため、ものの数秒もしないうちに、ダイヤモンド・ブローカーはひどく饒舌になった。

　ああ――すなおに認めた――例の女のことなら知っている。どこへ行けば会えるのかも。いや、何があろうと、〈ンドランゲタ〉のメンバーが女を捜してることを当人に警告するつもりはない。ただ、女の命だけは助けてほしい。シニョール・ラッファエーレから承諾の返事はなかった。なにしろ、危険きわまりない男だ。

　ガブリエルは宝石類をコートのポケットに戻すと、勝手に建物を出てサファイア・ホテルに戻った。やがてガブリエルのスイートから出てきた男は、中年後期の上品な雰囲気を漂わせていて、特別誂えのイタリア製のズボン、カシミアのジャケット、しゃれたデザインのスエードのローファー、ウールのオーバーという装いだった。四時半、ハンブルク行きの列車に乗った。これが旅の始まりで、目的地はデンマークの極北の地。光の質の高さで有名な、絵のように美しい漁村だ。彼の心の一部はこの旅をじっさいに楽しみにしていた。何も収穫がなかったとしても、北海のほとりで二、三日過ごすチャンスができる。世界でもっとも価値ある盗難絵画を見つける方法としては、これよりはるかに過酷なものがいくつもある。

17

ケネステザネ

事件が起きたのは午後九時十七分。それは間違いないとデンマーク警察が断言している。論争の余地なき事実がもうひとつ。それは発射された弾丸の数で、二発だった。どちらも被害者――ペーター・ニールセン、六十四歳、コペンハーゲンのストロイエにある稀覯本を扱う古書店の店主――の頭部に命中していた。銃口が光ったのを通行人が記憶しているが、銃声は聞いていないことから、犯人はおそらくサプレッサーを使ったものと警察は見ている。犯人は被害者のアパートメントの外に止めておいたＢＭＷのオートバイで逃走した。交通監視カメラの情報によると、午後十時少し過ぎに隣国スウェーデンに入っている。スウェーデンの官憲当局はいまのところ、犯人の行方を突き止められずにいる。

警察はこの殺人事件のいくつもの点に困惑させられた。まず、事件が起きたという事実そのものに。デンマークは統計から見ると世界でもっとも安全な国のひとつで、年間の殺人事件の件数はアメリカで一日に起きる件数よりも少ない。動機は物盗《ものと》りかと思われたが、犯人の武器——製造元のはっきりしない九ミリの拳銃——にサプレッサーがとりつけられていた理由を解明しようとして、捜査員たちは途方に暮れた。ふつうの物盗りがこのような手間をかけることはめったにない。少なくともコペンハーゲンでは。プロの犯行だと警察は結論を出した。

しかし、どの方面のプロだ？　それに、なぜまた稀覯本の業者が命を狙われたのか？　たしかに、この業界には揉《も》めごとがずいぶんあるが、ペーター・ニールセンは上得意をたくさん持っていたし、彼に関して警察に苦情が寄せられたことは一度もない。業者間の争いごとに巻きこまれたのか？　可能性は大いにある。莫大な価値を持つ本がたまたま手に入ったのか？　どこかの有力者が殺しも辞さないと思いこむような本を。興味深い推理ではあるが、可能性は低そうだ。なにしろ、犯人が奪っていった保管用の容器は何かをくるくる巻いて入れるためのものだった——建物の設計図や、もしかしたら絵などを。

警察はまた、ペーター・ニールセンの携帯電話の所在がわからないことにも困惑していた。最初の警察発表から省いた数点の重要な事実にこれも含まれていて、発表がなされたのは土曜の午前七時十五分だった。週末だったため、コペンハーゲンの新聞の動きは鈍かった。最初に報道したのはタブロイド紙の『B・T』だった——もちろん、扇情的な見出しつきで——しかし、もっと信頼の置ける『ポリティケン』紙のウェブサイトにようやく記事が出たのは正午近くになってからだった。

　イングリッドがその記事に気づいたのは午後一時半、自転車で三時間のトレーニングを終えて自宅コテージに戻ったあとのことだった。見出しにノアブロで稀覯本業者が殺害されたとあった。きっと別の業者よ――イングリッドは自分に言い聞かせた。しかし、二番目のパラグラフに殺人現場の通りの名前が出ていて、その次のパラグラフには被害者の氏名と年齢が出ていた。

　それ以外の詳細はほとんどなかった。例えば、長いあいだ行方不明だったヨハネス・フェルメールの絵が入った革製の円筒形の書類入れのことはいっさい出ていなかった。ただ、犯人の人相はけっこう詳しく出ていた――三十代後半から四十代初めの男性、ビジネススーツとミドル丈のコート。イングリッドはペーターが殺される三時間半ほど前に、その人相書きに一致する男性をたまたま目にしていた。

　ヴィセンビエアの〈ヨーンス・スモーブロー・カフェ〉にいた客だ。

　イングリッドは少なくともこの瞬間、ペーター殺しの共犯者として自分が逮捕されるかもしれないと警戒した。なにしろ、手元に被害者の携帯電話がある。GPS位置情報データがメモリに保存されているから、警察がそれを使えば、昨日の午後六時にデバイスがどこにあったかをピンポイントで突き止めることができる。しかし、たとえ電話がなくても、警察がペーターの人生最後の数時間の行動を再現しようとすれば、なんの苦労もないだろう。ガソリンを入れたときとコーヒーを飲んだときに、ペーターはクレジットカードを使っている。防犯カメラのビデオ映像には三十代の女性と会ったペーターの姿が写っている。革製の円筒形の書類入れをペーターに渡し、それとひきかえに五百万ユーロの現金が入ったアタッシェケースを受けとった女性。

もちろん、防犯カメラが設置されていればの話だが。

イングリッドは二階の部屋でサイクリングウェアを脱ぎ、ジーンズとフリースとスエードのブーツを急いで身に着けた。ペーターの電話を入れたファラデーパウチは仕事部屋に置いてある。それをノートパソコンと一緒にナイロン製のリュックに詰めこんだ。ヴィセンビェアへ行く途中、どこかで電話を捨てることにした。けっして見つかる心配のない、どこかの深い湿地に。幸い、島国のデンマークはそういう場所に事欠かない。

外に出て、ボルボの運転席に乗りこんだ。オーフスの南数キロの地点でE45を離れ、ユトランド半島最大の淡水湖であるモス湖まで行った。東側の岸辺に見捨てられた駐車場がある。ペーターの電話を持って水際まで行き、どれだけ遠くへ投げられるかを計算しようとした。シリコン、アルミニウム、カリウム、リチウム、炭素、強化ガラスでできた重量百七十四グラムの長方形。ペーターを殺害した犯人の正体を暴くのに必要な情報が入っているはずだ。その防御の壁を打ち破るのはイングリッドの能力を超えたことだ。処分して、二度と考えないようにしたほうがいい。

でも、ここで捨てるのはやめておこう。ええ、ここはだめ。

歩いて車にひきかえし、電話をファラデーパウチに戻した。カーナビの予測では、到着時刻は午後五時四十五分。手遅れにならないよう願うしかない。

ヴァイレ・フィヨルド橋を渡っていたとき、もう少しで車の窓から電話を投げ捨てるところだった──そして、その二十分後、リトルベルト海峡を横断する途中でもふたたび捨てたくなった。二回ともファラデーパウチに電話を戻した。〈ヨーンス・スモーブロー・カフェ〉に入ったとき、パウチは彼女のリュックに押しこまれていた。カウンターの奥には昨日とは違う女性が立っていた。年齢はイングリッドと同じ三十代半ばといった感じ、髪を赤紫に染め、真っ黒な目の縁に濃いアイラインをひいている。〈ロキシー・ミュージック〉のロゴがついたシャツの名札には〝カーチェ〟と書いてある。なんとなく見覚えのある顔だった。前にどこかで見たことをイングリッドは確信した。

海老《えび》と玉子のオープンサンド《スモーブロー》とコーヒーを注文し、昨日と同じ窓際の席にすわった。今日のテーブル席エリアは無人だった。リュックからノートパソコンをとりだして、利用可能なワイヤレス・ネットワークのリストを調べた。カフェのフリーWi‐Fiは無視して、Q8VSBJというプライベート・ネットワークを選んだ。パスワードの入力を求められた。イングリッドは強引な攻撃で壁を突破してネットワークに入りこんだ。

たちまち興奮が湧き上がった。スモーブローを食べなくてはと思い、ひどく空腹だったことに気づいて、あっというまに半分平らげた。それからセキュリティ・システムの位置を突き止めて作業にとりかかった。

防犯カメラは全部で十台設置されていた――ガソリンスタンドの給油機の上に二台、コンビニの店内に二台、駐車場に四台、カフェのドアの上に一台、そして、カウンターの奥に一台。十台のカメラすべてがコンビニ店のディスプレイ・モニターと録画装置に無線でつながっている。

システムのいちばんの弱点はリモートアクセスだった。カメラの一台の映像をチェックすると、ジーンズにフリースという格好をした三十代半ばの女性が蓋を開いたノートパソコンを前にして、〈スモーブロー・カフェ〉に一人ですわっている姿があった。気にすることはない――イングリッドは思った。この女性のことなんて、人はすぐ忘れてしまう。

録画装置はビデオ映像を二十五日間連続して保存することができる。家庭と中小企業向けのセキュリティ・システムはたいていこの仕様になっている。カメラのタイムコードをリセットして前日の午後六時五分にすると、同じ女性が同じテーブルにつき、コペンハーゲンから来た稀覯本の業者と会っている姿が出てきた。業者のとなりの椅子にアタッシェケースが置いてある。

タイムコードをふたたびリセットして、今度は午後五時四十分にすると、ペーターの姿はなかった。ほかのふたつのテーブルに客がいた。片方は不機嫌な顔をした中年後期のカップル、もう一方はカーコートの下にダークな色のビジネススーツを着た四十歳ぐらいの男性。

イングリッドはタイムコードを五時五十五分まで進めて、男性がカフェを出ていく姿を観察した。カウンターの奥のカメラが男性の左の横顔を、ドアの上のカメラが男性の後頭部をとらえた。しかしながら、完璧な姿が映っているのは男性がカフェに到着したときで、午後五時十八分のことだった。

その映像を彼女のハードディスクにダウンロードし、ついでに駐車場の防犯カメラの映像もダウンロードした。そちらに映っていたのは、ダークな色調のトヨタのハッチバックから男性が降りてくる姿だった。次に、一度クリックしただけで、二十五日分のビデオ映像をすべて録画装置から消去した。

カフェの外では、デンマーク警察のしるしのついたフォルクスワーゲン・パサートから制服姿の男性二人が降りようとしていた。イングリッドは海老と玉子のスモーブローを落ち着いて食べ終えた。それから、ノートパソコンをリュックに入れてカフェを出た。

家に帰り着いたときは夜の十時近くになっていた。キッチンでコーヒーを淹れ、それを持って二階の仕事部屋へ行った。「さて、さて」ノートパソコンを開きながらつぶやいた。

「この人は誰かしらね？」

パソコンの画面に映しだされたのはカーコートの男性で、片手——左手——をカフェのドアのほうへ伸ばしていた。カメラのアングルは下向きで、光は弱く、影ができている。それでも、被写体の外見の特徴を示すいくつかの点はよくわかる。額の傾斜度と左右の目の間隔。唇と顎の輪郭。画像を拡大し、粒子の粗さを修正した。カウンターの奥のカメラがとらえたショットについても同じ操作をおこなった。こちらの光のほうがいい状態だし、しゃべっているため、被写体の顔に生命が吹きこまれている。

顔認識検索には二枚目の画像を使うことにした。SNSなどからこの男の写真が無数に見つかるものと予想し、それを使って名前を調べるつもりでいた。名前がわかれば、水門が開いて男の人生があらわにされる。自宅住所。メールアドレス。携帯番号。国籍。配偶者の有無。贔屓《ひいき》のサッカーチームの名前。政治信条。性的嗜好。もっとも邪悪な欲望。

ただし、調査対象の男性がふつうの人間でなかった場合は、話は違ってくる。八種類の検索エンジンを駆使してもただ一枚の写真すら見つからなかったため、イングリッドはそういう結論にたどり着いた。たしかに、彼女自身の目で男を見ていなかったら、果たして存在するかどうかを疑っていたことだろう。

イングリッドがノートパソコンを閉じたときには、時刻は午前四時近くになっていた。服を脱いでベッドにもぐりこみ、興奮で眠れぬまま横になっていたが、やがて七時になったのでテレビの『グッモーン・デンマーク』をつけた。最初のニュースは、コペンハーゲンのおしゃれなノアブロ地区で稀覯本業者が殺された事件だった。

八時になっても、この事件があいかわらずトップニュースだったが、九時になると、ウクライナでロシアがおこなった最新の人道犯罪にトップの座を譲った。しかしながら、イングリッドは自宅付近で起きた不穏な出来事のほうに注意を奪われていた。小道の先にあるレンタル用のコテージに、新たな借り手がやってきたのだ。身なりのいい中年後期の男性。中肉中背。こめかみのあたりの髪がグレイになっている。

どう見てもデンマーク人ではなさそうだ。

18

ケネステザネ

そのコテージは寝室ふたつ、バスルーム、狭苦しいリビング、小さなキッチンという間取りで、急傾斜の屋根の軒が影を落とす小さなテラスがついていた。健全な精神の持ち主が秋にケネステザネに来るようなことはないので、キアラは格安価格でコテージを二週間借りることができた。〈ティエポロ美術修復〉から渡されているクレジットカードで支払いをすませ、コテージの管理人には、玄関の錠をはずして鍵はなかに置いておくよう指示した。いいえ——キアラは言った——洗濯も家事サービスも必要ありません。コテージに滞在予定の男性は重要な仕事を進めることになっていて、邪魔されるのは迷惑なので、と。言うまでもないが、問題の男性は世界でもっとも有名な引退したスパイにほかならず、重要な仕事というのはヨハネス・フェルメールの《合奏》(油彩、カンバス、七二・五×六四・七センチ)を、どんな手段を使ってでもとりもどすことであるのを、キアラは管理人に伏せておいた。

車の手配と食料の調達はガブリエル自身がおこなった。車はニッサンのセダンで、ハンブルクでレンタルした。食料はヒネロプという町のスーパーマーケットへ夜明け前に出かけて買いこんだ。缶詰類はパントリーに、生鮮食品は冷蔵庫に入れ、ほどほどの品質の赤ワイン三本は調理台に置いた。次に、周囲の環境にまったく合わない都会的な衣服を、ふたつの寝室のうち広いほうのクロゼットにかけた。それから、プロのスパイ活動に必要なルールを――文字で記されたものも、そうでないものもすべて――無視して、時価四百万ユーロの借りもののダイヤモンド・ジュエリーと現金十万ユーロを、ベッドのマットレスとボックススプリングのあいだに隠した。

キッチンに戻って濃いコーヒーを淹れ、外のテラスで最初の一杯を飲んだ。テラスから見えるのは西に広がる景色で、砂丘を越えて海のほうまで続いているが、小道の先にある大きくモダンな住まいのせいで完璧さが損なわれていた。家の外にボルボXC90が置いてあり、二階の窓を覆ったカーテンの奥にかすかな明かりがついていた。周囲のコテージはどこも暗く、鎧戸《よろいど》が閉ざされたままで、不意に見捨てられたような雰囲気が漂っている。事実、ガブリエルのいる場所から見ると、この居住地は彼と隣人だけで独占しているような感じだ。

身を切るような突風を受けて、ガブリエルはコテージに入った。薪《まき》ストーブに火を入れ、コーヒーの残りを飲みながら、デンマークのTV2で朝の番組を見た。彼のデンマーク語はアルメニア語よりわずかにましな程度だ。それでも、ビデオ映像の助けを借りて、コペンハーゲンで射殺事件があったことをどうにか推測できた。あの街ではめったにないことだ。

次は天気予報で、そのあとに政治討論が続いた。パネリストたちが何を言っているのか、ガブリエルにはさっぱりわからなかったし、たいして興味もなかった。ビーチの方角から自転車で小道を走ってくる人影を見守っていた。次の瞬間、彼女が猛スピードでコテージの前を通りすぎた。その姿は分厚い装備の下にほぼ隠れていたが、ペダルを踏む足は軽く伸びやかで、やがて視界から消えていった。こんな天候のなかを出かけていくとは元気なものだ、とガブリエルは思った。だが、たぶん慣れっこなのだろう。なにしろ、デンマーク人だ。彼と同じく、少々カメレオン的なところもある。しかし、正真正銘のデンマーク人だ。

コテージには窓が四つあった。それぞれの寝室にひとつずつ、リビングにひとつ、そして、キッチンの流し台の上に小さな窓がひとつ。木造部分は歳月を経て脆《もろ》くなり、掛け金は錆《さ》びて茶色くなっている。ひとつしかないドアの錠は粗末なものだ。ガブリエルなら一分もしないうちにピッキングできるだろう。それでもドアを施錠し、侵入者の有無をたしかめるための小さな紙切れをドアと脇柱のあいだに差しこんでから、小道の端にあるコテージへ向かって歩きはじめた。

そこは居住地のなかでいちばん大きなコテージだった。また、いちばん新しかった。というか、見た感じはそうだった。家具はわずかで、人が暮らすのは夏の何カ月かのあいだだけという周囲のコテージと違って、この家は間違いなく高性能のセキュリティ・システムを備えている。ドアと窓に感知器。モーション・ディテクターとカメラ。しかし、誰かが侵入した場合、デンマークの警察に自動的に通報が行くのだろうか？　ガブリエルが思うに、持ち主の表向きの顔がどういうものかで変わってくるはずだ。コーレン・ナザリアンの話によると、彼女はサイバーセキュリティのコンサルタントをしていて、それとは別にメインの仕事があるという。すなわち、泥棒稼業。

プラグイン・ハイブリッドのボルボから推測するに、彼女は環境保護論者でもあるようだ。敷地で伸び放題の粗野なヒースやハリエニシダも同じことを示している。ガブリエルはコテージの玄関に向かって伸びている砂地の小道の先で立ち止まった。ドアは頑丈な木製で、キーレス・エントリー・システムを採用し、カメラがついている。カメラ――ガブリエルは思った――こちらの動きがすべて記録されていたわけだ。

向きを変えると、小道をたどってビーチまで行き、波打ち際に一人で立って、どんな選択肢があるかを考えた。不法侵入してコテージのなかを手早く調べるのがいちばん手っとり早い方法だが、モーション・ディテクターにひっかからずにすむ確率は低いし、絵が見つかる保証はない。また、わずかではあるが、デンマークの刑務所に放りこまれる危険もある——もしくは、ルーカス・ファン・ダンメと同じ運命をたどる危険も。いや、もっと利口な方法がある。彼女の戦略を拝借するのだ。知りあいになり、信頼を得る。それから取引をする。プロ対プロとして。運がよければ、働き口と結婚生活を失う前にヴェネツィアに帰れるだろう。

しかし、どうすればこちらの手の内を見せずに彼女に近づくことができる？〈オフィス〉では原則として直接的なアプローチを禁じていた。〈オフィス〉の工作員はターゲットよりひと足先に路面電車に乗りこむ。そして、つねに、つねに、ターゲットのほうが行動に出るのを待つ。しかし、工作員はターゲットの弱点につけこみ、美しく高価な品々でターゲットを誘惑する許可を得ている——それどころか、奨励されている。とくに、ターゲットが凄腕の泥棒で、現金と宝石に目がない場合には。運のいいことに、ガブリエルは両方ともどっさり持っている。

考えにふけっていたため、波がひたひたと砂浜に寄せてきて、イタリア製の手縫いのスエードのローファーを洗っていることにも気づかずにいた。コテージに戻ってからメモを書いた。署名なし、ビジネスライクな文体。ヨハネス・フェルメールの《合奏》をとりもどすのに役立つ情報をくれればターゲットの罪はいっさい問わない、という内容だった。そのあと、古巣の諜報機関の最高の伝統に——文字で記されたものも記されていないものも含めて――従い、ふたつの寝室のうち広いほうへメモを持っていって、ベッドのマットレスとボックススプリングのあいだに隠した。

ケネステザネのホテルはひとつだけだが、ホテル内にすばらしいレストランがあり、オフシーズンは週末だけ営業している。その夜、レストランの客はガブリエルただ一人だった。テーブルを担当した若い美人のウェイトレスはイーリカといって、彼が来たのを喜んでいた。

「こんな季節になぜまたケネステザネなんかに？」

「孤独がほしくて」できるだけ訛りのない言葉でガブリエルは答えた。

「こちらには初めて？」

いや、初めてではない、と彼女に言った。これまでに二度、ケネステザネに来ている。前回ここに滞在したときは、イランの情報部員を拉致して尋問したが、その件は省くことにした。

「どこのコテージを借りてるの？」ウェイトレスが尋ねた。

ガブリエルは片手を上げて北のほうを示した。「通りの名前がどうしても発音できない」

「ドゥーニングバッケン？」

「きみがそう言うのなら」

「そのあたりなら友達が住んでるわ。ビーチのそばの大きなコテージ。心配しないで。彼女があなたの孤独を邪魔することはないから。イングリッドも一人が好きなの」

翌朝十時十五分に、彼女がふたたびガブリエルのコテージの前を通りすぎた。今日のガブリエルはきっかり五分待ってから、ニッサンのレンタカーの運転席にすべりこみ、車をスタートさせてあとを追った。フスリのすぐ西で彼女を見つけた。時速四十四キロという猛烈なスピードで自転車を走らせている。ガブリエルが追い越したとき、彼女はまっすぐ前に目を向け、膝をリズミカルに上下させていた。彼女が着ているゴアテックスのジャケットのポケットに紛れもなき銃の輪郭が見えることに、ガブリエルは気がついた。女性が持つにふさわしい小型の銃だ。グロック26のサブコンパクト・タイプのたぐいだろう。

二人ともプリメアルート40号線を南へ向かった。ガブリエルがアクセルを踏むと、彼女はじきにバックミラーのなかの小さな点になってしまった。ガブリエルは半島のバルト海側にあるにぎやかな港町、フレズレクスハウンまで車を走らせ、ハイキングブーツ、分厚いウールの靴下、肌着、下着、コーデュロイのズボン二本、フリースのプルオーバー、アノラック、デンマークの伝統的なジップアップ・セーター、防水コート、〈ツァイス〉の双眼鏡コンクェストHD、フランス製の戸外用イーゼル、パレット、さまざまなサイズのカンバス六枚、チューブ入りの油絵具十二本、〈ウィンザー＆ニュートン〉のクロテンの毛を使った絵筆四本、ボトル入り溶剤一本、ペインターラグひと袋を買いこんだ。最後に立ち寄ったのはフェリー・ターミナルの近くのパン屋で、焼き立てのパンを二個買った。店を出ようとしたとき、あのコテージの住人とぶつかりそうになった。向こうは携帯電話に視線を落としたまま、言葉も視線もよこさずに彼とすれ違った。

彼女がケネステザネのコテージに戻ってきたのは一時近くになってからだった。ガブリエルは高性能の〈ツァイス〉双眼鏡の助けを借りて、彼女が玄関のキーレスロックに打ちこんだ十四桁の暗証番号の大部分を突き止めることができた。彼女は自転車を家に持って入り、二階でサイクリングウェアを脱ぎ捨てた。ガブリエルがなぜそれを知っているかというと、服を脱ぐ前に彼女が寝室のシェードを上げたからだった。ガブリエルはあわてて双眼鏡を置き、昼食の支度にとりかかったが、そのあいだずっと、いまのは自分のためのフロアショーだったのだろうかと考えこんでいた。

その日の午後遅く、ガブリエルはビーチにフランス製のイーゼルを立てて、なかなか出来のいい海の風景画を描き上げた。この絵はのちに《日没時のケネステザネの浜辺》と呼ばれることになる。絵を描く彼を隣人がテラスでしばらく見ていたが、やがて姿を消した。ガブリエルが自分のコテージに戻ったとき、侵入者の有無をたしかめるための紙切れは無事に残っていたが、それでもやはり寝室へ直行した。現金も、宝石も、メモも、彼が隠した場所にそのまま残っていた。

その夜は、赤ワインのボトルとデンマークのテレビのニュース番組をお供に、自宅で夕食をとった。番組の第二部に入ってから、コペンハーゲンで起きた殺人事件の最新情報が流れた。ガブリエルは英語に翻訳された記事をネットで見つけて読み、被害者が稀覯本業者であったこと、サプレッサーつきの拳銃で至近距離から二回撃たれたこと、犯人はバイクで逃走したこと、警察は残忍で手際のいいこの殺しの動機を物盗りだと信じていること、ただし、何が盗まれたのかはいまだに判明していないということを知った。

翌朝は雲ひとつない晴天だった。ガブリエルは《砂丘のコテージ群》というタイトルの絵を描き上げ、次に、ケネステザネからグレーネンまでの十五キロのビーチを歩いた。グレーネンというのはユトランド半島の北端にある細い砂嘴《さし》で、北海から入ってくる海流とバルト海から出ていく海流がぶつかる場所だ。そこにたどり着いたとき、ガブリエルは隣人を目にした。ウェリントンブーツとアノラック姿の彼女が岬の先端に一人で立っていた。ふりむいて、長いあいだ無表情に彼を見つめたあとで、彼女はバルト海側の道を歩きはじめ、古いネイチャーセンターの駐車場のほうへ向かった。ガブリエルは反対の方角へ向かい、ゆっくり時間をかけてケネステザネまで歩いて戻った。コテージのドアを開くと、侵入者の有無を確認するための紙切れが敷居にひらひら舞い落ちたが、現金と、宝石と、罪に問わないことを記したメモはどこにもなかった。実行犯とおぼしき者がベッド脇のテーブルにメモを残していた。手書き、フォーマルな文体、今夜八時に彼をディナーに招待していた。宛名は〝ガブリエル・アロンさま〟。結びの言葉は〝敬意をこめて、イングリッド・ヨハンセン〟だった。

19

ケネステザネ

ガブリエルはシャワーと髭剃《ひげそ》りをすませて、コーデュロイのズボン、デンマーク製のウールのセーターに着替え、スエードのローファーを履いた。ローファーは北海の凍えるような水に浸《つ》かりはしたものの、どういうわけかほぼ無傷で生き延びた。ベレッタを持っていくべきかどうか迷ったが、彼女が着ていたサイクリングウェアの上着のポケットに銃が入っていたことを思いだし、持っていくほうが賢明だと考えた。玄関へ行く途中で、キッチンの調理台にのせておいた赤ワインのボトルをつかみ、ついでに、図々しいかもしれないが《日没時のケネステザネの浜辺》を持っていくことにした。玄関の施錠は省いた。盗まれるような品はもう何も残っていない。

外に出ると、空には雲ひとつなく、硬質な白い光を放つ星がちりばめられていた――ダイヤモンドの光だ――自分の影を追いかけて彼女のコテージへ続く小道をたどりながら、ガブリエルは思った。呼鈴を押す前に玄関ドアが勢いよく開き、ふたたび彼女が姿を見せた。ちらちら光る黒いパンツと、ロールネックの黒いセーター。イヤリングは真珠、左手首のブレスレットはゴールド。右の手首には洗練されたタンクスタイルの腕時計、ベルトは黒革。左手に指輪を二個、右手に三個はめている。

だが、ダイヤモンドはない——ガブリエルは気がついた。ダイヤモンドはひとつも見あたらない。

玄関のなかで彼女がワインのボトルを受けとり、次に絵を受けとった。「ほんとにくださるの？」

「花を買いに行く時間がなかったので。それに、きみのおかげで、一文無しになってしまった」

イングリッドは何もわからないふりをした。じっさい、みごとな演技だった。「どういう意味？」と尋ねた。

「今日の午後、わたしのコテージにディナーの招待状を置いていったとき、現金と宝石を大量に持ち去ったじゃないか。じつを言うと、わたしのものではないので、食事を始める前に返してもらいたい」

「泥棒に入られたなんてお気の毒ね、ミスター・アロン。でも、言っときますけど、わたしじゃないわ」

ほう、そんなふうにゲームを進めるつもりか。興味深い夜になりそうだ。

イングリッドは玄関ホールのテーブルにワインを置いたまま、彼をリビングへ案内した。背の高い窓に室内の照明が反射してガラスを不透明にしているため、北海を眺めることはできないが、打ち寄せる波の音がかすかに聞こえる。〈ヘーゲル〉のアンプと〈ディナウディオ〉のスピーカーから流れる陰鬱な北欧のジャズにぴったりの伴奏だ。部屋の家具はモダンで、壁を飾ったアート作品も同じくモダンだった。彼が大急ぎで仕上げて、彼女がいま両手で抱えている冬の海の風景画より、こちらのアート作品の多くのほうがはるかに上だと認めても、それはガブリエルにとって恥ずかしいことではなかった。

彼女は絵を低いコーヒーテーブルに立てかけ、鑑賞しようと一歩下がった。「サインがないわ」と指摘した。

「自分の絵にサインを入れることはあまりない」

「どうして?」

「習慣かな、たぶん」

「いまは絵の修復師として働いている。そうね?」

「どうしてそんなことを知っている?」

「あなたのコテージを借りたのはヴェネツィアにある〈ティエポロ美術修復〉の人でしょ」彼女は声を低くした。「ケネステザネはとても狭いところなのよ、ミスター・アロン」

彼の返事がなかったので、イングリッドはコートを脱ぐ彼に手を貸し、そのついでに、彼が銃を持っていることを確認した。なかなかやるな――ガブリエルは思った。今夜は用心しなくては。

イングリッドは彼のコートを椅子の肘掛けにかけてから、わずかに腰をかがめて、コーヒーテーブルに置いてある大理石のワインクーラーからボトルをとりだした。その動作はすべて効率的で、無理がなく、猫のようにしなやかだった。「サンセールはお飲みになる？」と尋ねた。

「チャンスがあればいつでも」

イングリッドはふたつのグラスをワインで満たした。二人の乾杯は慎重で、試合開始のときにフルーレの切っ先を合わせるフェンシングの選手のようだった。

「どうしてわたしだとわかったんだ？」ガブリエルは尋ねた。

「見ればわかるわ、ミスター・アロン。遠くからでも。ただし、念のために顔認識ソフトを使って確認したけど」

「フレズレクスハウンのパン屋の外でわたしの写真を撮ったんだな」

イングリッドは微笑した。「職業柄、つい」

「ほう、どんな職業だね？」

「サイバーセキュリティ関係の小さなコンサルティング会社をやってるの」

ガブリエルはエレガントな室内をわざとらしく見まわした。「ずいぶん景気がよさそうだな」

「ご存じのように、ミスター・アロン、危険な世の中でしょ。どこへ行っても物騒なことばかり」彼女がカウチを身ぶりで示し、二人は腰を下ろした。「だから、あなたのような人をこんな場所で見かけてひどく驚いたの。なぜまたケネステザネに？」

「イタリアの警察のかわりに調べていることがあってね」

「どんなことを？」

「アマルフィ海岸のヴィラから絵を盗みだしたプロの泥棒を捜している。ここに来ればその女に会えると言われた」

「言ったのは誰？」

「アントワープの悪質なダイヤモンド・ブローカー」

「残念ながら、だまされたようね、ミスター・アロン。ケネステザネが犯罪行為の温床だなんてありえないわ」

「今日の午後の事件からすると、かならずしもそうとは言い切れないことがわかる」

「謎の盗難事件のことを言ってるの？」

「そう」

「貴重品が消えてしまったというのは間違いないの？」

「間違いない。現金も消えた」

「現金っていくらぐらいあったの？」

「十万ユーロ」

「なるほど。では、貴重品のほうは？」

「時価四百万ユーロのダイヤモンド・ジュエリー」

「話がおもしろくなってきたわね」イングリッドは考えこみながら、ワイングラスの縁を軽く叩いた。「泥棒があなたにメッセージを送ろうとしたという可能性はないかしら」

「興味深い説だ。どんなメッセージかな？」

「なんでもありよ。でも、あなたが捜してる絵に関係したことかもしれない」

「泥棒は絵がどこにあるかを知ってると思うかね？」

「ぜったい知らないと思う。でも、先週金曜の夜に誰が絵を持っていたかは知ってるはずよ」

「誰だい？」

「ペーター・ニールセンという男」

「コペンハーゲンで殺された稀覯本業者？」

イングリッドはゆっくりうなずいた。

「誰が殺したのか、泥棒は知っているだろうか？」

「見当はついてるみたい。役に立ちそうなビデオの画像も二種類持ってるそうよ」

「ほかに何か持ってるものは?」

「ペーター・ニールセンの電話を持ってる可能性がある」

「どうして?」

イングリッドは悲しげな笑みを浮かべた。「腕が鈍ったと彼に言われたから、盗まずにいられなくなったの」

20

ケネステザネ

ディナーにはフォーマルなダイニングルームが使われ、ろうそくの光を受けて、伝統的なデンマーク料理を並べたビュッフェ形式で供された。宝石と現金が二人のあいだにセンターピースのように置かれ、その横に、電源を切った携帯電話と、スリープモードのノートパソコンと、罪に問わないことを記したガブリエルの手書きメモが並んでいた。

「どうやって忍びこんだ？」ガブリエルは尋ねた。

「バンピング」

バンピングというのは錠前破りのテクニックで、バンプキーと呼ばれる特殊加工された鍵を鍵穴に差しこみ、小型のハンマーかネジ回しの握りの部分で叩くやり方だ。

「どう考えても地味だな。かわりに錠に弾丸を撃ちこめばよかったのに」

「それがあなたのやり方？」

「わたしはピッキングツールを使う。古風な人間なので」

「ドアにはさんだ紙切れから推測できたわ」

「どうやって見つけたんだ？」

「もっといい質問の仕方があるわ。どうすれば見落とさずにいられるのか？」

イングリッドはろうそくの光を受けて柔らかな光を放つ宝石のほうへ、淡いブルーの目を向けた。彼女の髪はタフィーの色で、金髪がちらほら交じっている。真ん中分けにされ、目鼻立ちの整った顔を縁どっている。美しさを損なうものは、しわにせよ、しみにせよ、いっさいない。

「あなたって、とても趣味がいいのね、ミスター・アロン」

「きみの友達のコーレン・ナザリアンにも同じことを言われた」

「あの男をどうやって丸めこんで、わたしを裏切らせたの？」

「泥棒仲間の仁義に関する諺《ことわざ》を知ってるだろう？」

「デンマークの警察に駆けこめばよかったのに」

ガブリエルは罪に問わないことを記したメモを指さした。「ひそかに解決したいと思っていた」

「いまもそう思ってるの？」

「状況次第だ」

「どんな？」

「いまから五分間にきみが見せる正直さ」

　イングリッドは彼のグラスにサンセールを注《つ》ぎ足した。「あんなの、本物の犯罪じゃないわ」

「なんのことだ？」

「盗難にあった絵画を盗むこと」

「誰かの頭を至近距離から二回撃てば、本物の犯罪になる」

「わたしはルーカス・ファン・ダンメを殺していない」彼女はボトルをワインクーラーに戻した。「ペーター・ニールセンも。あなたが疑ってるといけないから言っておくけど」

「きみたちはどういう関係だったんだ？」

「ペーターは本を捜すのを商売にしていた。コレクターから依頼を受けて、きわめて重要な、もしくは貴重な本を捜しだすの。そして、所有者が本を手放すのを拒むと……」

「ペーターがきみに依頼するわけか？」

　彼女はろうそくの光のなかで彼を見つめたが、何も言わなかった。

「フェルメールを盗むのに、ペーターはきみにいくら払った？」

「一千万」

「クローネ？」

「それっぽっちのお金で仕事を請けるなんてありえない。支払いはユーロよ」

「支払いの手順は?」

「それが問題なの?」

「いまのところは」

「前金として半分。あと半分は、先週金曜日の夕方、ヴィセンビェアの〈ヨーンス・スモーブロー・カフェ〉でピーターに絵を渡したときに受けとった」彼女はノートパソコンを開き、画面をガブリエルのほうへ向けた。「そして、これがピーターを殺した男。三時間後にコペンハーゲンのピーターのアパートメントの外で」

「この映像をどうやって手に入れた?」

「クリック、クリック、クリック」

「では、ピーター・ニールセンの電話は?」

彼女は微笑した。「古風なやり方で」

事件の推移を二人で最初から見ていった。それをもう一度くりかえし、彼女の話に矛盾点がないかを確認した。ピーター・ニールセンから最初に依頼があった日時。彼が事前によこした情報の内容。窃盗自体をめぐる状況。フュン島のカフェでおこなわれた現金と絵の交換。イングリッドがカフェに到着したとき、男はすでにそこで待っていた。男の年齢を彼女は三十代の終わりか四十代の初めと見ていたが、ガブリエルはビデオ映像と静止画像を綿密に調べた結果、この男は四十五歳に近い、たぶん、もう少し年上だという結論を出した。また、フィンランドかバルト諸国のどこかの人間だろうというイングリッドの意見にも異を唱えた。目と頬骨の感じからすると、民族的なルーツはもっと東のほうにありそうだ。経験豊かなガブリエルの意見では、男の動きはプロのものだという——イングリッドがネットのどこを探しても、そのプロの写真は見つからなかった。

ガブリエルは彼女に、写真をもう一度検索エンジンで調べるよう頼んだが、一致したものはやはりなかった。二人は次に、男がカフェに到着したときの映像を見直した。到着は午後五時十八分、イングリッドがペーター・ニールセンに絵を渡す約束だった時刻の四十二分前だ。

「ペーターと会う手筈《てはず》はどのように整えた？」

「それはもう説明したはずよ、ミスター・アロン。二回も」

「ヨハネス・フェルメールの《合奏》がこの家にないことをわたしが納得するまで、確認を続けるつもりだ」

「ペーターとわたしが微妙なビジネスの話をするときは、シグナルのアプリを使うことにしていた。しかも、つねに暗号でのやりとりだった」

「では、あらためて教えてほしい。時間と場所は誰が選んだ？」

「わたしよ」イングリッドはため息をついて答えた。「それから、これまでの二回の説明が耳に入ってなかったときのために言っておくと、先に着いたのはわたしだった」

「五時半に？」

「ええ」

「そして、絵を持ってカフェに入ったのか？」

「革製の円筒形の書類入れに入れたまま、わたしの車の荷物室に置いていった」

「ヨハネス・フェルメールの作として世に知られているわずか三十四点の絵のひとつを持ち運ぶ方法としては、まさに完璧だな」

「絵の扱いには慎重の上にも慎重を期したわ、ミスター・アロン。わたしが預かっていたあいだ、絵にはなんのダメージもなかった」

「写真は撮ってないだろうな？」

「血だらけのナイフを記念に残しておくようなものだわ。そう思わない？」

ガブリエルは思わず微笑した。「ファン・ダンメの金庫室にはどうやって入った？」

「簡単、簡単、超簡単」

「もう少し具体的に言ってくれないか？」

「クリック、クリック、クリック」

「では、デスクの裏側のボタンは？　書棚を横にずらすためのボタン」

「押したわ」

「ボタンの場所をどうやって知った？」

「金庫室の存在を知ったときと同じ方法で」

「クライアントがペーターに教えたわけだな？」

イングリッドはうなずいた。

「ところで、ペーターはクライアントの名前をきみに一度も言わなかったのか？」

「ええ、ミスター・アロン。これで三度目の説明になるけど、クライアントの名前をペーターは一度も言わなかったわ」イングリッドはペーター・ニールセンの電話をテーブルの向こうから押してよこした。ｉＰｈｏｎｅ13プロ。「でも、これを調べれば見つかりそうな気がする」

「ロック解除に挑戦したかね？」

「ｉＰｈｏｎｅの新しいモデルはわたしの能力を超えてるわ。ただ、プロテウスというゼロクリック・マルウエアがあって、それを使えば解除できる。数年前に〈ＯＮＳシステムズ〉というイスラエルの企業が開発したものよ。ライセンスをゲットするのがかなり大変なの」

「きみが想像しているほど大変ではない」ガブリエルは言った。

「コピーを入手できるの？」

「確実に」

「あなた、デンマーク語はできる?」

「ちんぷんかんぷんだ。しかし、プロテウスには自動翻訳機能がついている」

「自動翻訳ソフトって最悪よ。デンマーク語が母国語の人についてでもらう必要があるわ。できれば、ペーターをよく知っていた人に」

「例えば、きみとか?」

イングリッドは微笑した。

「忘れているようだな。最初に絵を盗みだしたのがきみだってことを」

「見つけだすのに、わたし以上に役に立てる人間がどこにいるの? それに、デンマークでじっとしてたら、わたしまで殺されてしまう」イングリッドは声を低くした。「お願い、ミスター・アロン。絵とペーターの殺害犯を見つける手伝いをさせて」

ガブリエルは電話を手にとった。「電源を入れたら何が起きるかわかるか?」

「デンマークのネットワークに接続してしまう。つまり、仕事はこの国の外でするしかないってことね」

「パリはどうだい?」

「何かこだわりの理由でも?」

「わたしの友人が宝石と現金を返してほしいと言っている」

「だったら、パリにしましょう」

　ガブリエルは携帯電話の青緑色の光を頼りに、レンタルしたコテージまで歩いて戻った。なかに入り、衣類と洗面用具を急いでカバンに詰めた。次に、絵具と溶剤とペインターラグをポリのゴミ袋に詰めこみ、冷蔵庫の中身とワインの残りも放りこんだ。フランス製の戸外用イーゼル、〈ウィンザー＆ニュートン〉のクロテンの毛を使った絵筆、パレット、未使用のカンバスは薪ストーブで燃やした。《砂丘のコテージ群》は敬意のしるしとして残していった。この絵をどこかに置くとすれば、ここがふさわしいと思ったのだ。

　荷物をレンタカーのニッサンに積みこみ、三百メートル離れたイングリッドのコテージまで行った。車を止めると同時に、彼女が玄関から出てきた。十四桁の暗証番号をキーパッドに打ちこんでから、一泊用のカバンを肩にかけて小道をやってきた。ガブリエルはトランクのリリースボタンを押し、彼女に手を貸すために車を降りた。バイクが近づいてくる音を耳にしたのはそのときだった。二日前にケネステザネに着いて以来、バイクの音を聞いたのはこれが初めてだった。

　その直後にヘッドライトが目に入った。コテージが立ち並ぶ一帯のメインロードを猛スピードでやってくる。一瞬、ホテルのほうへ向かうかに見えたが、急に右へターンし、ガブリエルとイングリッドが立っている場所をめがけて疾走してきた。

バイクにまたがった人物は片手でハンドルを操作していた。左手だ。右手をジャケットの内側に入れた。その手が外に出たとき、ガブリエルはサウンド・サプレッサーをとりつけた銃の紛れもなきシルエットを目にした。

イングリッドを抱きかかえるなり、ニッサンの背後の地面に伏せた。腰のくびれに差しこんでおいたベレッタを抜いた瞬間、彼の右耳から数センチの大気を灼熱《しゃくねつ》の弾丸二発が切り裂いた。ガブリエルは遮蔽物を探そうとはせず、すくみあがることすらなかった。かわりに、バイクの男の胴体に弾丸を四発撃ちこんで、男をサドルから吹き飛ばした。

乗り手を失ったバイクは小道をそのまま走りつづけた。ガブリエルはバイクをよけ、砂利敷きのコンクリートに男がぴくりとも動かず横たわっている場所まで歩いた。サプレッサーをつけた銃はマカロフの九ミリで、男のそばにころがっていた。ガブリエルは銃を脇へ押しやると、男のヘルメットをはずした。誰なのかすぐにわかった。それどころか、今夜、〈ヨーンス・スモーブロー・カフェ〉で録画された映像でこの顔を見たばかりだった。

男の革ジャケットの前身頃は、弾丸四発の穴があいて血でぐっしょり濡《ぬ》れていた。その下に着ている黒いクルーネックのセーターも同じだった。セーターにあいた穴は、胸の中心部に残された四つの弾痕と一致していた。弾痕のすぐ上にZの字のタトゥーがあった。出血が夥《おびただ》しい。男の命はそう長くないだろう。

ガブリエルは瀕死《ひんし》の男の顔を写真に撮った。次に尋ねた。「絵はどこにある？」

男は無言だった。

ガブリエルはベレッタを男の膝の脇に押しつけ、さらに一発撃った。

男は痛みで絶叫した。

「絵」ガブリエルは言った。「どこにあるのか教えろ」

「消えた」男はそれだけ言うのがやっとだった。

「どこへ消えた？」

「ザ・コレクター」

「そいつの名前は？」

「ザ・コレクター」男はくりかえした。

「名前」ガブリエルはどなった。「そいつの名前を教えろ」

「ザ・コレクター」男は最後にもう一度言い、やがて息をひきとった。

第二部

陰謀

21

ベン＝グリオン空港

本来なら、ガブリエルからデンマーク警察に通報して事情聴取に応じ、あとはこの件から手をひくべきだった。かわりに、デンマークのＰＥＴ（国家警察情報局）の長官を長年務めているラース・モーデンセンに電話をした。バイクに乗った暗殺者がケネステザネで何発か弾丸を浴びたことを、モーデンセンに告げた。すでに絶命していることもそれとなく伝えた。モーデンセンには、その説明が事実の十パーセント程度であることが、いや、それにも満たないことがわかっていた。

「この季節にあんなところへいったい何しに行った？」

「絵を描きに」ガブリエルは答えた。とりあえず、わずかな真実は含まれている。

「男が死んだことは間違いないのか？」

「完全に死んでる」

「いったい誰なのか、何か心あたりは？」

「胸のタトゥーからすると、ロシア人だったとも考えられる。ドゥーニングバッケンの突き当たりにあるコテージの外に倒れている。見逃しっこない」

「わたしのほうで処理しておく」

「内密にな、ラース」

「それ以外のやり方があるか？　だが、わたしの頼みを聞き入れて、この国からとっとと出てってくれ」

ガブリエルは電話を切り、次に連絡先のなかから、偽名で登録してあるものを見つけだした。そこに電話する前にためらった。テルアビブのキング・サウル通りにある目立たない建物のなかで呼出し音が鳴るからだ。〈オフィス〉との決別はこれまでのところ、きわめて明瞭だった。彼の存在はほとんど忘れられていた。ふたたび見つかって連れ戻される事態だけは避けたいというのがガブリエルの永遠の願いだったが、足元で死亡しているロシアの暗殺者のせいで、彼の探索方針を徹底的に変えるしかなくなった。

画面に親指をあてると、数秒後に電話が鳴りだした。応答した女性の声には聞き覚えがあり、向こうも彼の声に気づいたのは間違いなかった。

「お怪我《けが》でも？」女性が尋ねた。

ガブリエルは違うと答えた。

「移動手段はありますか？」

「レンタカー」

「スキポール空港まで行けますか？」

「いますぐ出発する」

「全部で何人ですか？」

「二人」

「明日の朝七時に、運航支援業者のオフィスへ出向き、プライベートジェットにお乗りください。それから、いまお使いのレンタカーのことはご心配なく」女性は電話を切る前に言った。「アムステルダム支局の者が処理いたします」


待っていたのはガルフストリームG五五〇、新型コロナのパンデミックが始まったころにガブリエルが購入したもので、彼は当時、人工呼吸器、検査キット、医療用防護服を求めて全世界を飛びまわっていた。ジェット機は午前七時十五分にアムステルダムのスキポール空港を離陸、十二時半にベン＝グリオン空港に到着した。ガブリエルがキャビンのドアから姿を見せると、空港のエプロンでミハイル・アブラモフが待っていた。長身で手足の長い五十代初めの男性で、髪は淡い金色、肌は青白くて血の気がない。目は透き通るようなブルーグレイで、氷河の氷に似ている。

ミハイルは笑みを浮かべて、かつての長官のほうへ片手を差しだした。ロシア訛りのへブライ語で挨拶をした。「二度と会えないのかと思っていたところだ」

「まだ十カ月にしかならないぞ、ミハイル」

「いやいや、もっと長く感じた。あんたがやめたころに比べると、いろいろと変わってしまった」

ミハイルはソ連時代のモスクワで反体制派だった両親のもとに生まれ、十代のときにイスラエルに移住した。イスラエル国防軍のエリート部隊、サイェレット・マトカルの隊員となり、その後〈オフィス〉に入って、〝否定的処置〟と呼ばれる作戦を担当してきた。これは標的の暗殺を意味する〈オフィス〉流の婉曲《えんきょく》表現だ。しかしながら、ミハイルの抜きんでた才能は射撃だけにとどまらない。ガブリエルの命令でテヘランの陰気な商業地区にある倉庫に忍びこみ、イランの核関連資料を残らず盗みだしてきたのも、ミハイル・アブラモフだった。

ミハイルがイングリッドにちらっと目を向けた。「何も馬鹿なまねはしてないだろうな、ボス?」

「イタリアの警察に頼まれて、盗まれた絵の行方捜しをひきうけた。そこからすべてが下り坂になるいっぽうだ」

ミハイルは近くでアイドリングしているSUVの装甲車を身ぶりで示した。「あんたの後任の長官から、ナルキス通りのアパートメントまで送るよう命じられている」

「いや、じつは」ガブリエルは言った。「その前に片づけておきたい小さな用事がある」

車は北へ向かってカルメル山まで行き、そこから東のガリラヤ湖のほうへ向かった。一八八二年にルーマニア出身のユダヤ人が三十家族で作った入植地であるロシュ・ピナに着いたときは、二時十五分近くになっていた。運転手はアムカという山間部の村へ向かってさらに車を走らせ、標識のない小道に曲がって、糸杉と松の鬱蒼《うっそう》たる茂みのなかを通り抜けた。ガリルエースの自動小銃を構えたカーキ色のベストの男性四人と出会ってしばらくすると、スピードを落として停止した。男たちの背後にはコイル状の有刺鉄線で覆われた金網フェンスがあった。

「ここ、どこなの？」イングリッドが訊いた。

「どこでもない」ミハイルが答えた。

「どういう意味？」

「この場所は存在しないという意味だ。だから、あの四人のいい子たちが〈オフィス〉の前長官を撃とうとしている」

ガブリエルが彼の側の窓をあけると、警備員の一人が車に近づいた。「あなたですか、長官？」

「前長官だ」ガブリエルは答えた。

「いらっしゃるなら、連絡をくだされればよかったのに」
「できなかった」
「なぜです？」
「なぜなら、わたしはここにいないから」ガブリエルはイングリッドにちらっと目を向けた。「そして、この女性もここにはいない」

彼の本名はアレクサンデル・ユルチェンコだったが、前世の多くのことと同じく、これも永遠に消えてしまった。無理やりイスラエルに亡命させられて五年たった現在でも、セルゲイ・モロソフという仕事用の名前を使っている。

彼は旧体制の申し子だった。父親はマルクス主義に基づいてソ連の計画経済を推進する機関、ゴスプランの上級役人だった。母親は、不平を言う愚か者はすべて踏みつぶしてしまうKGBという怪物の本部で、タイピストの仕事をしていた。そののちに、KGB議長ユーリ・アンドロポフの個人秘書となった。アンドロポフはやがて、レオニード・ブレジネフのあとを継いで、ほどなく死んで埋葬される運命だった帝国の指導者の地位についた。

たぶん意外なことではないだろうが、セルゲイ・モロソフが人生でたどることにしたのは母親と同じ道だった。KGBが未来のスパイを養成する赤旗大学という教育機関で三年学び、卒業後はモスクワ・センターでドイツ関係の仕事を担当することになった。一年後、東ベルリンのレジデンテュラへ異動となり、そこでベルリンの壁の崩壊を目のあたりにして、次に崩壊するのはソ連だと覚悟した。

一九九一年十二月、ソ連に終わりが訪れたとき、KGBは解体され、名称が変わり、再編成され、ふたたび名称が変わった。結局、組織は二分され、ルビヤンカを拠点として国内の保安を担当するFSB（ロシア連邦保安庁）と、ヤセネヴォに本部を置いて外国の情報収集とその他さまざまな特別任務にあたるSVR（ロシア対外情報庁）に分かれた。セルゲイ・モロソフはSVRの海外支局であるレジデンテュラのうち三カ所を転々とした——最初はヘルシンキ、次はハーグ、そして、最後にオタワ。愚かなことに、カナダの国防大臣にハニートラップを仕掛けようとしたため、カバンに荷物を詰めるようひそかに要請された。

最後の任地はフランクフルトで、ロシアの銀行業界のコンサルタントという隠れ蓑をまとってドイツの企業秘密を盗みだし、何十人ものドイツ人ビジネスマンを罠《わな》にかけてコンプロマートを含む作戦にひきずりこんだ。コンプロマートというのは、有害な材料《コンプロマイジング・マテリアル》を縮めたロシア語である。モロソフはまた、〈オフィス〉がもっとも大切にしていたロシア人協力者が冷酷に暗殺されたとき、陰で作戦の指揮をとっていた。ガブリエルはお返しに、ストラスブールにあったSVRの隠れ家からモロソフを拉致してダッフルバッグに詰めこみ、狂信的なまでにロシア嫌いのジハード戦士たちが占領しているシリア領内の野営地の上空でヘリからぶら下げようとした。そのあとに続いた尋問で、ガブリエルは英国の秘密情報機関にトップとして君臨していたロシアのスパイの名前を聞きだすことができた。これがたぶん、ガブリエルのキャリアの頂点を飾る偉業だろう。

セルゲイ・モロソフが現在どうしているかというと、最初に尋問を受けたロシュ・ピナ近くのビリヤ・フォレストにある秘密の収容施設で、たった一人の囚人として日々を送っている。スタッフ用の古い平屋のひとつに住んで、昼間はロシアのテレビを見ながら、夜はロシアのウォッカを飲みながら暮らしている。最近、丘の向こうのブドウ畑から生まれるワインも好むようになってきた。

モロソフがソーヴィニョン・ブランのボトルのコルクを抜こうとしていたとき、予告もなしにガブリエルが尋ねてきた。グレイの目をした男が一緒だった。以前の尋問で不愉快な部分を担当した男だ。それにもかかわらず、彼らの握手には心がこもっていた――温かいと言ってもいいほどだった。モロソフは彼をここに閉じこめた張本人である二人の男に会って、心から喜んでいる様子だった。三人はずいぶん前に冷たい和平に達していた。彼らのあいだで起きたことはゲームの一部に過ぎず、悪感情はまったくなかった。モロソフ自身、高地ガリラヤにある秘密の施設から早く出たいとは思っていなかった。コイル状の有刺鉄線の向こうにはロシア式の死が待っているだけだ。

「モスクワに帰る気は本当にないのか?」ガブリエルはふざけて尋ねた。「ウクライナでの流れを変える助けするため、赤軍が優秀な人材を探していると聞いたぞ」

「ロシアには優秀な人材などもう残っていない、アロン。動員を逃れるために、みんな、国外へ逃げてしまった」

「失望しているようだな」

「わが国がこの戦争に負けつつあることに？　わが同胞たる市民が肉挽《ひ》き器にかけられていることに？　まともな装備を支給してもらえないため、もうじき凍死するであろうことに？　そうだ、アロン、わたしは失望した。だが、そのあとにやってくる事態も恐れている」

　二人は平屋――モロソフ流の呼び方をするなら、彼のダーチャ――のベランダに出た。午後の冷えこみに備えて、モロソフはVネックのセーターを着ていた。六十歳の誕生日を最近祝ったロシア男性にしてはなかなか元気そうに見える、とガブリエルは思った。だが、長続きはしないだろう。ロシアの男たちには、窓から投げこまれたレンガのように、老齢が襲いかかる。哀れなヨハネス・フェルメールに似ていなくもない。今日元気に生きていたと思ったら、翌日は死んでいる。

　土埃《つちぼこり》が立つ施設の中庭から、ポンポンというリズミカルな音が低く聞こえてきた。心配いらない。イングリッドだ。重装備の警備員四人に囲まれて、目を閉じたままでも革製のフットバッグをリフティングできる能力を見せびらかしている。

「誰だ、あの女は？」モロソフが訊いた。

「わたしのボディガードだ」

「ユダヤ人のようには見えないが」

「いまのはマイクロアグレッションかい、セルゲイ？」

「なんだって？」

「マイクロアグレッション。人種的マイノリティーに対して、もしくは社会の周辺へ追いやられたグループに対して、しばしば無意識のうちにそれとなく偏見を示してしまう発言や行動のことだ」

「ユダヤ人が社会の周辺へ追いやられているとは思えないが」

「ほら、またやった」

「そういう言いがかりはやめろ、アロン。現時点で、わたしは強制的にイスラエルに移住させられたようなものだ。偏見で凝り固まった人間がいるとすれば、それはきみだ」

「わたしは違うぞ、セルゲイ。すべての者を愛している」

「ロシア人以外はな」

「きみが言ってるのは、ウクライナの町ブチャで罪もない民間人を四百五十人以上虐殺した連中のことかい？　女性と子供でいっぱいのシェルターにわざとミサイルを撃ちこんだ連中か？　軍事戦略のひとつとしてレイプを使用している連中か？」

「われわれロシア人は戦争を進める方法をひとつしか知らん」

「もしくは、戦争に負ける方法を」

「ワロージャがこの戦いに負けつつあるのは、疑いの余地なきことだ」モロソフは言った。

「だが、何があろうと、じっさいに負けることはないだろう」

ワロージャとは、ウラジーミルというロシア名の愛称だ。

「で、どうすればそんなことが可能なんだ？」ガブリエルは尋ねた。

「必要な手段を総動員する」モロソフは彼のグラスにワインのおかわりを注いだ。「きみはロシアの歴史を知っている、アロン。日露戦争でロシアが屈辱的な敗北を喫したあと、何が起きたか言ってみろ」

「一九〇五年にロシア革命が起きた。帝国のあらゆる場所で労働者が反乱を起こし、農民が蜂起した。皇帝ニコライ二世は事態を収拾するために十月詔書を出し、ロシア国民に対して基本的人権と民主的選挙による国会運営を約束した」

「では、ロシアが第一次世界大戦中に戦場で次々と苦境に陥ったときは？」

「ボリシェヴィキが権力を握り、皇帝一家が殺害された」

「では、われわれがアフガニスタンで泥沼状態に陥ったあとは？」

「一九八八年五月に赤軍が撤退し、三年後にソヴィエト連邦が崩壊した」

「ウラジーミル・ウラジーミロヴィチに言わせれば、二十世紀最大の地政学的な大惨事だった。ウラジーミルがウクライナとの戦争に負けることはない。なぜなら、負けるわけにいかないからだ。だから、次に何が起きるのか、わたしは心配でならない。きみも同じだと思うが」

「心配だ、たしかに。だが、いまのわたしはリタイアした身だ、セルゲイ」

「だったら、なぜここに来た？」

「お手数だが、写真を見てもらえないかと思って」ガブリエルはモロソフに彼の電話を渡した。「この男に見覚えはないか？」

「あるとも、アロン。この男なら知っている。グリゴーリー・トポロフだ」

「グリゴーリーはどんな仕事をしている？」

「弾丸と血を含むたぐいの仕事」

「SVRか？」

「わたしが最後にチェックしたときはそうだった。だが、かなり前のことだ」

ガブリエルは彼の電話をとりもどした。「グリゴーリーのやつ、ゆうべデンマークでわたしを殺そうとしたあとで興味深いことを言った。きみに説明してもらえないかと思ってね」

「なんて言ったんだ？」

「ザ・コレクター」

　モロソフは思案する様子で彼のワイングラスをじっと見つめた。「そいつは協力者のコードネームをきみに教えたのだろう。デンマーク人協力者」さらに続けた。「きわめて重要な人物」

「ザ・コレクターが?」

「正確なコードネームは〈コレクター〉だ。〝ザ〟はつかない」

「なぜそう呼ばれるようになったんだ?」

「稀覯本。そいつが貪欲に集めている。名目上はＳＶＲの協力者だが、そいつをじっさいに操っているのはＳＶＲではない」

「誰だ?」

「ボスのなかのボス」

「ウラジーミル・ウラジーミロヴィチか?」

　モロソフはうなずいた。「彼に平安あれ」

22

ビリヤ・フォレスト

二〇〇三年の夏、石油ガス業界のコングロマリットである英国の〈ＢＰ〉は六十七億五千万ドルを支払って、ロシアのエネルギー企業〈ＴＮＫ〉の株式の五十パーセントを取得した。大々的な提携であったため、ロンドンでおこなわれた調印式には英国首相が出席したほどだった。ロシア連邦の大統領も出席した。ロシアのこの指導者はモスクワへの帰途にコペンハーゲンに立ち寄り、同じような事業提携を進めた。こちらはデンマークの〈ダンスクオイル〉とロシアの〈ルズネフチ〉の合弁事業だった。投資額は〈ＢＰ〉より少なく、わずか三十億ドルだったが、北極海に眠る巨大な資源の開発事業においてデンマークがロシアに協力するという誓約書がついていた。

モスクワで何週間もかけて、ときには拷問のごとき過酷な交渉が進むあいだに、提携の最終的な詳細が詰められた。〈ダンスクオイル〉のＣＥＯで、ロシア史に詳しく、ロシア語を流暢《りゅうちょう》に話すマウヌス・ラーセンがしばしば顔を出した。ロシア側はラーセンを贅沢《ぜいたく》なディナーでもてなし、高価な品を山のように贈った。そこには数冊の稀覯本も含まれていた。また、若く美しい女たちを使って彼を誘惑し、女の一人はホテル・メトロポールの彼のスイートルームで一夜を過ごした。スイートにはFSBの手であらかじめ盗聴・盗撮器が仕掛けてあり、すべてが記録された。

「FSBはたぶん、何が記録されていたかをマウヌスにわからせたんだろうな」ガブリエルは言った。

「FSB長官がルビヤンカで上映会を開いたそうだ。カクテルとカナッペまで用意して。そのあと、マウヌスは石油産業史上もっとも不均衡と思われる契約書に自分の名前をサインした。また、ウラジーミル・ウラジーミロヴィチの側近が管理している口座に一億ドルを預けることにも同意した」

「マウヌスの立場がますます危うくなったわけだな」

セルゲイ・モロソフは同意のしるしにうなずいた。「マウヌスも気の毒に、ロシアの富を手にするつもりでモスクワに来たが、帰るときには黒焦げにされ、完全にわれわれの管理下に置かれてしまった」

FSBはマウヌス・ラーセンの口座をSVRに移し、以後、石油会社のこのCEOをSVRが利用するようになった。ビジネス関係の情報収集において、とくに西側のエネルギー産業の将来の展望に関して、〈コレクター〉はきわめて貴重な情報源となった。彼はまた、西側社会と政府の最高レベルに入りこむ手段をSVRに提供し、勧誘とコンプロマートのターゲットにできそうな人物を無数に挙げた。

「マウヌスはやがて、自発的に動くようになった。そこがコンプロマートのすばらしいところだ。誰かがいったん黒焦げにされれば、こちらから過去の罪を指摘しなくてもよくなる。こちらの機嫌を損ねないために、どんなことでもするようになる」

「おたくの国の制度のほうが敵国よりすぐれていると言って、協力者の説得を試みた経験はないのか？　〝きみは危険な世界で独りぼっちだから、われわれの助けが必要だ〟と言って」

「きみがわたしを勧誘したときは、異なるアプローチ法だったように記憶しているが」

「亡命者だったからな」

「わたしは暴力で脅されたんだ」モロソフは言った。「イデオロギーを前面に押しだした勧誘というのは、冷戦の終結とともに流行遅れになってしまった。まともな神経の持ち主だったら、誰がロシアみたいな国のために喜んで働く気になる？　われわれが勧誘に使う手段は二種類ある。コンプロマートと金だ。そして、マウヌス・ラーセンの場合は二種類が並行して使われた」

「どのように？」

モロソフは次のように説明した。

クレムリンが〈ルズネフチ〉の提携話に首を突っこみ、〈ダンスクオイル〉の株主たちに確実に配当が支払われるようにした——そして、マウヌスには個人的に支払いがなされるようにした。意外なことではないが、〈ダンスクオイル〉のCEOであるマウヌスは、西側でもっとも声高にロシアを擁護する人物の一人になった。ロシア産エネルギーへの依存度が高まっても、ロシア大統領が強気な発言を続けても、ヨーロッパ諸国が恐れる必要はまったくないと主張し、ロシア大統領のことは、祖国を衰退と低迷の過去から救いだして民主的な未来へ導いている政治家として、何かにつけて称賛した。

「あとでわかったのだが、それはウラジーミル・ウラジーミロヴィチの耳にも届いていた。大統領はマウヌスをクレムリンや各地の私邸へ招いて歓待し、そのなかにはモスクワの西にあるダーチャも含まれていた。マウヌスはロシア語に堪能だったので、通訳を使う必要はなかった。非ロシア人のなかではワロージャともっとも親しい人物になった。側近グループには入っていなかったが、ワロージャの世界の一部になったことは間違いない」

「大統領はマウヌスをどのように利用したんだ？」

「主に宣伝手段として。また、アドバイザーとして。だが、マウヌスに仕事を依頼することもあった。どう言えばいいのかな——ロシアの国家安全保障問題に関わる微妙な用件を」

「どんな種類の？」

「マウヌスが所持しているデンマークのパスポートと、非の打ちどころのないデンマーク流のマナーが役に立つような用件だ。マウヌスは事実上、ワロージャの密偵になった。そして、マウヌスがトラブルに巻きこまれたとき、救いの手を差し伸べたのがワロージャだった」

「どんなトラブルだ?」

「またしても女のことで問題を起こした」

「モスクワで?」

「デンマークで」

「ワロージャはどうやってマウヌスを救ったんだ?」

「女に親指を触れた」モロソフは言った。「すると、女は跡形もなく消え去った」

彼女は二十代で、デンマーク人だった。それを別にすれば、彼女の名前も、デンマーク最大の企業のCEOと性的関係を持つに至った状況についても、セルゲイ・モロソフは何ひとつ知らなかった。ある時点で――いつのことかモロソフにはわからないが――女が別れを切りだした。また、沈黙とひきかえに莫大な金を要求してきた。マウヌスは支払いに同意した。そして、ふたたび金を要求されたとき、マウヌスがSVRの担当官に相談すると、その件についてはもう悩まなくてもいいと担当官は言った。

「死がすべての問題を解決する」ガブリエルは言った。「女が消えれば、問題も存在しない」

「ロシアでは、こうした出来事はかならずしも眉をひそめられるものではない。権力者と関係を持った多くの女が最後は地中に消える」

「われらが名無しのデンマーク女はどこへ消えたんだ？」

「詳しいことは知らん。わかっているのは、いまも行方不明者扱いになっていることだけだ」

「その件を担当したのは？」

「ＳＶＲだ。しかし、大統領からじかに指示が出ていた」

「その点がはっきりしてホッとした」

「ワロージャの視点から見てみろ」

「見なきゃいけないのか？」

「マウヌス・ラーセンはいくつもの点で貴重な協力者だった」モロソフは言った。「私生活で不道徳なスキャンダルを起こせば、〈ダンスクオイル〉のＣＥＯではいられなくなる。ワロージャとしては、そんな事態を許すわけにいかなかった。巨額の金をマウヌスに注ぎこんできたのだから」

「額にしてどれぐらい？」

「いわゆるコンサルタント料として年に数百万。トベリ銀行のマウヌスの口座に入金され、デンマークの税務当局にはいっさい申告されていない。マウヌスはまた、富裕層が住むモスクワの西の郊外、ルブリョフカに家を持っている。いまのマウヌス・ラーセンはどこからどう見ても、ロシアの新興財閥《オリガルヒ》だ」

「デンマークのパスポートを持ち、非の打ちどころのないデンマーク流のマナーを備えたロシアのオリガルヒか」

「事実上、ロシアの密偵だ」モロソフはつけくわえた。「だが、なぜまたマウヌス・ラーセンに興味を持っている？」

「マウヌスがコペンハーゲンの稀覯本業者に金を払って、絵画を盗むよう依頼したからだ。だが、その理由がさっぱりわからない」

「本人に訊くべきかもしれん」

「そのつもりだ、セルゲイ」

モロソフ・セルゲイが彼のダーチャのベランダに立ち、片手を上げて別れの挨拶をするあいだに、ＳＵＶ車は施設の開いたゲートを通り抜け、ロシュ・ピナのほうへ戻る道を走りはじめた。挨拶を返したのはリアシートにガブリエルと並んですわったイングリッドだけで、それを見たロシア人の顔に大きな笑みが浮かんだ。

「あの男は何者?」

「残念ながら、その質問には答えられない。大いに協力してくれたと言うだけにしておこう」

「どんな協力?」

「ペーター・ニールセンのクライアントというのは、デンマーク最大の石油ガス会社のCEOだった」

「マウヌス・ラーセンのこと?」

ガブリエルはうなずいた。「しかも、困ったことに、話はさらにおもしろくなる」

「そんなの無理だと思うけど」

「マウヌスは二十年前からロシアの協力者だった。そして、わが友人の言葉を信じてもいいのなら、やつの過去には死んだ女がいる」

「マウヌスが殺したの?」

「その必要はなかった。ロシアの連中がかわりにやってくれた」

「その女もロシア人だったの?」

「いや、デンマーク人だ。十年ほど前のことだ。わが情報源は女の名前を知らなかった」

「探りだすのはそうむずかしくないはずよ。失踪者のデータベースを調べてみるわ」

「その前に夕食はどうかな? ここから遠くないところに食事できる場所がある」ガブリ

エルはミハイルと視線を交わした。「景色は抜群、料理と雰囲気は本格的だ。きみも興味を持つと思う」

「人里離れた場所にある秘密の収容施設よりも興味深いところ？」

「うん、そうとも」ガブリエルは彼の電話のほうへ手を伸ばした。「はるかに」

23

ティベリア

携帯電話の向こうから聞こえてくる声は力強く、明瞭で、毅然《きぜん》としていた。

「ギラーとわたしはきみらの到着をどれぐらい待てばいい？」

「二十分かそこらです」

「急いだほうがいいぞ、わが息子よ。でないと、きみが着いたとき、わたしはもう生きていないかもしれん」

「その場合、責められるべきはわたしですね」

「そうとも」電話の向こうの声が不機嫌につぶやき、電話が切れた。

ところで、ああいう人物のことをイングリッドのような部外者に正しく説明するにはどうすればいいのだろう？　バッハが西欧音楽の発展に果たした役割を、もしくは、地球上の生命の形成と維持に水が果たした役割を説明するほうがまだしも簡単だ、とガブリエルは思った。アリ・シャムロンはアドルフ・アイヒマンを逮捕した人物で、〈オフィス〉の先々代の長官だった。彼がこの機関に個性と信条を与え、組織内の用語まで与えた。彼こそがメムネ、指揮する者。永遠の存在だ。

　シャムロンが住むハチミツ色のヴィラはガリラヤ湖を見下ろす断崖の頂上に建っている。急傾斜の車道をのぼっていくＳＵＶの車内で、ガブリエルは最悪の事態に備えて気をひきしめた――シャムロンはここ何年か、数多くの深刻な病気と戦っている――しかし、前庭で待っていた男性はきわめて健康そうに見えた。きちんとプレスされたカーキ色のズボン、オックスフォードシャツ、左肩の鉤裂きがいまだに修理されていない革のボマージャケットといういつもの装いだった。右手――アイヒマンの口をふさいだ手――にオリーブ材のおしゃれな杖《つえ》が握られている。大嫌いなアルミ製の歩行器はどこにもない。

「いつからそこに立ってたんです？」ガブリエルは訊いた。

「知りたいなら教えてやるが、きみがイスラエルを去った日以来、ここから一歩も動いておらん」シャムロンはガブリエルのとなりに立つ女性を見た。「その子は誰だね？」

「イングリッドといいます」

「名字は？」

「ヨハンセン」

「ユダヤの名前ではないな」

「然《しか》るべき理由がありまして」

「改宗するつもりはないのか？」シャムロンは尋ねた。「それとも、きみたちの関係は純粋に物理的なものかね？」

「イングリッドがゆうべ、デンマークでわたしと一緒にいたとき――」

「ロシアの暗殺者がきみを殺そうとしたわけだな」

「いや」ガブリエルは言った。「標的は彼女だったことを、わたしは確認しています」

「安心した。だが、ロシア人を怒らせるとは、彼女、いったい何をしたんだ？」

「目下、調査中です」

「高地ガリラヤで？」涙に潤んだシャムロンの目がミハイルに据えられた。「この男と？」

ガブリエルは微笑しただけで、何も言わなかった。

「きみが来ていることを、うちの姪《めい》はたぶん知らんと思うが」

シャムロンの姪というのはリモーナ・スターン、〈オフィス〉の歴史のなかで初めて誕生した女性長官だ。

「わたしがエルサレムにいるものと思っているでしょう」ガブリエルは言った。

シャムロンの目が細められた。「きみ、なんらかの権力闘争に関わっておるわけではあるまいな？」

「夢にも思っていませんよ」

「きみはわたしを失望させてばかりだ、わが息子よ」シャムロンは肝斑《かんぱん》の浮いた手を玄関ドアのほうへ伸ばした。「何か食べるとしよう。久しぶりだな、まったく」

その夜、ギラー・シャムロンが出してくれた食事は正統派のイスラエル料理ではなく、急いでテイクアウトしてきた中華料理だった。彼女の夫はプラスチックの箸としばらく格闘していたが、やがて脇へ投げ捨て、かわりにフォークで牛肉とブロッコリーに襲いかかった。雑談に興じたり、話をはぐらかしたりするタイプではないので、世界情勢について真剣に論じはじめた。しばしばあることだが、憂慮の色が浮かんでいた——戦後の古い秩序が崩れはじめ、民主主義が危険にさらされ、中国とロシアが想像を絶するスピードでアメリカにとってかわり、中東で覇権を握りつつあることが心配なのだ。北京がサウジアラビアとイランの友好関係樹立を目論《もくろ》んでいるという噂も彼の耳に入っている。一年前ですら想像できなかったことだ。

シャムロンはヴェネツィアでの新生活についてガブリエルに尋ね、キアラと子供たちが元気にしていることを知って満足した様子だった。しかしながら、彼がもっとも興味を持ったのは食卓についた新来の客だった。イングリッド・ヨハンセンという名の若く美しいデンマーク女性で、フリーランスのITスペシャリストと称している。秘密の世界で生涯を送ってきたシャムロンがそれを一言も信じていないのは明らかだった。相手にうしろ暗いところがあれば、ひと目で見破ることができる。

最後に、シャムロンは苦労して立ち上がり、イングリッドとミハイルに謝ってから、書斎と作業場を兼ねた地下の部屋へガブリエルを連れていった。作業台に一九五八年製のグルンディッヒ三〇八八の中身が散乱していた。昔のラジオをいじるのがシャムロンの唯一の趣味だ。そして、自由にいじれるラジオがないときはガブリエルをいじることにしている。

シャムロンはスツールに腰かけてスタンドをつけた。「きみが先だ」と言った。

「どこから始めればいいですか？」

「最初から始めたらどうだ？」

「最初に神は天地を創造され――」

「そこは飛ばして、イングリッドのところまで行けばいいではないか」

「彼女はハッカーでプロの泥棒です」

「わたしの好みのタイプだ」

「わたしもです」

シャムロンの古いジッポーのライターが炎を上げた。「残りを話してくれ」

シャムロンはガブリエルの五分間の説明が終わるまで待ち、ラジオから顔を上げた。その顔に深刻な非難が浮かんでいた。「きみ、起訴されても当然だぞ」

「アントワープでアルメニア人のギャングがからむ不幸な出来事に巻きこまれたから?」

「〈オフィス〉が秘密にしている尋問施設にきみの友達を連れて入ったからだ。わたしがそんな無茶をすれば、ただではすまなかっただろう」

「〝模倣はもっとも誠意ある追従〟という諺をご存じですか、アリ?」

「わたしを模倣するのは無理だ、わが息子よ。しかし、きみにそこまで言われたくないものだ。そう思わないか? リタイア後も現場にとどまっていたわたしを、きみは何度非難した? そんな生き方はしたくない、と何度わたしに言った?」シャムロンは会心の笑みを浮かべた。「そして、いまでは俗に言うように、反対の足が靴をはいている。つまり、きみがわたしの立場になったわけだ」

「話はそれで終わりですか?」

「始まったばかりだ」シャムロンは煙草を揉《も》み消すと、すでに完全に守勢にまわったガブリエルから文句を言われる心配のないことがわかっていたので、悠々と新しい煙草に火をつけた。「ところで、これまでの調査からどんな結論を出したんだね?」

「ある賢明なる諜報部員から、強引にピースをつなぎ合わせてはならないと教わりました」

「なぜかというと、強引につなぎ合わせた結果、ときとして、真実ではなく自分が見たいものを見ることになるからだ——そう思わないか?」

「ときには」ガブリエルは答えた。

「それに、もちろん、紛失したピースという問題もある。誰だって、知らないものは知らない。そして、いいかね、わが息子よ、きみの手元にはピースがそろっていない」

「何が紛失してるんでしょう?」

「アマルフィの海辺にある美しいヴィラに住んでいた男」

「ルーカス・ファン・ダンメ?」

「じつはな、われわれはやつをラッキー・ルーカスと呼んでいた」

「ファン・ダンメは〈オフィス〉の協力者だったんですか?」

「数年のあいだ」

「なぜ?」

シャムロンは両手を上げてキノコ雲の形を作り、爆発音のまねをした。

24

ティベリア

南アフリカの核兵器計画ぐらい極秘裏に進められたものはほかに例がなく、一九四八年にスタートした――同じ年にイスラエルが建国を宣言した。アメリカが日本の広島、長崎というふたつの都市に原爆を投下して第二次世界大戦を速やかな終結へ導いた三年後である。南アフリカは最初、プルトニウム爆弾の開発を進めようとしたが、一九六九年になると、自国で採掘される資源を用いたウラン濃縮技術の開発に切り替えた。一九八〇年代の終わりには、ガンタイプの核爆弾六個を保有していた。このタイプの爆弾が製造されたのはこれが最後である。

七個目の爆弾を製造中だった一九八九年に、南アフリカは核兵器計画を自発的に放棄した――理由のひとつは、窮地に陥って余命いくばくもなかった白人政権が、あとをひきつぐ黒人主導の政府の手に原爆という武器を渡したくなかったことにあった。完成していたガンタイプの爆弾六個は国際的な監視のもとで廃棄され、大量破壊兵器の材料となるウランはプレトリアの西にあるペリンダバ核開発研究センターで保管されることになった。アパルトヘイト以後の時代に入ってから、センターでは警備態勢を破られる深刻な事件が少なくとも三回起きている。最後は二〇〇七年で、政府は最初のうち、よくある窃盗未遂事件とみなし、問題にしなかった。しかし、国際的企業調査会社である〈クロール〉にかつて勤務していた人物がこの事件を独自に探り、侵入したのは訓練の行き届いた重装備の一団だったという結論を出した。核爆発物の保管場所を突き止めて盗みだすため、施設に忍びこんだのだった。

南アフリカの核兵器計画のなかでもっとも厳重に秘匿されていたもののひとつが、ウランを濃縮して核兵器としての基準を満たすレベルまで持っていき、配備可能なガンタイプの爆弾を作りあげた科学者たちの氏名だった。科学者の一人にルーカス・ファン・ダンメという核物理学者がいた。ライフワークを奪われ、祖国が黒人に支配されるようになったため、脱出用ハッチを探し求めた。ひとつ見つかった。父親が所有していた南アフリカ東部のダーバンに拠点を置く船会社がそれで、社名を変更して〈LVD海運〉にし、ナッソーへ拠点を移した。そのナッソーで、一九九六年八月、太陽がじりじりと照りつける午後に、ファン・ダンメはクライド・ブリッジズと名乗る男と出会った。聞いたことのないカナダのソフトウェア会社に勤務し、ロンドンでヨーロッパのマーケティング部門の責任者を務めている人物だった。〝ブリッジズ〟は偽名に過ぎなかった。本名はウージ・ナヴォトだった。

「なぜそういうことに？」ガブリエルは尋ねた。

「キング・サウル通りがパニックに陥ったのだ」シャムロンが答えた。

「原因は？」

「ラッキー・ルーカスはまるっきりラッキーでなかったことが判明した。海運業の方面がとくにひどかった。会社を犯罪企業に変えることでどうにか生き延びていた。また、ありとあらゆる悪党連中とつきあいがあった」

「具体的な例を挙げると？」

「南アフリカが成功させた核開発計画をコピーしようと狙っていた国々の代表者とか」

「だが、われわれはそれを許すわけにいかなかったのですね」

「ユダヤ人に悪影響がおよぶに決まっている」

「しかし、あなたの話には重要な部分が抜けています」ガブリエルは言った。「倫理的に問題がある船会社のオーナーが南アフリカの核開発計画の背後にいるブレーンであったことを、〈オフィス〉はどうやって知ったのです？」

「ファン・ダンメが？　計画の背後にいるブレーン？」シャムロンは首をゆっくりと横にふった。「われわれの協力がなければ、南アフリカが核爆弾を作るのはぜったい無理だっただろう」

「その日の午後、ウージはラッキー・ルーカスとどんな話をしたんですか？」

「家族のレシピをわれらが敵の誰かに教えようと思っただけでどんな危険が降りかかるかを、友達として注意してやった」

「否定的処置については？」

「そこまで詳細に語る必要はなかった。われわれの評判だけで充分だった。ルーカスは自ら進んで〈オフィス〉の協力者になったようなものだ」

「やつをどんなふうに使ったんです？」

「わたしの承認を得たうえで、ルーカスは金を払ってくれる相手なら誰にでも情報を売り、われわれはそのおかげで、不倶戴天《ふぐたいてん》の敵どもが核に寄せる希望と夢を知ることができた。例えば、〝バグダッドの虐殺者〟ことサダム・フセインや、ダマスカスにいるバース党の盟友バッシャール・アサドなどだ。わたしはまた、バハマのナッソーに拠点を置く〈LVD海運〉を、テルアビブのキング・サウル通りにあるグローバル企業の支社にしてやった」

「凄腕ですね」

「そうさ」シャムロンはうなずいた。「あの作戦は輝かしき成功だった」

「しかし、〈オフィス〉と南アフリカの結びつきは一人の核物理学者をさらに超えるものとなった」

シャムロンはブルーグレイの紫煙のベールを透《とお》してガブリエルに視線を据えた。「わたしと南アフリカの結びつき――そう言いたいのかね？」

ガブリエルは無言だった。

「南アフリカの核兵器開発にわたしが手を貸したのかどうかを、きみが尋ねているのなら、答えはノーだ。わたしの指揮下にあったころの〈オフィス〉は多くのことをやってのける能力を備えていたが、そこまではやっていない。だが、南アフリカを助ける努力をすることに、わたしは賛成していたのか？　開発計画を継続するよう、左派から右派までの歴代の首相にわたしが進言していたのか？　もちろんそうだった」

「では、われわれの助力で作りあげた核兵器を、南アフリカが放棄すると決めたときは？」

「南アフリカでわたしと同等の立場にある人物と緊密に連携して、核爆発装置の解体後に兵器級ウランが流出することはいっさいないように手を打った。ペリンダバ核開発研究センターの視察までおこなった」

「それで？」

「言うまでもないが、わたしはセキュリティに大いなる懸念を抱いた。だが、そのいっぽうで、南アフリカは国際原子力機関《IAEA》と他の国々を欺いて、製造した核兵器の数をごまかしたのではないかという執拗な疑惑が頭を離れなかった」

「なぜです？」

「南アフリカに協力した結果、われわれは開発計画について、独自に詳しく知ることとなった。製造中だった核兵器の数は一個ではなく、おそらく二個だと、うちの科学者たちは確信していた」

「あなたと同等の立場にある南アフリカ側の人物に、その件を伝えたんでしょうね？」

「何度か。すると、向こうはそのたびに、兵器は七個しかなかったと断言した。だが、数年後、それが嘘だったことを、ある信頼できる筋から聞かされた」

「その筋というのは？」

「ルーカス・ファン・ダンメ」シャムロンはグルンディッヒ社のラジオの修理を再開した。うわの空で尋ねた。「わたしの姪をどう扱えばいいと思う？」

「おじにあたる人物の激しい気性を受け継いでいるという事実を考えると、われわれは厳重に警戒しつつ進むべきだと思います」ガブリエルはいったん言葉を切り、あらためて続けた。「欺瞞《ぎまん》も少しばかり必要かと」

「わたしの好きな言葉だ。どうするのがいいと思う？」

「わたしが許可も得ずにセルゲイ・モロソフの事情聴取をおこなったことを、誰かが彼女に報告すべきかもしれません」

「そうだな」シャムロンも同意した。「たぶん、誰かがやるべきだろう」

25

ナルキス通り

シャムロンの電話は彼女の留守番電話にまわされ、彼女がようやく折り返しの電話をかけたときには、罪人はすでにエルサレムへ向かっていた。遅い時刻になっていて、彼女は神経をピリピリさせていた。このところ、たいていこんな状態だ。彼女の有名なおじは時間を無駄にすることなく本題に入った。

「あの男を殺してやる」というのが彼女の返事だった。

「それも〈オフィス〉初の出来事になるな」シャムロンは言った。「だが、おまえのキャリアに修復不可能な傷がつくのは間違いない」

「事故に見せかければ大丈夫よ」

「いいか、ただの噂に過ぎんのだぞ。早まったことをしでかす前に、ちゃんと調べたほうがいい」

「そんな噂、どこで聞いたの？」

「わたしの口からは言えん」

「まさか、おじさんも一枚嚙《か》んでるんじゃないでしょうね?」

「わたしが? とんでもない」

彼女が〈オフィス〉の内部保安課のチーフに電話をすると、チーフはただちにビリヤ・フォレストにある秘密収容施設の警備レベルをひきあげた。はい——施設のスタッフは認めた——この日の夕方早く、伝説の人物が予告なしに訪ねてこられました。そして、はい、一時間ほど囚人を尋問されました。

「どうしてなかに通したりしたの?」

「ガブリエル・アロンですから」

「わたしに電話してほしかったわ」

「しないよう命じられました」

「一人だった?」

「ミハイルが一緒でした」

「ほかに誰かいた?」

「女性が」

「名前は?」

「名乗りませんでした」

「外見を説明して」

「イスラエル人でないのはたしかでした」

問題の女性はイングリッド・ヨハンセンといって、ハッカーでプロの泥棒だが、いまこの瞬間、エルサレムの光景を生まれて初めて目にしていた。もうじき真夜中になろうというころ、この街の歴史地区ナハロートの中心部にあるナルキス通りに着き、ガブリエルに続いて十六番地のアパートメントに入ったのだった。ユーカリの香りに満ちた夜の大気のなかでフレンチドアをあけようとしたとき、ガブリエルの電話が鳴りだした。かけてきたのは彼の後継者だった。

「明日の朝十時半に長官室に来てちょうだい」彼女が言い、電話が切れた。

ガブリエルはイングリッドをゲストルームへ案内し、そのあとでベッドにもぐりこんだ。欺瞞を用いて戦争をすべし――そう思った。

雷鳴のような爆発音で七時五分に叩き起こされた。最初はただの夢かと思ったが、遠くのサイレンの響きと、彼の寝室の戸口に不安そうな顔で立っているイングリッドの姿から、夢ではないことを知った。キッチンへ行き、コーヒーができあがるのを待つあいだにテレビで最新ニュースを見た。エルサレムの西の入り口にあたるギヴァト・シャウルのバス停で爆発があったという。

「ゆうべ、車で通ったところだ」ガブリエルは説明した。

「負傷者は?」

「数人」

「死者は出たの?」

「もうじきわかる」

ガブリエルがシャワーを浴びていたとき、二度目の爆発があった――別のバス停だった。エルサレムの北部で、すぐ近くなので、アパートメントが揺れたほどだった。ガブリエルがクロゼットにかかっているダークスーツのひとつを着てからキッチンに戻ると、イングリッドが彼女のノートパソコンの上で身をかがめ、集中のあまり額にしわを刻んでいた。ガブリエルはステンレス製の保温タンブラーにコーヒーを注いでから、蓋をきっちり閉めた。「運がよければ、二、三時間で帰ってこられると思う。何があっても、きみはこのアパートメントを出ないでくれ」

「大丈夫よ」キーボードに指を走らせながら、イングリッドは答えた。「そんなこと、考えてもいなかったから」

一階に下りると、ナルキス通りの車道の縁でSUVの装甲車がアイドリングしていた。十分後、ギヴァト・シャウル近辺の渋滞を抜けたあとで、車はハイウェイ一号線に入り、テルアビブのほうへ向かった。自分の再登場は完成に近づいている――そう思った。あとは後任の長官の了承を得ればいいだけだ。彼女を長官に据えたのは成功だった。活火山のような気性の女。鉄の意志を持つ女。

ガブリエルが〈オフィス〉の長官に就任して最初に出した指示のひとつは、いまもちゃんと守られている――〈オフィス〉の本部をテルアビブのダウンタウンからラマト・ハシャロンのハイウェイ二号線沿いの更地へ移転させようという、国会で正式に承認を受け、予算も組まれていた計画を即座に中止させたのだ。巨額の予算だけでもプロジェクトを棚上げにするに充分だったが、ガブリエルはそれに加えて、にぎやかなショッピングモールとシネコンが近くにあることも気にしていた。また、この地区の呼び名となっているすぐ近くのインターチェンジの名前も気に食わなかった。「移転後の〈オフィス〉の通称を何にすればいい？」と嘆いた。「グリロート・ジャンクション？ 諜報活動の世界のいい笑いものだ」

それに、キング・サウル通りの端にある陰気な建物にはそれなりの魅力がなくもない。建物のなかに独立した建物があるようなもので、電力供給は独自にできるし、水道設備も下水設備も完備しているし、独自の安全な通信システムも備えている。アナリストやサポートスタッフはロビーのドアから建物に入るが、各課のチーフと工作員は地下の駐車場を通って出入りする。現在と過去の長官たちもそうだ。そして、専用エレベーターで最上階まで行くことができる。ガブリエルはゆっくりと上昇しながら、彼の前にこれに乗った女性の香りを吸いこんだ――〈トム・フォード〉のエベーヌ・フュメ・オードパルファム。去年の彼女の誕生日にキアラがボトルを送ったのだ。五十ml.では足りないと思って、百ml.のボトルを。値段は四百ユーロと少し。国際郵便の送料は別。

エレベーターを降りると、そこは長官室の前の受付エリアで、簡素なデスクの向こうに、身体にぴったり合ったスポーツジャケットとストレッチタイプのズボンという装いの、ほっそりした若い男性がすわっていた。彼が一対の椅子のほうを示したので、ガブリエルは腰を下ろした。

「オリットはどうしたんだい？」と尋ねた。

「〝アイアンドーム〟のことですか？　そろそろ交替の時期だとスターン長官が考えたものですから」

ほう、そんなことが？　その現場を見られるなら、喜んで大金を払ったのに。

ちょうどそのとき、長官室のドアがあいて、特別作戦室――またの名を〝暗黒の諜報機関の暗黒の部署〟――のチーフを務めるヤコブ・ロスマンが出てきた。スチールウールみたいな髪と軽石みたいな顔をした男で、見た目はまるで掃除用具のようだ。手の届きにくい場所で使うといい――例えば、シリア東部やイラン北部あたりで。

「なんの用でここに？」ヤコブの口調には非難がこもっていた。

「一分か二分すれば、わたしにもわかると思う」

「おしゃべりしたいのはやまやまだが、目下、非常事態が起きていてね」

「ほう？　どこで？」

「鋭い質問だ」ヤコブはそう言うと、非常事態が起きているのは廊下の向こう端の部屋であるかのように、急いで去っていった。

ガブリエルが受付係に目を向けると、彼はデスクの電話をじっと見ていた。かなりたってから、電話がピッピッと二回鳴った。長官室の安全が確認されたという合図だ。「長官がお会いになるそうです、ミスター・アロン」

「ありがたや」

ガブリエルは椅子から立つと、自動ロックがカチッと解錠されるまでの数秒のあいだ、忍耐強く待った。通された部屋は妙によそよそしいものだった。デスク、応接セットのエリア、会議テーブル。すべてが新しくなり、置き場所も変わっていた。壁面のビデオモニターまでがテクノロジー的にかなりバージョンアップされて、ほかの壁面へ移っていた。内装はトレンディで、洗練されていて、かつての慎《つつ》ましやかな雰囲気とは対照的に、高級感にあふれている。照明は控えめだ。ぴったり下ろされたシェードのどこか向こうにテルアビブと地中海があるはずだが、室内にいるかぎり、けっしてわからない。ロンドンか、マンハッタンか、シリコンバレーにいるのと変わらない。

リモーナはタブレットで何かをじっと見ていた。ダークな色合いのスーツ――イスラエルのスパイ階級の非公式な制服――におしゃれなパンプスという装いだ。仕事の重責のせいか、ふっくらしていた身体が二、三キロほど瘦せたように見える。いや、意識して体重を落としたのかもしれない――ガブリエルは思った――全体的なイメージ刷新の一環として。砂岩色の髪を新しいスタイルにしたり、メークを微妙に変えたりしたのと同じように。鎧《よろい》がわりのスーツの下のどこかに、有名なおじの家の急傾斜の車寄せをキックスクーターですべり下りて転倒し、ガブリエルがお尻の左側に絆創膏《ばんそうこう》を貼ってやったときの、あの幼い少女がいるはずだ。しかし、それもけっしてわからない。

リモーナの沈黙は意図的だった。〈オフィス〉の工作員たちが太古の昔から使ってきた、敵を不安にさせるための陳腐なテクニックだ。ガブリエルは自分のほうから発言しようと決めた。

「わたしを見てヤコブがいささか驚いていたようだ」

「そうでしょうとも」リモーナはパソコンの画面から顔を上げ、フォックス型の眼鏡の奥から彼を見据えた。この眼鏡もまた、彼女の外見に新たに加わったものだ。「あなたの訪問は秘密にしておきたかったけど、ヤコブとのミーティングが予想より長びいてしまったの」

「難題を抱えこんでるようだな」

リモーナは餌に食いついてこなかった。「機密情報にアクセスする権限のない相手に対して、ヤコブが進行中の作戦の話をすることはありえないわ。〈オフィス〉の基本原則に違反すれば、即刻クビですもの」

「きみたち二人が仲良くやってるかどうか、訊いてもいいかな？　それとも、それも機密情報かい？」

「想像がつくと思うけど、ヤコブとわたしの仲は浮き沈みがあるの」

「きみに呼びだされるとわくわくするって、ヤコブがわたしに断言したぞ」

「嘘をつくのが商売だもの。わたしたち全員がそうよ」リモーナはつけくわえた。

「わたしがきみに問題を残していったのでなければいいが」

「わたしの手に負えないことはひとつもないわ」

「あいつ、あとどれぐらいここでがんばる予定だね？」

「ヤコブなら、二、三週間後に〈オフィス〉を去ることになってるわ。民間の世界でチャンスをつかむために」

「特別作戦室は誰が担当するんだ？」

「ミハイルよ。わたしが担当していた人材課の仕事はヨッシにまかせる。リサーチ課のチーフにはダイナが就任」

「きみのチームの配置を終えたようだな」

「冗談はやめて。あれはあなたのチームだわ」リモーナは言った。「わたしはいくつか小さな調整をしただけ」

ガブリエルはかつて彼のものだった長官室を見渡した。「いくつか以上だな」

「あなたの影響が強すぎたの。あなたが去ってから一カ月ほどのあいだ、全員がぼうっとすわったまま、おたがいの顔を見て、あなたなしでどうすればやっていけるのかって不安がってた。それに対処する方法はただひとつ――」

「わたしの存在をなかったものにすることだった」

「でも、古い黒板だけはとってあるわ。いまも地下の四五六C号室に置いてある。チャーチルの作戦室みたいなものね」リモーナは応接セットのほうを身ぶりで示した。「すわらない？」

「おたがい、立ったままのほうがいいだろう」

リモーナの表情が曇った。活火山のような気性の女。カミソリみたいに鋭い声になった。

「あなたがセルゲイ・モロソフに会ったことを、わたしのおじはどうして知ったの？」

「わたしが話したから」

「そして、わたしにそれを伝えるよう、おじに言ったの？」

「そう、もちろん」

「なぜそんなことを？」

「きみをカンカンに怒らせて、殺し屋を雇ってわたしの命を狙わせるように仕向けようと思って」

「成功したわね」リモーナは熱を許ろうとするかのように、片手を額にあてた。カッカしているのは間違いない。「昔の情報源に面会する許可を求めるだけでよかったのに」

「ときには、許可を求めるより許しを乞うほうが楽なこともある」

リモーナは手を下ろした。「乞いなさいよ」

「きみのために作戦を遂行したい」

「あのね、もっとましな言い方があるでしょ」

「お願いします。あなたのために作戦を遂行させてください」

「どんな作戦？」

「わたしの古い黒板があったほうがいいかもしれない」

「あら、どうして思いつかなかったのかしら」リモーナは電話に手を伸ばした。「あなたって陰険なクズね」

「最高の人物に鍛えられたから」

「わたしもよ、ガブリエル。ぜったい忘れないで」

26

マウント・ヘルツル

その患者は心的外傷後ストレス障害《PTSD》と鬱病を発症していた。しかしながら、発症のもととなった凄惨な事件の具体的な記述は、分厚いファイルのどこを捜しても出てこない。ただ、ヨーロッパの中心地で爆弾テロがあったことが漠然と記されているだけだ。また、かつての配偶者で、二十四時間体制のケアの費用を払いつづけている男性の名前も、ファイルには出てこない。例によって、男性が主治医に面会の連絡をよこしたのは直前になってからだった。

「準備しておきます」主治医は言った。「ですが、まずあなたと二人だけで、二、三分ぐらい話をさせてください」

「何か不都合なことでも？」

「いえ、じつは希望の持てる進歩なんです」

病院があるのはかつてアラブ人が住んでいたデイル・ヤシンという村だが、一九四八年四月九日の夜、ユダヤ人地下武装組織イルグンとレヒの部隊が、女性と子供を含む百人以上のパレスチナ人をここで虐殺した。村の建物のうち数軒はいまも残っていて、そのなかにオスマン・トルコ時代の古い家もあり、いくつもの色から成るみごとな顎髭を蓄えたラビのような風貌の医師がそこを彼個人のオフィスにしている。

医師が長年担当している患者の以前の夫が、散らかったデスクの向こう側にすわっていた。どちらかが言葉を口にするまでに数分の時間が流れた。じっさい、オフィスは静まりかえっていて、聞こえるのはページをめくる音だけだった。一ページめくるのに一分——壁にかかった時計の秒針の動きを見守りながら、医師は思った。五十八秒ではなく、六十四秒でもない。六十秒ごとに一ページ。この男は生まれたときから頭にストップウォッチを埋めこまれていたに違いない。

「みごとですね」ようやくガブリエルは言った。

「わたしもそう思いました」

「誰の思いつきだったんでしょう?」

「ご本人です」

「先生が勧められたわけではないんですね?」

医師は首を横にふった。「正直なところ、精神状態の乱れを考えると、どんなものが生みだされるのか不安でした」

「何があったんです？」

「半年ほど前のある日、美術室に立ち寄ったところ、チャコールペンシルを手にしたリーアがそこにいました。自分がかつて画家だったことを不意に思いだしたという感じでした。ぜひあなたに見せてほしいと頼まれました」医師は言葉を切り、さらに続けた。「あなただけに」

静寂が戻ってきた。医師は手にしているぬるくなった紅茶のカップをじっとのぞきこんだ。

「リーアはいまも、狂おしいほどあなたを愛しています。おわかりでしょうけれど」

「わかっています」

「リーアはいまも、自分たち二人は以前と同じように――」

「わかっています」ガブリエルは語気を強めた。

医師は次の言葉を窓に向かって言った。「わたしがあなたを批判したことは一度もありません、ガブリエル。ですが、リーアの人生がこの段階まで来た以上――」

「では、わたしの人生はどうなるんです？」

「何か話したいことはありますか？」

「例えば？」

「どんなことでもかまいません」

「わたしには妻がいます。二人の幼い子供もいます」

「人並みの暮らしを送りたい？　そう言っているのですか？　だが、それが許されない者もいます。あなたはふつうではない、ガブリエル・アロン。ふつうにはけっしてなれないのです」

「それに効く薬がぜったい何かあるはずです」

医師は乾いた声で低く笑った。「あなたのユーモアのセンスは防衛のためのメカニズムですね。真実に直面するのを防ごうとしている」

「目を閉じるたびに真実に直面していますよ。けっして消えはしません。一分たりとも」

「あなたからそんな健全な意見を聞いたのは初めてです」医師は受け皿にのったカップをデスクに置き、その拍子に、残っていた紅茶がこぼれた。「けさ、ギヴァト・シャウルで爆発があったとき、こちらの病院ではひどい轟音《ごうおん》だったことをご承知おきください。リーアが対処しきれなかったのではないかと心配です」

「いまはどんな様子でしょう？」

「あなたが面会に来られることを五分前に伝えたときは、大喜びでした。しかし、リーアの場合は……」医師は悲しげに微笑して立ち上がった。「そう、次にどうなるのかまったく予測がつきません」

リーアは日差しあふれる庭で車椅子にすわっていた。華奢《きゃしゃ》な肩に毛布をかけ、ねじれた手の残骸を膝の上で握りあわせている。ガブリエルは彼女の頬の冷たく硬い瘢痕《はんこん》組織にキスをして、横のベンチにすわった。彼女は虚ろな目をやや遠くへ向けていて、ガブリエルが来たことに気づいていない様子だった。ガブリエルは過去にも、こうした緊張病の期間に耐えてきた。最初の発症のときは十三年のあいだ続いた——ひとこともしゃべらず、理解を示す光が暗い目に浮かぶこともない状態で十三年。絵のなかの人物と言葉を交わそうとするようなものだった。彼女を修復したくてたまらなかったが、できるわけがない。《車椅子の女》（油彩、カンバス）は修復不能だった。

ガブリエルは彼女のスケッチブックを開き、紙をめくった。

「どう思う？」不意にリーアが言った。

ガブリエルは驚いて顔を上げた。〝どう思う？〟遠い昔、二人が共にベザレル美術学校の学生だったころ、彼女が初めてガブリエルにかけた言葉がこれだった。そのときも、ガブリエルはいまと同じく、彼女のスケッチブックをめくっていた。賛美の念を隠すことなく——そして、たぶん、かすかな羨望もこめて。リーアは自分の作品に対する彼の意見を熱心に聞きたがった。なんといっても、彼はガブリエル・アロン。イスラエルのあの世代の画家のなかではたぶん最高と言っていいアイリーン・アロンの、才能に恵まれた一人息子なのだ。

「どう?」リーアが催促した。

「圧倒された」

「慣れるまでにしばらくかかったのよ」リーアはねじれた右手を上げてみせた。「ふたたび鉛筆が持てるようになるまで」

「絵にはその苦闘の跡が出ていない」

ガブリエルはページをめくった。風景画、エルサレムの街の景観、静物画、裸体画、肖像画の数々――患者仲間、主治医、かつての夫が三十九歳だったときのもの。パレスチナの大物テロリスト、タリク・アル=ホウラニがウィーンでガブリエルの車の下に爆弾を仕掛けたとき、彼はその年齢だった。車のキーをまわして爆発をひきおこしてしまったのはリーアだった。ほんの少し前にガブリエルの手でシートベルトをつけてやったばかりの幼い息子ダニエルが、その爆発で死亡した。リーアは重度の火傷《やけど》と怪我を負ったものの、どうにか助かった。家族で一緒に過ごした最後の数分間が、エンドレスのビデオテープのように彼女の記憶のなかで再生されている。逃げだすことのできない過去の牢獄《ろうごく》に、リーアは囚《とら》われの身となっている。そして、ガブリエルは変わることなき彼女の伴侶だ。

彼女がガブリエルに視線を走らせた。記憶という乱雑なクロゼットに入りこみ、紛失した品を捜しているかのようだった。「あなた、本物なの?」ようやく尋ねた。「それとも、わたしがまた幻覚を見ているの?」

「本物だよ」ガブリエルはリーアを安心させた。

「ここはどこ？」

「エルサレム」

リーアは雲ひとつない空のほうへ視線を上げた。「きれいねえ」

「そうだね、リーア」ガブリエルは答え、いつもの言葉を待った。

「雪はウィーンの罪を許してくれる。ミサイルがテルアビブに降り注ぐあいだ、雪がウィーンに降りつもる」リーアは彼に視線を戻した。「けさ、爆発音が聞こえたわ」

「ギヴァト・シャウルのバス停だった」

「死者は出たの？」

リーアに嘘をついても始まらない。それに、運がよければ、彼女の記憶からすぐに消えるかもしれない。「十五歳の少年が」

リーアの表情が暗くなった。「実家の母と話がしたい。母の声を聞きたい」

「電話しよう」

「ダニのシートベルトがちゃんと締めてあるかどうか確認してね。道路がスリップしやすいから」

「ダニなら大丈夫だ、リーア」

リーアの口が恐怖で開いて爆発と炎をふたたび体験するあいだ、ガブリエルは目を背けていた。五分が過ぎ、リーアはようやく記憶から解放された。

「この前来てくれたのはいつだったかしら」

「二、三カ月前」

リーアは眉をひそめた。「わたし、変になってるかもしれないけど、馬鹿じゃないわ」

「変になんかなってないよ、リーア」

「じゃ、なんなの？」

「具合が悪いんだ」

「じゃ、あなたはなんなの？　最近、調子はどう？」

ガブリエルはどう答えようかと考えこんだ。「まずまずかな」

「よかった。もっとひどいのかと思ってた」リーアは人差し指を彼の髪に走らせた。「でも、ぜったい散髪したほうがいいわ」

「新しいわたしなんだ」

「どちらかというと古いあなたのほうが好き」彼女の指先がガブリエルの鼻梁《びりょう》をなぞった。

「何か仕事をしてる？」

「イル・ポルデノーネの祭壇画」

「どこで？」

「ヴェネツィアだよ、リーア。キアラと一緒にまたヴェネツィアで暮らしてるんだ」

「ああ、そうだった。もちろんよね。ところで、二人のあいだに子供はできたの？」

「二人」ガブリエルはリーアに思いださせた。「ラファエルとアイリーン」

「あら、アイリーンはあなたのお母さんの名前よ」

「母は何年も前に亡くなった」

「どうか許して、ガブリエル。わたし、具合がよくないの、ねっ」リーアは顔を傾けて空を仰いだ。ふたたび彼から離れつつあった。「きれいな人？　あなたの奥さん」

「そうだよ、リーア」

「あなたを幸せにしてくれる？」

「そう努めてくれている」ガブリエルは言った。「だけど、わたしが目を閉じると……」

「浮かんでくるのはわたしの顔？」

ガブリエルは何も答えなかった。

「わたしたち、同じ悲しみを抱えてるみたい」リーアは顎を下げ、横目でちらっと彼を見た。「あなたの哀れな奥さんはこのことを知ってるの？」

「知られないよう必死に努力しているが、どうやら知ってるみたいだ」

「わたしのこと、すごく恨んでるでしょうね」

「キアラはきみのことが大好きだ」

「ほんと？」リーアは微笑しようとしたが、目の光が徐々に失《う》せつつあった。「母の声が聞きたい」

「わたしもだ」ガブリエルは静かに答えた。

「ダニのシートベルトを締めたかどうか確認して」

「家まで気をつけて運転するんだよ」

「キスして、あなた」

ガブリエルはリーアの車椅子の前に膝を突き、彼女の膝に頭をのせた。彼の涙がリーアのガウンを濡らした。

「すてきだと思わない？」リーアがささやいた。「最後のキス」

ガブリエルがナルキス通りに戻ったときはもう日が暮れていた。イングリッドは彼が出かけたときのままの姿で、キッチンの小さなカフェテーブルでノートパソコンの上にかがみこんでいた。着替えもせず、髪も梳《と》かさず、朝から何か食べた形跡もまったくなかった。それどころか、彼が留守にしていた七時間半のあいだ、パソコン画面から一度も顔を上げていないのではないかと思われた。

いまようやく顔を上げた。「ずいぶん疲れた顔ね」

「きみもだ」

「でも、わたしのほうは少なくとも成果があったわよ」パソコンを回転させ、画面の向きを調節した。「彼女を見つけたわ」

「誰のことだ?」

「マウヌス・ラーセンの過去に関わりのある、死んだ女」

27

キング・サウル通り

昔の職場に戻るのは、スイッチを押す程度の単純なことではなかった。いくつもの書類にサインし、宣誓をおこない、休止状態になっていた機密情報へのアクセス権限を復活させる必要があった。そのゴールに到達するため、ガブリエルはセキュリティ課の猟犬どもの尋問に耐えなくてはならなかった。高地ガリラヤにあるセルゲイ・モロソフのダーチャをガブリエルが許可なく訪ねたことで、連中はいまも頭に来ているのだ。

「最近、疑わしい外国人と接触したことは？」尋問者が尋ねた。

「多すぎて数えきれない」

「数えてくれ」

「絵画泥棒、絵画贋作者、無数の美術商、アントワープで商売している物騒なダイヤモンド・ブローカー、コルシカ島の犯罪ファミリーのドン、『ヴァニティ・フェア』誌の記者、マンハッタンのピエール・ホテルの警備主任、スイス人バイオリニスト、英国でスーパーマーケットを経営するリッチな一族の女相続人。夫を殺そうとした女だ。ヴェネツィアの〈ハリーズ・バー〉の常連たち」

「外国の情報機関との接触は？」

「MI6にいる友人。やつは以前、コルシカの犯罪ファミリーのボスのもとで殺し屋をやっていた」

「デンマークの女性を省いたな」

「そうだっけ？」

「彼女も数に入れるべきだと思う、ボス」

「ご心配なく。そのつもりだ」

　ガブリエルを〈オフィス〉の規律の枠内に戻すための残りの儀式は、これに比べればさほど厄介ではなかった。〈オフィス〉直属の医師たちが徹底的な健康診断をおこない、銃創や椎骨の骨折にもかかわらず健康状態はきわめて良好と診断した。身分証明書課から、新しい偽造パスポートを二通渡された——一通はイスラエル、もう一通はカナダ——そして、テクノロジー課からは、新型ソラリスの携帯電話と、新品のノートパソコンを支給された。パソコンにはプロテウスというハッキング・マルウェアの最新バージョンが入っている。経理課はふだんからしていることをした。すなわち、活動経費を抑えるよう彼に泣きついた。ガブリエルはお返しとして、すでに使った経費の払い戻しを経理課に要求し、今後まだまだ出てくると脅しておいた。

リモーナが五階の空きオフィスを使う許可を出してくれたが、誰も意外に思わなかったように、ガブリエルはかわりに四五六C号室へ直行した。かつては時代遅れになったパソコンやくたびれた家具の捨て場だったが、窓のないこの地下牢《ちかろう》が、いまは〝ガブリエルの巣〟という名前だけでキング・サウル通りの建物内に知れ渡っている。ガブリエルが部屋に入ると、リサーチ課の未来のチーフ、ダイナ・サリドが黒板をじっくり見ていた。そこにはガブリエルの非の打ちどころなき手書き文字がびっしり並んでいた。

「わたしは関係性を見つけだすのがすごく得意なのよ」ダイナは言った。「でも、正直に白状すると、これはお手上げ」

「わたしもだ」

「マウヌス・ラーセンって何者?」

「〈ダンスクオイル〉のCEO」

「では、ルーカス・ファン・ダンメというのは?」

「かつて南アフリカの核物理学者だった男で、数年間、われらが〈オフィス〉の協力者になっていた」

ダイナは次に、ロシア大統領の名前のところに指をあてた。「この名前はもちろん知ってるわ。それから、こっちも」それはデルフトの町で生まれたオランダの黄金時代の画家の名前だった。「でも、これらがどうつながるの？」

「答えを見つけるのを、きみに手伝ってもらうことはできそうかい？」

「目下、仕事が山積みなんだけど」

「だけど？」

　ダイナの濃い色の目が、黒板に書かれたいくつもの名前を見渡した。「どこから始めればいい？」


　デンマークのエネルギー業界の巨大企業、〈ダンスクオイル〉の本社はコペンハーゲンに置かれていて、フレズレクステーデンという地区にある。堂々たる本社ビルはデンマークでもっともセキュリティのしっかりした建物のひとつで、政府関係の建物の大部分より安全なほどだ。それでもやはり、イスラエルの通信情報収集機関八二〇〇部隊のハッカーたちからすれば、ものの数ではなかった。夜明けにシステムに侵入し、正午にはすでにシステム全体を支配していた。ガブリエルは彼らに命じて、〈ダンスクオイル〉と〈ルズネフチ〉の合弁事業を、そして、〈ダンスクオイル〉のＣＥＯ、マウヌス・ラーセンのパソコンと電話を調べさせた。

　デンマーク最高の名士の一人であるこの人物に関しては、インターネットでざっと検索しただけでも山のような情報が得られた。マウヌス・ラーセンは巨人、偉人、時代の潮流を生みだす人物、先見の明のある人物だった。才気にあふれていて博識、信じられないほどハンサム。社のプロモーション・ビデオに登場する彼は行動派で、役員会議室でじっとしていることはなく、つねにパイプラインにまたがったり、掘削プラットホームに立ったりしている。輪郭のくっきりした顎と鮮やかなブルーの目のマウヌス。金髪を風に乱したマウヌス。マウヌスにできないことは何もない。マウヌスが手際よく対処できなかった難題はひとつもない。

媚《こ》びへつらいのうまいジャーナリストに「ご自分のことを描写するとしたら?」と尋ねられたとき、マウヌスは「詩人の魂を持つビジネスマン」と答えた。と。稀覯本のコレクターでもある彼は殺人的スケジュールのなかで苦労して時間を作り、自著を四作出している。最新の著書『明日の力』は北欧諸国でベストセラーとなり、国会議員に立候補するかもしれないとの憶測が生まれた。マウヌスは世間のそんな噂を一笑に付した。政界などに興味はない。わたしはもっと高い次元に存在している。

マウヌスはまた、並はずれて裕福でもあった。最新の年間報酬総額は二千四百万ドル。コペンハーゲン郊外の最高級住宅地へレロプにある彼の広大な屋敷からは、バルト海を見渡すことができる。妻のカロリーネは社交界の華にして美術界のパトロンでもあり、新聞の写真に登場するコツを心得ている。子供は息子が二人、トマスとイェッペといって、デンマークでは結婚したい男性ナンバーワンとされているが、二人とも独身を通すつもりのようだ。

もっとも、マウヌスを中傷する者たちもいて、とくに環境問題に敏感な左派に多い。地球温暖化と再生可能エネルギーへの移行に関して、マウヌスも表向きはもっともらしい意見を述べている。しかし、個人的な場では気候変動懐疑論者として知られ、デンマークの領海の海底に眠る石油と天然ガスを手遅れにならないうちに残らず抜きとってみせる、と冗談を言っている。デンマーク政府が二〇五〇年までにカーボン・ニュートラルをめざすと宣言して大いに歓迎されたが、マウヌスはそれを〝夢物語《パイプドリーム》〟と評している。

また、マウヌスがロシア関連のさまざまなものに惹かれている様子なのを不可解に思い、文句をつける者たちもいた。彼がロシア語を流暢に話し、ロシア大統領と知りあいで、金持ちが暮らすモスクワ郊外のルブリョフカに大きな屋敷を持ち、そこでオリガルヒやクレムリンの権力中枢の者たちと親しくつきあっていることは、世間に広く知られている。ウクライナ侵攻後、西側のエネルギー企業の大部分がロシアとの取引を停止するなかで、〈ダンスクオイル〉だけは、同社が扱う石油量の三分の一を占める〈ルズネフチ〉との合弁事業からの撤退を頑《かたく》なに拒んでいる。マウヌスの主張によれば、それは単純な損得勘定の問題に過ぎず、ロシアから撤退すれば百二十億ドルの損になるというのだ。しかしながら、彼を誹謗《ひぼう》する者たちは裏に何かあるはずだと勘ぐっていた。

マウヌスはスケジュールにやたらとうるさい人間としても知られ、長年にわたって彼の個人秘書を務めているニナ・スナゴーが十五分刻みのスケジュールを作成している。八二〇〇部隊は彼女のパソコンからスケジュール表を見つけだし、ついでに、マウヌスが使っている六台の携帯電話の番号も調べ上げた。メインのデバイスはｉＰｈｏｎｅだった。ガブリエルはプロテウスでそれに攻撃をかけて、午後の半ばには、保存されているデータのすべてがｉＰｈｏｎｅからエクスポートされてきた――ｅメール、携帯メール、ネットの検索履歴、電話のメタデータ、ＧＰＳの位置情報データ。また、電話がオーディオ＆ビデオ送信機としても機能しているおかげで、ガブリエルとダイナは〈ダンスクオイル〉の幹部クラスの会議にリモートで参加できるようになった。

現代のエグゼクティブの大部分と同じく、マウヌス・ラーセンも暗号化されたｅメールと携帯メールサービス――すなわち、プロトンメールとシグナル――の熱心なユーザーだった。また、熱心な素人カメラマンでもあった。モスクワとロシアの田舎のスナップが無数に見つかった。気軽な社交の場で撮影したロシアのビジネス界のエリートやクレムリンのセレブたちの写真もあった。マッド・マクシム・シーモノフ、ロシアのニッケル王。オレグ・レベジェフ、またの名をミスター・アルミニウム。エフゲニー・ナザーロフ、嘘つきではあるが弁舌爽やかなクレムリンの広報官。アルカージー・アキーモフ、大金持ちの石油業者だったが、最近、サンクトペテルブルクのバスコフ小路に面したアパートメントの窓から転落死した。

殺されたコペンハーゲンの稀覯本業者、ペーター・ニールセンの電話にもガブリエルが同じ手段で侵入したところ、似たようなデータが大量に見つかった。スタッフを増やしてほしいとリモーナに頼みこむと、しぶしぶ、ミハイルと彼の妻をまわしてくれた。妻はナタリー・ミズラヒといって、イスラム国の中枢部に潜入した経験を持つ西側でただ一人の工作員だ。しかしながら、ほどなく、十万ページ近くにのぼる〈ダンスクオイル〉のファイルが見つかって全員が圧倒されたため、ガブリエルは緊急手段に頼らざるをえなくなった。貸借対照表の読み方や、クリーンな取引とダーティな取引を見分ける方法や、金の流れを追う方法を知っている人間が必要だった。その点を考え、ほかにも多くの理由があって、ガブリエルは電話を手にとり、旧友のエリ・ラヴォンに連絡をした。

彼がいつ到着したのか――さらには、どうやって建物に入ったのかも――正確に知る者はいなかったが、それが彼の特異な才能だった。亡霊のような存在で、人目につかないことが多く、すぐに忘れられてしまう。アリ・シャムロンがかつてラヴォンを評して、〝人と握手をするあいだに姿を消すことができる男〟と言ったことがあった。けっして誇張ではなかった。

ガブリエルと同じく、ラヴォンも〈神の怒り作戦〉に参加したメンバーだった。ミュンヘン・オリンピック襲撃事件の実行犯たちを捜しだして暗殺するという、〈オフィス〉の秘密作戦であった。暗殺チームが使っていたヘブライ語で言うなら、ラヴォンは〝アイン〟、つまり、追跡と監視の担当だった。チームがついに解散したあと、ラヴォンは無数のストレス障害を抱えこむことになり、そのひとつが呆《あき》れるほど弱い胃だった。ウィーンに落ち着き、〈戦争犯罪調査事務所〉という小さな調査機関をオープンした。乏しい資金でやりくりしながら、ホロコートの時代に略奪された何百万ドルもの価値を持つ資産の行方を突き止め、スイスの複数の銀行から何十億ドルもの和解金をひきだすことに成功した。

ガブリエルが〈オフィス〉の長官となり、作戦遂行のために緊張の連続だった五年のあいだ、ラヴォンは不本意ながら、人の目による監視と電子機器による監視をおこなうための〝ネヴィオット〟というセクションのチーフを務めることを承知した。そして、ガブリエルが引退したその日に、ラヴォンも〈オフィス〉を去った。考古学者として経験を積んでいるので、人生最後の何年間かはイスラエルの古代の土壌を掘り返して過ごすつもりでいた。「ところが、今回」友人の有名な煙草嫌いもおかまいなしに、煙草に火をつけながら、ラヴォンは言った。「またもやこの不快な掃除用具置場に入れられ、山のような書類とにらめっこをすることになってしまった」

エリ・ラヴォンがいきなり仕事に呼び戻される原因を作った女性は、その日、ナルキス通りで一人の時間を過ごしていた。部外者がキング・サウル通りの建物に入ることはきびしく禁じられているからだ。その後四十八時間のあいだ、ガブリエルが彼女と顔を合わせたのは短いあいだだけだった——朝早くに何分か、夜遅くに何分か。キング・サウル通りへの出入りはなるべくひそやかにおこなっていたが、彼が戻ってきたという噂は建物じゅうを駆けめぐった。当然ながら、憶測には事欠かなかった。短期間で玉座を手放したことを後悔しているのか？　彼が選んだ後継者が何か困ったことになっているのか？　舵取《かじと》りをするのに彼の手が必要なのか？　シャムロンがなんらかの形で関わっているのか？

たぶん、シャムロンは遠い昔に関わったのだろう。南アフリカ出身のルーカス・ファン・ダンメという厄介な核物理学者を〈オフィス〉の協力者に仕立て上げた時代に。パズルを解く鍵はファン・ダンメの過去のどこかで見つかるはずだ——ガブリエルはそう確信していた。調査を開始して三日目、彼の仮説を裏付ける証拠をダイナが見つけだした。マウヌス・ラーセンの電話に保存されていた位置情報データのなかに——そして、日々の詳細なスケジュール表の保存コピーのなかに。ラーセンはどうやら、八月に一週間近くヨハネスブルグに滞在し、〈ダンスクオイル〉が南アフリカの鉱山会社を買いとる件について検討していたようだ。チャーター機でそちらへ飛び、フォーシーズンズ・ホテルに宿泊した。社の幹部は一人も同行していない。

コペンハーゲンに戻ったマウヌスがまず向かったのは〈ダンスクオイル〉の本社ではなく、〈ニールセン古書店〉で、そこで二時間近く過ごした。ＣＥＯをおびきだしてオフレコで話をするに充分の理由になる、とガブリエルは考えた。しかし、どこで？　その答えは今度もまた、マウヌスのスケジュール表のなかに見つかった。〈ダンスクオイル〉のCEOはどうやら、十日後に開催されるベルリン・エネルギー・サミットに出席するらしい。それどころか、ウクライナ後の世界におけるヨーロッパのエネルギーの未来をテーマに講演をおこない、そのあとで著書のサイン会をする予定になっている。

ガブリエルは規則どおりに作成した作戦用プライベートジェットの使用依頼書にマウヌス・ラーセンの旅程を添え、その日の夕方六時十五分にリモーナのところに届けた。もとがアナリストのリモーナはファイルに二回目を通した。

「念のために言っておくと、南アフリカにあったとされている八個目の幻の核兵器にルーカス・ファン・ダンメが関わっていたという証拠を、あなたは何ひとつ持っていないのよ」

「証拠のかけらもない」ガブリエルは同意した。「だが、ファン・ダンメがたった一枚の絵のために殺されたのでないことはわかっている」

「ロシアみたいに高度な技術を持つ核保有国がどうして、三十年も前の南アフリカの高濃縮ウランを使った兵器を入手する陰謀に関係したりするの？」

「可能性はいくつか考えられるが、どれもぴんと来ない。ただ、マウヌス・ラーセンが関わっているのは間違いないと思う」

「何を根拠に、その男を寝返らせることができると思ってるの？」

「やつの過去に登場する死んだ女」

　リモーナはイングリッドのパスポートのコピーをファイルから抜いた。「あなたのチャンスは一度だけよ。この女を連れていこうと本気で考えてるの？」

「彼女なら完璧だ」

「とりあえず、インストラクターたちにしばらく預けなさい」

「ベルリンへ行ってから、エリとわたしが訓練する」

　リモーナはゆっくりと息を吐いた。「あとは誰を連れていくの？」

「ミハイル、ナタリー、それからダイナ」

　リモーナはファイルを既決書類入れに入れた。「ベルリンにいるあいだ、レバノン料理のテイクアウトを注文する程度のことでもわたしに報告してちょうだい。注文する前よ。あとじゃなくて。何をするにしても、許可をとるべし。でないと、命乞いをすることになる。わかった？」

「わかった」

　ガブリエルは立ち上がり、ドアのほうへ向かった。

「どうしてわたしの名前を出さなかったの？」

　ガブリエルはふりむいた。「えっ？」

「参加メンバーを尋ねたとき、あなたは昔のチーム全員の名前を出したけど、わたしの名前は出さなかった」

「いまのきみは長官だ、リモーナ」

彼女の微笑はこわばっていた。「キックスクーターから落ちた長官」

ガブリエルは長官室の前の受付エリアに出て、長官専用エレベーターのボタンを押した。

「それから、もうひとつ」かつてはガブリエルのものだった長官室からリモーナが叫んだ。

「モスクワへは行かないで」

28

ヴィセンビェア

思いもよらず秘密の世界に戻ったガブリエルにとって、予想外のおまけがふたつあるとしたら、それはトラベル課と輸送課だった。どちらも〈オフィス〉の組織の一部で、世界じゅうの空港と鉄道駅へ工作員を安全に移動させ、目的地に到着した工作員のために、追跡される心配のない車を用意しておく。ガブリエルのアウディA6がコペンハーゲン空港の立体駐車場の二階で待っていた。キーは左後輪の内側にテープで留めてあった。それをはがしてから、身をかがめ、車の下側を点検した。

「何か捜しものでも?」イングリッドが訊いた。

「コンタクトレンズ」

「コンタクトを使ってるなんて知らなかった」

「使ってない」

ガブリエルはドアのロックをはずして運転席に乗りこんだ。イングリッドは助手席にすわり、眉をひそめた。「レンタルするならハイブリッド車にすればよかったのに」

「わたしはヴェネツィアの人間だ。少しぐらい二酸化炭素を放出してもいいはずだ」

「あら、そう？」

「自家用車を持っていない。どこへ行くにも、歩いたり公共交通機関を利用したりするし、妻はエアコンアレルギーだ。さらに、娘は気候問題に関する過激派だ。わたしなどマッチ一本すっただけで、大目玉を食らう。わたしが何より恐れているのは、娘が抗議運動のためにアカデミア美術館の絵にしがみついて離れないことだ」

ガブリエルはグローブボックスを開いた。保護用の布に包まれて、ベレッタ92FSが入っていた。

「組織のメンバーになると、たしかにいろいろ特典があるのね」イングリッドが言った。

「マイレージがどっさりたまる」

「わたしの銃はどこ？」

「残念ながら、〈オフィス〉の規則により、外部の人間への火器の支給は固く禁じられている。それに、われわれは彼女と話をしに行くだけで、銃撃しに行くのではない」

ガブリエルは銃をズボンのウェストに差しこむと、バックで駐車スペースを出た。五分後、E20を西へ向かい、秋の太陽のまばゆい光に向かって走りつづけた。バイザーを下げ、バックミラーを長いあいだのぞきこんだ。

「尾行されてるの？」

「デンマークのナンバーの車がうしろに数十台いる。そのなかにデンマーク警察やＰＥＴの車があるかどうかは、見てみないとわからない」

「空港であなたが足止めされなかったのはどうして？」

「わたしがカナダのパスポートで旅行しているという事実と何か関係があるのかもしれん」

「あなたがまたデンマークに来てることに向こうが気づいたら？」

「わが友ラース・モーデンセンからきびしいお叱りが来ると思う。その様子が人々の記憶に長く残ることだろう。永遠の名場面になるだろう」

「デンマークの名士の一人を調査中だってことを、その人にいつ話すつもり？」

「わたしが選んだ時間と場所で」

車はクーエ湾のゆるやかなカーブに沿って高速道路を南へ向かった。ガブリエルは少し寄り道をして、海辺の町カールストロブ・ストランに入り、何度も右折をくりかえした。イングリッドはサイドミラーの監視を続けた。「ところで、正確に言うと、わたしはあなたの機関とどういう関係にあるの？」

「きみは一時的な協力者だ。われわれがある特別なタスクを遂行するにあたって、一度だけきみの協力を仰ぎ、あとはそれぞれ別の道を行くことになる」

「わたしがいかがわしい人物じゃないことを確認するために、たぶん、わたしの過去をチェックしたんでしょうね」

「失礼を承知で言わせてもらうと、イングリッド、きみは間違いなくいかがわしい人物だ」

「じゃ、チェックする手間はかけなかったってこと？」

「わたしがそんなことを言ったかね？」

「何か興味深いものが見つかった？」

「〈スケーエン・サイバーソリューションズ〉を別にすれば、驚くほどわずかなことだけだ。じつのところ、このあいだの夜ケネステザネでわれわれを殺そうとしたロシア人に、きみはちょっと似ている。実在していないかのようだ」

「SNSのあちこちに自分の写真を出しておくのは、わたしのような仕事をする者にとって得策とは言えないわ」

「逮捕されたことはないのか？」

「一度も」

「指名手配されたことは？」

「あるわよ、もちろん。でも、警察は別バージョンのわたしを捜してるの」

「バージョンの数はどれぐらい？」

「わたしが使用している外見と身元は十通り以上あるけど、すべて女性とはかぎらないわ」

「なるほど」

「あなたは一度も経験なしなの？」

「男性に化けること？　日常的にやっている」

「女性に化けること」

「一度、カトリックの司祭に化けたことがあった。だが、女性の変装はしたことがない」

イングリッドは注意深く彼を見た。「ひとつ言わせて。たしかに司祭っぽく見えるわ、ミスター・アロン」

「この車にそういう名前の者は乗っていない」

「なんて呼べばいいの？」

「ヘル・クレンプでどうだ？」

「クレンプ？」イングリッドはいやな顔をした。「だめ、似合わない」

「では、かわりにヘル・フランケルでは？」

「ずっとましね。でも、名前のほうは？」

「ヴィクトルでどうかな？」

「ドイツの印象派の画家にそういう名前の人がいたわ。その画家の娘は戦争を生き延び、イスラエルに腰を落ち着けた。ラマト・ダヴィドというキブツに住んでいた。やはり画家だった。アイリーン・アロンというのがその人の名前」

「わたしはその息子を知っていた。じつにいかがわしい人物だった」


高くそびえるグレートベルト橋を車が渡るころ、太陽はオレンジ色の円盤になっていた。人口三千人の町、ヴィセンビェアはそこからさらに九十キロ西へ行ったところにある。ガブリエルとイングリッドが目的地に着いたときには、あたりはもう暗かった。目的地というのは町の北を走る道路沿いのがらんとした一画で、Q8のガソリンスタンドとコンビニがあるだけだ。ガソリンスタンドの横にカフェがあり、外にテーブルが四つ出ている。どれも無人。明るく照明された店内のテーブルも同じく無人だった。自分の電話に目をやりながら退屈そうな表情でカウンターの奥に立っているのは、赤紫の髪をした三十代半ばの女性だった。

「わたしがアプローチしたほうがよさそうだ」ガブリエルは言った。

「なぜあなたなの？」

「きみはこれまでに二回、〈ヨーンス・スモーブロー・カフェ〉を訪れ、重大な罪を犯している。例えば、殺された稀覯本業者のものだったｉＰｈｏｎｅ13プロを盗むとか」

「あら、わたしがやったという証拠は何もないわ」

「ところが、あるんだな。防犯カメラのビデオ映像が魔法のように消えたときにパソコンを使っていた客がいたことを、目撃者が警察に話したに違いない」

「彼女のことはわたしにまかせて」イングリッドはそう言って、あとは無言で車を降りた。彼女がカフェに入ると、カウンターの奥にいた赤紫の髪の女が電話から顔を上げ、愛想よく笑いかけた。あとに続いたやりとりはじつに和やかな感じだった。もしかしたら――ガブリエルは思った――不具合を起こしたビデオレコーダーに伴う出来事を女性がどう記憶しているかについて、わたしの推測は間違っていたのかもしれない。

しばらくすると、女性がコーヒーカップとオープンサンド《スモーブロー》をカウンターに置いた。イングリッドは注文した品の代金を現金で払い、窓にいちばん近いテーブルへ行った。ガブリエルが気づいたように、それはＳＶＲの暗殺者、グリゴーリー・トポロフがペーター・ニールセンを殺してヨハネス・フェルメールの《合奏》を奪った日の夕方に――《合奏》が盗難にあうのはそれで三度目――イングリッドがすわっていたのと同じ席だった。しかし、グリゴーリーはなぜ、ニールセンがクライアントのマウヌス・ラーセンに絵を渡すまで待たなかったのか？　なぜコペンハーゲンのおしゃれな地区で危険な暗殺に走ったのか？

ガブリエルはまたしてもピースを強引にはめこもうとしている自分をたしなめた。自分を導いてくれる有能な人物が現れるまで待ったほうがいい。リモーナの言うとおりだ。チャンスは一度しかない。自分の生き方の誤りをマウヌス・ラーセンに悟らせるチャンスは一度きりだ。彼の良心に訴えても無駄だ。良心を持ち合わせているとは思えない。痛めつけ、叩きつぶし、そののちに贖罪《しょくざい》のチャンスを与えるという形にしなくてならない。女の協力を仰ぐとしよう。マウヌス・ラーセンの過去に登場する死んだ女。

〝ワロージャが女に親指を触れた。

〈ヨーンス・スモーブロー・カフェ〉では、二人の女性がそれぞれ自分の電話に目を凝らしていた。ただ、イングリッドのほうは一心に何か打ちこんでいる。携帯メールを送ろうとしているのだろう。彼女が手を止め、背後にいる赤紫の髪の女にちらっと目を向けると、女はとたんにビクッとしてデバイスから顔を上げた。イングリッドがもう一通メールを送ったところ、赤紫の髪の女からすぐさま返信があった。さらに二回、メールのやりとりが続いた。そのあとで赤紫の髪の女がカウンターの奥から出てきて、イングリッドのテーブルについた。

イングリッドは手早く最後のメールを送った。二、三秒後、それがガブリエルの電話に届いた。

〝彼女の仕事は７ＰＭまで。あなたは出てって〟

おかげで、ガブリエルは一時間近くつぶさなくてはならなくなった。がら空きの道路に出て、十キロの距離を車で往復してつぶすことにした。小さなオートプラザを八回通りすぎ、〈ヨーンス・スモーブロー・カフェ〉の窓際の席についたイングリッドを八回ちらっと目にした。彼女の前にいるのはカーチェ・ストロム、二〇一三年九月から行方不明になっているリッケ・ストロムの姉で、リッケとは一卵性双生児だ。

ガブリエルが七時にオートプラザに車を入れたとき、カフェの店内の照明が消えた。窓の看板には〝午後七時閉店〟と書いてあった。しばらくすると、ドアがあいて四十歳ぐらいと思われる男性が姿を見せ、続いてイングリッドとカーチェ・ストロムが出てきた。男性は駐車場に止めてあるおんぼろハッチバックのほうへ向かった。イングリッドとカーチェ・ストロムはガブリエルが乗っているアウディのレンタカーのところに来た。イングリッドが助手席にすべりこみ、カーチェはうしろにすわった。煙草をつけ、デンマーク語で何やらつぶやいた。

「フランケルよ」イングリッドが答えた。「この人、ヴィクトル・フランケルっていうの」

29

ヘルネス

彼女たちの母親はグリーンランドに住むイヌイット、父親は漁師だった。娘たちが生まれてほどなく、父親はムーン島に土地を買い、農業をやろうとした。農業に失敗すると酒浸りになった。娘たちが十二歳のときに母親が離婚して一人でグリーンランドに戻っていった。二年後、父親が車の自損事故で死亡した。最初に現場に駆けつけた警察の話によると、流れだした血がアクアヴィットの強烈な臭いをさせていたという。

家族を捨ててグリーンランドへ去った母親のもとへ行くのを、どちらの娘もいやがったので、中等教育が終わるまで国家が二人の面倒をみることになった。カーチェはムーン島に残ったが、リッケはコペンハーゲンに出て店員やウェイトレスの仕事についた。やがて、グルメに人気の三ツ星レストラン〈ノーマ〉で働きはじめ、デンマークでもっとも裕福な人々のテーブルに料理を運ぶようになった。ある晩、ほかに四人の若い女性と共同で借りている地下牢みたいな部屋へ歩いて帰る途中、高級車に乗ったハンサムな男性が車の窓をあけ、話を聞いてくれないかとリッケに言った。

「男はスティーンと名乗ったそうよ。お金と権力を持つ男性の下で働いていると言った。お金と権力を持つその男性がリッケに会いたがっていると言った。その男性がリッケの力になってくれると言った。もっといい仕事を見つけてあげられるかもしれない、と。こういう話がどう進むかご存じでしょ、ヘル・フランケル」

「きみの妹と知りあいになりたがった、金と権力を持つ男の名前を、スティーンは口にしたのかい？」

「ううん。その夜は言わなかったそうよ」

ガブリエルたちの車はヘルネス島の人気のないビーチに止まっていた。灯台からそう遠くないところだ。イングリッドとカーチェはアウディのボンネットに腰を下ろしてカールスバーグを飲んでいた。カーチェは吸いかけの煙草で次の煙草に火をつけるチェーンスモーカーだった。ヘル・フランケルのことを、カーチェの妹の失踪事件に以前から興味を持っていたドイツのフリージャーナリストだと思っている様子だった。

「妹さんはスティーンの寛大な申し出にどう応じたんだね？」

「失せろと言ってやった」

「で、スティーンは失せた？」

「ほんのしばらく。二日後の晩、ふたたび姿を見せた」

今度は、金と権力のあるスティーンの雇い主に会うことをリッケは承知した――ファッショナブルなノアブロにあるアパートメントで。やがて、彼女自身もノアブロに住むようになった。家賃なしの一人暮らし。リッケに会いに行ったカーチェは、そこで見たものにショックを受けた。クロゼットと引出しにはシックな服があふれ、冷蔵庫には高価なワインがストックされ、リッケの財布は現金でぎっしりだった。手首にはめた腕時計は〈カルティエ〉。ダイヤモンドの指輪は少なくとも二カラットはありそうだった。

「生活レベルが急に変わったことを、妹さんはどう説明していた？」

「新しい仕事のおかげだって」

「どんな仕事か言ってたかね？」

「お金持ちの実業家の個人秘書」

「そういう言い方もできるな」

「わたしも基本的に同じことを言ってやったわ」

「妹さんの反応はどうだった？」

「本当のことを話してくれた」

「パトロンの正体を明かしたかい？」

「いいえ。取決めの一部だと言ってた」

「秘密厳守が？」

カーチェはうなずき、次のカールスバーグの栓をあけた。「わたしはリッケに、とんでもない過ちを犯してるって言ってやった。いずれお母さんみたいになるわよって。まるで娼婦《しょうふ》じゃないのって」カーチェは煙草の吸殻を闇のなかへ放った。「そしたら、あの子、なんて言ったと思う？」

「たぶん、〝とっとと出てって。よけいな口出しはやめて〟とでも言ったのだろう」

「まあ、そんな感じね」

「きみは出てったのかい？」

「最後はね。でも、その前に猛烈な口喧嘩《くちげんか》になったわ。妹の電話が鳴りだして、いますぐ帰ってって妹が言ったから口喧嘩は中断したけど。それが妹に会った最後だった」

リッケは孤立した暮らしを送っていたので、失踪したことには長いあいだ誰も気づかなかった。〈ノーマ〉時代の昔の同僚がリッケに何十回電話をしても、メールを送っても、返事がなかったので、ようやく警察に通報し、警察がカーチェに連絡してきた。いえ――カーチェは警察に言った――この数週間、妹とは音信不通でした。妹さんの人生に何か変わったことはありませんでしたか？　お金と権力のある男に囲われていました。その男の名前をご存じですか？　妹に訊いても言ってくれませんでした。それが男との取決めの一部だったそうです。

行方知れずのまま、さらに一週間が過ぎたところで、警察はリッケを失踪者と認定し、公開捜査に踏み切った。テレビや新聞で報道され、全国にポスターが貼りだされた。カーチェはどこかへ出かけるたびに、行方知れずの双子の妹に間違えられた。イヌイット特有の漆黒の髪に深紅と紫のハイライトを入れ、イヌイット特有の目を隠すために濃いアイメークをするようになった。

「生まれて初めて、人種差別主義者から罵られることがなくなったわ」

母親に捨てられ、父親に先立たれ、双子の妹まで失って途方に暮れたカーチェは、彼女の噂を耳にしたことのある者が誰もいない土地で新たな人生を始めることにした。ヴィセンビェアを選んだのは〝〈ヨーンス・スモーブロー・カフェ〉のカウンター係募集〟という求人広告を目にしたからだった。パートの仕事を二つ掛け持ちし、〈イナフ〉という団体のためにボランティアもやっていた。これは女性と子供への暴力行為の根絶をめざすフェミニストの団体だった。カーチェはあと五人の女性と一緒に古い農家を借りて暮らしていた。途方に暮れた女たち。捨てられた女たち。家族から絶縁された女たち。夫や恋人に暴力をふるわれていた女たち。レイプされた女たち。傷のある女たち。腕に注射をくりかえした跡のある女たち。ひどい言葉をぶつけあうことはけっしてない。声を荒らげることもない。喧嘩はぜったいにしない。家族なのだ。ほかに行くところがないのだ。

だが、カーチェはリッケのことをけっして忘れていなかった——そして、ノアブロのあのアパートメントからリッケを引きずりだそうとしなかった自分をけっして許していなかった。毎週金曜日の午後五時になるとかならず警察に電話して、捜査の最新状況を尋ねた。通話時間はたいてい、一分か二分にも満たなかった。リッケは煙みたいに消えてしまったようだった。

「リッケを囲っていた男性については？」

「何者なのかどうしても突き止められなかったって、警察が言ってたわ」

「そんなにむずかしいことだろうか？」

「あのね、わたしも同じ質問をしたのよ」

リッケの失踪から十年たったとき、デンマーク警察は最後にもう一度、世間に対して捜索への協力を求めた。だが、新たな手がかりは見つからなかったので、アパートメントから押収した最後の証拠品をカーチェに渡した。興味深いことに、そこには宝石も現金も含まれていなかった。価値がありそうなのは一冊の古い本だけだった。

「不思議だった」カーチェは言った。「だって、妹は本なんてあまり読まなかったから」

「ひょっとして、いまも持ってる？」

「本のこと？」カーチェはうなずいた。「本を売って、そのお金を〈イナフ〉に寄付することも考えたけど、とっておくことにしたわ。ほんとにすごくきれいな本なの」

「なんの本かな？」

「『ロミオとジュリエット』」カーチェ・ストロムは首をゆっくりと横にふった。「ずいぶん哀れでしょ？」

そこは厳密に言うと農家ではなく、ヴィセンビェアとレーデゴーを結ぶ道路沿いの鬱蒼たる木立のなかに隠されたコテージだった。カーチェが家に入って本を捜すあいだ、イングリッドは玄関ドアのところで待った。ほかに二人の女性がイングリッドと一緒に待った。途方に暮れた女たちだ——ガブリエルは思った。捨てられた女たち。レイプされ、虐待された女たち。傷のある女たち。

ようやく、革装丁の本をしっかりつかんで、カーチェが出てきた。本をイングリッドに差しだしたので、イングリッドもお返しに何か手渡した——それをカーチェはしぶしぶ受けとった。次に、二人の女性は抱擁を交わし、イングリッドはアウディのところに戻ってきた。コテージが背後に遠ざかるまで待ってから車内灯をつけ、ウィリアム・シェイクスピアの『ロミオとジュリエット』の表紙を開いた。

「ホッダー＆ストートン。一九一二年刊」

「レシートなんかないだろうな」

「ええ。でも、すてきなしおりがついてる。この本を売った書店のしおり」イングリッドは本をかざして微笑した。「〈ニールセン古書店〉、ストロイエ、コペンハーゲン」一世紀前に刊行された本のページのあいだにしおりをはさみ、車内灯を消した。

「彼女にいくら渡したんだ？」ガブリエルは尋ねた。

「有り金すべて」

「ずいぶん気前がいいんだな」

「もっと渡せなかったのが残念だわ」

「同じ思いだ」ガブリエルは言った。「まず、彼女の妹を跡形もなく消してしまった男の名前を教えてやりたかった」

「いつ教えるつもり？」

「じつを言うと、それはほかの者にやらせようと思っている」

「ほんと？　誰に？」

「マウヌス・ラーセン」

30

ベルリン

そのヴィラからは、ヴェステントという名で知られるベルリンの緑豊かな地区のブラニッツァー広場を見渡すことができた。がっしりした堂々たる建物で、ツタに覆われた高い塀の奥に隠れていた。広い客間がふたつと、格式ばったダイニングルームと、寝室が四つあった。〈オフィス〉で隠れ家の取得・維持管理を担当しているハウスキーピング課が、まさかのときに備えてここを管理下に置いてきた。ガブリエルはキング・サウル通りを離れるときに、まさかのときが来るかもしれないという連絡をハウスキーピングに入れてきた。

翌朝、九時数分過ぎにダイナ・サリドが到着した。早朝のエル・アル航空でベン＝グリオン空港を飛び立ってブランデンブルク空港に着いた。充血した目のまま、コーヒーを捜して、ダイナはキッチンに入った。イングリッドが調理台にもたれ、片手にマグを持って、電話の画面の見出しをスクロールしていた。

　ダイナは〈クラップス〉のコーヒーメーカーの保温プレートにのっている空っぽのポットを指さした。「新しいのを用意しといてくれなきゃ」

「誰が決めたの?」電話の画面から顔を上げようともせずに、イングリッドは尋ねた。

「それが隠れ家の正式なエチケットなの。誰だって知ってるわ」

　イングリッドは戸棚から〈チボー〉のコーヒー豆の袋をとりだし、調理台に置いた。

「マシンに水を足して、小さなボタンを押せばいいでしょ」

　ミハイルとナタリーはフランクフルト経由でやってきて、午後の早い時間に到着した。エリ・ラヴォンはコックピットの照明の不具合により駐機エプロンで三時間待たされたのちに、夕方六時にようやくやってきた。最後に残った寝室――驚くほどのことではないが、ヴィラでいちばん狭くて暗い部屋――にカバンを放りこんでから、勧誘されたばかりのメンバーに自己紹介をした。

「きみ、きっとイングリッドだね」

「仰せのとおりよ」イングリッドは答えた。

「仕事にかけてはかなりの凄腕だとガブリエルから聞いている」

「彼、あなたのこともそう言ってるわ」

「われわれのやり方を、おれからきみにある程度説明してほしいと頼まれた」

「あら、わたし、自分のやり方で進めるほうが好きなんだけど」

テイクアウトのタイ料理が並んだ夕食の席で、一同はおたがいをもう少しよく知るようになった。このチームが手がけた多数の作戦のうち機密扱いではないものをいくつか選んで、ガブリエルがイングリットに話をし、チームの者たちが味わった恐怖や直面した危険についてそれとなく語った。イングリッドが選んだ生き方のせいで彼女を批判することのないよう、みんなにはっきり申し渡した。こちらだって仕事の性質上、法律を破ることもあれば、たまにプロの犯罪者（泥棒を含む）の働きに頼ることもある。

「きみが持っている一連のスキルからすると、目の前のタスクをこなすのにまさにぴったりだ。だが、いまのきみは作戦チームの一員だ。この国の情報機関に無断でベルリンに忍びこんだチームのね。故に、いくつかのルールに従わなくてはならない」

「例えば？」

「一人で、もしくは、行き先を告げずに隠れ家を離れることはぜったいに禁止。それから、ポットに残ったコーヒーを飲むときは、かならず次のポットを用意しておくこと」ガブリエルは笑みを浮かべて言った。「けっして許されない行為というのがいくつかあるんだよ」

イングリッドはダイナのほうを向いた。「許してくれる？」

「マウヌス・ラーセンを連れてきて」ダイナは答えた。「そしたら、考えてもいいわ」

マウヌス・ラーセンはその夜七時半までコペンハーゲンの〈ダンスクオイル〉本社にいた。盗聴・盗撮されているｉＰｈｏｎｅが彼の手の届かない場所へ行くことは一度もなかった。高級住宅地ヘレロプにある彼の屋敷までは、運転手つきの車でバルト海の海岸沿いに十五分。彼を見て犬たちは大はしゃぎだったが、妻のカロリーネは夫の帰宅を無視した。夕食の席でのぎくしゃくした会話を、イングリッドがチームのために通訳する必要はほとんどなかった。マウヌスの結婚生活は円満ではないようだ。

マウヌスはその夜遅くまで仕事をして、無数のeメールと携帯メールを送受信した。ロシア関係のものは一件だけで、〈ダンスクオイル〉の広報部長宛に誘導ミサイルのごとき攻撃的なメールを送った。〈ルズネフチ〉との合弁事業の解消を求める世間と政界の圧力をかわすため、新たな戦略を考えるようにという内容だった。午前零時に就寝――カロリーネには声もかけずに――そして、今日もまた午前四時に起きて朝のエクササイズ開始。ルームランナーを十五分、ローイングマシンを十五分、ウェイトトレーニングを十五分。犬の散歩を十五分。

八時にはふたたび〈ダンスクオイル〉本社に出社。仕事熱心なニナ・スナゴーが時間配分を考えて作成した十五分単位の完璧なスケジュール表に従って一日をスタートさせた。ランチの少し前に、目前に迫ったベルリン・エネルギー・サミットへ出かけるための旅程表の下書きをニナが持ってきた。火曜日の午前中にベルリンに到着し、木曜日の夕方ベルリンを離れる。彼の講演と著者サイン会は水曜午後四時の予定。サミット出席者の多くと同じく、宿泊はポツダム広場のリッツカールトン・ホテル。火曜の夜も水曜の夜もエネルギー業界の経営者たちと食事、一対一のサイド・ミーティングを十二回おこなう予定。時間はきっかり十五分ずつ。

意外なことではないが、スケジュール表のどこを見ても、空白の時間は一分たりともなかった。しかしながら、短いベルリン滞在のあいだにマウヌスが予定している個人的な用件がひとつあった。水曜日の午後二時、ファザーネンシュトラーセの〈レーマン古書店〉訪問。マウヌスの個人用メールアカウントを調べたところ、ヘル・レーマンが先日、トーマス・マンの『ヴェニスに死す』（版元アルフレッド・A・クノプフ、一九二五年刊）の貴重な初版本を入手したことが判明した。状態はほぼ完璧、オリジナルのカバーつき、背の上部にわずかな修復の跡。

サミット会場となったのは、かつての東ベルリンのアレクサンダー広場にあるベルリン国際会議場だった。参加費は五千ユーロ、これですべての講演とパネルディスカッションに出席し、会議場に隣接する見本市会場にも出入りできる。こうした集まりの本当の活動はそちらで進められるものだ。ベルリンに本社を置く誕生したばかりの会社、〈ＬＮＴコンサルティング〉の共同経営者三人が参加の登録をしたのは遅くなってからだった。〈オフィス〉のテクノロジー課が社のウェブサイトを立ち上げ、身分証明書課が三人の名刺を用意した。ミハイルは社のＣＥＯでロシア生まれ。ナタリーは彼の信頼篤《あつ》き補佐役。イングリッドの人物証明書と名刺には〝イーヴァ・ヴェスタゴー〟と記されている。担当業務はIT関係。

イングリッドはプロの泥棒でもあるので、諜報機関の工作員チームと一緒に彼女を現場へ送りだす前にまず、協調性を叩きこんでおく必要があった。〈オフィス〉が使っているスパイ技術の基礎の短期集中コースを受けさせた。中東とヨーロッパの秘密の戦場で完璧の域にまで磨き上げられ、世代から世代へと受け継がれてきたものだ。歩き方、すわり方、話し方、沈黙を守るタイミング、行動を控えるタイミング、相手を仕留めるタイミングを、ガブリエルたちは彼女に教えこんだ。イングリッドはそれに対して、教わったことはどれも役に立たない、いや、それどころか間違いだらけだ、とみんなに言った。そして、ミハイルが反論すると、彼がはめていた腕時計をくすねた。エリ・ラヴォンはのちに、相手の注意をそらして盗みを働くという、あれほどみごとな早業を目にしたのは久しぶりだった、と述べることになる。

何事も運任せにするつもりのないガブリエルは、〈LNTコンサルティング〉の同僚二人とともに、数時間におよぶ本番さながらのリハーサルをイングリッドに経験させた。それがすむと、尾行をまく訓練のためにエリ・ラヴォンが彼女をベルリンの街に連れだした。イングリッドはフリードリヒシュトラーセで五分もかからずに彼の尾行をふりきった。次に、ガブリエルの命令を無視して夕方まで姿を消してしまった。ようやく隠れ家に戻ってきたときには、新しい服をぎっしり詰めこんだショッピングバッグをいくつか抱えていた。

「会議に着て行く服をちょっとね」と説明した。

また、チームの一人一人にプレゼントを買ってきていた――女性たちには〈エルメス〉のスカーフ、ガブリエルとラヴォンとミハイルにはカシミアのセーター。すべて箱に入れて包装してあった。ガブリエルはそれでもなお、買った証拠を見せるよう強く言った。

「侮辱だわ」

「きみには盗癖がある」

「わたしはプロの泥棒なの。盗癖とは違うわ」イングリッドはレシートを渡した。「ご満足？」

テクノロジー課が金曜日からウェブサイトを閲覧できるようにし、名刺が土曜日の午前中に隠れ家に届いた。ベルリン・エネルギー・サミット二〇二二のチケットと身分証も三セット届いた。そのうちひとつの氏名はイーヴァ・ヴェスタゴーになっていた。肩書きは〈LNTコンサルティング〉のITスペシャリスト。水曜日の午後二時に〈レーマン古書店〉でターゲットに近づくべきだというのがミズ・ヴェスタゴーの意見だったが、ガブリエルが却下した。アレクサンダー広場からファザーネンシュトラーセまでは車で二十分かかる。マウヌスが時間に追われているのは間違いない。もしかしたら、古書店に着いたときは電話中かもしれない。見知らぬ相手と話をする可能性はほとんどないだろう。

それより、著者サイン会のほうが確実だ。イングリッドは少なくとも一瞬だけ、ターゲットの注意を惹くことができるはずだ。女に手の早いマウヌス・ラーセンのような男に強烈な第一印象を与えるには、それだけで充分だ。エネルギー会社のＣＥＯが彼女の魅力と美貌に抵抗できるはずはない。忙しいスケジュールのなかで、彼女と一杯やるために――もしくは食事をするために――時間を作るだろう。そして、ベルリンのヴェステントという地区にある彼女の自宅まで送っていくことを愚かにも承知すれば、恐るべき驚きが彼を待ち受けていることを知るだろう。彼の過去に登場した死んだ女が。もしくは、少なくとも、生き写しの女が。

31

ヴィセンビェア――ベルリン

四つ掛け持ちしているパートの職場のうち、いちばん好きなヴィセンビェアの〈ブロムステン生花店〉に出て、カーチェ・ストロムがチューリップとアイリスのアレンジメントを作っていたとき、携帯メールが届いた。カーチェは客が店を出るまで待ってから、ジーンズの尻ポケットに入れてある電話をとりだした。メールはイングリッド・ヨハンセンからだった。カーチェの妹リッケの失踪事件を調べているドイツ人ジャーナリストの友人だ。どうやら、ジャーナリストが重大な発見をしたらしい。その発見について検討するため、カーチェにベルリンまで来てもらえないかと、彼が言っているそうだ。

メールに返信しようとしたが、ふと気が変わり、イングリッドの番号をタップした。すぐに彼女が出た。

「いつ？」カーチェは尋ねた。

「いますぐ」

「無理よ」

「どうして？」

　なぜなら、今日は月曜日で、〈ヨーンス・スモーブロー・カフェ〉のカウンターの奥で午後のパートをしなくてはならない。そして、明日は火曜日で、〈スパー〉で午前八時スタートのシフトが待っている。

「家族のことで急用ができたって、雇い主に言いなさい」

「家族はいないわ」

「何か言うのよ、カーチェ。とにかく、頼むからベルリンに来て」

「ベルリンまでどうやって行けばいいの？」

「あなたの仕事が終わる時間に車が迎えに行くから」

　カーチェがどこで働いているのか、あるいは、〈ブロムステン生花店〉の仕事が何時に終わるのか、イングリッドがひとことも尋ねなかったことに、カーチェはあとになってようやく気がついた。それにもかかわらず、午後二時に店を出ると、ウスタ通りの歩道の縁石のところで車が待っていた。女性が二人乗っていた。髪の色はどちらも黒っぽいが、運転席の女性は移民によくあるオリーブ色の肌をしていた。助手席の女性がドイツ語訛りの英語でカーチェに挨拶した。

「わたしはダイナ。それから、この人はわたしの友達のナタリー。ヴィクトルの調査を手伝ってるのよ」

「彼、わたしに何を見せたがってるの？」

「ヴィクトルから説明してもらったほうがいいかも」

車はカーチェの住まいに寄り、彼女がカバンに荷物を詰めてパスポートをつかむまで待ってから、コペンハーゲン空港までの道を記録的短時間で走った。ベルリンまで一時間のフライトの座席はファーストクラスだった。ターミナルで、アラバスターのような肌をした長身のスリムな男性の出迎えを受けた。

「この人はミハイル」ダイナという名の女性が説明した。「ミハイル、カーチェに挨拶して」

笑みを浮かべた彼が三人を案内して外の短期駐車場まで行くと、彼のメルセデスが待っていた。三十分後、車は堅固な壁に囲まれた屋敷の外で止まった。ここはたぶんベルリン市内だろうとカーチェは推測したが、自信はなかった。この街に来たのは初めてだ。

「ヴィクトルの家よ」ダイナが説明した。

「ジャーナリストがそんなに儲かるなんて知らなかった」

「お父さんが大きな会社を経営してたの。ヴィクトルはお父さんの罪滅ぼしのためにジャーナリズムの道を選んだのよ」

四人はガーデンウォークを進んで屋敷の玄関まで行った。イングリッドがみんなのために玄関ドアを開き、カーチェの頬にキスをしてなかに通した。前にヴィクトル・フランケルとして紹介された男性が客間で待っていた。だらしない格好をした小男がそばにいた。持っている服を一度に全部着こんだような印象だった。

小男が視線をそらすと同時に、男性がゆっくり立ち上がった。その目は驚くほど鮮やかな緑色だった。先日の夜、ヘルネス島のビーチに車を止めたときは、カーチェはそれに気づかなかった。男性がようやく口を開くと、ドイツ訛りは消えていた。何か曖昧で不明瞭な訛りがあったが、どこのものなのかカーチェにはわからなかった。

「申しわけないことに」彼が言った。「きみをわざと誤解させてしまった。わたしの名前はヴィクトル・フランケルではない。本名はガブリエル・アロン。そして、わたしと友人たちはきみの協力を必要としている」

ガブリエルが本名を名乗っても、カーチェはぴんと来ない様子だった。「わたしに何をしてほしいの？」

ガブリエルは説明した。

「その人だっていうのは間違いない？」

「向こうがドアを入った瞬間、たぶんわかると思う」

カーチェは赤紫の髪に指を走らせた。「でも、いまのわたしはもうリッケに似てないわ」

「心配しなくていい。きみの友達のイングリッドがうまくやってくれる」

尋ね人のポスターに使われた写真を警察に渡したのはカーチェだった。最後に妹と会った日に、ふと思いついてスナップを一枚撮ったのだ。リッケはノアブロのアパートメントの玄関先に立っていた。微笑は不自然で、目は笑っていなかった。カメラの向こうの人物に対して明らかに苛立っていた。この写真がデンマークじゅうの掲示板や電柱に貼りだされたのだ。これがカーチェの記憶に残っている妹の顔だった。

プリンターで印刷した写真が上階の寝室の鏡に貼りつけられた。イングリッドがカーチェの髪を自然な色——漆黒——に戻し、かつての妹とだいたい同じ長さにカットした。別人のようだった顔をもとに戻すには、濃いアイメークを落とすだけでよかった。十年ほどのという長い年月が過ぎたにもかかわらず、妹とそっくりなことには驚くしかなかった。いまの彼女はマウヌス・ラーセンがある晩〈ノーマ〉で目をつけた女だった。マウヌス・ラーセンの過去に登場する死んだ女だった。

その夜、女はイングリッドやイスラエルの諜報機関からやってきた友人たちと楽しく食事をした。みんなの落ち着いた笑い声とくつろいだ仲間意識は、そこから四百五十キロ北へ行ったコペンハーゲンの裕福な郊外ヘレロプでのマウヌス・ラーセン夫妻の夕食時の雰囲気と、際立った対照をなしていた。マウヌスは深夜まで仕事をし、ふたたび午前四時に起きて朝のエクサイズを開始した。五時間後、専用ビジネスジェットの座席に心地よく収まり、何も知らないまま、自分の破滅へ向かってまっしぐらに進みはじめた。

デモ隊はブランデンブルク門から一列縦隊で出発した。先頭を行くのは、彼らの運動の新たなマスコットになったスウェーデンのティーンエイジャー。アレクサンダー広場に着くころには、デモ隊の人数は五万になっていた。預金残高が大きく膨らみ、株価が最高値を記録している石油・天然ガス業界の神々は、ガソリンを燃料とするリムジンに乗り、何も見ずにデモ隊のそばを通りすぎていった。今年に入ってから、エネルギー業界は史上最高の利益を上げている。さほど遠くないウクライナの地で起きている戦争が思いがけない幸運を運んできたのだ。しばしばあるように、人類の不幸が業界に大きな収益をもたらしたのだ。

アメリカ人は大挙して、フランス人は華やかにやってきた。サウジの人々は西欧ふうの服装で、英国人はグレイに身を包んで。カナダ人やブラジル人、メキシコ人やイラク人もいたが、ロシアからやってきた者はただの一人もいなかった。第一回サミットが開かれたとき以来、ロシア国営の石油・天然ガス会社の代表団が来ていないのは今回が初めてだった。そのほうが会合の雰囲気がよくなるということで全員の意見が一致していた。

しかし、サミットにやってくるのは、〈シェブロン〉や〈シェル〉といった業界の巨人だけではない。ガソリンスタンドを経営する何百という企業、掘削や探査関係の業者、プラットホームとパイプラインの製造業者などからも代表団が来ていた。また、雑魚《ざこ》レベルの参加者もいた。トレンドをつかんで問題を解決できる企業として売り込みをおこなうコンサルティング会社の数々——例えば、ベルリンの〈LNTコンサルティング〉のようなところ。化石燃料から再生可能エネルギーへどうやって移行するかを、伝統ある大手の石油会社にアドバイスする特化型の小企業だ。〈LNTコンサルティング〉から来ているのは三人、自信に満ちた態度と人目を惹く外見の三人だった——ロシア系と思われるグレイの目をした長身の男性、アラブ人のようでもあり、違うようでもある女性、そして、イーヴァ・ヴェスタゴーという名のデンマークの美女。この美女は午前中のコーヒータイムに人々を魅了し、見本市会場のブースで輝きを放ち、ドイツのエネルギー担当大臣が開会の辞を述べたあと、人々の話題はもう彼女のことだけになっていた。開会の辞のあとでクロム鋼のような髪をした〈エクソン〉の男性が近づいてきて片手を差しだすと、彼女は「ヴェスタゴーです」と言いながら、その手に名刺を押しつけた。「当社のウェブサイトをご覧ください。わたしどもで何かお役に立てそうでしたら、ご連絡をいただけますか？」

ランチ会場はガラス張りのアトリウムだった。ビュッフェの列に並んでいたとき、彼女は業界で高く評価されている〈ダンスクオイル〉のCEO、マウヌス・ラーセンから一、二メートル以内のところを通った。マウヌスはこの会場で彼女の存在に気づいていない唯一の人物のように見えた。〈ルズネフチ〉との合弁事業から撤退するだけの良識がなぜ〈ダンスクオイル〉にないのかと不思議がっている〈BP PLC〉のCEOを相手に、不愉快な会話をしている最中だった。

「それから、株主に対する責任などという御託を並べるのはやめてくれ」〈BP〉のCEOが言った。「わが社など、ロシアから撤退しようと決めたときに二百五十億も失ったんだぞ」

「だが、きみ個人はけっこううまく立ちまわったじゃないか、ロジャー。自分のふところにかなりの金を入れたはずだ」

「失せろ、マウヌス」

午後のセッションの目玉は、米財務省の前長官による、グローバル経済の展望についての憂慮すべきスピーチだった。〈LNTコンサルティング〉の三人は五列目にすわった。〈ダンスクオイル〉のCEOの二列うしろだった。スピーチが終わると、聴衆は会場を出てばらばらになった。〈ダンスクオイル〉のCEOは由緒あるホテル・アドロンのカクテルパーティへ向かった。〈LNTコンサルティング〉の三人は、ヴェステントという地区にあるブラニッツァー広場を見渡す壮麗な屋敷へ向かった。

CEOの過去に登場する死んだ女も交えて、一同はそこで静かな夜を過ごした。そして、どうアプローチするのがいちばんいいかをあらためて議論した。イーヴァ・ヴェスタゴーと呼ばれている女性がふたたび、午後二時にファザーネンシュトラーセの〈レーマン古書店〉でアプローチしたいという希望を出した。しかし、彼女の仲間は何十年ものあいだ作戦を展開してきた経験に基づいて、自分たちが立てた計画に従うよう主張した。書店に来たＣＥＯは時間に追われているだろうし、トーマス・マンの本に注意を奪われるのは間違いない。彼の講演のあとで予定されている本のサイン会のほうがうまくいくはずだ。

そこで、イーヴァ・ヴェスタゴーと呼ばれている女性は、ＣＥＯの最新の著書を読んでその夜の残りを過ごした。さほど悪い出来でないことは彼女も認めるしかなかった。あちこちのページに付箋を貼った本をバッグに入れ、翌朝九時に同僚のあとからベルリン・エネルギー・サミットの会場に入った。〝グローバルな変化をもたらす戦力としての石油〟と題したパネルディスカッションのあいだ、石のように無表情ですわり、午前半ばのコーヒータイムになると多くの視線を集め、そのあと、二酸化炭素回収の効果に関するプレゼンテーションに興味深く耳を傾けた。

午後一時にアトリウムでランチが始まった。クロム鋼のような髪をしたエクソンの男性から、ランチを一緒にと誘われたが、彼女はＬＮＴコンサルティングの同僚たちと食べることにした。一時十五分ごろ、ちょっと失礼と断って一人で洗面所へ向かった。鍛え抜かれた工作員である同僚二人が自分たちのミスに気づいたときには、時刻は一時半近くになっていた。すぐさまブラニッツァー広場の壮麗な屋敷に電話をかけ、いまの状況を説明した。

「どういう意味だ？　見失った？」

「出席者のなかに彼女がいないという意味だ。煙のように消えてしまった」

「消えてはいないはずだ」

「消えたと思うよ、ボス」

彼女の携帯電話にあわてて何度もかけたものの、応答はなかったが、午後二時四分、居場所がわかった。エリ・ラヴォンがのちに、久しぶりの痛快な新人勧誘だったと述べることになる。

32

ファザーネンシュトラーセ

床はすり減ってたわみ、照明は薄暗かった。棚に多くの本、テーブルに多くの本、ガラスの下に多くの本、そして、〈レーマン古書店〉のオーナーにして、唯一の経営者であるギュンター・レーマンのデスクに一冊の本――トーマス・マンの『ヴェニスに死す』。レーマンは縁なし眼鏡の奥からまばたきもせずにイングリッドを見つめた。カーディガンをはおり、ワインレッドのアスコットタイをしている。風にさらされた頬がピンクになっている。

「何かとくに興味のあるものでも？」

「いいえ、ちょっと見せてもらおうと思って」

「ご自由にどうぞ」

イングリッドはデスクにのっている本に視線を落とした。「いい状態ね」

「あいにく予約済みでして」

「残念だわ」イングリッドはガラスケースのひとつに歩み寄った。「うわ、すごい」

それは『隠れ家』の初版本だった。のちに『アンネの日記』として知られることになる本。

「その横の本を見てごらん」ギュンター・レーマンが言った。

ジェイムズ・ジョイスの『ユリシーズ』の初版本。「このサイン、本物？」イングリッドは訊いた。

「ジム」書店主は答えた。

ジョイスの本の横には、アイン・ランドの『肩をすくめるアトラス』。そして、ランドの横にはF・スコット・フィッツジェラルドの『美しく呪われし人たち』。

「わたしの愛読書のひとつだわ」

レーマンが立ち上がり、ガラスケースの錠をはずした。「表紙は完全に修復済みだ」本をガラスの上に置いた。「手はきれいかな？」

「清潔そのものよ」イングリッドは表紙をそっと持ち上げた。「値段を聞くのが怖いわ」

「三万五千で喜んでお売りしよう」レーマンは『ユリシーズ』を指さした。「あちらは百五十万」

ブザーが鳴った。

「ちょっと失礼していいかな？」レーマンはそう言って自分のデスクに戻った。

デッドボルトがはずれ、ベルがチリンと音を立てて、誰かが店に入ってきた。イングリッドは注意を向けなかった。『ユリシーズ』のサイン入り初版本に目を奪われていた。百万ならいいかもね、と考えていた。でも、百五十万も払うのは馬鹿だけだわ。先日コペンハーゲンで稀覯本業者が殺された件について話を始めた。店に入ってきた人物がすぐさまレーマンと話を始めた。先日コペンハーゲンで稀覯本業者が殺された件についてだった。われわれ全員にとって大きなショックだった——彼が言っていた——ペーターは友達だった。何年ものあいだ、あの男のおかげでいい本を手に入れることができた。

イングリッドは『美しく呪われし人たち』の一ページ目を開き、アンソニー・パッチについて書かれた部分をじっくりと読んだ。店に入ってきた人物のほうへ顔を上げることも、その存在を認めることもしなかった。向こうが彼女に気づくのを待った。それがゲームのやり方だ。

相手はいまのところ、『ヴェニスに死す』に心を奪われていた。写真では本の良さがあまりわからなかった、と言っていた。ああ、もちろん買わせてもらう。これなしでは生きていけそうもない。

イングリッドはフィッツジェラルドのページをめくった。

「わたしは『ギャツビー』の初版本を持っている」背後で大きな声が響いた。イングリッドは店に入ってきた人物の声だった。ドイツ語でイングリッドに挨拶した。

五までゆっくり数えてからふりむいた。輪郭のくっきりした顎と鮮やかなブルーの目のマウヌス。この店内には大柄すぎる印象だった。

「いま、なんて?」同じくドイツ語でイングリッドは答えた。

「『ギャツビー』」相手はくりかえした。「初版本を持っている。ご承知のように、発行部数がごくわずかだった。二千五百部。わたしの記憶違いでなければ」

「運のいい方ね」

彼が『美しく呪われし人たち』を指し示した。「それを買おうとお考えかな?」

「三万五千もするんじゃ無理。高すぎて手が出ません」

「きみ、デンマークの人だね」

「そのようよ」イングリッドは言語を切り替えて答えた。

「こちらから自己紹介したほうがよさそうだ。わたしは――」

「どなたかは存じてます、ミスター・ラーセン」イングリッドはバッグから『明日の力』をとりだした。「それどころか、午後からあなたの講演を聴きに行く予定です」

「ベルリンに来たのはエネルギー・サミットのため?」

「いえ、こっちに住んでるんです」

「お仕事はどのような?」

「起業したばかりのコンサルティング会社」イングリッドはそう言って、業務内容を説明した。

「わが社は風力を使ってめざましい成果を上げている」マウヌス・ラーセンは言った。先見の明のある男だ。「うちの収益の十パーセントを占めていて、さらに伸びつつある」

「ええ、存じてます。わたしどもは〈ダンスクオイル〉をエネルギー企業の模範例として、この業界に示しています」イングリッドは彼の著書を差しだした。「いまここでサインしていただけません？　そしたら、列に並ばずにすみますから」

「たぶん、長く並ぶ必要はないだろう」

「サインしていただけないの？」

「あとで会ってくれないのなら、サインはしない」

イングリッドは本をバッグにすべりこませてドアへ向かった。

「きみの名前を聞いていないが」マウヌスが言った。

イングリッドは足を止めてふりむいた。「イーヴァよ」

「イーヴァのあとの名字は？」

「ヴェスタゴー」

「わたしがこの本の代金を払うあいだ、待っていてほしい、イーヴァ・ヴェスタゴー。そうすれば、一緒に国際会議場へ戻ることができる」

「そんな必要はありません、ミスター・ラーセン」

「もちろん、あるとも」マウヌスは『美しく呪われし人たち』を指さした。「あれももらっていこう、ギュンター」

イングリッドは必死に断ろうとしたが、だめだった。負けん気の強いマウヌスは聞く耳を持たなかった。これで決まりだと断言した。撤回はもう無理だ。

「でも、三万五千ユーロもするのよ」

「経費として〈ダンスクオイル〉につけておくと言ったら、少しは気が楽になるかね？」

「やめてください」

マウヌスがレンタルしたベンツのリムジンがスピードを上げて東へ向かい、ティアガルテンを通り抜けるあいだ、保護用のポリプロピレンに包まれた本がイングリッドの膝の上で揺れていた。国際会議場に着いたところで、イングリッドはふたたび別れの挨拶をしようとしたが、休憩室まで一緒に来るようマウヌスに強く言われた。ステージに上がる準備をその部屋でするというのだ。講演は予定どおり午後四時に始まった。会議場の広々としたメインホールではなく、二階にある小さめのホールで。聴衆はかなりの数だった。マウヌスの発言は好意的に受け止められた。イングリッドは最前列にすわっていた。〈LNTコンサルティング〉から来ているあと二人の姿はなかった。

そのあと、サインを求める人々の列がなくなるのを待って、イングリッドはテーブルに近づいた。マウヌスがサインした文面は好意的だったが、思わせぶりなものではなく、彼があとで嚙みつかれることになりそうな危険は皆無だった。

「いまからどこかへ？」モンブランの万年筆のキャップを閉めながら、マウヌスが尋ねた。

「家に帰ります」

「ご主人？」

「猫」

「猫だったら、一、二時間放っておいても平気じゃないかな？」

「何を考えてらしたの？」

サミット第二夜のカクテルパーティ。会場はドイツ最大のメディア・コングロマリットが新しく建設した未来的な本社ビルだった。二人は一時間ほどパーティに顔を出した。

「腹は減ってないかね？」二人で会場を出ながら、マウヌスが尋ねた。

「そちらは予定がおありでしょ」

「キャンセルした。何が食べたい？」

「おまかせするわ」

マウヌスは〈グリル・ロイヤル〉を選んだ。完璧なサラダ、完璧なステーキ、となりのテーブルにはアメリカ映画界の完璧な新人女優。エスプレッソを飲みながらのふざけ半分の口説き、軽い手の触れあい、思わせぶりなやりとり。

「わたしには無理」イングリッドは言った。

「なぜ？」

「サミット出席者の半数がここにいるんですもの。立ち上げたばかりで苦戦しているわたしの会社のために仕事をとろうとして、あなたと寝るつもりでいるみたいに、みんなに思われてしまうわ」

「そうなのか？」

「じつを言うと、フィッツジェラルドの初版本にあなたが三万五千ユーロも払ってくれたからなの」イングリッドはバッグから本をとりだし、二人のあいだのテーブルに置いた。

「あなたはどちら？」と訊いた。

「美しき人？　それとも、呪われし人？　両者の中間というところかな」マウヌスはワイングラスを見つめてじっと考えこんだ。詩人の魂を持つビジネスマン。「誰もみな、そうじゃないかね？」


ブラニッツァー広場というのはちゃんとした広場ではなく、じつは環状交差路で、中心部が小さな緑の公園になっている。イングリッドがリムジンの運転手に正確な住所を告げて家まで送ってもらうと、マウヌスも彼女に続いて門をくぐった。暗くしてある玄関ホールで彼に一度だけキスを許した。次に、薄明かりの客間に彼を案内すると、白いドレスをまとった若い女が『ロミオとジュリエット』を読んでいた。ホッダー&ストートン。一九一二年刊。状態はほぼ完璧、背にわずかなダメージ、棚に置かれていたあいだにやや劣化。

33

ブラニッツァー広場

マウヌスは長いあいだ身じろぎもせずに立ち尽くした。口をぽかんとあけて黙りこみ、目の前の亡霊に恐怖の目を向けた。ようやくまわれ右をすると、玄関への道をふさいでいるミハイルの姿があった。「何者だ?」役員会議室で使う貫禄に満ちた声で、マウヌスは問いかけた。

「あんたの過去だ。ようやくあんたに追いついた」

マウヌス・ラーセンの大きな右手が握りこぶしを作った。

「わたしならやめておくだろう」背後で声がした。「念のために言っておくが、いい結果にはならない」

マウヌスがふたたびまわれ右をすると、二〇一三年九月に行方不明になったリッケ・ストロムの双子の姉、カーチェ・ストロムがすわってウィリアム・シェイクスピアの『ロミオとジュリエット』を読んでいる椅子のそばに、ガブリエルが立っていた。

マウヌスは恐怖のあまりあとずさりをした。

ガブリエルは冷たい笑みを浮かべた。「こちらで自己紹介の手間をかける必要はなさそうだな」

マウヌスは凍りつき、肩を怒らせた。

「弁解の言葉は何もないのか、マウヌス？　猫に舌でもとられたのかね？」

鮮やかなブルーの目に怒りが燃え上がった。「こんなまねをして、ただですむと思ったら大間違いだぞ、アロン」

「こんなまねというのは？」

「きみがやっているつもりのゲームのことだ」

「まあまあ、マウヌス。これはゲームではない」

マウヌスはイングリッドを見た。「この女は誰だ？」

「名前はイーヴァ・ヴェスタゴー。エネルギー分野の小さなコンサルティング会社に勤めている。会社の名前は――」

「この女は誰だ？」マウヌスがもう一度尋ねた。

「誰でもいい」ガブリエルは答えた。「大事なのは、彼女が何を象徴しているかだ」

「ほう、なんのことだ？」

「あんたがこれを犯罪がらみではなく、スパイ活動がらみの問題として処理できるようにするチャンス。ただし、目の前に差しだされた状況をあんたがうまく利用できなかったときは、そのさもしい人生から生じた汚水があふれだし、世間の目にさらされることになる」ガブリエルはカーチェのほうへ視線を落とした。「彼女のことも含めて」

「その女が誰なのかはわかっている。女の妹の失踪にわたしはなんの関わりもない」

「お友達のウラジーミル・ウラジーミロヴィチがかわりにやってくれたからな。あんたはウラジーミルにとってきわめて貴重な存在だから、コードネームまで与えられた。〈コレクター〉と呼ばれているそうだな」ガブリエルはシェイクスピアの本をカーチェの手からとりあげた。「稀覯本に寄せるあんたの情熱を意味しているのは間違いない」

「ウラジーミルとの友情ゆえに、わたしが何回ロシアの協力者と呼ばれてきたか、きみは知っているかね？」

「だが、わたしの手元には領収証が何枚もある」ガブリエルは言った。「二〇〇三年にあんたがホテル・メトロポールに宿泊したときのも含めて。あのとき、〈ルズネフチ〉との合弁事業の交渉がおこなわれたんだったな」

マウヌスはしばらく沈黙した。「わたしに何をさせたい？」

「カーチェの妹の身に何があったかを彼女に話してもらいたい。そして次は、南アフリカの鉱山会社の売買交渉にあんたが先ごろ興味を示した件についても説明してほしい」ガブリエルはいったん言葉を切り、それからつけくわえた。「もちろん、ヨハネス・フェルメールの《合奏》の件についても」

マウヌスはまさかという顔になった。「いったいどういうつもりで――」

「アドバイスさせてもらおう」ガブリエルは落ち着いて言った。「やり方を変えたほうがいい」

マウヌスはふたたび沈黙した。沈黙はさっきより長かった。「よりにもよって、なぜきみを信用しなきゃならん？」

「わたしに頼るしかないからだ」

マウヌスは自分の手首を見下ろし、眉をひそめた。「腕時計がない」

ガブリエルはイングリッドと視線を交わした。「高価なものでなかったのならいいが」

「〈ピアジェ〉のアルティプラノ・オリジンだ。だが、大切なプレゼントでもあった」

「奥さんから？」

「カロリーネ？　まさか。あの腕時計はウラジーミルにもらったものだ」マウヌスはふたたびイングリッドに目を向けた。「彼女は誰なんだ、アロン？」

「その質問にはミズ・ヴェスタゴー自身に答えてもらったほうがよさそうだ」

イングリッドは腕時計をマウヌスに返した。

「なるほど、そうか」マウヌスは言った。「それですべて説明がつく」

34

ブラニッツァー広場

マウヌス・ラーセンが自分の生い立ちを語るときはいつも、子供時代を脚色していた。外見や雰囲気から、由緒ある裕福なコペンハーゲンの名家の御曹司だと広く信じられてきた。しかし、じっさいは、シェラン島の西海岸にあるコスーアという町で労働者階級の家に生まれたのだ。父親は半端仕事をあれこれやり、母親は何もしない人だった。二人とも本を読むのはおろか、開いたことすらなかった。それどころか、ラーセン家には電話帳と古い聖書以外に本は一冊もなかった。

若きマウヌスは優秀な頭脳を駆使して、生まれ育った環境からどうにか抜けだすことができた。本を読むのが大好きで、勉強もよくできたおかげで、コペンハーゲン大学にみごと合格。そこで政治学とロシア史を学んだ。卒業後はハーバードに入ってビジネス方面の訓練を積んだ。一九八五年に〈ダンスクオイル〉入社。そして、十五年後、四十歳でCEOの地位までのぼりつめた。

マウヌスが経営を託された当時、会社は収益を上げていたものの、けっして業界の大手ではなかった。〈ダンスクオイル〉の株価をひきあげようと決心したが、それには追加の石油が必要だった。デンマークの領海の海底から採掘できる以上の石油が。二〇〇三年の春、マウヌスはモスクワでそれを見いだし、国営のエネルギー会社〈ルズネフチ〉との合弁事業に乗りだすということで、クレムリンと合意に達した。

「そして、そこから」マウヌスはつけくわえた。「わたしの人生が崩壊しはじめた」

彼はウォッカのグラスをじっと見つめていた。イングリッドが腕時計を返したあとで彼の手に押しつけたものだ。二人は客間に置かれた時代遅れの格調高いソファに並んですわり、目の前のコーヒーテーブルには『美しく呪われし人たち』の初版本が置いてあった。集まりの場に遅れてやってきたナタリーとダイナは、カフェの場面に登場する芝居のエキストラのごとく空虚な表情を保っていた。エリ・ラヴォンは彼にしか見えないチェス盤を凝視しているように見えた。ミハイルは室内をゆっくり歩きまわり、飛行機の搭乗が始まるのを待っているかのようだった。ガブリエルはみんなの様子を無言で見つめるカーチェのそばに立っていた。

「女の名前を覚えているか?」ガブリエルが尋ねた。

グラスを見つめていたマウヌスが顔を上げた。「そこまで言わせる気か、アロン?」

「ここにいるのは大人ばかりだ、マウヌス。それに、こっちはすでに一部始終を聞いている」

「名前はナターリア。絶世の美女だった。わたしは恐ろしい過ちを犯してしまった」

「ルビヤンカにあるFSBの本部でビデオを見せられたそうだな」

「ロシアの連中が何を手に入れたかにこちらが気づかされた、とだけ言っておこう。それが公になれば、わたしが苦労して積み上げてきたものは一瞬で消えていただろう」

〈ダンスクオイル〉と〈ルズネフチ〉の不平等契約によってそれが終わりを告げ、自分の人生が正常に戻り、ホテル・メトロポールの三一六号室で犯した過ちを思いださせられることがなくなるよう、マウヌスは願っていた。ところが、二〇〇四年の冬にロシアへ出かけたとき、そうはならないことを思い知らされた。

「誰から？」

「コンスタンチン・グロモフ。少なくとも当人はそう名乗っていた。きっと偽名だな」

「FSBで新しくあんたの管理官になったのがコンスタンチンだったのか？」

マウヌスはうなずいた。

「やつは何を企《たくら》んでいた？」

「長期にわたる関係を」

「そして、あんたはもちろん承知した」

「ほかにどんな選択肢があった？」

マウヌスはビジネスと政治関係の情報をＳＶＲに流し、勧誘できそうな連中の名前をロシア側へ提供し、西側の利益よりロシアの利益を優先させて行動するよう求められた。西ドイツによる新たな東方外交政策をつぶすための笛吹き男になり、モスクワセンターが彼にかわって書いた原稿を読み上げた。あらゆる機会をとらえてロシアの指導者を称賛した。二〇〇六年十一月にロンドンでアレクサンドル・リトヴィネンコが無惨に殺害されたあとですら、それは変わらなかった。何人かの友人はマウヌスと口を利かなくなった。妻のカロリーネはホテル・メトロポールで何があったのかをまったく知らないため、夫がおかしくなったのだと思いこんだ。

二重生活を送るプレッシャーで、しばらく前からぎくしゃくしていた結婚生活にさらに大きなストレスがかかった。そしてある晩、マウヌスは〈ノーマ〉でイヌイットの血が半分入った美しい女に目を留め、女に声をかけるようお抱え運転手に命じた。

「運転手が最初に近づいたとき、彼女ははねつけた。けんもほろろに」かすかな笑みを浮かべて、マウヌスは言い添えた。「しかし、やがてわたしに会うことを承知し、関係を持つようになった。わたしは彼女の家賃と生活費を出し、ほしがるものはなんでも買い与え、自由に使える金をいつも充分に持たせることにしていた。彼女を独占しようという気はまったくなかった。それどころか、ほかの男たちともつきあうように勧めたほどだ。だが、わたしとのことは誰にも言わないよう、固く口止めした。彼女はぜったい言わないと約束した」

「その関係はどれぐらい続いたんだ？」

「一年近く。わたしはリッケを優しさと愛情で包んでいたし、リッケのほうはわたしのおかげで贅沢ができて喜んでいるものと思っていた。だから、口止め料として多額の金を要求されたときは大きなショックだった」

「いくら渡した？」

「百万クローネ、およそ十万ドルだ。数週間後、ふたたび金を要求され、わたしは承知した」

「で、そのあともまた金をせびられたときは？」

「〈ルズネフチ〉の本社の会議に出るため、たまたまサンクトペテルブルクへ行っていた。向こうにいるあいだに、コンスタンチン・グロモフと飲む機会があった。コンスタンチンはわたしが何かで悩んでいるのを見抜き、ぜひ打ち明けてほしいと言った」

「で、打ち明けたわけだな？」

「ほかに頼る相手がいなかった」

「リッケの名前をそいつに教えたのか？」

「その必要はなかった」

「なぜなら、コペンハーゲンにあるＳＶＲのレジデンテュラのほうでは、あんたが女を囲ってることをすでに知っていたから」

「そう」

「で、彼女が行方不明になったときは？」

「わたしから巻き上げた金を持って出かけ、どこかのビーチで寝そべっているんだろうと思った。ところが、数週間たっても連絡がないので、最悪の事態を想像するようになった」

「そこで、あんたはもちろん、デンマーク警察へ直行した」

「警察で具体的に何を話せばよかったんだ、アロン？」

「真実を」

「真実など、わたしは知らなかった」マウヌスはカーチェを見た。「どうか信じてほしい、ミズ・ストロム。わたしは妹さんのことがとても好きだった。脅迫されたあともずっと。妹さんの死にわたしはなんの関係もない」

「失踪」ガブリエルは言った。

「いや、アロン。この人には真実を知る権利がある。リッケはやはり死んでいて、それは高い地位にある権力者のせいだとわたしは思っている」

「高いというとどれぐらい？」

マウヌスは〈ピアジェ〉の腕時計のクリスタルガラスを軽く叩いた。「頂点に立つ者」

若い愛人が跡形もなく消えてから半年後、マウヌスはさらに五十億ドルを〈ルズネフチ〉に注ぎこみ、彼が保有する〈ルズネフチ〉の株数を二十五パーセントに増やし、社の取締役会に名を連ねるようになった。追加で注ぎこんだ金のうち五億ドル近くがロシア大統領のふところへ直行した。ウラジーミル・ウラジーミロヴィチは褒美として、モスクワ郊外のルブリョフカという金ぴか地区にある時価六百万ドルの豪邸をこの貴重な協力者に与えた。

マウヌスの妻は一度だけここを訪れたが、グロテスクな家だと言い、二度と行こうとしなかった。しかしながら、マウヌスのほうはロシアのオリガルヒの暮らしに魅了された——豪華なパーティ、プライベートジェット、ヨット、美しい女たち。ロシアの友人たちは彼を同志ラルセーノフと呼びはじめた。彼を批判する西側の者たちも同様だった。マウヌスはロシアのテレビ局NTVの女性リポーターと深い仲になった。結婚生活はほぼこわれていた。

「カロリーネとわたしの結婚は、言うなれば、じつにヨーロッパ的なものだ。妻は妻の人生を——ひとこと言い添えるなら、とてもいい人生を——送り、わたしはわたしの人生を送っている。奇妙に思われるかもしれないが、妻が離れていったのはわたしが多くの女と遊んだせいではなく、ウラジーミルとの友情のせいだった。ワロージャが原因で、妻の堪忍袋の緒が切れたのだ」

マウヌスがモスクワにいるときは、ロシア大統領と頻繁に会っていた。たいてい、ほかのオリガルヒたちも同席したが、ときには大統領と二人だけのこともあった。そうした個人的な会合のひとつが、大統領の公式ダーチャ、ノヴォ・オガリョヴォでおこなわれた。ウラジーミルはその日、彼が二〇三六年まで大統領の座にとどまることを可能にする法律に署名してきたところだった。実質的に終身大統領となったわけだ。

「会合の最後に、ギフト用の包装をした箱を渡された」マウヌスは左腕をかざした。「〝マウヌスへ、ウラジーミルから〟と書いてあった。そのあと、ワロージャはとくに関心などないような口調で訊いてきた。わたしがつきあっていた若い女の捜索はその後進展しているのか、と。こちらの状況を知られていようとは、夢にも思わなかった。あまりの衝撃に、わたしは言葉が出なかった」

「リッケが死んだことを知らされたのか？」

「ウラジーミル・ウラジーミロヴィチから？　とんでもない。その必要はなかった。ワロージャは例の薄笑いをよこしただけだった。その笑みが〝きみのために、あの小さな問題を片づけておいたぞ〟と言っていた。わたしを守るためではなく、わたしの立場を徹底的に弱くして、大統領のご機嫌をとるためならどんなことでもする人間に仕立て上げるためだった。ウラジーミルはあの日、いずれわたしにある任務を依頼する日が来るだろうと言った。きわめて微妙な極秘の任務を」マウヌスは声をひそめてつけくわえた。「まともな神経の持ち主ならけっしてひきうけないようなことを」

真夜中の少し前に、そこから《合奏》のことへ話題が移った。油彩、カンバス、七二・五×六四・七センチ、ヨハネス・フェルメールの作品。

35

ブラニッツァー広場

マウヌスに任務の指令を出したのはウラジーミル・ウラジーミロヴィチではなく、SVRのコンスタンチン・グロモフだった。二〇二二年八月二日、ロシアがウクライナに侵攻した半年後のことだった。その前日、合衆国がウクライナに追加で五億五千万ドルの軍事支援をおこなうことを発表し、高機能ロケット砲HIMARS《ハイマース》用のロケット弾の追加供与もそこに含まれていた。ロシアの兵站《へいたん》線と戦闘司令所に大打撃を与えたのがこのHIMARSだった。クレムリンは国内の反戦運動をきびしく弾圧していたが、戦争が経済とオリガルヒの贅沢な暮らしを蝕《むしば》んでいくなかで、大統領にもっとも近いオリガルヒたちのあいだに不満が広がりはじめた。〈エクソンモービル〉、〈シェル〉、〈BP〉を含む西側の主なエネルギー会社が、ロシアとの合弁事業から撤退する予定であることを発表した。しかしながら、〈ダンスクオイル〉だけは大脱出に加わることを拒否した。

「グロモフはどうやって接触してきた？」

「いつものやり方だ。わたしの個人用アカウントに雑談調のメールをよこし、ぜひ見せたい本があると言ってきた」

「どこで会った？」

「オスロ」

「それで、任務というのは？」

「南アフリカへ出かけて、レアアースの採掘が専門の、さほど評価されていない小さな鉱山会社の買収交渉を進めるように言われた。〈ダンスクオイル〉のバランスシートにもプラスになるというのだ」

「その会社に名前はついていたのか？」

「〈エクセルシオール〉」

「では、わたしがその会社をネット検索した場合」ガブリエルは尋ねた。「何が見つかる？」

「エクセルシオールなんとか、エクセルシオールかんとかかとといったものが山ほど見つかるだろうが、南アフリカの鉱山会社のことはどこにも出ていない。わたしの南アフリカ行きの口実を作るために、コンスタンチンが考えだした作り話に過ぎなかった」

「では、あんたが南アフリカへ出かける本当の目的は？」

「教えてもらえなかった」

「少なくともある程度の推測はついたはずだ」

「わたしだってまったくの馬鹿ではない、アロン」マウヌスは白いドレスの女にちらっと目をやり、ウォッカをゆっくり飲んだ。「少なくとも、四六時中馬鹿なわけではない。しかし、この件に関してはどうしようもなかった。コンスタンチンから予算として十億ドルを提示され、かならず話をまとめてくるようにと言われた」

一週間後、マウヌスはヨハネスブルグへ飛び、フォーシーズンズ・ホテルにチェックインした。メッセージが待っていた。その番号にかけると、電話に出た男はヘンドリク・クッツェーと名乗り、夕方二人で一杯やろうと誘ってきた。

「どこで?」

「ホテルのバー」

「男の外見を説明してくれ」

「典型的なアフリカーナー。長身、金髪、あまりにも多くの時間を太陽の下で過ごしたという感じ」

「年齢は?」

「六十代半ば」

「元兵士か?」

「情報畑だろう。わたしの印象では」

「その男が、実在しない鉱山会社のオーナーだったのか？」

「オーナーの代理人だった」

「あんたがロシアの仲介者として動いていることを、向こうは承知してたのか？」

「顔を合わせたときの態度からすると、わたしが誰の仲介をしているかはすべて承知のようだった」

「向こうが要求してきた金額は？」

「二十億ドル」


しかし、長時間の協議を何回か重ねて、マウヌスは金額を十億ドルまで下げることにどうにか成功した。送金先はリヒテンシュタインで登記されている匿名のダミー会社。送金はケイマン諸島からおこない、ＳＶＲが極秘裏に管理している口座が使われた。入金が確認されしだい、クッツェーが南アフリカのノースウェスト州にあるピラネスブルグ国際空港へコンテナを届け、そこでプライベートジェットが待機している予定だった。飛行ルートについても、行き先についても、マウヌスは詳しいことを知らされていなかった。コンテナで運ばれる品が何なのかも、正確には知らなかった。彼にも彼の会社にもまったく関係のない取引だった。彼の手はクリーンだし、良心は澄みきっていた。

彼も交渉にかけては場数を踏んでいるので、土壇場でトラブルが起きることも想定していた。しかしながら、南アフリカ側が出してきた驚愕《きようがく》の要求に対しては、まるっきり心の準備ができていなかった。

「絵がほしいと言われたわけか」ガブリエルは言った。

「だが、そんじょそこらにあるような絵ではなかった。世界でもっとも有名な、盗難にあった絵画がほしいというのだ」

「あんたの返事は？」

「やつの目の前で笑いだした。そして、笑うのをやめたあとで、三十年以上も行方不明だった絵をわたしがどうやって見つければいいのかと質問した。どこへ行けば見つかるかをやつが話してくれたのはそのときだった」

「アマルフィ海岸のヴィラだな。ルーカス・ファン・ダンメという南アフリカ出身の裕福な船会社のオーナーであり、絵画コレクターである男が住んでいるところ」

マウヌスはうなずいた。

「クッツェーがそんなにほしがっていたのなら、自分で盗めばいいじゃないか」

「昔はファン・ダンメの親しい友人だったから、絵が消えたりしたら、すぐさま自分が疑われるというようなことを言っていた。そのため、盗難と南アフリカのあいだに関連性があってはならなかった」

「で、向こうの要求をＳＶＲの管理官に伝えたら？」

「次の任務を命じられた」

「ヨハネス・フェルメールの《合奏》を盗みだせと？」

マウヌスはうなずいた。

「そうすればクレムリンのほうでは、当方はこの件にいっさい関与していない、とまじめくさった顔で主張できるわけだ」

「わたしはきみのようなプロではないが、アートの世界では、悪事を働いてもまことしやかに否認できるものだと信じている」

「しかし、コンスタンチン・グロモフはなぜまた、尊敬を集めるヨーロッパのエネルギー会社のＣＥＯであるあんたに、世界でもっとも高価な行方知れずの絵画を盗みだす手段があるなどと思ったのだろう？」

「わたしが書籍収集マニアという名で知られる病気を抱えていることを、グロモフが知っているからだ。グロモフはまた、合法的に買い求めるのが無理な本を入手したいときに、わたしがコペンハーゲンの稀覯本業者を利用していたことも知っている」

「ペーター・ニールセンという業者だな」ガブリエルは言った。

「わたしよりペーターのショックのほうが大きかっただろう」マウヌスは言った。「仕事を請けるのを渋った。ヘミングウェイやジョーゼフ・ヘラーの本を盗みだすのと、イタリア国内で絵画泥棒をするのとは、まったくの別物だと言った」

「どうやってペーターの心変わりを促したんだ？」

「三千万ユーロ払うと言って。半分は前払い、あと半分は絵が届いたときに。わたしはペーターに、見つけうるなかで最高の泥棒を雇うように言い、失敗はけっして許されないと釘を刺しておいた」マウヌスはイングリッドをちらっと見た。「その仕事にふさわしい人間を知っているとペーターは言った」

「あんたが次にペーターと話をしたのはいつだった？」

「ある晩、電話があって、絵はデンマークにあると言われた」

「ファン・ダンメが死んだことは知っていると思うが」

「ああ、もちろん」

「あんたも多少は警戒したに違いない」

「そういう言い方もできる。きみにも想像がつくと思うが、わたしは取引を早く完了させたくて必死だった」

「絵はどんな方法で届ける予定だった？」

「予定はなかった。ペーターには、使いの者が彼の店までとりに行くと言っておいた」

「そして、使いの者は絵をどこへ持っていく予定だった？」

「ロシア大使館。そこで外交用郵袋を使って南アフリカへ運ぶことになっていた」

「ペーターが殺されたことを知ったときは？」

「コンスタンチン・グロモフとSVRがあの絵の関係者をすべて殺していることに気づいた」

「連中はなぜそこまでやるのだ？」

「わたしはプロではないが……」マウヌスは『美しく呪われし人たち』に視線を落とした。

「あんたはどっちだ、マウヌス？」

「きみに判断してもらおう」マウヌスはウォッカの残りを飲みほした。「次は何が訊きたい、アロン？」

36

ベルリン――ラングレー

その日の朝、もう少し遅い時刻に、二人のデンマーク国民がベルリン滞在をあと四十八時間延長することを仕事仲間と愛する人々に伝えた。一人はデンマーク最大の石油・天然ガス生産会社のCEO。もう一人はヴィセンビェアという小さな町でパートタイムの仕事を四つ掛け持ちしている女性。旅行日程を変更した理由について二人とも嘘をつき、現在の居場所は明らかにしなかった――二人がいまいるのはベルリン市内のヴェステントという地区で、ブラニッツァー広場に面した壮麗な屋敷だった。

二人を足止めしたのは、最近リタイアしたイスラエルの諜報機関の元長官ガブリエル・アロンで、夜明けの少し前に屋敷を抜けだすと、タクシーでブランデンブルク国際空港まで行った。十二時間半ほどのちに、ダレス国際空港でCIAの出迎えを受けた。彼らの案内で旧本部ビルのアイコン的な入り口を通ったときは、午後六時近くになっていた。七階まで上がると、CIA長官が警戒の目で長いあいだガブリエルを見つめた。生身の人間なのか、それとも、イスラエルのテクノロジーが生みだした巧妙な新製品なのかを、確認しようとしているかに見えた。

「ここでいったい何をしている？」長官がようやく尋ねた。

「わたしも同じ質問をしようとしていた」

「うちの大統領が選択肢をあまり与えてくれなかった。きみがここに来た口実は？」

「もうじきわかる」

長官は腕時計に目をやった。「七時半に妻と待ち合わせて、マクリーンにあるレストランで夕食の約束なんだが。間に合うだろうか？」

「無理だ」ガブリエルは言った。「ぜったい間に合わない」


乱れた髪、時代遅れの口髭、パワー不足の声のせいで、エイドリアン・カーターは世界でもっとも大きな権力をふるう情報員には見えない。それどころか、情事や悪事の告白に耳を傾けて日々を送るセラピストか、もしくは、ニューイングランドの二流大学の教授――崇高な理想を掲げて学部長をつねに苛立たせるタイプ――に間違われそうな感じだ。彼の穏やかな外見は語学の才能と同じく、現場とラングレーの両方における長いキャリアのなかで、貴重な資産となってきた。敵も味方も同じようにカーターを見くびりがちだ。しかし、ガブリエルだけは一度もそういう勘違いをしたことがない。

二人が初めて一緒に仕事をしたのは、ジジ・アル＝バカリという、テロリストであり投資家でもあったサウジの大富豪をターゲットにした合同作戦のときだった。二人の連携プレイが大成功を収めたため、似たような任務がそのあと何回か続くことになった。ガブリエルはCIAの秘密支部的な役割を喜んでひきうけ、政治上の、もしくは外交上の理由からカーター自身には担当できない作戦を遂行した。そうこうするうちに、二人は無二の親友になった。エイドリアン・カーターが遅まきながらCIAのトップの座についたとき、誰よりも喜んだのはガブリエルだった。もっと早く実現しなかったことだけが残念でならなかった。〈オフィス〉の長官として過ごした五年の歳月が、はるかに穏やかなものになっていただろう。

しかしながら、この夜のガブリエルは一般市民として、驚愕すべき話をするためにCIA本部にやってきた。その話は、世界でもっとも有名な行方知れずの絵画をひそかに捜すことをガブリエルが承知したところから始まり、昨夜、〈コレクター〉というコードネームを持つ、ロシアの協力者となっている人物から驚愕の情報をひきだしたところで終わっていた。めったなことでは驚かないエイドリアン・カーターも、話のあいだ、呪文で縛られたようにすわったままだった。

「ラーセンはいまどこにいる？」ガブリエルの話が終わったところで、カーターは尋ねた。

「まだベルリンだ」

「で、SVRとは連絡をとっていないんだな」

「テレパシーが使えないかぎりは」

「ヨハンセンという女のほうは？」

ガブリエルには奇妙な質問に思えたが、それでもカーターの質問に答えた。ヨハンセンという女も、ベルリンに厳重に閉じこめてある。

「彼女をどうする気だ？」カーターが訊いた。

「約束をしたから、それを守るつもりでいる」

「イタリアの警察に通報する気はないということか？」

ガブリエルはうなずいた。

「では、ラーセンは？」

「あの男のことはじきにデンマーク側の問題になるだろう」ガブリエルはいったん言葉を切り、それからつけくわえた。「そして、おそらく、きみの問題にもなる」

カーターはこの意見に異議を唱えなかった。「ひとつ質問しよう。きみはラーセンの話を信じるのか？」

「あの男は、モスクワの主人たちの命令で南アフリカの高濃縮ウランを大量に買ったことを認めた。デンマークのエネルギー会社のCEOが冗談で言うことではない」

カーターは両手の指を教会の尖塔《せんとう》の形に合わせ、じっと考えこみながらそれを唇に押しつけた。「南アフリカが核兵器を放棄したことを国際原子力機関《ＩＡＥＡ》が認定したときは、核分裂性物質の一覧表が不完全だと考える理由はどこにもないとはっきり述べていたぞ」

「ＩＡＥＡがルーカス・ファン・ダンメという核物理学者から話を聞く手間をかけていれば、違う結論を出していたかもしれん。ロシアは現在、初期のガンタイプ核兵器を手に入れたとみなすべきだ。そのあとで自らに問いかけるべきだ——進歩した核兵器を六千発も所有する国がなぜ、高濃縮ウランを使う兵器を手間暇かけて入手しようとしたのか、と」

「なぜなら、それを追ったところで、ロシアに現在貯蔵されている兵器にたどり着くことはないからだ。つまり、ウクライナでなんらかの偽旗作戦に使うのに理想的ということだ。ウラジーミル・ウラジーミロヴィチがそれを口実にして核兵器を使えば、瞬時にして決定的に戦争を終わらせることができる」カーターは眉をひそめてつけくわえた。「向こうにその気があれば」

「あるのか？」

「ウクライナ侵攻を理不尽に決定したものの、ウラジーミル・ウラジーミロヴィチは理性的な役者で、核兵器を使うつもりはいっさいないというのが、アメリカの情報世界の大部分が出した結論だ。英国の秘密情報機関にいるわれわれの同業者たちも同じ意見だ」

「では、ＣＩＡ長官はどう考えている？」

「ロシアのテレビから絶えず聞こえてくる核使用の叫びに頭を痛めている。また、ロシア大統領にもっとも近い保安・情報分野のアドバイザーたち、いわゆる〝シロヴィキ〟が大統領の耳に吹きこむ事柄を警戒してもいる。ロシア大統領の周囲の男たちを強硬派と呼ぶのは、危険をはらんだ控えめな表現と言っていい。SVRの現在の長官は情緒不安定な社会病質人格だ。というか、CIAの精神科医たちがわたしにそう言っている。しかし、本当に厄介なのはロシア連邦安全保障会議書記のニコライ・ペトロフだ。ニコライは自分の信念で凝り固まっている。ニコライは本物の偏執狂で過激な国粋主義者だ。ニコライはウクライナでの戦争を、伝統的なキリスト教徒の価値観と頽廃《たいはい》的なホモセクシャルの西側の広範な闘争の一部だと思っている。ニコライはウクライナ人など人間ではなく、ウラジーミルはもっと前にキーウに爆弾を落とすべきだったと思っている。ニコライはロシアがアメリカとの核戦争に勝てると思っている。ニコライは」カーターはここで声をひそめた。「小便をちびりそうになるほどわたしを怯《おび》えさせている」

「では、ニコライ・ペトロフがロシア大統領の耳に吹きこんでいる事柄を、中央情報局長官はどんな方法で知るんだね？」

「情報源やさまざまな手段を使う」

「どっちだ、エイドリアン」

ＣＩＡ長官は微笑した。「両方を少しずつ」

37

ラングレー

カーターは彼の電話を手にとり、ファイルをふたつ届けるように命じた。ひとつはニコライ・ペトロフ関連のもの。もうひとつはコマロフスキーとかいう人物関連のもの。しばらくすると、〈ブルックス・ブラザーズ〉のスーツにストライプのネクタイを締めた、まじめそうな顔つきの若い職員の手でファイルが届けられた。ファイルの表紙はどちらもくっきりしたオレンジ色に縁どられ、〝最高機密／／ＳＣＩ〟というラベルがついていた。このラベルは、機密区画情報《センシティヴ・コンパートメンテッド・インフォメーション》——アメリカのセキュリティ・クリアランス制度において最高機密レベルに分類されるもの——が含まれていることを意味するものだ。

カーターはまず、ペトロフのファイルを開いた。「ニコライはＫＧＢでキャリアをスタートさせた。その点は意外ではない。誰もがそうだから。しかし、彼が異例の出世をしたのは、一九七〇年代にＫＧＢのレニングラード支部で最初の経験を積んだおかげで、そのとき一緒だったのが、きみもよくご存じの人物だ」

「ウラジーミル・ウラジーミロヴィチだな」

カーターはうなずいた。「ニコライはそもそもの始まりからずっと、ウラジーミルの横にいた。二〇〇八年、ロシア連邦安全保障会議書記に就任。同じ年に、理由は明らかにされていないが、妻が自ら命を絶っている。彼の執務室はクレムリン宮殿のなかにあり、ウラジーミルの執務室からそれほど離れていない。理論上は、わが国の国家安全保障担当補佐官とほぼ同じ役割を果たしていると言っていいだろう。だが、じっさいには、ニコライのほうがはるかに大きな権力を持っている。外務大臣と国防大臣は彼に直接報告をおこなっているし、ロシアの三大情報機関の長官たちもそうだ。ニコライ・ペトロフはロシアの権力者のナンバー2で、ウラジーミルの後継者の最有力候補と言われている。それを考えただけで、わたしは夜も眠れなくなる」

カーターはガブリエルに一枚の写真を渡した。衛星写真で、手入れの行き届いた庭に囲まれたイングランドふうの堂々たる荘園館《マナーハウス》が写っていた。木々の葉が豊かに茂っている。車寄せに三台の車が止まっている。

「一度も民間企業で働いたことのない男にしては悪くない」カーターは言った。「屋敷があるのはモスクワの西のルブリョフカというところだ。ロシアのオリガルヒとクレムリンのエリートたちが住む郊外の地区」

「そして、デンマークの石油業界のＣＥＯも」ガブリエルはつけくわえた。

「行ったことはあるかね？」

「その光栄にはまだ浴していない」

「通常の自治体という感じではない」カーターが説明した。「ゲート付き高級住宅地の集合体といったところかな。フロリダにあるリトル・モスクワにやや似ている。ペトロフはサマセット・エステートと呼ばれる住宅地に住んでいる。近隣の住人の大半はシロヴィキのメンバーだから、警備はきわめて厳重だ」

「なあ、頼むから教えてくれ――ニコライのようなつましい公務員がなぜまた、世界最高級レベルの住宅地で英国の荘園館を模した屋敷を購入できたんだ？」

「ニコライが大統領の側近グループのなかでもとくに優遇されているメンバーだからだ。例えば、ロシアの一般市民には縁のない利回り確実な投資の機会を次々に与えられる。ロシアがウクライナに侵攻したあとで、われわれはニコライに制裁を科した。ヨーロッパにある銀行口座はいずれも凍結され、フランスはサン＝ジャン＝カップ＝フェラにあるニコライのヴィラを押収した。残された資産はすべてルーブル建てだ。大部分はトベリ銀行の口座に入っているが、この銀行も制裁下にあるため、金をひきだすことはできない。ニコライも気の毒に」カーターは言った。「かなり苦境に立たされている」

「気の毒なニコライの資産額はどれぐらいだ？」

「今日の為替レートで？　三十億弱といったところかな」カーターは衛星写真をもう一枚

差しだした――さっきと同じイングランドふうの荘園館だが、角度が違っている。二階の窓を指さした。「そこが自宅の仕事部屋だ。軽いワーカホリックなんだ、われらがニコライは。クレムリンを出るのはたいてい午後九時ごろで、そのあと自宅に戻ると、真夜中をかなり過ぎるまで仕事をする」

「誰に聞いた？」

「ニコライが私用で使っているパソコン」カーターはペトロフのファイルからさらに写真をとりだした。頬がこけた七十歳ぐらいの男性のありのままの姿をクローズアップでとらえた写真だった。目の下のたるみが、ここしばらく熟睡していないことを示している。

「フォート・ミードにいる友人たちからのプレゼントだ」

フォート・ミードというのはメリーランド郊外にあり、国家安全保障局の本部が置かれている。

「パソコン自体には、価値あるものは何も入っていない」カーターは話を続けた。「しかし、カメラとマイク機能のおかげで、ニコライが安全な携帯を使ってかける電話をこちらで盗聴することができる。お友達のウラジーミル・ウラジーミロヴィチへの電話も含めてな。また、カメラ機能を使って仕事部屋そのものの画像と動画を撮ることもできる。ニコライが撮影の邪魔になっていないとき、室内はこういう感じだ」

写真には、椅子とオットマン、床置き型のスタンド、垂れ板つきのサイドテーブル、政府支給の金庫が写っていた。

「コンビネーションは？」ガブリエルは尋ねた。

「二七、一一、五五」

「金庫には何が入っている？」

「いかなるときも安全保障会議の政策関係の書類が無数に入っている。国家機密に関わるものもあれば、きわめてありふれたものもある。しかしながら、現在、ルブリョフカにあるニコライ・ペトロフの屋敷の金庫には、安全保障会議の計画書三七－二三／VZが入っている。たった一通しか存在しないものだ」

「テーマは？」

「手短に言えば、ウクライナとの戦争に勝つために核兵器を使おうというロシアの計画だ」

「誰に聞いた？」ガブリエルは尋ねた。

エイドリアン・カーターは二番目のファイルを開いた。

コマロフスキーというのは彼の本名ではなかった。コードネームで、一九五七年刊行のボリス・パステルナークの壮大な長篇《ちょうへん》小説『ドクトル・ジバゴ』から借りたものだった。モスクワの好色な弁護士ヴィクトル・イッポリートヴィチ・コマロフスキーが物語の敵役だ。しかしながら、コードネームの陰に隠れた人物のほうは、CIAにとってもっとも貴重なロシア人協力者だった——きわめて貴重なため、コマロフスキーの最新情報をひたすら待ちつづけている米大統領ですら、その正体を知らされていない。

スパイ業界の専門語で言うなら、コマロフスキーは〝ウォークイン〟、つまり、向こうから接触してきたのだった。どこで、どんなふうにCIAに最初の接触をしてきたかについては、カーターは触れようとせず、ただ、モスクワではなかったと言っただけだった。たしかに、CIAのモスクワ支局長はコマロフスキーの存在を知らなかった。その正体を知る者はラングレーで四人のみ、そして、彼の情報配布リストに出ているのはわずか十二の氏名だけ。ガブリエルは当人にもまだよく理解できない理由から、たったいま、きわめて排他的なクラブへの入会を認められたのだった。

コマロフスキーが属しているクラブは、ロシア大統領の側近グループで、オリガルヒとクレムリンの上層部の面々から成るものだった。コマロフスキーの話によると、戦争とロシア大統領の長年の支配に批判的なロシアのエリートたちがネットワークを作りあげ、彼がそのリーダーになっているという。彼がアメリカに求めているのは断固たる姿勢のみだった。クリミア半島まで含めたウクライナ全土を解放するのに必要な最新兵器をアメリカとNATOが供与して、ウクライナの武装強化を図るのが、何よりも大切なことだという。次のように予言した——ロシアが戦場で敗北を喫すれば、政情不安が広まり、ロシア大統領も退陣するしかなくなるだろう。

カーターはコマロフスキーの予言に疑念を抱いていたが、この協力者から送られてくる機密情報には感心していた。ラングレーはそのおかげで、ロシア大統領と側近グループの動きをのぞき見る窓を手に入れたのだ。戦争が長引き、ウクライナにおけるロシア軍の死傷者数が想像を絶するレベルへ上がるにつれて、ロシアの指導者と彼をとりまく強硬派の連中が形勢を一変させるために戦術核の使用を考えるのではないかと、コマロフスキーは警戒心を抱くようになった。彼を担当しているCIAの管理官に訴えた——ロシア側から奇襲攻撃をかけることはないだろう。事前段階としてクレムリンが危機をでっちあげる。それを口実にして、アメリカが一九四五年に広島と長崎という日本の都市に原爆を落として以来初めて、ロシアが核兵器を使うことになる。

「偽旗攻撃?」ガブリエルは尋ねた。

カーターはうなずいた。「コマロフスキーは最初、小規模なものだろうと思っていた。ロシア側が核弾頭を装備した砲弾を二発ばかり発射して、ウクライナの連中に道理を弁《わきま》えさせる口実にする程度のことだと。ところが、安全保障会議の計画書三七‐二三/VZの噂を聞いて、彼の考えが変わった」

計画書の存在をコマロフスキーに話したのは、安全保障会議のメンバーの一人だった。その人物が計画書に目を通すことは許されていなかった——一通しか存在しない計画書はペトロフ書記がつねに彼の管理下に置いている――しかし、その人物は計画書の内容をよく知っていた。暗号名〈オーロラ作戦〉の詳細な計画を記したものだった。ちなみに、オーロラというのはロシアの戦艦の名前で、一九一七年十一月、この戦艦がサンクトペテルブルクの冬宮殿襲撃開始の合図となる砲撃をおこなった。計画書にはでっちあげの核の危機がどのようにエスカレートしていくかについて、数通りのシナリオが記されていた。そして、アメリカから攻撃を受けた場合にロシアがどのように応戦するかも、段階を踏んで書いてあった。報復手段をまとめた部分には、アメリカ本土への先制核攻撃まで含まれていた。

「その段階で」カーターは言った。「コマロフスキーは初めてＣＩＡに頼みごとをした」

「一通しか存在しない安全保障会議の計画書三七－二三／ＶＺを盗むように言ったわけだな？」

カーターはうなずいた。「手伝うとまで言ってきた」

「どうやって？」

「ニコライ・ペトロフの自宅に入れるよう、手を貸すというのだ。ご想像どおり、わたしは真剣に検討した。ウクライナに侵攻したロシア軍を通常兵器による猛攻撃でわれわれが全滅させた場合、ロシア側はどう出るのか――それを知りたくないＣＩＡ長官がどこにいる？」

「それで?」

「ルブリョフカに入りこんでも悪目立ちすることのない工作員チームが必要だ、とコマロフスキーが言った。また、ひと目でアメリカ人とわかるようなアメリカ人は送りこまないでほしい、としつこく言っていた」

「ウクライナ軍がロシア軍兵士を一人残らず殺すのにきみが手を貸しているという事実を考えれば、理不尽な要求ではないな」

「だが、乗り越えるのがむずかしい障害であることには変わりがない」カーターはしばらく黙りこんだ。「完璧な工作員チームを尻ポケットに入れて、きみがドアを通り抜けないかぎり」

「親ロシア派のデンマークの石油会社のCEOと、プロの泥棒のことか?」

カーターは微笑した。「こういう世界で仕事をしていると、誇張法はなるべく避けたいものだが、うまくやってのけられるのは世界じゅう探してもその二人しかいないかもしれない。もちろん、きみに背後から見守ってもらいながら」

「わたしのほうは、この件をそちらに託して妻子のもとに帰りたかったのだが」

「だが、わたしはいま、それをきみに託すことにした」

「コマロフスキーはそちらで抱えている協力者だ。つまり、きみが指揮をとるべき作戦ということになる」

「しかし、マウヌス・ラーセンはきみの所有物だ」

「マウヌスをＣＩＡに遺贈しよう。好きにしてくれ、エイドリアン」

「やつの正体を暴いたのはきみだぞ。やつを意のままに操れるのはきみしかいない。それに、わたしの記憶するところでは、きみときみの組織は核関連の機密書類を盗みだすのがなかなか上手じゃないか」

ガブリエルは沈黙に陥った。反論の種が尽きてしまった。

「第三次世界大戦の回避に協力できる機会を、きみはどうして見送ることができるんだ？」

「誇張法を使ってるのは誰ですかね？」

「もちろん、わたしではない」

ガブリエルはニコライ・ペトロフの仕事部屋の金庫が写っている写真を見た。「二人がつかまったらどうなるかわかるか？」

「今後数年間、ロシアの流刑地で過ごすことになるだろう。運がよければ」

「つまり、われわれのどちらかがデンマーク政府に断りを入れておかなくてはならん」

「それはきみの手に委ねよう」

「コマロフスキーのことはどうするんだ？」

「向こうから連絡が来るのを待つ」

「そのあとは？」

「コマロフスキーに次の一手をまかせる」

38

ベルリン

「ほかに誰か見つけるよう、エイドリアンに言ってやれ」

「言ったさ。誰もいないと言われた」

「やれるわけないだろ」

「やるしかないんだ、エリ。ほかにどうしようもない」

二人は激しい暴風雨のなかを車でベルリン中心部へ向かっていた。ラヴォンがメルセデスCクラスのハンドルを握っていた。ガブリエルはシートベルトをしっかり締めていた。アリ・シャムロンがラヴォンを尾行専門の工作員に仕立て上げたのには理由があった。車の運転が世界一下手な男の一人だったのだ。

「ワイパーを動かしたほうがよさそうだぞ、エリ。こういう天候のときは、ワイパーがすばらしい奇跡を起こしてくれる」

ラヴォンがダッシュボードを探って目当てのボタンを見つけようとするあいだに、車が高速道路の反対車線に入ってしまった。ガブリエルは運転席のほうへ身を乗りだして、車の向きを調整した。

「ウィンカー用のレバーの先端をまわしてみろ」

ラヴォンがガブリエルの指示どおりにすると、ベルリンの街並みに浮かぶライトが突然鮮明になった。「来たるべき偽旗攻撃に使う核燃料を調達してきたのがマウヌス・ラーセンだってことを、あんた、忘れてしまったのか？」

「だからこそ、マウヌスは混乱を収拾するのにうってつけの人物だ」

「ロシアの協力者なんだぞ。しかも、そんじょそこらの協力者ではない」ラヴォンはつけくわえた。「ウラジーミルの個人的なおもちゃだ」

「いまは違う」

「そう言い切れるか？」

「やつが受けた尋問を聞いただろ？」

「きわめて注意深く聞かせてもらった。おれが耳にしたのは、自分が助かるためならどんなことでも言う男の声だった」

「わたしが耳にしたのは、命綱をつかもうとする男の声だった。だから、投げてやろうと思っている」

「なぜまた、やつがそれをつかむと思ってるんだ？」

「コンプロマート」ガブリエルは言った。

「で、やつが承知したら？」

「これまでの罪はすべて許される」

「そういう条件であれば、おれなら呑むだろう」

「そういう条件であれば、わたしなら命を投げだしてもいい」

「言葉の選び方がまずいぞ」ラヴォンはシュパンダウアー・ダムの出口へ向かった。「ひとつ質問したい——デンマークの連中は話に乗るだろうか？」

「乗らない理由があるか？」

「死んだ女、死んだ稀覯本業者、そして、二十年ものあいだロシアのために動いてきたエネルギー業界の名士」

「わたしがケネステザネで殺したロシア人が抜けてるぞ」

「殺した場所は、あんたがロシアに送りこもうとしてるプロの泥棒の自宅前だった」

「何が言いたい、エリ？」

「スキャンダルのなかには、大きすぎて揉み消せないものもある」

「ひとつ挙げてみろ」

「デンマークのエネルギー業界の名士が死ぬとか」

「政府に逆らうオリガルヒを始末するのと、西側の石油・天然ガス会社のCEOを殺すのは、まったく別のことだ」

「だが、CEOはなんで急にロシアへ出かけようとするんだ？」

「ロシアの国営石油会社、〈ルズネフチ〉の取締役会に名を連ねているからだ。少なくともいまのところは」

「では、そばに寄り添う若い美女は？」

「世間にはよくあることだ、エリ」

「ミセス・ラーセンにどう言えばいい？」

「できるかぎり伏せておく」

ラヴォンはブラニッツァー広場への曲がり角を通りすぎてしまった。「この計画には由々《ゆゆ》しき欠陥がひとつある」

「ひとつだけ？」

「コマロフスキーだ」

「アメリカの連中は、水の上を歩くこともできる男だと思ってるようだ」

「何者なのか、あんたには見当がついてるに違いない」

「エイドリアンの説明から推測するに、おそらく、財界にいる超富裕層の人間だろう」

「範囲が大いに狭まるな。だが、ウラジーミルへの反逆を本気で企てて、CIAのために動いているなら、なぜいまだに地球上を歩いていられるんだ？」

「歩いていると誰が言った？」

「では、歩いていなかったら？」

「追い詰められ、恥をかかされたウラジーミル・ウラジーミロヴィチが、ウクライナで戦術核兵器を使用しろと命じるだろう。そして、次は……」

ラヴォンがアクセルから足を離した。「曲がり角を過ぎてしまったような気がする」

「そのとおりだ、エリ。三つ前の角だった」


ガブリエルは暗殺者としてキャリアをスタートさせたが、最高の勝利の多くは、銃ではなく彼の声の力がもたらしたものだった。妻を説得して夫を裏切らせ、父親を説得して息子を裏切らせ、情報部員を説得して祖国を裏切らせ、テロリストを説得して彼らの大義を、さらには神の掟《おきて》すら裏切らせてきた。それに比べれば、〈ダンスクオイル〉のＣＥＯ、マウヌス・ラーセンを説得してロシアの人形遣いを裏切らせるぐらい、はるかに簡単なことだった。

交渉は——といっても、たいしたものではなかったが——隠れ家のダイニングルームでおこなわれ、エリ・ラヴォンだけが同席した。マウヌスはビジネスの打ち合わせに過ぎないような顔で交渉の席についた。刑事告発されることはない、過去の所業をマスコミにリークされることもないという保証を書面にしてほしいと言った。ガブリエルはどちらの要求にも応じなかった。CEOの法的な扱いはデンマーク政府が決めることだと説明した。ただ、見て見ぬふりをするようPET（国家警察情報局）の長官を説得できる自信はあった。マスコミへのリークに関しては、ガブリエルやCIAからのリークはありえないとマウヌスに断言した――もちろん、作戦の遂行に役立つとなれば、そのかぎりではないが。

「〈ダンスクオイル〉と〈ルズネフチ〉の合弁事業は？」

「そろそろ潮時だ、マウヌス」

「百二十億ドルと手を切れば、わが社の収益にとって深刻なダメージになる。そして、わが社の株価にとっても」

「クレムリンが所有する石油会社に金を残らず注ぎこむ前に、その点を考えてみるべきだったな」

「わたしには発言権などほとんどなかった」

「そして、今回もあんたに発言権はない」

そう言って、ガブリエルは遵守すべき基本原則をマウヌスのために列挙した。電話を四六時中そばに置いておくこと。SVRの管理官やその他のロシア国民が接触してきた場合はただちに報告すること。さらに、毎晩二時間ずつ、計画と訓練のための時間をとること。自分が何をしているかを妻子にはぜったい言わないこと。対人であれ、電子機器を通じてであれ、連絡をとったのにそれを隠そうとした場合は、彼の忠誠心がふたたびモスクワのほうへ傾いたしるしとみなされる。

「わたしの忠誠心を疑う必要はない、アロン。いまはきみの側の人間だ」

「だが、この二十年間、あんたは連中の側にいた。つまり、あんたの真の忠誠心をわたしが疑わなくなることはけっしてないという意味だ」ガブリエルは〈ピアジェ〉の腕時計のクリスタルガラスを軽く叩いた。「ロシア大統領ともかなり親しいつきあいのようだし」

「何人かの側近グループと同じようにな。ニコライ・ペトロフもそこに含まれる。だから、わたしはきみのためにこの作戦を成功させられる世界でただ一人の人間というわけだ」

「彼のことはどの程度知っている？」

「ペトロフのこと？　本当によく知っている者はたぶんいないだろう――もちろん、ウラジーミルだけは別だが。しかし、わたしはペトロフをファーストネームで呼び、向こうはわたしを同志ラルセーノフと呼んでいる」

「だから安心してくれという意味か？」

「そうだ。ニコライは誰も信用しない。西側の人間はとくに。しかし、わたしのことはたいていの相手よりいくらか信用している」

「どういうわけで？」

マウヌスは苦い笑みを浮かべた。「コンプロマート」

翌日の早朝、彼はチャーター機でコペンハーゲンに戻り、ミハイルとナタリーが同行した。カーチェ・ストロムはダイナ、エリ・ラヴォンと一緒に旅客機に乗り、正午には〈ヨーンス・スモーブロー・カフェ〉のカウンターの奥に立って、新しいヘアスタイルのことで仕事仲間や客が質問してくるのをさりげなく受け流していた。しかし、ガブリエルはあと一日だけベルリンに残ることにした。今回の風変わりな作戦チームの最後のメンバーに伝授しておきたいことがあった。危険きわまりない極秘ミッションが、非道なロシアの暗黒の心臓部へ彼女を連れていこうとしている。まともな神経の持ち主ならひきうけるはずがない。

39

デューベナー・ハイデ

「わたしたち、合意に達したはずよ、ミスター・アロン」

「そうだったかな？」

「ヨハネス・フェルメールの《合奏》の再発見につながる情報を提供すれば、過去の罪はいっさい問わない、ということで。なんなら文書を見せましょうか」

「細かいことを言うつもりはないが、フェルメールをじっさいに再発見するのはまず無理だろう」

車はB1高速道路を走り、ポツダムに近づきつつあった。ガブリエルはハンドルのてっぺんに置いた片手でバランスをとりながら、ドイツかロシアの尾行がついていないかをバックミラーでチェックしていた。イングリッドは窓の外をじっと見ていた。

「わたしは泥棒よ、ミスター・アロン。宝石と現金を盗み、かつては友達のペーター・ニールセンに頼まれて稀覯本を盗んだこともあった。でも、ロシア政府の極秘書類を盗むなんてまっぴらだわ」

「じっさいには、書類の写真を撮るだけでいい」

「ニコライ・ペトロフの仕事部屋で？　ペトロフが下の階にいるあいだに？」

「きみはしばらく前に、暗号と生体認証を組み合わせたロックに守られている秘密の金庫室に忍びこみ、世界でもっとも価値がある行方知れずだった絵画を、木枠から冷静にはずしたじゃないか」

「ハンドバッグにグロック26が入ってたし、家の主はぐっすり眠りこんでたわ。それに、家の主が不意に現場に入ってきたとしても、イタリアの官憲当局に通報できる立場にはなかった。けっこうリスクの低い仕事だったわ」

「さんざんな結果になってしまったが」

「でも、依頼に応じたとき、そういうことは知らされてなかったのよ、ミスター・アロン。わたしは――」

「簡単な仕事で一千万ユーロを稼げると思ったわけだな？」

イングリッドは顔をしかめた。「気になさってるといけないから言っておくと、ペーターから前金としてもらったお金のうち、手元に残したのは百万だけよ。残りの四百万は匿名で慈善団体に寄付したわ」

「では、なぜ続けている？」

「盗みを？　楽しいから」

「病的なんじゃないか？」

「かもしれない」

「何がきっかけで？」

「よくある話よ。近所のマーケットでお菓子を盗む。母親の財布からお金を盗む」

「お母さんは気づかなかったのか？」

「気づいたわ、もちろん。まずいことに、母はわたしを子供部屋に閉じこめた。部屋にあったのはわたしのノートパソコン一台だけ。母はわたしが宿題をやってると思いこんでた。ある意味ではそうだったけどね」

「わたしはきみに逃げ道を差しだすつもりだ、イングリッド」

「ずいぶん思いやりがあるのね、ミスター・アロン。でも、わたしは別に求めてないわ」

ガブリエルはE51高速道路に入り、南へ向かった。「わたしのやり方が間違っているのかもしれない」

「ぜったいそうよ」

「では、正しいやり方というのは？」

イングリッドは横目で彼を見た。「ロシア側に知られずにあなたと連絡をとるにはどうすればいいのか説明して」

「ジェネシス」

「なに、それ？」

「プロテウスを作ったのと同じイスラエルの会社が生みだしたものだ。現在のバージョンは、外観も機能もｉＰｈｏｎｅ14プロマックスとそっくりだ。しかし、ジェネシスは安全で人目につかない衛星送信機として使うこともできる」

「どうやって？」

「きみの連絡先に入っている電話番号宛に携帯メールを作成するだけでいい。すると、電話がそのメールをきみの最新の写真に埋めこみ、相手に安全に送信する。メールがきみのジェネシスから送りだされた瞬間、ソフトがすべての痕跡を消し去るから、きみはあとの掃除の心配をする必要がない」

「ロシア側が手に入れたらどうなるの？」

「最高の技術者グループにチェックさせてみた。ソフトウェアの存在を突き止めた者は、うちの専門技術者のなかには一人もいなかった」

「では、ロシア側が電話を分解しようと決めたら？」

「イスラエルのテクノロジーが大量に見つかるだろう。自分たちの製品に応用しようとするに違いない。それゆえ、ジェネシスをきみの目の届かないところへやるようなことは、ぜったいに避けてもらいたい」

「わたし、まだ何も承知してないのよ」イングリッドは親指の爪のエナメルをはがしていた。「ロシア側はわたしの外見を知ってるわけだし」

「ひとつのバージョンだけだ」ガブリエルは指摘した。「ほかにもいくつかバージョンがあると聞いてるぞ。それに、きみがまさか同志ラルセーノフのそばにいようとは、誰も思いもしないだろう」

「わたしの名前だって知られてるのよ」

「新しい身分とパスポートを用意したから大丈夫だ」

「デンマークの新しいパスポートはどこへ行けばもらえるの？」

「PETの長官からもらえばいい。ほかにどこがある？」

「では、デンマークの情報機関の長官に、わたしたちがどういう関係かを尋ねられたら？」

「わたしからすべて打ち明けざるをえないだろう」

「そんなことされたら――」

「泥棒としてのきみのキャリアは正式に終わりを告げる。だが、心配ご無用。〈ダンスクオイル〉で新たなスタートを切ればいい」

「化石燃料の会社？　刑務所に入ったほうがまだましだわ」

ガブリエルは大きく息を吐いた。「きみの政治信条については、本気でなんとかしないとだめだな」

「わたしの政治信条は何ひとつ間違ってないわ」

「きみはウォークな社会民主主義者にして、過激な環境保護論者というわけか」

「お見受けしたところ、あなたもそんな感じよ」

「だが、わたしの場合、マウヌス・ラーセンとは寝ていない」

「わたしも。はっきり言っておきますけど」

「だが、いまのままでは、きみみたいな女はマウヌスの好みではないという事実を変えることができない。もちろん、マウヌスがきみをロシアの友人たちに紹介することもないだろう。きみにはこのさい、クレムリン寄りの姿勢を掲げるヨーロッパの極右団体の正会員になってもらう必要がある」

「くそったれになれというの？ そういう意味？」イングリッドは考えるふりをした。「あーあ、ペーターの電話を盗んだりしなければ、こんなゴタゴタに巻きこまれずにすんだのに」

「もしくは、フェルメールを盗まなければ」ガブリエルはつけくわえた。

「もしくは、ケネステザネのあなたのコテージから宝石とお金を盗まなければ。でも、あのときはわくわくしたわ」イングリッドは長いあいだ黙りこんだ。やがて尋ねた。「ジェネシスのカメラ機能はどうやって使えばいいの？」

デューベナー・ハイデという名で知られる千九百エーカーの森林とヒースの荒野は、エルベ川とムルデ川にはさまれたザクセン＝アンハルト州にあり、ポツダムの南百キロのところに広がっている。自然保護区の真ん中に小さなホテルが一軒ある。ガブリエルとイングリッドはダイニングルームでランチをとり、それからフットパスをたどって鬱蒼たるブナの原生林に入っていった。

「ここにはよく来るの？」イングリッドは尋ねた。

「百年前はよく来てた」

「なぜ？」

「じきにわかる」

二人はフットパスを二キロほど歩き、次に、枝分かれした小道に曲がり、やがて小さな開墾地にたどり着いた。ガブリエルは長いあいだ身じろぎもせずに立ち尽くし、耳を澄ました。周囲の森は静まりかえっていた。ここにいるのはガブリエルたち二人だけだった。

ガブリエルは開墾地のなかを二十歩ほど進むと、幹の太いブナの木の前に立った。コートのポケットに、隠れ家から持ってきたインデックスカードと画鋲《がびょう》が入っていた。カードを灰白色の樹皮に押しあて、彼の心臓と同じ高さにして画鋲で留めた。

イングリッドは開墾地の反対側から興味津々で彼を見ていた。ガブリエルが戻ってきて、彼のベレッタを渡した。「この射程距離はきみのレパートリーに入ってるかな？」

　イングリッドは顔をしかめ、ハンドバッグをじめじめした地面に落とすと、目の高さに持ち上げた銃を教科書どおりに両手で構えた。一発撃った。インデックスカードの右上の角に当たった。

「悪くない」ガブリエルは言った。「だが、これは射撃訓練ではない。きみは開墾地の向こう側に立つ男を殺そうとしているところだ」

「あれは木よ。男じゃないわ」

「引金を絞るときは、けっして一回にとどめないこと。かならず二回。躊躇しない、ぐずぐずしない。バン、バン」

　イングリッドは言われたとおりにした。二発とも木からそれた。

「もう一度」

　今度は二発とも木にあたったが、インデックスカードにはあたらなかった。

「もう一度。バン、バン」

　イングリッドは銃を目の高さに持ち上げ、引金を二回絞った。二発ともインデックスカードに突き刺さった。

「みごとな上達ぶりだ」ガブリエルはウエストのくびれに差しこんでおいた未装塡のジェリコ四五口径を抜き、銃口をイングリッドの右のこめかみにあてた。「さあ、もう一度」

　二発ともインデックスカードに命中した。

ガブリエルはジェリコを下ろした。「よくやった」

「あなたの番よ、ミスター・アロン」

「そんな実技が必要だとは思わない」

「インデックスカードはバイクに乗った男より少し小さめね」

「だが、バイクの男は動いていた。この小さな青いカードはあそこでじっとしているだけだ」

「的をはずすのを恐れてるみたいに聞こえる」

ガブリエルはため息をついた。「ベレッタ？　それとも、ジェリコ？」

「挑戦者が選ぶのよ」

ガブリエルは未装塡のジェリコをイングリッドに渡し、十五発入りの新しい弾倉をベレッタに叩きこんだ。「インデックスカードの四隅のどれにあててほしい？」

「四つ全部ではいかが？」

ガブリエルの腕が上がり、銃声が四回響いた。

「すごい」イングリッドがつぶやいた。

ガブリエルが次の一発を画鋲にじかに撃ちこむと、インデックスカードが地面に落ちた。

「いまのは――」

「隠し芸」ガブリエルはそう言って彼女の言葉をさえぎった。「相手が何も気づかないいうちに腕時計を盗むという、きみの才能と同じさ。問題は、現実の世界は射撃練習場とは違うということだ。現実の世界はこうだ」

ガブリエルはいきなり開墾地に飛びだし、走りながら腕を上げて撃ちはじめた。銃声が続けざまに十回。ブナの木の幹に撃ちこまれた十個の弾丸。同じ場所に。十個すべて。荒い息をつきながらガブリエルがうしろを向くと、異常な人間を見るような目でイングリッドが彼を凝視していた。使用済みの薬莢を二人で拾い集め、それからホテルへ戻る道を歩きはじめた。

40

PET本部

デンマークの国家警察情報局、略してPETの本部は、コペンハーゲン北西部のスボーという郊外にある。ラース・モーデンセンの最上階の執務室からの眺めは穏やかでゆったりしている。モーデンセンの世界では、具合の悪いことはめったに起きない——ガブリエルがこの街にやってきたときを除いて。

「もちろん」ガブリエルは言った。「あの男に対して、きみも少なくともある程度は疑惑を持っていたに違いない」

「ロシア大統領との関係を危惧していたかって？　ああ、もちろん。〈ルズネフチ〉との合弁事業から撤退すべきだと思っていたかって？　当然だ。だが、こんなことに？」モーデンセンは困惑して首を横にふった。「そこまで卑劣なことに加担できる男だなどと、誰に想像できただろう？」

「監視したことは一度もないのか？　やつの電話を盗聴したことも、やつのメールを開いたこともないのか？」

「ここはデンマークだぞ、アロン。それに、マウヌス・ラーセンは――」

「二十年前からロシアの協力者だった」

モーデンセンはしばらく時間を置き、それから言った。「ベルリンでラーセンを尋問したときの録音があると思うが」

ガブリエルはあるというしるしに小さく肩をすくめた。

「すべて白状したのか？」

「何もかも」

「リッケ・ストロムのことも？」

ガブリエルはうなずいた。

「ラーセンの話を信じるのか？」

「自分はリッケの死と無関係だという話か？　信じていなければ、デンマーク警察のあなたの同僚にラーセンを渡して、わたしは彼の件から手をひいていただろう」

「わたしがベルリンへ行くべきだった、アロン。わたしの立ち会いなしにデンマーク国民を尋問する権利は、きみにはなかった」

「そのとおりだ、ラース」ガブリエルは心にもない反省の言葉を口にした。「わたしの側の判断ミスだった」

「数多くのミスのひとつだろ」デンマークのスパイ機関のトップは、ガブリエルがデスクに置いた二枚の写真に視線を落とした。片方の写真には、フュン島の辺鄙《へんぴ》な場所にあるカフェに入っていくSVRの暗殺者が写っていた。もう一枚には、ユトランド半島の北端近くの狭い道に倒れて死んでいる同じSVRの暗殺者。「胸の中心部を四発撃たれ、そして、不可解なことに、膝の側面を一発撃たれている」

「わたしのディナーの相手を殺そうとした報いだ」

「その相手はいまどこに？」

「〈ダンスクオイル〉の本社から徒歩圏内の隠れ家にいる」

「女を渡してもらいたい」

「あなたを非難する気はない、ラース。だが、渡すことはできん」

「なぜだ？」

「われわれが彼女を必要としているから。それと、マウヌスも必要だ」

「われわれ？」

「エイドリアン・カーターとわたしだ。ふたたび一緒に動くことになった。あなたの参加も大歓迎だ。その気があるのなら。昔に返った気分になれるだろう」

「何を企んでいる？」

「世紀の略奪」

「きみがテヘランでやった仕事より大きなやつか？」

「書類ははるかに少ない」ガブリエルは言った。「だが、賭金はずっと高い」

「話を聞かせてもらおう」

ガブリエルは彼が計画してデンマーク国内からスタートするつもりの作戦を短く要約して、ＰＥＴの長官に話した。

「リスクが高い。マウヌスをその気にさせるために、きみはどんな約束をしたんだ？」

「われわれに協力してくれれば、これまで彼がやってきたことにあなたが好意的な目を向けてくれるだろう、とほのめかした」

「では、ヨハンセンという女については？」

「ほぼ同じだ。あなたに多少なりとも鋭い勘があれば、今回の件が片づいたときに彼女を雇うだろうな」

「ＰＥＴは司法省に属している。犯罪者を雇うようなことはしない」モーデンセンは二枚の写真を返した。「わたしを全面的なパートナーにするよう要求する。きみとエイドリアンはわたしに何ひとつ隠さないでほしい」

「承知した」

「それから、マウヌス・ラーセンの尋問ビデオが日の目を見ることはぜったいにないと約束してもらいたい」

「ぜったいにない」ガブリエルはくりかえした。

「わたしに何を求めている？」

「わたしとわが作戦チームのための対抗監視。カーチェ・ストロムを保護するための監視。マウヌス・ラーセンに対するフルタイムの身体的監視」

「電子的監視は？」

「必要ない。こちらで監視している」

「ほかには？」

ガブリエルは同じ写真のコピーを四枚、モーデンセンのデスクに放った。三十代半ばの女性のパスポート写真だった。プラチナブロンドのショートヘアにフォックス型の眼鏡。

「ヨハンセンという女か？」

「彼女のバージョンのひとつだ」

「名前は？」

「アストリッド・ソーレンセン」

「生年月日は？」

「八〇年代の終わりごろ。日付はそっちで決めてくれ」

「住所は？」

「どこでもいい。ただ、わたしがまともに発音できるものにしてほしい」

作戦はその三日後、アナス・ホルムがデンマーク議会でおこなった熱烈なスピーチで幕を開けた。ホルムは〈グリーン・デンマーク連合〉の設立者で、いまや社会民主党の期待の星だ。この熱血漢の環境保護論者が政府に要求を突きつけたのは、オールボー大学時代の旧友のたっての頼みによるものだった。理由を訊いても旧友は返事を拒んだが、ただ、デンマークの国家安全保障に関わることだとそれとなく言っていた。PETの長官からホルムにかかってきた電話が、そのとおりであることをはっきり示していた。

それに続いてデンマークの権威ある新聞『ポリテイケン』も正午に痛烈な社説を出した——〝恥辱〟〝憤激〟という言葉まで含まれていて——その日の夕刻には、ふだんなら慎重なはずの商務大臣がそろそろ潮時だと明言した。そう——大臣は認めた——見た目にだまされることはある。しかし、デンマーク最大の石油・天然ガスの生産者はどこからどう見ても、ウクライナにおけるロシアの戦争資金調達を手助けしている。その状況は許しがたく、倫理に反するものである、終止符を打つのは早ければ早いほど望ましい。

驚くまでもないが、SNSのコメントはそれ以上に過激だった。ウクライナの人々に降りかかった悲劇は〈ダンスクオイル〉のCEOマウヌス・ラーセンに個人的な責任がある、というのが大多数の見解のようだった。その夜、マウヌスが〈ダンスクオイル〉の本社を出ると、少人数ながらも声高に主張をくりかえすデモ隊が彼の車に赤い塗料を投げつけた。

デモを組織したのはこれまで知られていなかった〈ウクライナ自由同盟〉という団体だった。妙なことに、デンマーク警察は誰一人逮捕しようとしなかった。〈ダンスクオイル〉とロシアの結びつきに関する批判が急に再燃したことにマウヌスが困惑していたとしても、顔にはいっさい出さなかった。また、批判の圧力に屈する様子もなかった。どちらかと言えば、こうしたゴタゴタを楽しんでいるように見えた。デモ隊に車を襲撃された翌朝、社の幹部クラスに向かって、〈ダンスクオイル〉の仕事は通常どおりに続ける、〈ルズネフチ〉との合弁事業に近々変化が起きることはない、と断言した。

　しかしながら、マウヌスのチームに新顔が加わった――三十代半ばの魅力的な女性で、プラチナブロンドの髪にフォックス型の眼鏡、名前はアストリッド・ソーレンセン。個人秘書が急にもう一人必要になった理由は謎で、マウヌスに十年以上忠実に仕えてきたニナ・スナゴーにとっては、とりわけ納得できないことだった。だが、マウヌスから立派な肩書きを新たに与えられ、給料も大幅アップとなったので、すべて許すことにした。〈ダンスクオイル〉のあとの部署も迅速に歩調を合わせた。人事部はミズ・ソーレンセン関係の書類を記録的短時間で処理し、セキュリティ部のチーフは彼女のＩＤカードとアクセス自由のキーカードを発行した。ＩＴ部が社のコンピュータ・システムについて標準的な説明をしようとしたが、彼女は辞退した――基本的なことはすでにマウヌスから教わっているので、と言った。ＩＴ部のほうは、ありえないと思った。なにしろ、詩人の魂を持った実業家ときたら、プリンターの用紙を補給するという技術すらいまだに習得していないのだから。

彼女のデスクはＣＥＯのガラス張りのオフィスの外に置かれた。仕事の範囲は次のようなものだった——彼にかかってきた電話に出る、訪問客を迎える、彼のメールを読んで返信する、ぎっしり詰まった日々のスケジュールを管理する——要するに、これまでニナ・スナゴーが担当していたＣＥＯの秘書の仕事を、彼女がすべてこなすわけだ。

避けがたいことながら、世間から非難を浴びているデンマーク最大のエネルギー会社のＣＥＯと、魅力的な新しい個人秘書とが厳密にはどういう関係にあるのかをめぐって、あれこれ推測がなされた。ネットで彼女を追った者たちは、おしゃれで社交的ではあるが、性的指向も恋人の有無もはっきりしない女性の画像をいくつも見つけだした——妻のいる男と深い仲にある証拠だ、と言う者もいた。ＳＮＳへの彼女の投稿のなかでほかに注目に値するのはただひとつ、政治的立場が右にはっきり傾いていることだった。つまり、〈ダンスクオイル〉で働く人々の主流派に属しているわけだ。自転車愛好者が多い国で化石燃料を採取する企業に入ったのだから、世間一般とは異なる政治信条を持つ人々と言っていいだろう。

彼女が住んでいるのはノアブロのアパートメントだった。というか、人にはそう言ってある。だが、空き時間のほとんどはコペンハーゲン北部のエムドロプという地区にある隠れ家で過ごしていた。彼女のボスという立場の男性もしじゅうここに来ていたが、滞在時間は彼女より短かった――ヘレロプにある海辺の屋敷へ帰る途中、毎晩一時間ほど寄っていくだけだった。この妙な行動には妻も社員も気づいておらず、知っているのは忠義者のお抱え運転手だけだが、ボスがまたしてもつまらない浮気をしているぐらいにしか思っていなかった。

PETのラース・モーデンセンも訓練の様子を見るために、毎晩のように顔を出していた。善《よ》かれ悪《あ》しかれ、工作員として勧誘された二人にスパイ技術の基本を教えこむ必要はあまりなかった。一人はプロの泥棒で詐欺師だし、もう一人は二十年のあいだロシアの協力者をさせられてきたビジネス界の著名人だ。生まれついての嘘つきと偽善者。まさに夢のカップルだ。

つきあったり別れたりをくりかえしてきたという二人のストーリーを書いたのはガブリエルで、ナタリーとダイナも協力した。若く野心的なアストリッドは裕福でダンディーなマウヌスとの結婚を強く望んでいて、ロシア贔屓《びいき》ということで彼が悪名を馳《は》せるようになっても、多くの友人たちと違って彼から離れていこうとしなかった。そもそも、若く野心的なアストリッド自身が熱烈なロシア贔屓だったからだ。遺憾ながら、彼女の政治見解のなかでは、これがいちばんおとなしいほうだった。ほかにも次のようなことを信じていた――少数民族のムスリムをデンマークから追放すべきだ。コロナワクチンはきわめて有害だ。地球温暖化は捏造《ねつぞう》だ。ホモセクシュアリティはライフスタイルの選択肢に過ぎない。生き血を好むリベラルな小児性愛者の秘密結社がグローバルな金融システムとハリウッドとメディアをコントロールしている、といったことを。

彼女はスリの名人でもあるので、すぐれた演奏家のように鋭敏な指を持っていた。それでもなお、ニコライ・ペトロフ宅の金庫のダイヤル錠をまわす練習を、少なくとも千回はくりかえした――照明のもとで、漆黒の闇のなかで、目をあけて、目隠しをして。いかなる状況であれ、十秒あれば充分だった。

しかし、金庫にたどり着くためには、まずペトロフの仕事部屋の錠をはずさなくてはならない。PETの錠前担当のスタッフがプロ仕様のバンプキーのセットをイングリッドに渡し、ヨーロッパで一般に使われている錠を隠れ家のなかの複数のドアにとりつけた。じっさいにバンピングをするとき、イングリッドはハンマーよりも、音を消すために握りの部分にテープを巻いたネジ回しを使うほうを好んだ。広範囲の練習は必要ないことがわかった。初めて練習したとき、隠れ家のどのドアも五秒以内であけることができた。それはデンマークの国家警察情報局からやってきた錠前担当のスタッフが要した時間の何分の一かだった。

イングリッドはまた、ジェネシスという名で知られる〈オフィス〉の安全な通信デバイスの使い方にも熟達した。三件のテストメールが送信後数秒以内に、キング・サウル通りとガブリエルの安全な電話に届いた。最後のメールが埋めこまれた写真には、満足そうなマウヌス・ラーセンの首に笑顔のイングリッドが抱きつく姿が写っていた。

ジェネシスのカメラはふつうのiPhoneのカメラと同じ働きをするだけでなく、そのオペレーティングシステムには、撮ったばかりの写真を自動的に隠して暗号化する機能も備わっていた。ロシア連邦安全保障会議の計画書を模した八十ページの書類がラングレーから送られてきた。キリル文字と数字で書かれた本格的なものだ。数えきれないほど挑戦したにもかかわらず、イングリッドが書類の全ページを五分以内に写真に撮ることはどうしてもできなかった。

「永遠に無理なようだな」ラース・モーデンセンが言った。

「だが、どうしても必要だ」ガブリエルは答えた。「いかなる状況であろうと、イングリッドが書類そのものを盗みだすことはできない。そんなことをすればーー」

「ロシアに拘束されたデンマーク国民二名の釈放をかちとるべく、わたしがニコライ・ペトロフと交渉することになる」

「わたしよりあなたのほうが向いている、ラース」

アメリカの国家安全保障局から送られてくる暗号化情報のおかげで、ガブリエルとそのチームはペトロフの様子を日に二回ずつ、時計仕掛けのように規則正しく観察することができたーー一度目は午前五時半、二度目はペトロフがクレムリンから帰宅する午後十時ごろ。金庫の扉が開いているときにペトロフがデスクを離れたことが何度かあった。金庫のなかは二段になっていた。下の段には金塊と札束が詰まっていた。機密書類は金庫の上の段に保管され、書棚の本みたいに立てて並べてあった。全部で十四通あるようで、すべてに安全保障会議という表紙がついている。

カメラがとらえた映像のおかげで、ガブリエルとラース・モーデンセンはPET本部内にペトロフの仕事部屋の実物大レプリカを造ることができた。外側のドアにいかなるタイプの錠をつけようと、イングリッドは三十秒もかからずに模造の命令書を金庫からとりだし、デスクのスタンドのもとに置けるようになった。しかしながら、八十ページの書類を五分以内に写真に撮ることができたのは一度だけだった。それはエイドリアン・カーターがコペンハーゲンに向かうことをガブリエルに知らせてきたのと同じ日だった。準備期間が終わりに近づいているようだ。コマロフスキーというコードネームのロシア人協力者がすでに行動に移っていた。

41

コペンハーゲン駅

コペンハーゲンのアメリカ大使館はおそらくこの街でいちばん醜悪な建物だろうが、ダグ・ハマーショルド大通りにあり、〈ダンスクオイル〉の本社から約一キロの距離だった。CIA支局の安全な会議室で、ブレザーにしわくちゃのギャバジンのズボンという格好のカーターがガブリエルを迎えた。ワシントンからの夜間のフライトがこたえたようだ。疲労とストレスがたまっている顔だ。けっしていい組み合わせではない。

カーターは魔法瓶からカップにコーヒーを注いだ。「大統領からよろしくとのことだ。われわれにかわってこの危険な作戦をひきうけてくれたことに感謝したいと言っている」

「作戦を遂行するのはわたしではない、エイドリアン」

「その女性の準備はできたのか？」

「とりあえずなんとか」

「時間にしてどれぐらいかかる？」

「長すぎて心配だ」

「もっと具体的に言ってくれないか？」

「実物の安全保障会議の計画書が八十ページだとすると、写真撮影を始めてから終わるまでにおよそ六分かかると思う」

「ペトロフの仕事部屋から持ちだせないことは、彼女も承知してるんだな？」

「してるとも、エイドリアン」

カーターは会議室のテーブルの上座に腰を下ろした。「きみが進めた〈ダンスクオイル〉の攻撃キャンペーンを大いに楽しませてもらった。リムジンに赤い塗料を投げつけたのはご機嫌なアイディアだったな」

「まだまだやるぞ」

「同志ラルセーノフは行儀よくしてるかね？」

「そのようだ」

「ロシア側の監視は？」

「PETのパートナーたちの話だと、監視はついていないそうだ」

「いよいよ開始？　そう言っているのか？」

「わたしに選択肢があるか？」

「まあ、ないよな」

「わたしにまだ話してないことが何かあるんじゃないか、エイドリアン？」

「ロシアの弾道ミサイル潜水艦が一昨日の晩、コラ湾からこっそり出航したし、ツポレフ爆撃機はアラスカ沖のわが国の領海からどうしても離れられないようだ」

「ほかに何かうれしいニュースは？」

「戦術核兵器の一部をウクライナの国境近くに運んでいるのではないかと思われる」

「思われる？」

「低から中ぐらいの自信をこめて」カーターは言った。

「南アフリカの高濃縮ウランはどうなった？」

「われわれに推測できるのは、せいぜい、ロシアの西側国境から極東のカムチャッカ半島までのどこかにあるということぐらいだ。しかしながら、コマロフスキーと名乗っている協力者は、安全保障会議の計画書三七‐二三／ＶＺが手に入れば、高濃縮ウランがどこにあるかだけでなく、ロシアがどこでどうやって使うつもりかもわかるはずだ、とほぼ確信している」

「そいつはいつ接触してきたんだ」

「できれば言いたくない」

「わたしのほうは、できれば妻子のいるヴェネツィアに帰りたい」

「接触は二日前だった。だが、場所は訊かないでほしい」カーターはつけくわえた。「きみに言うつもりはないから」

「じつは、まずコマロフスキーの本名を訊こうと思っていた」

「やめておけ」

「コマロフスキーが何者なのかわからなかったら、マウヌスはどうやって接触すればいいんだ？」

「コマロフスキーのほうからマウヌスに接触してくることになっている」

「どんな手段で？」

「これを使う」カーターは古い小型のペーパーバック本を会議テーブルに置いた。題名と著者名がロシア語で書かれていた。『ドクトル・ジバゴ』、ボリス・パステルナーク著。一九五八年にＣＩＡの協力で出版に漕《こ》ぎつけ、モスクワでも、ワルシャワ条約加盟諸国でも広く読まれるようになった。これはＣＩＡ博物館から借りてきた。コマロフスキーも同じのを一冊持っていて、作戦を進めても大丈夫だと彼が判断したら、それをマウヌスに渡すことになっている」カーターは小説のページを開いた。「ここにしおりがはさんであるだろう？」

「そのページには何が書いてある？」

「〝そして、覚えておいてほしい。何があろうと、けっして絶望してはならない。希望を持つこと、行動すること。それが不幸に出会ったときのわたしたちの義務だ〟」

「まさにぴったりだな」

「コマロフスキーは自分を運命の男だとみなしている」カーターはパステルナークの本をアタッシェケースに戻した。「招待はすべて受けるよう、マウヌスに伝えてくれ。たとえ、処刑場への招待だとしても。もしかしたら、コマロフスキーからの招待かもしれない」

「マウヌスたちをペトロフの屋敷に入れることが、コマロフスキーにできるのか？」

「中から高ぐらいの自信をこめて」

「そして、ふたたび外に出すことができるのか？」

「すべてはきみのところの女性にかかっていると思う」

「彼女が八十ページの書類を写真に撮るには六分必要だ、エイドリアン」

「二人はいつロシアへ出発できる？」

「〈ダンスクオイル〉－〈ルズネフチ〉の合弁事業を、わがデンマークのパートナーたちとわたしの手でぶちこわす仕事が終わったらすぐに」

「さっさとすませてくれ」カーターはアタッシェケースを閉じた。「なんだか落ち着かなくてね」

　首相の口調はそっけなく、いつもと変わらず丁重だった。ロシアにおける〈ダンスクオイル〉の状況について検討したいから、今日の午後五時に執務室に寄ってもらえないかと言ってきた。

「それから、心配しなくていいのよ、マウヌス。十五分もあれば充分だわ」

訪問の件は伏せておくと首相が約束してくれたが、数百人の怒れるデモ隊とデンマークのマスコミの多くがマウヌスの到着を出迎えた。首相との会見はきっかり三分間だった。首相は最後通牒《つうちょう》と期限を言い渡し、彼を送りだした。外に出たマウヌスは彼のリムジンが青と黄色の塗料に覆われているのを見た。ウクライナ国旗の色だ。車で走り去る彼の映像は世界じゅうで大きな話題になった。

翌朝、マウヌスは幹部クラスの社員を集めて、〈ダンスクオイル〉はロシアから手をひくしかなくなったと告げた。この日の午後、取締役会にこれを伝えたが、サンクトペテルブルクの〈ルズネフチ〉本社にいる社長のイーゴリ・コズロフに電話をかけるのは翌日にした。

「圧力に抗する方法は本当にないのか？」コズロフがロシア語で訊いた。

「申しわけない、イーゴリ。だが、頭に銃を突きつけられたも同然なんだ」

「サンクトペテルブルクに来たらどうだ？　きっと解決策が見つかるから」

「そんなものはない」

「やってみても悪くはあるまい、マウヌス」

「いつ？」

「来週とか？」

「そこまで持ちこたえられるかどうか自信がない」

「だったら、明後日はどうだ？」

「では、明後日会おう」マウヌスはそう言って電話を切った。

新しい個人秘書がメモ用紙を手にして、彼のデスクのそばをうろついていた。マウヌスは彼女に、コペンハーゲンからサンクトペテルブルクまでのプライベートジェットを手配することと、聖イサーク広場のアストリア・ホテルに大聖堂が見えるスイートを二部屋予約することを命じた。

「スイートを二部屋？」彼女が尋ねた。声が尖っていた。

「きみも一緒に来るんだ、ミズ・ソーレンセン。数日留守にするつもりでいてほしい」

「ええ、もちろん」彼女は笑顔で言って、自分のデスクに戻った。

その夜、ガブリエルと彼のチームは、これまででいちばん過酷な訓練をイングリッドに課した。バンピングの練習に三十分、金庫のダイヤル錠をまわすのにもう三十分、そして、八十ページの計画書を写真に撮るのに二時間近く。それがすむと、ミハイルが彼女を二階へ連れていってロシア語訛りの言葉で模擬尋問をおこない、いっぽう、ガブリエルとラヴォンは秘密の情報源と接触するさいの基本原則をマウヌスに教えこんだ。マウヌスは高価な〈ピアジェ〉のアルティプラノ・オリジンの腕時計に何度かちらちら目を向けた。

訝《いぶか》しく思って、ガブリエルは尋ねた。「何か気になることでも？」

「きみは意外に思うかもしれないが、アロン、わたしはロシアのスパイ技術のしきたりにけっこう精通している。そして、コマロフスキーという人物がわたしに身元を明かそうとしないことにも、まったく驚いていない。その男はきわめて危険なゲームをしているのだから」

「誰だと思う？」

「わたしも同じ質問をしようとしていた」

「おそらく、意外すぎる人物だろう」

「わたしはニコライ・ペトロフ自身ではないかと思っている」マウヌスは不意に、二階から聞こえてくるミハイルのどなり声の尋問に注意を奪われた。「あんなものが本当に必要なのか？」

「あんたのために、必要にならないことを願っている」

「彼女の身に万一のことがあればわたしを破滅させてやる、ときみが脅しているわけか？」マウヌスは天井のほうへ視線を上げた。「ミズ・ソーレンセンのことを心配する必要はない、アロン。彼女を生きてロシアから逃がすためなら、わたしはいかなる犠牲も厭《いと》わない」

　翌朝、〈ダンスクオイル〉の広報から発表があった。マウヌス・ラーセンがサンクトペテルブルクへ出かけて、ロシアの国営石油会社〈ルズネフチ〉との合弁事業を終わりにするため、交渉を始めるという内容だった。それにもかかわらず、夕方になってマウヌスが〈ダンスクオイル〉の本社を出ようとすると、今日もまた、デモ隊にさんざんな目にあわされた。そのあとで隠れ家に寄って最後の打ち合わせをおこない、ＰＥＴの長官を含むスタッフ数名とディナーをとった。イングリッドはロシアで何が待ち受けているのかと、ひどく不安に思っている様子だった。今後の隠れ蓑となる極右の仮面の下にその恐怖を隠し、過激な話題に終始して、聴衆を大いに喜ばせた。

「すべては科学的なことだわ」『華麗なるギャッツビー』のトム・ブキャナンのセリフを借りてイングリッドは言った。「要するに、よほど気をつけていないと、白色人種は没落してしまうでしょうね」

　ディナーがすむと、マウヌスはヘレロプの自宅に帰り、イングリッドは荷造りのために二階に上がった。真夜中ぐらいにベッドに入り、翌朝五時にはすでに出発していた。ガブリエルは二人を乗せたチャーター機が離陸する時刻まで待ってから、イングリッドの本当の心理状態を示す手がかりを求めて彼女の部屋に入った。別れの挨拶が壁に貼ってあった。手書きのインデックスカードを画鋲で留めたものだった。〝ぜったい落胆させない〟これがそこに書かれたすべてだった。

第三部

接触

42

サンクトペテルブルク

古い〈ソヴィエトの家〉の外にある大きな広場には台座にのったレーニン像があり、右腕を西のほうへ伸ばしている。ソヴィエト連邦の建国者は永遠にタクシーを止めようとしているみたいに見える、とロシアの人々がよく冗談を言っていた。しかし、SNSで反体制的な意見を述べている一人の勇気ある女性が新説を考えだした。レーニンはじつを言うと、ウクライナへの晩冬の攻撃に動員される前にロシアから逃げだすよう、健康な若者たちに勧めているのだ、と。反体制派女性のビデオコメントはロシア当局の不興を買い、女性は見せしめのための略式裁判を経て、ウラル山脈の流刑地へ送られてしまった。以後、夫と子供たちは彼女の消息を知らない。

遅い午前中の車の流れに交じってモスコフスキー大通りを走るメルセデスのリムジンのなかから、イングリッドは新しい電話で巨大なブロンズ像の写真を撮った。この車はプルコヴォ空港のエプロンで二人を待っていた。〈ルズネフチ〉の出迎えのおかげで、到着時の手続きは簡単にすんだ。イングリッドのパスポートを調べようとする者はいなかった。ましてや、携帯電話など調べるはずがない。

イングリッドはその写真をコペンハーゲンの友達――実在しない友達――に暗号化されていない通常のメールで送り、ポピュリストというまの新たなイメージにふさわしく、ヨーロッパの左派についての辛辣なコメントを添えた。メルセデスのリアシートに彼女と並んですわっているダンディーなマウヌスにも写真を送った。こちらにつけたコメントは色っぽいものだった。それを読んで、彼のハンサムな顔に笑みが浮かんだ。

「そうしたいのはやまやまだが」マウヌスはデンマーク語でささやいた。「〈ルズネフチ〉で人が待っている」

「わたしに一緒に行ってほしくないの?」

マウヌスの返事は充分にリハーサル済みだった。「状況を考えると、きみは行かないほうがよさそうだ」

「午後から一人で何をしてればいいの?」

「サンクトペテルブルクは世界でもっとも美しい都市のひとつだ。ゆっくり散歩を楽しんでおいで」

「凍えそうに寒いのよ」

「きみはデンマーク人だ」彼女の手をふざけて握りしめたことに、助手席にすわった〈ルズネフチ〉の警備担当のゴリラ男が気づかないわけはなかった。「生き延びられると思うよ」

「わたしもそう願ってる」イングリッドは静かに言って、勝利の広場のまわりに密集している、オーウェルの『一九八四年』に出てきそうなソ連時代のアパートメント群を、車の窓から見つめた。商店のウィンドーや車のボディなど、どこを見てもZの文字が目につく。ウクライナの戦争を支持するシンボルマークだ。反戦の声はどこにもなかった。たとえシャツ一枚であろうと、身ぶりであろうと、ごく穏やかな反戦の意思表示すらいまはもう許されないのだ。ロシア大統領が先日、反戦運動家たちを人間の屑《くず》だ、虫けらだと言った。国営テレビで毎晩放映中の〈二分間憎悪〉――このタイトルは『一九八四年』のなかでテレスクリーンに映しだされるプログラムからとったもの――に比べれば、大統領のコメントはまだ穏やかなほうだ。

車はやがてセンナヤ広場に着き、モスコフスキー大通りの雷鳴のごとき騒音は、ヨーロッパから輸入された帝政時代の優雅さを漂わせる街の中心部に変わった。マウヌスが〈ダンスクオイル〉の本社に電話をしているあいだに、車は由緒あるアストリア・ホテルの赤い日除《ひよ》けの入り口で止まった。イングリッドが車を降りようとすると、マウヌスは電話の音量を下げた。

「うまくいけば、ディナーの時間には戻ってこられる。少しでも時間が空けば連絡するからね」
「待ってるわ」イングリッドはそう言うと、ポーターに案内されてロビーに入った。フロントデスクの女性はわざとらしい冷笑を浮かべて、イングリッドが差しだしたデンマークのパスポートを入念に調べ、それからルームキーを二組よこした。こちらの要求どおり、二人のプレミアム・スイートはとなりあっていた。イングリッドは部屋の窓から景色のスナップ写真を撮り、コペンハーゲンの友達に、世界でもっとも美しい都市のひとつで何時間かつぶす方法についてアドバイスを求めた。エルミタージュ美術館を訪ねるよう勧められた。〈モネの部屋〉はぜひ見るべきだと言われた。

イングリッドはロシアの作家やインテリが出入りする伝説的な〈文学カフェ〉でコーヒーを飲んでから、高くそびえる凱旋門《がいせんもん》の下を通って宮殿広場に出た。すると、黒に身を包んだ思想警察の一隊が、アレクサンドルの円柱の台座のところで旗を広げた反戦デモの若者数人を逮捕しているところだった。若者たちが連行されるのを見て、何人かの野次馬《やじうま》がZのシンボルを掲げ、クレムリンを支持するスローガンを叫んだ。

イングリッドは目撃した光景に胸を痛めつつ、それから二時間のあいだ、果てしなく続くエルミタージュ美術館の展示室をめぐり歩いた。展示室67〈モネの部屋〉もそのなかに含まれていた。そのあと、ミルリオンナヤ通りに並ぶけばけばしい建物の前を歩いていたとき、プロの泥棒として研ぎ澄まされてきた直感だけによるものだが、尾行がついていることを確信した。

尾行者を見つけようとか、避けようといった行動はいっさいとらなかった。そんな対抗手段に出たら、いまの彼女のキャラを維持できなくなる。かわりに、マルス広場で永遠の火に敬意を表することにした。次に大理石宮殿を見学した。この宮殿は女帝エカテリーナ二世が寵臣《ちょうしん》グリゴーリー・オルロフに贈ったもので、グリゴーリーは一七六二年に宮廷クーデターの首謀者となり、エカテリーナの夫を廃位して彼女をロシアの女帝に即位させた人物である。

宮殿を出たイングリッドは、もし自分が十九世紀の終わりにロシアで生まれていたら、一九一七年十一月、戦艦〈オーロラ号〉の砲撃の音を聞いたあとで冬宮殿を襲撃した飢えたる労働者の群れに加わっていただろう、という結論に達した。また、少なくとも二人の男性とショートヘアの女性に尾行されていることも確信した。女性は三十五歳ぐらいで、毛皮に縁どられたフードつきの濃紺のダウンコートを着ていた。

巨大な聖イサーク大聖堂の見学ツアーでイングリッドと一緒だった女性だ。イングリッドはそのとき、バルト海に沈む夕日を黄金のドームのてっぺんにある塔から眺めたのだった。アストリアのスイートルームに戻った彼女は、エルミタージュ美術館を訪れたことと、宮殿広場で目にした逮捕劇のことを、コペンハーゲンの友達にメールで送った。そのあとは何もすることがなかったのでテレビをつけ、ロシアの外国語ニュースチャンネルRTで午後の英語放送を見た。戦争は平和だ。自由は隷属だ。無知は力だ。〈二分間憎悪〉。

マウヌスがようやくホテルに戻ったのは九時近くになってからだった。上階へ行き、自分のスイートでジャケットとネクタイをとり、ウールのセーターに着替えた。近くのアングレテーレ・ホテルのイタリアン・レストランにイングリッドが予約を入れていた。バーカウンターの奥に立つ疲れきった様子の年金受給者は、一九四〇年代のレニングラード包囲戦を覚えていてもおかしくなさそうな高齢だった。あとのフロアスタッフはテレビに退屈そうな目を向けてNTVの番組を見ていた。

「ドミトリー・ブダノフ」マウヌスは言った。それから陰鬱な声でつけくわえた。「ルブリョフカに住むわたしの隣人だ」

「その人、なんて言ってるの?」

「ロシア軍はすべての前線で明らかに前進を続けている。キーウのナチス政権はほどなく崩壊し、ウクライナは地図上から消し去られるだろう。譬《たと》えて言うなら、まるで……」マウヌスの声が徐々に消えた。「きみさえかまわなければ、あとはもう訳したくない。ドミトリーは糞尿《ふんにょう》趣味の政治的レトリックを愛するロシア大統領と同じ意見なんだ」

二人は窓際のテーブルについていた。窓の外では、聖イサーク広場にしんしんと雪が降っていた。レストランにはほかに誰もいなかった。それでもなお、イングリッドは与えられた役割を演じつづけた。マウヌスの手に自分の手を重ね、熱い思いをこめて彼を見つめた。

「あなたが帰らせてもらえないんじゃないかと思って心配だったわ」

「わたしもだ」マウヌスは静かな声で答えた。「想像がつくと思うが、かなり緊迫した午後だった。わたしが合弁事業から手をひいた瞬間、ロシアの国際的孤立は完璧なものになる。ウラジーミルは新たな世界秩序がどうのとしきりに言っているが、じつのところ、そんなことは望んでいない。合弁事業を救う方法を見つけるよう、〈ルズネフチ〉の社長イーゴリ・コズロフに圧力をかけている」

「大統領じきじきに？」

マウヌスはうなずいた。「そして、イーゴリ・コズロフがわたしに途方もない圧力をかけている」

「どんな種類の圧力？」

「きわめて不快な事態を招きかねない種類のものだ。だが、同時に、合弁事業を続行させようとしてかなり巨額の報酬を提示してきた。それを受け入れれば、わたしはこの地球上でもっともひどく罵られる男になるだろう。また、大金持ちになるだろう。〈ダンスクオイル〉の大株主たちも同様だ」

「いまだってお金持ちじゃない、マウヌス」

「だが、ロシア流の金持ちになるんだ。いいかね、そこには違いがある」

「考えてみるつもり？」

「考えないほうが愚かというものだ。協議を進めるあいだ二日ほどロシアにとどまるようにと、イーゴリが言っている」

「デンマーク首相の最後通牒はどうするの？」

「そこが難点だが、乗り越えられないわけではない。あの首相には、本人が思っているほどの権力はない」

「メディアが声明を求めて騒ぎ立ててるわよ」

「ひとつ出してやるとするか」

マウヌスは彼の電話に手を伸ばしてツイートを作成した。粗削りな部分をイングリッドが二カ所ほど修正したが、それ以外はいっさい手を加えなかった。〝合弁事業の将来に関する〈ダンスクオイル〉と〈ルズネフチ〉の初日の協議は実りあるものだった。今後も協議続行の予定である〟青い小鳥をタップし、反応を待つことにした。

「どうだね」しばらくしてからマウヌスが訊いた。

「ツイッターのユーザーたちは認めないみたい」

ウェイトレスがワインを運んできた。イングリッドはウェイトレスにジェネシスを渡して、自分たちの写真を撮ってほしいと頼み、それをコペンハーゲンの友達に送った。

「わたしたち、しばらくサンクトペテルブルクにいることになるの？」

「じつは、かわりにモスクワで何日か過ごそうと考えていた。ルブリョフカにあるわたしの家をぜひ見てもらいたい」

イングリッドはふたたび電話を手にした。「飛行機？　列車？」

「列車だ」

「何時？」イングリッドが尋ねたが、返事はなかった。マウヌスが青ざめた顔でテレビを凝視していた。「あなたの隣人、今度は何を言ってるの？」

「何百万という視聴者に対して、ロシアは世界最大の核兵器保有国だと言っている。核兵器を使うのを恐れるなら、ロシアはいったいなんのためにそうした兵器を製造・保管しているのか、と問いかけている」

イングリッドはもう一枚自撮りして友達に送り、最新の旅行計画を雑談っぽく添えた。それから、メニューを開いて尋ねた。「何がお勧め？」

「カニとチェリートマトのリングイネ。うっとりする美味《おい》しさだ」

43

PET本部

「幸先のいいスタートだ」

「まだ早い、ラース」

「わたしはプラス思考の力をつねに信じてきた」

「デンマークの人だからな」ガブリエルは言った。「わたしなどは大惨事を覚悟しておき、それがありふれた災いにとどまれば心地よい驚きに見舞われる、というほうが安心できる」

二人はPETのオペレーション・センターでいちばんうしろの席についていた。イングリッドとマウヌスを乗せたチャーター機がサンクトペテルブルクに到着した瞬間からずっと、ここに並んですわっている。モーデンセンはこの日の時間の多くを、プロテウスの魔法に熱狂して過ごしていた。この魔法のおかげで、イングリッドとマウヌスのあらゆる言葉と行動を安全に追うことができ、ナベレジュナヤ・マカロヴァにある〈ルズネフチ〉の本社でおこなわれた何時間ものミーティングもそこに含まれていた。ミハイルとエリ・ラヴォンがそれを同時通訳した。ラース・モーデンセンはデンマークでもっとも高名な財界人の一人の行動に愕然《がくぜん》とし、ミーティングの記録をＰＥＴのコンピュータからただちに削除するよう部下の技師たちに命じた。

目下、その高名な財界人はサンクトペテルブルクの高級レストラン〈ボルサリーノ〉で、魅力的な個人秘書と静かにディナーをとっているところだった。食事がすむと、二人は近くにあるアストリア・ホテルのとなりあったスイートに戻った。指示されたとおり、電話の電源はそれぞれ入れたままにしておいた。ふざけ半分の親密なやりとりからすると、二人が熱烈な不倫関係――完全なでっちあげだが――にあるのは明々白々だった。

サンクトペテルブルク時間で真夜中になるころには、二人ともぐっすり眠っていた。ラース・モーデンセンは妻の待つ自宅に帰り、エリ・ラヴォンとミハイルは近くのエムドロプにある隠れ家に戻った。しかしながら、ガブリエルは万一の事態に備えてＰＥＴ本部のカウチで夜を明かすことにした。

午前七時をまわったころ、スタッフ用の食堂でコーヒーを飲んでいたときに、高名なデンマークの財界人の個人秘書から携帯メールが届いた。サンクトペテルブルクのモスコフスキー駅で発車を待つロシアの流線形高速列車の写真が添付されていた。次の写真が届いたのは午前十一時二十分で、同じ列車が終点であるモスクワのレニングラード駅に着いたところが写っていた。それに続いて二時間後には、モスクワ郊外の高級住宅地ルブリョフカの屋敷の外に立つ高名な財界人と個人秘書の写真が送られてきた。

「この家、本当にロシア大統領の贈物なのか？」ラース・モーデンセンが訊いた。

「そう。ウラジーミルのせめてもの感謝のしるしだ」

「時価にしてどれぐらい？」

「戦争のせいで以前より大幅に下落している」

モーデンセンは写真をじっくり眺めた。「なるほど、魅力的なカップルだ」

「ロシアにいるマウヌスの友人たちもそう思ってくれることを願うとしよう」

「きみはどうしていつもそう悲観的なんだ？」

「あとで失望せずにすむから」


そのゲートつき高級住宅地はバルモラル・ヒルズと呼ばれている——奇妙な名前だ。なぜなら、四十戸の住宅を擁する土地はロシア平原のように平坦《へいたん》だからだ。マウヌスの屋敷自体はその通りでいちばん小さく、グロテスクなほど贅沢な豪邸のあいだに入ると、粗末なコテージのようなものだった。列車の長旅のあとで全身がこわばり、落ち着かない気分だったイングリッドは、一流設備のそろったフィットネス・ルームで三時間過ごした。そのあと、マウヌスを捜して二階へ行った。マウヌスは仕事部屋にいて、〈ルズネフチ〉の幹部社員たちと電話会議の最中だった。ミュートボタンを押し、ドアの脇にもたれた彼女のひきしまった汗びっしょりの身体に視線を走らせた。これは彼の演技だった。屋敷の至るところに隠しカメラとマイクが仕掛けられているのは間違いない。

「心ゆくまでワークアウトできたかね」マウヌスが尋ねた。

「もっとやってもよかったけど」イングリッドは彼に思わせぶりな笑みを送った。「その電話、いつまでかかるの？」

「少なくともあと一時間」

イングリッドはふざけて頰を膨らませた。

「熱い風呂に入ってきたらどうだ？」

「あとであなたも来るって約束してくれれば」

イングリッドはお伽話《とぎばなし》に出てくるような階段をのぼって三階へ行った。ここでも二人のスイートはとなりどうしで、それぞれにバスルームがついていた。イングリッドはジャクージの特大バスタブに湯を張りながら、汗に濡れたワークアウトウェアを脱いだ。ドアの内側にかかっているイニシャルつきのバスローブにゆっくり手を伸ばした。ＳＶＲののぞき屋どもがショーを楽しんでくれているよう願うのみだった。

バスタブの湯がいっぱいになったところで、ジェット噴流のスイッチを入れ、バスローブを肩からすべらせた。湯に身を沈めると、火傷しそうな熱さだった。湯の温度を二、三度低くして目を閉じた。恐怖――ロシアの大地に足をつけた瞬間から彼女につきまとって離れなかった恐怖――が徐々に薄れていった。列車に乗っていたとき、ストレスを少し発散させたい誘惑に駆られた――お金のありそうな女性、ほったらかしのハンドバッグ――しかし、作戦のことを考えて我慢した。それに――自分に言い聞かせた――わたしはもう以前の自分ではない。デンマークの小規模ながらも優秀なPET（国家警察情報局）の防《ぼう》諜《ちょう》部門のために働き、いまドアのところに立っている〈ダンスクオイル〉のCEO、マウヌス・ラーセンの個人秘書兼愛人という演技をしている。

イングリッドが驚いて飛び上がった瞬間、バスタブの縁から湯がざーっとこぼれた。マウヌスが大理石の床にタオルを敷き、ローファーの爪先でタオルをつついた。

「悪かった」視線をそらしたままで言った。「驚かせるつもりはなかったんだ」

「ぼうっと考えごとをしてたの。それだけのことよ」

「何を考えてたんだい？」

「あなたのことに決まってるでしょ」イングリッドは微笑した。「電話はどうなったの？」

「ほぼ変わりなし。合弁事業を続けたくて必死の〈ルズネフチ〉が賭け金を上げてきた」

「どれぐらい？」

「取締役会の席をもうひとつ提供し、利益の分け前を大幅に増やすと言っている。わたしにはもうどうにもできないと答えておいた」

「残念ね」イングリッドはバスタブから出た。マウヌスは床に視線を落として、彼女にバスローブを渡した。イングリッドはローブをはおるのに時間をかけた。「おなかがぺこぺこよ、マウヌス。夕食はどうする？」

「じつは、友達から急に招待が来てね」

「行かなきゃいけないの？」冷淡な口調を装って、イングリッドは言った。「二人だけで過ごしたいのに」

「その友達が自宅でささやかなディナーパーティを開くそうだ」ドアのほうへ急ぎながら、マウヌスは言った。「近所の人々を何人か呼ぶだけ。とてもカジュアルな集まりだ」

44

ルブリョフカ

近くに住む友人というのはユーリ・グラスコフ、クレムリンに支配されているＶＴＢ銀行の頭取で、きびしい制裁下に置かれた人物だった。ユーリはプライベートジェットを二機所有しているのが自慢だが、全長二百十四フィートのスーパーヨット〈シー・ブリス号〉はロシアの基準からするとかなり質素なほうだった。ウクライナ侵攻からしばらくたったころ、カプリに停泊していたヨットはイタリア政府に没収された。ユーリはカプリに何百万ユーロもするヴィラを一軒だけでなく三軒も所有していたが、本当の所有者は彼の友人ウラジーミル・ウラジーミロヴィチであろうという根拠の確かな疑惑に基づいて、ヴィラもまたイタリア政府に没収されている。

西側から渡航禁止措置の対象にされたユーリは、ルブリョフカにあるミニチュア版ヴェルサイユ宮殿にひきこもって暮らしている。今夜遅くから大雪という予報のため、ベントレー・コンチネンタルＧＴでは無理そうなので、マウヌスはレンジローバーで出かけることにした。オーバーの下はカシミアのスポーツジャケットとタートルネックのセーター。彼の電話はレンジローバーのセンターコンソールにイングリッドの電話と並べて置いてあった。

「またその議論を蒸し返さなきゃいけないのか？」マウヌスはうんざりという顔をしてデンマーク語で尋ねた。

「約束してくれたじゃない」

「ちゃんと守る」

「いつ？」

「はっきりした日にち？　それを要求しているのか？　おいおい、アストリッド。首相みたいな口ぶりになってるぞ」ブルーの光が明滅する警察の検問所に差しかかったので、マウヌスは黙りこんだ。「カロリーネとの結婚生活がどれぐらいになるか、きみ、知ってるのか？　三十三年だぞ。夫婦間の財産問題を整理するのに比べたら、〈ルズネフチ〉との合弁事業を解消するほうがよほど簡単だ」

「愛人でいるのはもういや」

「最後通牒のような言い方だな」

「かもしれない」

「明らかに間違いだった」

「明らかにね」イングリッドはくりかえした。

「きみをロシアに連れてきたことだよ。帰りたければ、明日一人で帰っていいぞ」

「一緒にいたいの、マウヌス」それから、尖った声でつけくわえた。「二人だけで」

「今夜、行儀よくしていられるか？」

「無理だわ」イングリッドは答え、デザイナーブランドの黒いパンツスーツの脚から、ありもしない糸くずを払った。

警察の検問所をさらに二カ所過ぎてからようやく、ユーリ・グラスコフが住むゲートつき高級住宅地の外壁のところに到着した。住宅地の名前からすると、フランス貴族のような華麗な雰囲気が期待できそうだ。円形の車寄せにずらりと並ぶ高級車やＳＵＶ――そして、車の監視にあたっている重装備の警備員の一団――から推測すると、二人が招待されたディナーパーティはけっしてカジュアルではなさそうだった。マウヌスは駐車場所を見つけて車のエンジンを切った。イングリッドは躊躇してから自分の側のドアをあけた。

「今夜は誰になればいいの？」

「アストリッド・ソーレンセンでいいと思う」

「個人秘書と愛人のどっち、マウヌス？」

「両方」

「そういうのって、眉をひそめられるんじゃない？」

「ここでは心配ない。断言しておくが、わたしの女性関係など、ルブリョフカではいちばんすっきりしているほうだ」

イングリッドは彼の耳に唇を寄せた。「だったら、今度わたしがバスタブから出るときに、ちゃんと見たほうがいいわよ」

そびえ立つような金色のドアをあけたのは、二十九歳になるユーリ・グラスコフの三番目の妻、アナスタシアだった。挨拶のためにイングリッドに差しだした手は指がほっそりと長く、宝石に飾られていた。イングリッドは手を砕いてしまうのが怖くて、軽く握るだけにしておいた。若きアナスタシアはあまり食べなかった。

また、ロシア語以外の言語はひとこともしゃべらなかった。マウヌスが紹介をおこなうと、アナスタシアは愛想よくうなずき、それから新たに到着した客に注意を向けた。クレムリンの報道官、エフゲニー・ナザーロフと妻のタチヤーナ。短距離の元オリンピック選手から泥棒政治家に転身したミセス・ナザーロワは、長いあいだ行方知れずだった親戚が見つかったかのようにマウヌスに抱きつき、いっぽう、何カ国語も話せる夫のほうはラジオ・モスクワのような英語でイングリッドに二言三言話しかけた。長年にわたって政府のために働いてきた彼は、五十万ドル以上もする〈リシャール・ミル〉の限定版の腕時計をはめていた。〈ルズネフチ〉の状況について二人だけで話をするためにマウヌスを脇へひっぱっていったとき、腕時計は依然として彼の手首にはまっていた――しかし、それは時計を盗むのにもってこいのチャンスをイングリッドが放棄したからに過ぎなかった。

出席者のなかでいちばん若い妻はアナスタシアではなかった。その栄誉は、ロシア大統領との親しい関係ゆえにスペインのサッカーチームを手放すことになった、悪徳オリガルヒの幼妻のものだった。いちばん新しいその妻は実家もオリガルヒの一族で、イングリッドと握手をして一分もたたないうちに、ウクライナとNATOを痛烈に罵倒しはじめた――すべて、日差しあふれるサンディエゴの大学に留学していたころに身に着けた、アメリカ訛りの英語だった。イングリッドもそれに応じて彼女自身の罵倒の言葉を並べ立て、相手の称賛を得た。電話番号を交換しようとイングリッドから提案し、二人はそれぞれ電話をとりだした。相手のデバイスは金箔《きんぱく》張りだった。イングリッドは盗みの衝動をどうにか抑えこんだ。

幼妻との写真を自撮りしたあとでふりむくと、マウヌスと離れ離れになっていた。混雑したフォーマルな客間の向こう側に、ゲンナージー・ルシコフと話をしている彼の姿が見えた。ルシコフはきびしい制裁を受けているトベリ銀行の創始者で頭取でもある。そのそばにいるのが、きびしい制裁下にあるアルミニウム業界の大立者オレグ・レベジェフと、同じくきびしい制裁下にあるロシア最大の化学薬品会社のオーナー、ボリス・プリマコフだった。

はっきり言って、パーティに出ているオリガルヒのうち、ウクライナ侵攻のせいでアメリカとEUから制裁を受けていない者を見つけるのはむずかしかった。わずか六百キロ南では、ろくな装備もないロシアの徴集兵たちがドンバスの凍った塹壕《ざんごう》で無惨な死を迎えている。ところが、このルブリョフカでは、ロシアの新たなる皇帝との結びつきのおかげで途方もなく裕福になった泥棒政治家やオリガルヒが、フランス製のシャンパンを飲み、キャビアがのったカナッペをかじっている。

マウヌスが軽く手招きしたので、イングリッドは目立たないように彼のところへ行った。輪郭のくっきりした顔と丹念になでつけた白髪という、ほっそりした姿のゲンナージー・ルシコフがロシア語で意見を述べているところだった。途中で言葉を切り、自分たちの会話に加わった若き美女をマウヌスが紹介してくれるのを待った。マウヌスは英語で紹介をおこなった。

「戦争のまっただなかに、なんの用でロシアに来られたのです?」ルシコフが訊いた。

イングリッドはマウヌスのウェストに片腕をまわした。

「なるほど」ルシコフは言った。それからマウヌスに目を向け、ロシア語で何やらささやいた。

「なんて言ってるの?」イングリッドは尋ねた。

答えたのはルシコフ自身だった。「世の中には幸運を独り占めする男もいるようだと、マウヌスに言っていたのです」

「ネットでいっきに拡散したわが最新の映像を見たかね？」マウヌスが尋ねた。

「しかし、きみにぞっこんの若い女性を連れているではないか」ルシコフは答えた。「それに、〈ルズネフチ〉との合弁事業を続ける見返りとして、かなりおいしい話を持ちかけられているそうだな。少なくともそういう噂だ」

「あなたの知らないことが何かあるのだろうか、ゲンナージー？」

ルシコフの微笑は謎めいていた。とはいえ、彼に関しては、謎めいていないところはどこにもなかった。元KGB職員で、現在のロシア大統領を権力の座につけるために陰謀をめぐらせた一人であり、結果として莫大な報奨を得た。ルシコフの銀行は個人が所有する金融機関としてはロシアで四番目に大きく——そして、もっとも腐敗した銀行のひとつである。ロシアがウクライナに侵攻した日、合衆国財務省はトベリ銀行に壊滅的な制裁を科した。ルシコフはひと晩で純資産の四分の三を失い、自家用ジェットも、スーパーヨットも、スイスとフランスの屋敷も没収された。しかしながら、ロシア大統領との絆《きずな》の強さはいまも変わっていない。

「きみは長きにわたってロシアの偉大な友であり、パートナーであった、マウヌス。そのことはワロージャがいちばんよく知っている」

「〈ルズネフチ〉との関係を解消するよう、わたしが国で法外な圧力をかけられていることを、大統領に理解してもらえるといいのだが」

「大丈夫、ちゃんと理解している」

「あなたが大統領と最後に話をしたのはいつだね？」

「今日、ノヴォ・オガリョヴォでランチを共にした。わたしはいまも彼と個人的に会うことができるわずかな人間の一人だ。いまの彼はひどく孤立している」ルシコフは言葉を切り、それからつけくわえた。「たぶん、孤立しすぎだろう」

部屋に広がった拍手の音で彼の言葉はさえぎられた。この拍手はドミトリー・ブダノフの到着によるものだった。彼が着ているのはくすんだオリーブ色の特注の野戦服で、左肩に大きなZがついている。彼が毎晩テレビに出るたびに、このマークがカメラと向かいあう。

「バフムトの塹壕から戻ったばかりのような格好だ」ルシコフが低くつぶやいた。「もちろん、メークは別だが。ロシア国民を鼓舞する今夜のメッセージを録画したあと、メークを落とす時間がなかったのだろう」

「ゆうべの放送はかなり不穏だった」

「わが国が保有する大量の核兵器をウクライナの同胞に対して使用すべきだという、あの男の主張かね？　不幸なことに、荒唐無稽で片づけられる意見ではなさそうだ」

「そんな事態になるなどと、まさか本気で思っているわけでは？」

「さすがのわたしも、そういう情報には関与できない。だが、あの男だったら知っていそうな気がする」

ルシコフは客間に入ってきたばかりのオーバー姿の男性を指さした。それはニコライ・ペトロフ、ロシア連邦安全保障会議の書記だった。


鐘が鳴り響いて、招待客をシャンデリアのあるバンケットホールのディナーに呼び寄せた。客たちが囲んだテーブルは列車の車両ぐらいの長さがあり、百本ものろうそくの光で輝いていた。伝統的なルパシカ姿のウェイターたちが客のワイングラスにシャトー・マルゴーを注ぎ、屋敷の主が対ウクライナ戦争の勝利を願って火のように熱い乾杯の辞を述べ、それをマウヌスがイングリッドのために小声でデンマーク語に通訳した。

運の悪いことに、イングリッドのとなりの席は悪徳オリガルヒの英語が話せる幼妻で、彼女はその夜ずっと、実家の零落を嘆きつづけていた。テーブルのあちこちから、制裁を嘆く話が聞こえてきた——ヨットと自宅を没収された話、銀行口座を凍結された話、西側への渡航を禁止されて在留ビザを即時無効にされた話。ロシア大統領を非難する者は一人もいなかった。そんな勇気は誰にもない。戦争を批判した仲間が十人以上、不可解な死を遂げている。〝自殺と思われる〟というのがほとんどに共通する説明だった。ルブリョフカのディナーパーティでうっかり口をすべらせれば、おそらく死が待っているだろう。

　ドミトリー・ブダノフなどは、失われた贅沢な暮らしを嘆くのは見苦しいという意見だった。世界でもっともリッチなテレビ界のジャーナリストの一人で、ヨットも、コモ湖の別荘二軒も制裁で没収されている。しかし、偉大なロシアを復活させ、NATOとジェンダーの混乱のなかにある頽廃的な西側を破滅させるためなら、それぐらいの犠牲は安いものだ、とブダノフは述べていた。

「そのすべてを実現させることができる」ブダノフはだらだらと続けた。「ウクライナで勝利するのに必要な手段さえとれば」

「で、その手段というのはなんなんだ、ドミトリー・セルゲーヴィチ?」テーブルのどこかから男性の声が尋ねた。

「わたしが番組で毎晩口にしている手段だ」

「核という選択肢か?」

　ブダノフは重々しくうなずいた。

「では、ウクライナにいるわが国の軍隊がアメリカに破滅させられたら?」こう尋ねたのは化学薬品業界の大立者、ボリス・プリマコフだった。

「そのときは同じように仕返しするしかないだろう」

「向こうが反撃してきたら?」

「するわけがない」

「なぜそこまで断言できる、ドミトリー・セルゲーヴィチ？」

「向こうが腰抜けだから」

「ロシアン・ルーレットをやろうというのか？」ゲンナージー・ルシコフが訊いた。「そう提案しているのか？」返事がなかったので、ニコライ・ペトロフのほうを向いた。「では、この件に関して、ロシア連邦安全保障会議書記はどのような意見をお持ちかな？　アメリカがロシアに対して核兵器を使うことはありえないという、われらが尊敬するテレビ界のホストの意見に賛成かね？」

「わたしの意見を言わせてもらうと」ペトロフはゆっくり立ち上がりながら言った。「そろそろ失礼しようかと思っている」

「お帰りになる前に、戦闘に関する最新状況をざっと話してもらえませんか？」ユーリ・グラスコフが提案した。

ペトロフの簡潔な返事に熱狂的な拍手喝采が起きた。しかしながら、イングリッドにはその理由がさっぱりわからなかった。マウヌスが携帯に届いたばかりのメールに返信するため、通訳を中断したからだ。

「あの人、なんて言ったの？」喧騒のなかでイングリッドは尋ねた。

マウヌスは電話をジャケットのポケットにすべりこませ、それから答えた。

「ロシア軍がすべての前線で前進を続けているそうだ」

パーティがようやくお開きになったときは真夜中を過ぎていて、ルブリョフカの道路はどこも降ったばかりの雪でスリップしやすかった。マウヌスはハンドルを両手で握り、ゆるやかなスピードで車を走らせた。イングリッドは彼の電話のロックを解除し、さっき届いたばかりのメールを読んだ。それから電話をスリープモードにして、道路を縁どるブナの並木に雪が舞い落ちるのを見つめた。

「ディナーのとき、誰にメールしてたの？」興味のなさそうな口調で尋ねた。

「たいした相手じゃない」

「奥さんだったの、マウヌス？」

「ただの友達さ」

「そのお友達、なんて名前？」

「きみには関係ないことだ、アストリッド」

　そのあとに続いた口論は、最初のうちこそ丁重だったが、マウヌスの自宅に着くころには、ロシアとウクライナの対立にも劣らぬ激しさになっていた。屋敷に入ると、若く野心的なアストリッドはお伽話に出てくるような階段を荒々しく駆け上がり、自分のスイートに閉じこもってしまった。ベッドに入り、二枚重ねの分厚い羽根布団にもぐりこんでから、連絡先に入れてある然るべき番号宛にメールを送った。次のような内容だった――〈ダンスクオイル〉のCEOマウヌス・ラーセンが第二の招待を受けた。今度は翌日の午後一時にモスクワの有名な〈カフェ・プーシキン〉でランチ。招待主はトベリ銀行頭取のゲンナージー・ルシコフ。

まあ、ざっとそういう主旨の言葉を書き連ねた。

45

〈カフェ・プーシキン〉

雪は夜通し降りつづけたが、ルブリョフカとモスクワ環状道路を結ぶ二車線の大動脈であるA106は、午前半ばに車の流れが正常に戻っていた。全長三十キロ、ロシアでいちばん短い高速道路だが、いちばん重視されているのは疑いのないことだ。ここを日々の通勤路として使っているのはこの国で最高の富と権力を持つ市民たちで、その多くは車を何台か連ねて走り、クレムリンの塀の奥で仕事をしている。このところひどくなるいっぽうの人手不足にもかかわらず、この高速道路の雪と氷をつねにどけておくのが最優先事項となっている。

マウヌスがルブリョフカの自宅を出るころには、朝のラッシュはすでに終わっていた。交通量の多いクトゥゾフスキー大通りに十二時半に入り、さらに左折してプリヴァール環状道路でモスクワ中心部のトヴェルスコイ歴史地区を北へ向かい、約束の時刻の十五分前に〈カフェ・プーシキン〉に着いた。なかに入ると、二階の小部屋へ案内された。内装も雰囲気も革命前のロシアのものだった。ふさがっているテーブルはひとつだけで、そこにいたのはゲンナージー・ルシコフだった。トベリ銀行の創立者にして頭取、ロシア大統領の信頼篤《あつ》き友人、そして、ソ連国家保安委員会――略称KGB――の元大佐。

マウヌスは向かいの席に腰を下ろすと、彼の電話を白いテーブルクロスの上のはっきり見える場所に置いた。ゲンナージーがウェイターを呼び、二人のグラスにドン・ペリニヨンを注がせた。

「なんのお祝いだ?」マウヌスは尋ねた。

「わたしのようにリッチなロシア人がシャンパンを飲むのに、いつから口実が必要になったんだね?」

「いまもリッチなのか、ゲンナージー?」

「以前ほどではない。だが、人生がこの段階まで来ると、金は昔ほど重要ではなくなるものだ」ゲンナージーは青白いこぶしを口元にあて、小さく咳《せき》をした。「アストリッド・ソーレンセンというあの麗しき女性のことをもっと話してほしい」

マウヌスはエムドロプの隠れ家で頭に叩きこんでおいた話を披露した。彼とアストリッドはつきあったり別れたりをくりかえしながらけっこう長く続いている、と。

「つきあう時期にふたたび入ったのは明らかだな」ゲンナージーは言った。

「明らかだ」マウヌスはくりかえした。

「今後のことは考えているのか？」

「ゆうべディナーパーティへ出かけるときに、最後通牒を突きつけられた」

「どうするつもりだ？」

「唯一の分別ある道を選ぶことにする」

「きみを非難するわけにはいかんな。すばらしい美女だから」

ウェイターがオードブルの取り合わせをテーブルに置いてひっこんだ。マウヌスは肉入りのペリメニをひとつとった。「ところで、ライサは？」話題を替えて尋ねた。「どうしてる？」

「ドバイで暮らしている。逃げだせるだけの財力を持ったほかのロシア人たちと一緒に。パーム・ジュメイラにヴィラを一軒買ってやった。わずか二千万だった」

「けっこう会ってるのか？」

「月に一回か二回。じつは数日前も向こうへ行っていた。ドバイは日に日にロシアっぽくなっている。エアコンの温度を高めに設定したモスクワのようなものだ」

「西側の制裁と才能ある膨大な数の若い労働者の流出に、わが国の経済はどこまで耐えられるだろう？」

「ロシア国民が信じさせられているほど長くは持たないな。きみに〈ルズネフチ〉との合弁事業を続けてもらうのがきわめて重要なのも、それが理由のひとつなのだ」

「ランチに招いてくれた理由もそれかね、ゲンナージー？　合弁事業を続けるよう、わたしに圧力をかけるため？」

「それ以外のことを期待していたのか？」ゲンナージーは親指と人差し指のあいだでシャンパングラスをまわした。注文仕立てのスーツが身体にぴったり合っているが、喉と手縫いのシャツのあいだに目ざわりな隙間がある。肌はテーブルクロスのように白い。体調がよくないようだ。

「いや」マウヌスは静かに答えた。「そんなことはない」

「少しでもきみの気が楽になるなら言っておくが、わたしの考えではなかった」

「誰の考えだ？」

「誰だと思う？」

「ウラジーミル？」

ゲンナージーはうなずいた。「あの男にとっては、〈ダンスクオイル〉と〈ルズネフチ〉の合弁事業を維持するのが最重要事項だ。提携を解消すれば深刻な弊害が出ることを、きみにわからせたがっている」

「弊害？」

「詳しいことは何も言わなかった。だが、あの男はいつもそうだ」

「わたしを破滅させる気でいるのか？　それがなんの役に立つ？」

「きみが気づいていないといけないから言っておくが、ワロージャはこのところ、民間人が受ける付帯的被害というものをあまり気にかけなくなっている。彼の警告に従って、合弁事業続行のために手を尽くすのが賢明というものだろう」

「伝言は承った」マウヌスは電話をとり、唐突に立ち上がった。「再会できてうれしかった、ゲンナージー。ライサにくれぐれもよろしく」

「いや、ランチはまだ終わっていない」

「申しわけないが、食欲が失せてしまった」

「では、せめてこれを進呈させてくれ」ゲンナージーはアタッシェケースを開いて金色の紙に包まれた長方形の小さな品をとりだした。「ウラジーミルからのささやかな贈物だ。彼の感謝のしるしとして」

「ありがたいが、遠慮しておく」マウヌスは出ていこうとした。

「きみは重大なミスをしている、マウヌス」ゲンナージーがその品をテーブルに置いた。

「あけてくれ」

マウヌスはふたたび腰を下ろし、金色の包み紙を開いた。出てきたのは濃紺のギフトボックスで、箱に入っていたのは小型の本だった。ボリス・パステルナークの『ドクトル・ジバゴ』のロシア語版。マウヌスはしおりがはさんであるページを開き、赤い矢印が指し示す箇所を読んだ。

〝希望を持つこと、行動すること。それが不幸に出会ったときのわたしたちの義務だ〟

「きみもそう思わないか？」

マウヌスは何も言わずに本を閉じた。

「ここロシアでは、誰かに贈物をされたら礼を言うのがしきたりだ」ゲンナージーはペリメニの皿をテーブルの向こうへ押した。「まじめな話、何か食べたほうがいいぞ、マウヌス。こんなことを言っては失礼だが、わたしよりきみのほうが、体調がすぐれないように見える」


〈カフェ・プーシキン〉の真向かいに小さな広場がある。ナポレオンの軍隊が一八一二年にモスクワ入りしたあと、ここにテントを設営し、菩提樹《ぼだいじゅ》を燃やして暖をとった。休眠中の噴水を見渡すベンチにすわった女性も同じことをしたくてたまらなかった。前日モスクワに着いたばかりなので、ロシアの極寒の気候にまだ慣れていない。手袋なしの右手に持った電話が氷のかたまりのように感じられる。見た目はふつうのｉＰｈｏｎｅ14プロマックスだ。だが、じつは違う。

女性の仕事仲間二人がモスクワを代表するレストランの店内にいて、ビーフストロガノフとモスクワ産鴨肉《かもにく》のソテーに舌鼓を打っていた。彼女がなぜそれを知っているかというと、午後十二時四十七分に贅沢な料理の写真が送られてきたからだ。ロシアのオリガルヒ、ゲンナージー・ルシコフとランチの約束をしていたマウヌス・ラーセンが店に着いたのが、ちょうどその時刻だった。デンマークのエネルギー会社のCEOを支配人がすぐさま二階の個室へ案内した。女性の仕事仲間二人が彼を目にしたのはそれが最後だった。

一時十五分、女性のところに次の写真――ブリニのアイスクリーム添えと熱々のコーヒーの写真――が届き、最新情報がついていた。ゲンナージー・ルシコフが動きだしたという。しばらくすると、タマラという名のその女性はレストランのドアから出てくるルシコフを目にした。ボディガード二人があとに続いた。二人はメルセデスの装甲車のリアシートに彼を乗せ、自分たちはSUVに乗りこんだ。二台ともすばやく右折してトヴェルスカヤ通りに入り、タマラの視界から消えた。

さらに五分たったとき、マウヌス・ラーセンがレストランから出てきた。派手な黒のレンジローバーの運転席にすわり、同じようにすばやく右折してトヴェルスカヤ通りに入った。くたびれたシュコダのハッチバックも同じルートをとった。ハンドルを握っているのはもう一人のタマラの仕事仲間で、ノームという名の若き監視係だった。モスクワの作戦メンバーに選ばれたのは、タマラと同じくロシア語を流暢にしゃべれるからだった。

二十分後、ノームからタマラに写真が送られてきた。それを彼女がすぐさまキング・サウル通りへ転送し、次はキング・サウル通りからコペンハーゲン郊外のスボーのPET本部にいるガブリエルのもとへ転送された。ガブリエルは作戦中のパートナーであるラース・モーデンセンに笑顔でそれを見せた。

「連中はいまどこにいる?」ラース・モーデンセンが尋ねた。

質問に答えたのは、モスクワ出身のミハイル・アブラモフだった。〈コレクター〉とコマロフスキーは死者のあいだを歩くためにノヴォデヴィチ墓地へ行ったという。

46

ノヴォデヴィチ墓地

「いいか、すべてこの男の責任だ」

「すべてではない、ゲンナージー。あなたやKGB時代のお友達連中も同罪だ」

ゲンナージーとマウヌスはボリス・エリツィンの墓の前に立っていた。ゲンナージーのボディガード二人もあとに続いて墓地の赤レンガの門をくぐり、いまは声の届かないところで待機している。それを別にすれば、墓地にいるのはゲンナージーたちだけだった。

「西側はエリツィンが大のお気に入りだった。魔法の力でロシアを西側のような民主国家に変えてみせるとエリツィンが約束したからだ」ゲンナージーは言った。「西側は次に、エリツィンと側近グループがロシアの財産を大量にくすねたという事実から目を背けることにした。エリツィンはワロージャを後継者に選んだ。理由はただひとつ、彼を刑事訴追から免責することをワロージャが約束したからだ。ワロージャはやがて、汚職を芸術の域にまで高めた」

「わたしの記憶だと、あなたもかなりうまくやったはずだ」

「われわれ全員がそうだった。だが、いまの時代、ロシアで金持ちになるために事業を始める必要はない。政権の中枢で仕事を確保するだけでいい。クレムリンの報道官は数億ドルの資産がある。しかし、安全保障会議の書記に比べれば貧民みたいなものだ。ニコライ・ペトロフは政府の仕事に生涯を捧げてきた。それなのになぜか、およそ三十億ドルの資産を築いている。コツを知りたいものだ。ニコライの財産の大半はわたしの銀行に隠してある」

二人はしばらく無言で墓を見つめた。この墓地でいちばん不格好な墓であることは間違いない。波のごとくうねるロシアの三色旗みたいな墓で、批判的な者たちは〝ぐしゃっとつぶれた巨大なバースデーケーキ〟だと馬鹿にしている。

「醜悪だ」ついにゲンナージーが断言した。

「まったくだ」

「きみの電話はどこにある？」

「わたしの車に忘れてきたようだ」

「わたしも同じミスをしたような気がする」

二人は高くそびえるニレとトウヒの木立に入り、雪に覆われた小道を歩いていった。右も左も墓ばかり、低い鉄のフェンスに囲まれた小さな区画が続いている。詩人たちと劇作家たち、殺人者たちと怪物たち。ノヴォデヴィチ墓地の塀の奥に並んで横たわっている。

ゲンナージーが手袋に包まれた手を口にあてて咳《せ》きこんでいた。

「時間はどれぐらいある？」マウヌスは尋ねた。

「午後からずっと空いている」

「生きる時間だよ、ゲンナージー」

「そこまで見え見えか？」

「今日はな。しかし、ゆうべのあなたはなかなかうまく隠していた」

「いい日もあれば悪い日もある」

「肺癌《はいがん》？」

「ついでに心臓も弱っている。わたしの口座残高はすでにマイナスだと医者に言われた」

「だから、われわれをこちらに呼び寄せたわけだな」

「今日のような日は、ここに来ると心がとても安らぐ。自分がどんな形で人々の記憶に残りたいかを考える機会になる。ロシア史の英雄になるのか、それとも、ただの悪党で終わるのか。勇気を称《たた》えられるのか、それとも、貪欲さと堕落を糾弾されるのか」

「その答えは？」

「いまこの瞬間に死んだら、貪欲な悪党として嘲笑されるだろう。権力の近くにいることを利用して自分のふところを肥やした男。ウクライナの戦場で毎日何百人ものロシアの若者が無惨に殺されているのに、何もしようとしなかった忠義者の腰巾着。ただ、その描写は完全にフェアとは言えない」

「なぜなら、あなたはコマロフスキーだから」

「そして、きみは」ゲンナージーは言った。「〈コレクター〉だ。きみの管理官はSVRのコンスタンチン・グロモフだが、きみの勧誘は、もともとはFSBが扱う国内事案だった。女が使われた。女の名前は――」

「言いたいことはよくわかった、ゲンナージー」

二人はしばらく無言で歩いた。「恥じる理由はどこにもない、マウヌス。そんなものはロシアじゃ日常茶飯事だ。これがワロージャの支配の頂点を飾る偉業なのだ。ワロージャはロシアをコンプロマート国家に変えてしまった。この泥棒政権のなかで手を汚していない者は一人もいない。誰もが危うい立場に置かれている。人によって程度の差はあるが」

「あなたは大丈夫なんだろう?」

「わたしの罪の大部分は金銭的なものだ」ゲンナージーは正直に言った。「だが、わが最大の過失はワロージャをロシア連邦の大統領にするのに手を貸したことだ。あの男はわれわれを破滅の縁まで連れてきている。被害がこれ以上広がる前に、やつを止めなくてはならん」ここで声を落とした。「だから、わたしはウクライナへの核兵器攻撃に関するロシア連邦安全保障会議の計画書のことを、CIAに伝えたのだ。驚愕の内容のため、その計画書は一通しか存在しない」

「ニコライ・ペトロフの金庫に入っているやつだな」

ゲンナージーはうなずいた。「ワロージャとニコライ・ペトロフが何を企んでいるかを、ぜひともアメリカその他の文明社会に知らせなくてはならない。計画書を奪うのにわたしも協力するとアメリカ側に告げた。経験豊かな工作員チームがいれば大丈夫だと言ってある」ゲンナージーの次の言葉は作曲家ショスタコーヴィチの墓に向けられた。「〈ダンスクオイル〉のCEOと若く愛らしいアシスタントを送りこむことを、アメリカ側から告げられたときのわたしの驚きを想像してほしい」

「わたしだって驚いた」マウヌスは言った。

「あの女は何者なんだ？」

「プロの泥棒」

「では、きみは？」ゲンナージーが尋ねた。「どういうわけでこの件に巻きこまれた？」

「コンプロマート」

「向こうの？　それとも、われわれの？」

「両方」

「いったい何をやらかした？」

「爆弾が存在するんだぞ、ゲンナージー。いま問題とすべきはそれだけだ。爆発力の小さいもので、ブラック・マーケットで手に入る南アフリカ製の高濃縮ウランが使われている。

ワロージャはウクライナへの核攻撃を始める口実として、それを使うつもりでいる」

「それについては計画書にすべて詳細に記してある」

「きみの力でペトロフの屋敷にわれわれを入れることはできるのか？」

「じつは、明日の夜十時に来るように言われている」

「どうやってそこまでできたんだ？」

ゲンナージーは微笑した。「わたしはプロだぞ」


タマラは柔らかそうな頬をした十八か十九ぐらいの若者が運転するもぐりのタクシーで、ノヴォデヴィチ墓地まで行った。古びたキアのポンコツ車はロシアの安煙草の臭いが強烈で、Zの文字に飾り立てられていた。若者もそうだった。Zのフードつきスウェットを着て、Zのペンダントを首にかけ、Zの毛糸の帽子を目のところまで下げていた。ウクライナのやつらは人間以下のナチスで、皆殺しにしなきゃいけない、と自分からべらべらしゃべった。彼の兄も友達の多くも戦死したそうだ。自分も祖国のために死ぬのが熱烈な願いだと、若者は強く言った。タマラは汚れたルーブル紙幣の束を、Zのタトゥーが入った若者の手に押しつけ、幸運を願っていると言った。

通りをはさんで墓地の門の向かい側に、大きく不格好なアパートメントの建物が二棟並び、そのあいだに中庭と駐車場があった。ノームがシュコダのボンネットに腰かけて、スケートボードに興じていた地元の不良二人としゃべっていた――話題はもちろん戦争。ほかに何がある？　タマラは話に加わるのを断った。かわりに、母親のアパートメントまで迎えに来てくれなかったノームにガンガン文句を言った。母親が住んでいるのはイスラエル南部のアシュドドだが、それはこのさい忘れるとしよう。

通りの向こう側では、さっきと同じボディガード二人がふたたびゲンナージー・ルシコフに手を貸して、メルセデスの装甲車のリアシートに乗せていた。ルシコフは疲労と衰弱がひどい様子だった。その五分後に墓地から出てきた背の高い北欧の男性は、そうではなかった。マウヌス・ラーセンは健康を絵に描いたような姿だった。しかも、タマラが見た感じでは、気力も充実しているようだ。オリガルヒとの協議がうまくいったのだろう。

マウヌスのレンジローバーは、角を曲がった先の道路脇の駐車スペースに止めてあった。クトゥゾフスキー大通りへ向かい、西行き車線に入って、遅い午後の車の流れに加わった。タマラとノームがルブリョフカという郊外の警備厳重なゲートつき高級住宅地のなかまで彼を尾行することは、禁じられていた。しかし、警察の最初の検問所から数百メートル行ったところにあるバルヴィハ・ラグジュアリー・ヴィレッジについては、そのかぎりではない。マウヌスはいまもロシアで商売を続けようとしている西側のわずかな宝石店のひとつに入った。四カラットのクッションカットのダイヤモンドの指輪が、六百万ルーブルというお買い得な値段だった。

その買物には安全な衛星回線経由でキング・サウル通りへメールを送るだけの価値がある、とタマラは判断し、メールは数秒後にキング・サウル通り経由でPET本部にいるガブリエルの電話に届いた。しばらくすると、ダイヤモンドの指輪の写真も届いた。指輪をいまはめている女性から送られてきたのだ。写真には、暗号ではなくふつうの文章のメールが添えてあったが、そちらは喜びにあふれ、嘘っぱちが書き並べてあった。

どうやら、裕福でダンディーなマウヌスがついに、若く野心的なアストリッドに結婚を申しこんだようだ。アストリッドはもちろん、奥さんと離婚してくれるならという条件で承知し、マウヌスは離婚することを誓った。二人はこの日の夜、トベリ銀行の頭取ゲンナージー・ルシコフの屋敷で婚約を祝う予定だった。〝詳しいことはまたあとで〟と、アストリッドは書いてきた。〝とっても、とっても幸せ〟

47

ルブリョフカ

ゲンナージーの屋敷があるのは、大富豪しか住めないルブリョフカの一角で、メイエンドルフ・ガーデンズと呼ばれる地区だった。部屋数は十二、ガラスと木を使ったシャレーふうの住まいで、かつての価格は八千万ドルを超え、この住宅地のなかでは悪趣味のレベルがいちばん低い屋敷だった。オーダーメイドのフランネルのズボンにカシミアのセーターという装いで、ゲンナージー自身が玄関に出てきた。マウヌスとの握手はおざなりだったが、イングリッドには左右の頰にロシア式のキスをして温かく迎えた。

威風堂々たる玄関ホールの照明のもとで、マウヌスはイングリッドの左手の指輪に見とれた。「新しく買われた品ですな、わたしの思い違いでなければ」

「何事も見落とさない方なのね、ミスター・ルシコフ」

「あなたもだ、ミズ・ソーレンセン。というか、そのように聞いています」ゲンナージーはマウヌスを見た。「こんなすばらしい美女になぜこのように小さな指輪を？」

「四カラットもあるんだぞ」

「ここルブリョフカでは、こういうダイヤモンドはアクセント用の石と呼ばれている」

邸内のインテリアは完璧に現代ふうだった。ゲンナージーは二人を広々とした部屋に通し、危なっかしい手つきで、三個のグラスにドメーヌ・ラモネ・モンラッシェ・グランクリュを注いだ。世界でもっとも高価な白ワインのひとつだ。軽い雑談を始めたが、それはFSBが――あるいは、もしかしたら銀行業界のライバルの一人が――彼の防御の隙を突いて仕掛けていった盗聴装置に聞かせるためのものだった。ゲンナージーが目の前の用件に急いでとりかかろうとする様子はなかった。

「指輪のことは冗談だったのをわかってもらいたい、マウヌス。本当のことを言うと、みごとな品だ」

「できれば〈ティファニー〉か〈ハリー・ウィンストン〉で買いたかったが、モスクワ店はクローズしてしまったから」

「〈エルメス〉、〈ルイ・ヴィトン〉、〈シャネル〉もだ」ゲンナージーは言った。「それもまた、ウクライナでのいわゆる〝特別軍事作戦〟がもたらした予想外の結果だ」

「申しわけないが、次は〈ダンスクオイル〉だ」

「きみ、今日の夕方、きみの国の商務大臣とけっこう不愉快な会話をしたそうだな」

「誰がそんなことを？」マウヌスは尋ねた。「ワロージャか？」

「いや、ニコライ・ペトロフだ」

「ペトロフ?」

　ゲンナージーは目を閉じ、一度だけうなずいた。

「安全保障会議の書記がなぜわたしの電話を盗聴している?」

「なぜなら、書記は個人的な機密事項に関してきみの協力を必要としているため、きみが信頼できる相手であることを確認したがっているのだ」ゲンナージーはイングリッドのほうを向き、しばらく慎重に彼女を見つめた。「ビリヤードはなさるかな、ミズ・ソーレンセン?」

「残念ながらだめです」

「信じませんぞ」

　イングリッドは笑みを浮かべた。「信じないのが正解です、ミスター・ルシコフ」

　娯楽室はシャレーのいちばん下の階にあった。ドアが閉まった瞬間、棺の蓋を閉めたときのような硬い音が響いた。イングリッドが電話をチェックすると、電波圏外になっていた。

　盗聴の心配をせずに話ができる部屋だった。

　ゲンナージーがラックを使ってビリヤード台にボールをセットしていた。ウィリアム四世様式の美しいマホガニー製の台で、表面は赤いラシャ張り、十九世紀初期のものだろう。

「こんなことが本当に必要なんですか?」イングリッドは尋ねた。

「必要不可欠だ」

「どうして?」

「与えられたタスクをこなす能力がきみにあることを確認しないかぎり、わたしの命をきみの手に預けるつもりはないからだ」

「金庫の書類を盗むこととビリヤードがどう関係するんでしょう?」

「あらゆる点で関係してくる」ゲンナージーはアンティークものの木製ラックを慎重に持ち上げた。「おもしろい状況にする気はあるかね?」

「せっかくですけど、ミスター・ルシコフ、もう充分おもしろくなってます」

「金銭的にという意味だ」ゲンナージーは説明した。

「何を考えてらしたの?」

「きみが一度もミスせずにすべてのボールをポケットに落とせたら、百万ドル進呈しよう」

「では、できなかったら?」

「マウヌスがわたしに同じ額を払うことになる」

「フェアだとは思えません。おもしろくもないし」イングリッドはつけくわえた。「三ラックに対して一千万ドルではいかが?」

「いいだろう」ゲンナージーはそう言ってマウヌスのとなりにすわった。

イングリッドはキューを選ぶと、まずボール三個をポケットに落とした。さらに六個が矢継ぎ早に落とされた。

「どこで見つけてきた?」ゲンナージーは尋ねた。

「彼女がわたしを見つけたんだ」マウヌスは答えた。

「ミスするだろうか?」

「たぶんありえない」

イングリッドは残りのボールについても、どれを突くかを事前に冷静に宣言しながらひとつ残らずポケットに落とし、次に二ラック目に進んで、前と同じスピードと確実さでボールを片づけていった。ゲンナージーは三ラック目を省くことにした。これだけ見れればもう充分だった。

戸棚の錠をはずして拳銃をとりだした。「キューの扱いはじつに鮮やかだった、ミズ・ソーレンセン。だが、こういうものについてはどうかな?」ビリヤード台の赤いラシャの上に銃を置いた。「ロシア製のSR−1ベクトル。ロシア連邦保安庁、ロシア連邦軍参謀本部情報総局、ロシア連邦警護庁で使われている制式拳銃だ。有効射程距離は百メートル、防弾チョッキの複数の層を貫通できる。弾倉の装塡数は十八発。強力な軍用拳銃ではあるが、サプレッサーを効果的に使うこともできる」

イングリッドはベクトルを手にとり、自信たっぷりの態度で構えた。

ゲンナージーは当然ながら感銘を受けた様子だった。「まさか人を殺したことはないと思うが？」

「あいにくありません」イングリッドは安全装置をかけて、ベクトルをビリヤード台に置いた。「そして、明日の夜、誰かを殺すつもりも、もちろんありません」

「殺さざるを得ないかもしれん。明後日の朝もまだ生きていたいと望むなら」ゲンナージーは銃を戸棚に戻し、〈サザビーズ・インターナショナル〉のモスクワ支店が出している立派な不動産パンフレットをとりだした。「ニコライは奥さんが亡くなったあとしばらくして、自宅を売りに出した。もちろん、匿名で。売却希望価格は九千万、買手はほとんどつかなかった。〈サザビーズ〉のパンフレットには間取り図と邸内の全室の写真が出ている。ニコライの仕事部屋だけは別だが。その部屋があるのは――」

「屋敷の二階で、裏庭を見渡すことができる」

ゲンナージーはパンフレットを開き、間取り図の一点を指さした。「ドアはここだ。階段をのぼって右へ何歩か行ったところ」

「錠はどのような？」

ゲンナージーは娯楽室のドアのほうを示した。「ニコライもわたしも同じ建設業者を使った。錠も金具類もすべて同じものが入っている。ドイツ製だ。こじあけるのはきわめてむずかしい。というか、そう聞かされている」

イングリッドはハンドバッグに手を伸ばした。「やってみてもいいかしら」

「どうぞご自由に」

イングリッドは廊下に出てドアを閉めた。ゲンナージーがなかから施錠した。

「準備ができたらやってくれ、ミズ・ソーレンセン」

カチャッというかすかな音が二回聞こえたと思ったら、彼女が入ってきた。

「こじあけるのはむずかしいという意見は撤回だ」ゲンナージーは言った。

「むずかしい錠も少しはあるけど」イングリッドは言った。「ほとんどは簡単よ」

「金庫はどうだね？」

「大半のホテルの部屋についてる金庫はおもちゃみたいなものよ。でも、ニコライ・ペトロフの仕事部屋のは本物だわ」

「どうやってあけるつもりだ？」

「ダイヤル錠をまわすの。ほかに方法がありますか？」

「どうやってそれを――」

「情報源やさまざまな手段を使うのよ、ミスター・ルシコフ」

「覚えの早い人だ。しかし、そのコンビネーションで本当に合っているのかね？」

「各数字がひとつかふたつ左か右へずれるかもしれない。一分もあれば正解にたどり着けます」

「数字はなんだと思う？」

イングリッドは正直に答えた。

「ほかのコンビネーションを試す手間はかけなくていい。間違いなくそれで合っている」

「どうしてそこまで言えるんです？」

「ニコライの亡くなった奥さんの誕生日と同じだからだ。しかし、金庫を解錠するのは難問の半分に過ぎない。金庫をあけたら、目当ての安全保障会議の計画書を選びださなくてはならない。ほかにもいくつか書類が入っているはずだ」

「前回チェックしたときは、書類の数は十四でした。でも、ご心配なく。正しいものをちゃんと選びますから。ロシア連邦安全保障会議の計画書三七-一三／ＶＺ、日付は八月二十四日、ロシア連邦大統領のみ閲覧可」

「約五十ページあると聞いている。写真を撮り終えたら階下に戻り、マウヌスとわたしの用件がすむのを待っていてくれ」

「で、その用件というのは？」マウヌスが尋ねた。

「安全保障会議の書記が、自分の資産をこのロシアに置いておいても大丈夫だろうかと危倶している。そのため、資産の大部分を一刻も早く西側へ移したいと強く望んでいる」

「あの男は米財務省の制裁リストにのっている。金を動かそうとすれば、アメリカとヨーロッパに没収されてしまうぞ」

「だからこそ、彼にかわってひそかに金を保管することを承知してくれたきみに、信頼できるロシア人民の友であるきみに、ニコライは大いに感謝している」

「額にしてどれぐらい？」

「約二十五億ドル。われわれの顔合わせが終わったら、きみとミズ・ソーレンセンはただちにサンクトペテルブルクのプルコヴォ空港へ向かってくれ。明日の朝、運航支援事業者の用意したプライベートジェットがきみたちを待っている。車は駐車場に乗り捨てていけばいい。二度と必要あるまい」

「飛行機の行き先は？」

「制裁と渡航制限のせいで、われわれの選択の幅はかなり狭められている。きみたちをウズベキスタンかキルギスタンへ送ることもできると思うが、イスタンブールのほうが無難な気がする。そちらだったら、ＣＩＡのお友達連中に出迎えてもらえるだろうし」

「では、あなたはどうするんだ、ゲンナージー？」

「もう一度ノヴォデヴィチ墓地へ散歩に出かけて、どんな形で人々の記憶に残りたいかを考えることにする」

「何をするにしても」マウヌスは言った。「考える時間を長くとりすぎないでくれ」

ゲンナージーは悲しげな笑みを浮かべた。「そんな暇はなさそうだ」

48

コペンハーゲン

　イングリッドとマウヌス・ラーセンの電話から送られてくる音声はコペンハーゲン時間の午後七時三十六分に途絶え、四十九分後に復活した。そのあいだ、二人の現在地に変化はなかった。二人がいるのはトベリ銀行の頭取、ゲンナージー・ルシコフの屋敷で、この屋敷は富裕層が住むルブリョフカのなかの、メイエンドルフ・ガーデンズという名のゲートつき高級住宅地にあった。ディナーの最中だった。会話は空虚で凡庸、その前にどんなやりとりがあったかを窺《うかが》わせる手がかりは何もない。ようやく、イングリッドから写真が送られてきた。食事のときに飲んでいたワインの写真だった。ポムロールのシャトー・ル・パン。PET本部のオペレーション・センターでは、みんながよだれを垂らした。

　イングリッドはルシコフの屋敷を出るまで待ってから、次のメールを送ってきた。今度はジェネシスの通信デバイスの衛星機能を使用していた。メールにはこう書いてあった

――明日の夜十時にマウヌスと二人でニコライ・ペトロフ書記の自宅へ行くことになって

いる。翌日の早朝、ゲンナージー・ルシコフが手配してくれたプライベートジェットでロシアを離れる予定。モスクワではなく、サンクトペテルブルクのプルコヴォ空港から発《た》つ。到着地はイスタンブール。

ルシコフの手配は完璧だった。約束どおり、二人をニコライ・ペトロフの屋敷へ連れていってくれる。しかし、なぜまた深夜の訪問になったのか？　ガブリエルにはさっぱりわからなかった。また、イングリッドが金庫をあけて安全保障会議の計画書を写真に撮るあいだ、ルシコフはどうやってペトロフの注意を惹きつけておくつもりなのか？　ガブリエルには見当もつかなかった。また、何か手違いが生じた場合、ルシコフに対処法はあるのか？　十中八九、ないだろう。ついでに言っておくと、ガブリエルにもない。つまり、彼がロシアへ送りこんだ女の命は、彼が会ったこともない男の手に握られているわけだ。

ガブリエルは真夜中までPETのオペレーション・センターに詰めていたが、そのあとアメリカ大使館へ向かい、次の二時間は安全な回線を使ったラングレーとのやりとりに費やした。ようやく隠れ家に戻ったのは午前三時近くになってからだった。ぜひとも必要だった睡眠を二、三時間だけどうにか確保し、午後の半ばにはシャワーと着替えを終えて、作戦前の神経過敏な状態が悪化するなかで、隠れ家のいくつもの部屋をうろついていた。

いつもの彼なら、自分の計画は完璧だし、緻密に計画を立ててリハーサルもすんでいると思って、心を落ち着けていただろう。しかし、今夜の計画は――計画というものがあればだが――ゲンナージー・ルシコフの手に託されていた。ガブリエルは遠くから見守るだけで、事態を動かしたくても何もできない。作戦の首謀者として高く評価されている彼だが、今回はハンドルもアクセルもなしで車を運転するようなものだ。

しかしながら、夕方まで隠れ家のなかをうろつきまわって過ごすわけにいかないことはわかっていたので、ラース・モーデンセンに電話をかけ、PETの警護係を貸してほしいと頼んだ。四時半、午後の光が薄れていくころ、ストロイエズというコペンハーゲンの有名なショッピング街を歩くガブリエルのうしろに警護係二人がついていた。中折れ帽とウールのオーバー姿のエリ・ラヴォンがガブリエルの横を歩いていた。監視担当のラヴォンの視線は静止することがなかった。

「世界でいちばん幸せな国民なんだぞ、デンマーク人は。知ってたか?」

「幸せレベルは二番目だ」ガブリエルは言った。

ラヴォンは懐疑的だった。「デンマーク人より幸せなのはどこの人間だ?」

「フィンランド人」

「フィンランド人はいちばん陰気な国民だと思ってたが」

「そのとおり」

「だったら、どうすれば世界でいちばん幸せであると同時に、いちばん陰気な国民でいられるんだ?」

「統計上の変則ってやつさ」

ガブリエルはスポーツ用品店の外で歩調をゆるめて立ち止まった。建物の二階に、暗い窓のついた〈ニールセン古書店〉がある。

ラヴォンを見て微笑した。「スキャンダルのなかには大きすぎて揉み消すのが無理なものもある、という意見を撤回してくれ」

「いまから長い夜になりそうだ」

二人は通りの向かいのカフェに入った。ガブリエルがドイツ訛りの英語で二人分のコーヒーを注文するあいだに、ラヴォンは周囲のテーブルにいる客たちの様子を頭に叩きこんだ。

「何か捜しものでも？」ガブリエルは訊いた。

「あんたを殺そうとしてるロシアの暗殺者」

「わたしはすでに殺されかけた」

「連中の諺を知ってるだろ。四回目はうまくいく」

「そんな諺はないぞ、エリ」

二人は外の通りのテーブルへコーヒーを持っていった。警護係二人が近くに立って見守っていた。

ラヴォンが煙草に火をつけた。「あの二人、コートの下の銃を抜くのにどれぐらいかかると思う？」

「わたしが抜くのに比べたら何秒か遅いだろう。もちろん、わたしが煙に包まれていなければの話だが」

ラヴォンはゆっくりと煙草を揉み消した。「あんたがいまとってるのは転位行動だってことを、自覚してくれてるといいんだが」

「わたしが？」

「心理学でいう防御メカニズムで、それによって――」

「転位行動がどういうものかはわたしも知っている、エリ。あの日、アカデミーでまじめに講義を拝聴してたからな」

「だったら何をそんなにカリカリしている？　おれの悪習のせいだなんて言うなよ」

「イングリッドのことが心配なんだ」

「彼女だったら、自分が何をやってるのかちゃんと心得ている」ラヴォンは答えた。「それに、おれたちが徹底的に訓練した。また、必要ならやめてもかまわないと何度もくりかえして忠告した」

「彼女は頑固な性格だ」

「だが、あんたが思ってる以上に訓練で鍛えられた。それに、天にしか授けられない才能に恵まれている」

「欠陥という言い方もできる」ガブリエルは言った。

「あんたも似たような欠陥を抱えてるぞ」

「もっと説明していただきたい、ラヴォン先生」

「子供時代の影響により、あんたには第二世代ホロコースト生存者症候群の典型的な症状が見られる。それがあんたのなかに染みこんで、何かを修復したいというほぼ制御不能の欲求が生まれたのだ」

「もしくは、ロシア人によるハルマゲドンの襲来を阻止したいという欲求が」

「二、三週間前、おれはその語源となった場所にいた」

「メギド遺跡か？　語源というのは近くのメギド山《ハル・メギド》のことだな」

ラヴォンはうなずいた。「世界の終末が近いことを示す兆候はどこにもなかったという報告ができて、いまはホッとしている」

「きっと、調べるべき場所の調査をさぼったんだな」

ガブリエルの電話が振動した。イングリッドがロシア連邦安全保障会議書記の自宅で今夜予定されている催しの準備をするため、ジムへ行っていた。添付の写真には左手でダンベルを握る彼女が写っていた。

「すてきな指輪だ」ラヴォンが言った。

「すてきな女だ」

「泥棒だぞ」

「わたしもだ」ガブリエルは言った。「機密情報と人命を奪うことに全キャリアを捧げてきた」

「祖国のためだろ。金のためではない」

「彼女だって金を寄付している」

「デンマークの海辺の家と、ミコノス島の別荘を買う金は別にとりわけて」

「今夜の仕事のせいで、彼女はこのあと数年間、ミコノス島に隠れて暮らすことになるだろう」

「隠遁《いんとん》生活を長く続けるタイプには見えん。言うまでもないが」ラヴォンはつけくわえた。

「きみもやはりそういう欠陥を抱えている」

「リーアの主治医に言われたよ――〝あなたはふつうではない。ふつうにはけっしてなれないのです〟と」

「ご明察だ。だが、その医者は医学部でちゃんと勉強してきたからな」ラヴォンは通りを行く歩行者たちがそばを過ぎていくのを見守った。「みんな、やっぱり幸せそうに見える」

「だが、フィンランド人ほどではない」

「行ったことがあるのか？」

「フィンランドへ？」ガブリエルは首を横にふった。「きみは？」

「一度だけ」

「〈オフィス〉の仕事で?」

「ヘルシンキで考古学会があったんだ。言っておくが、あっちの人間はとくに陽気って印象でもなかったぞ」

「街に考古学者があふれてたことと、たぶん関係があったんだろう」

ラヴォンが新しい煙草に火をつけた。「今度は何を悩んでる?」

「イングリッドがロシアへ発った朝、わたしの部屋に置いていったメモのことで」

「〝ぜったい落胆させない〟ってやつか?」

ガブリエルはうなずいた。

「させないだろうな」ラヴォンは言った。

「まさにそれが心配なんだ、エリ」

49

ルブリョフカ

イングリッドはワークアウトの仕上げとしてマウヌスの屋敷の室内プールを二、三往復し、それからシャワーと着替えのために上の階へ行った。今夜の服がベッドに並べてあった。ストレッチジーンズ、黒いセーターとジャケット、かかとの低いスエードのブーツ。この日の早い時間にバルヴィハ・ラグジュアリー・ヴィレッジで買った〈ジバンシィ〉の黒のハンドバッグは、予備のキーホルダー、握りの部分にテープを巻いたネジ回し、ロシア製の拳銃ベクトルとサプレッサーが楽に入る大きさだった。

銃は目下、ゲンナージー・ルシコフ宅の娯楽室の戸棚に保管されている。マウヌスと二人で八時にゲンナージーの屋敷を訪ねて軽い夕食をとり、最終的なリハーサルをすることになっている。イングリッドは気が進まなかった。土壇場でのリハーサルなど無意味だと思っているし、盗みの前は何も食べないことにしている。食べものに圧迫されて炎が消えてしまう。午後からずっと、胸のなかで炎が燃えていた。肌が熱を帯び、指先が疼いていた。その現象を和らげる手段はいっさいとらなかった。書類を手に入れたときに、炎は静まるはずだ。

髪を乾かして化粧をするという日常的なことをすれば、いつもなら少しは落ち着けるのだが、今夜はだめだった。何かにとりつかれたような気分だった。化粧を終えてから、鏡に姿を映してみた。肩も腿も硬くひきしまっている。蜂蜜色の肌は完璧だ。しみひとつない。身元を突き止めるための目印はどこにもない。姿の見えない女。

音を立てずに着替えをすませ、ハンドバッグを手にして一階に下りた。ウールのオーバーをはおったマウヌスが彼のものだったロシアの豪邸の各部屋を最後にもう一度まわっていた。ロシア大統領から送られた〈ピアジェ〉の腕時計で時間を見たとき、彼の手が震えた。

思想警察に聞かせるために二言三言何か言わなくてはと、マウヌスは気がついた。「支度はできたかい、アストリッド？　どこへ行ってしまったのかと、ゲンナージーがたぶん心配していることだろう」

二人の旅行カバンはマウヌスがすでにレンジローバーの後部に積みこみ、ガソリンも満タンにしてあった。ガラスと木材でできたゲンナージーのシャレーへ車で向かうあいだ、ヘッドライトの光のなかで雪がちらついていた。シャレーに着くと、ゲンナージーがすぐさま二人を娯楽室に通して重いドアを閉めた。ベクトルの拳銃がビリヤード台の赤いラシャの上に置かれ、銃口にサプレッサーが装着してあった。その横にはアルミ製のアタッシェケース。

「あけてごらん」ゲンナージーが言った。

イングリッドは留め金をパチッとはずして蓋を開いた。手の切れそうな百ドル札の束がぎっしり入っていた。

「前金として、まず五十万ドル払っておこう」ゲンナージーが説明した。「残りの金はきみが指定する銀行へ送らせてもらう」

「本気で賭けたわけじゃないのよ、ミスター・ルシコフ」

「それは一千万ドルの賭けに負けた者のセリフだ。勝った者ではない。いずれにしろ、いまからきみがしようとしていることへの報酬として受けとってもらいたい。きみには一ペニー残らずもらう資格がある」

「わたしたちの世界では、支払いは仕事が完了した時点でというのが決まりよ。それも成功した場合だけ」

「いやいや、賭けは賭けだ、ミズ・ソーレンセン」

「アンドラ・プライベート・バンク。わたしの口座担当者はエステバン・カステルという男性」

ゲンナージーは微笑した。「その男ならよく知っている」

　イングリッドはアタッシェケースを閉じ、ロックのコンビネーションの設定をチェックした。左側のラッチは二‐七‐一。右側は一‐五‐五にセットされていた。

「その数字に見覚えはないかね？」ゲンナージーが訊いた。それはニコライ・ペトロフの金庫のコンビネーションと同じ六桁の数字だった。二七、一一、五五。イングリッドはアタッシェケースをロックして、ダイヤルを適当にまわした。次にベクトルの銃口からサプレッサーをはずし、銃と一緒にハンドバッグにすべりこませた。

「バッグを肩にかけてくれ」ゲンナージーが言った。「どんな感じか見てみたい」

　イングリッドは言われたとおりにした。銃は約一キロの重量だが、バッグの造りがしっかりしていて、銃の存在を隠してくれている。

「銃を持ったままニコライ・ペトロフに近づくことのできる者はほとんどいない」ゲンナージーは言った。「だが、今夜は社交上の訪問だし、ロシア大統領の側近中の側近であり、信頼篤きメンバーであるわたしが一緒だから、ニコライの警護係がバッグを調べさせてほしいと言ってきみを侮辱するようなことはぜったいにないはずだ」

「わたしが行くことを向こうは知ってるの？」

「じつは、ぜひきみも一緒にとニコライのほうから言ってきたんだ。強硬な超国家主義者ながら、すこぶる愛想よくふるまうこともできる男だ。魅力的な若い女性の前ではとくに。ただし、きみの前でビジネスの話をすることはけっしてない。ついでに言うなら、わたしもだ。社交辞令を二、三分やりとりしたあとで、静かな場所を見つけて話をしようとこちらから提案し、きみ一人を残していくから、ニコライの仕事部屋に忍びこんでほしい」

「防犯カメラはほんとにないの？」

「私邸のなかに？　カメラをつけることなど、ニコライは夢にも考えないだろう」

「警護係はどうしてるの？」

「屋敷の外にいるはずだ。裏庭も含めて。だから、書類を写真に撮ろうとしてデスクのスタンドをつける前にかならず、ニコライの仕事部屋のブラインドが閉まっていることを確認してほしい」

「ロシア連邦安全保障会議の計画書三七－二三／VZ、日付は八月二十四日、ロシア連邦大統領のみ閲覧可」

「そう、それだ」ゲンナージーは時刻をたしかめた。「三十分ほどしたら、ニコライのところへ出かけるとしよう。何か食べて少しリラックスしないか？」

ゲンナージーの使用人たちが伝統的なロシアふうサンドイッチとサラダをのせたトレイをキッチンに置いていってくれた。イングリッドはブラックコーヒーを飲むだけにしておいた。尖った神経を静めるために、何かを、なんでもいいから盗みたい誘惑に駆られた。右手の指がニコライ・ペトロフの金庫の想像上のダイヤルをまわしていた。マウヌスも、ゲンナージーも、彼女の心を焼く炎には気づいていなかった。NTVでドミトリー・ブダノフが夜ごとの熱弁をふるうのを見ていた――高まるいっぽうの警戒心とともに。

マウヌスは低く悪態をついた。

イングリッドの手が静止した。「何かまずいことでも？」

答えたのはゲンナージーだった。「ドミトリー・セルゲーヴィチがロシアの情報機関にいる彼の情報源から、不穏な話を聞いたそうだ。爆発力の小さな初期の核兵器をウクライナが入手したことを、その情報源が伝えてきたらしい。ドミトリー・セルゲーヴィチはロシアがウクライナに先制攻撃をすべきだと考えているようだ」

「何か知っているのかしら」

ゲンナージーが答える前に彼の電話が鳴りだした。デバイスを耳にあて、二言三言ロシア語で低く言葉を交わし、それから電話を切った。

「ニコライのスケジュールに遅れが生じた。ワロージャに呼ばれてノヴォ・オガリョヴォへ行っているそうだ。重大な緊急事項だとか。ミーティングが終わったら電話をくれることになった」

イングリッドはジェネシスを使って安全な衛星回路経由で手早くメールを送り、ＮＴＶを見るよう送信先の相手にアドバイスした。次に、ニコライ・ペトロフの想像上の金庫に片手を置いた。右へ四回、左へ三回。右へ二回。
二七、一一、五五。

50

ルブリョフカ

ペトロフからなんの連絡もないまま、さらに四十五分が過ぎたとき、イングリッドはバンプキーを使ってゲンナージーの娯楽室に入りこみ、神経を静めるためにビリヤードを始めた。五回連続ですべてのボールをポケットに落とし、六回目でボールが一個だけ残ったとき、マウヌスからようやく、出かける時間だという連絡が入った。残ったボールは苦手な十三番だったが、近くのコーナーポケットまでは一直線だ。目を閉じていても十回のうち九回まで落とすことができる。だが、運命への挑戦はやめることにして、キューをビリヤード台に置き、上の階へ行った。

オーバーを着て手袋をはめたマウヌスとゲンナージーが玄関ホールで待っていた。イングリッドは自分の荷物をとりに急いでキッチンへ行った。必要もないのに最後の点検をおこなった。せめて心の一部だけでも静めておきたかった。バンプキーはジーンズの右側の前ポケット。握りの部分にテープを巻いたネジ回しはハンドバッグのなか。銃とサプレッサーも一緒だ。電話は人からよく見えるよう、手に持つことにした。秘密のカメラ機能がオンにしてある。撮った写真を安全な回線でガブリエルに送るのは、サンクトペテルブルクへ向かうまで待つつもりだった。

イングリッドはオーバーを着て、現金が詰まったアタッシェケースを持ってから、マウヌスとゲンナージーを追って凍える夜の戸外へ出た。雪が激しくなっていて、ふわふわの大きな雪片が暗い空から落ちてくる。ゲンナージーが頭を低くして、メルセデスの開いた後部ドアへ向かった。イングリッドはアタッシェケースをレンジローバーのリアシートに置いてから、助手席に乗りこんだ。マウヌスが運転席にすわってエンジンをかけた。

「ニコライがノヴォ・オガリョヴォを出るときに電話してきた。われわれもほぼ同じぐらいにニコライの屋敷に着けるだろう」

「向こうでどんな話をしたと思う？」

「ニコライとワロージャが？　本人に直接尋ねてはどうだ？」

「それがいいわね」

「ただの冗談だよ」マウヌスは横目でイングリッドを見た。「せめて少しは神経をピリピリさせているふりをしたらどうだね？」

「わたし、神経がピリピリすることはないの」

「わたしはある」マウヌスは言った。「正直なところ、ピリピリしすぎている」

「大丈夫よ」イングリッドは彼を安心させるために手を握りしめた。

「すべてうまくいくわ」

しかし、それはあくまでも、彼女がニコライ・ペトロフの仕事部屋のドアの錠をはずし、金庫を開き、ロシア連邦安全保障会議の書類を間違えずに見つけだし、中身を写真に撮り、ペトロフと警護の連中に気づかれないうちに金庫へ戻すことができた場合の話だ。警護係は全員が元スペツナズ隊員で、目下イングリッドのハンドバッグに隠してあるのと同じタイプの銃を携行しているはずだ。三十層からなる防弾チョッキでも貫通できるというSR－1ベクトルなどを。彼女の黒いセーターとジャケットでは、身を守る役にはほとんど立たない。銃を抜かざるをえない状況になったら、おそらく命はあるまい。ゲンナージーとマウヌスの命も。しかしながら、二人の死はイングリッドよりも時間がかかるだろう。そして、はるかに大きな苦痛を伴うことだろう。

二人の車はゲンナージーの車列に続いてメイエンドルフ・ガーデンズの静かな私道を進み、住宅地の表門から外に出た。サマセット・エステートと呼ばれる警備厳重な住宅地があるのはルブリョフカの西端で、モスクワ川に面している。住人たちは日常会話のなかでここを〝クレムリン〟と呼んでいる。住宅地を囲む防犯用の塀はテラコッタの色で、少なくとも六メートルの高さがある。入り口はひとつだけで、緑色の尖塔がついたゴシック様式のふたつの時計台に左右を守られている。ここに足りないのは――イングリッドは思った――光り輝く赤い星だけね。

ゲンナージーのボディガードたちを乗せたメルセデスSUVのうしろで、マウヌスはゆっくりと車を止めた。住宅地の入り口でのセキュリティチェックは形だけですむはずだと、ゲンナージーが断言していた。しかし、なんの動きもないので、一分が過ぎたところでイングリッドは銃とサプレッサーをハンドバッグから出し、シートの下にすべりこませた。

さらに一分たってようやく、ゲンナージーとボディガードたちが敷地に入ることを許された。サブマシンガンPP二〇〇〇を肩から斜めにかけた警護係がマウヌスを手招きし、次に手袋をはめた片手を上げた。マウヌスはブレーキを踏んで停止し、車の窓をあけて、警護係に愛想よく挨拶をした。

そのあとに会話が続いたが、イングリッドにはひとことも理解できなかった。やがて、警護係が車の横をゆっくりまわった。懐中電灯のまばゆい光がしばらくイングリッドの顔を照らした――そして、リアシートに置かれたアルミ製のアタッシェケースを。警護係はマウヌスがあけた窓のほうへひきかえし、アタッシェケースの中身について尋ねた。それだけはイングリッドにもよくわかった。マウヌスの返事を聞いた警護係は手をふって車を通した。

イングリッドは銃をハンドバッグに戻した。「アタッシェケースに何が入ってるのか訊かれたわけ？」

「ああ、もちろん」

「なんて答えたの？」

「本当のことを」

「向こうは変だと思わなかった？」

「ルブリョフカで？　冗談だろ」

　車二台から成るゲンナージー一行の車列が、テールパイプから排気ガスをゆるやかに吐きだしながら、ゲートの数メートル向こうで待っていた。マウヌスはそのうしろについて、さまざまな宮殿を模したライトアップ中の建物の前を通りすぎた。こちらにバッキンガム宮殿とブレナム宮殿、次はエリゼ宮とシューンブルン宮殿。小型版のケンジントン宮殿もあり、金箔張りの華麗な門までついていて、三台の車は検問なしで門をくぐることを許された。

　屋敷の主はいまこの瞬間、ロシア製の高級リムジン、アウルス・セナートのリアシートから姿を見せたところだった。この車は、ノヴォ・オガリョヴォで彼が会ってきたばかりの人物の専用車をひとまわり小さくしたものだった。彼は電話を耳にあて、彼自身のアタッシェケースを持っていた。雪が激しく降っているため、深夜の客三人への挨拶はあとまわしにして大急ぎで自宅の玄関ドアを通り抜けた。

　リムジンは霊柩車《れいきゅう》のごとくゆっくり走り去ったが、ペトロフの警護係のうち何人かは前庭に残った。その一人がゲンナージーと雑談していて、ゲンナージーも彼自身のアタッシェケースを握りしめていた。中身は今夜の遅い集まりに関係した金融書類だった。警護係はそこまでは知らなかったものの、アタッシェケースのなかをのぞく気はなさそうだった。アタッシュケースを持っているのはKGBの元職員で、ロシア大統領の側近グループのなかでも信頼篤き人物だ。しかも、ニコライ・ペトロフの取引銀行の頭取で、ペトロフが不正な手段で得た資産のかなりの額を管理している。疑うべき点はどこにもない。ペトロフの友人のマウヌス・ラーセンも同様だ。

マウヌスはレンジローバーのエンジンを切り、運転席のドアをあけた。「ここで待っててくれ」イングリッドに言った。「すぐ戻ってくる」

車を降りて、前庭を横切ってゲンナージーのほうへ向かった。イングリッドは苛立っているふりをしながら車のサンバイザーを下げ、照明つきのバニティミラーで化粧直しをした。厳寒用の装備に身を包んだ警護係が、雪で白くなった芝生の持ち場からその様子を眺めていた。

自分の容姿に満足したイングリッドがサンバイザーを上げると、レンジローバーのほうに戻ってくるマウヌスの姿が見えた。マウヌスは助手席のドアをあけ、「さあ、行こう」と低く声をかけた。

イングリッドはハンドバッグをつかんで車を降りた。マウヌスが彼女の肩を抱いて二人でゲンナージーのほうへ行くと、ゲンナージーはビジネスライクな微笑を浮かべた。前庭に立つ警護係たちは三人が屋敷の正面に近づくのを黙って見ていた。玄関先で見張りに立っている警護係が三人のためにドアをあけ、脇へどいた。

三人は屋敷に通された。

ゲンナージーが先に立って玄関ホールに入ると、三人の背後でドアが閉まった。イングリッドは自分の位置を手早く確認した。きらびやかに装飾された玄関ホールは〈サザビーズ〉のパンフレットで見たとおりだ。右と左には弧を描く廊下、前方にはカーブした大階段。大理石の床は金の延べ棒の色だし、けばけばしい壁紙も同じ色だ。クリスタルガラスのシャンデリアの光は手術室のようにまばゆい。

三人はニコライ・ペトロフの声を追って左側の廊下を進み、広々とした客間に入った。室内の家具は高価そうだが、趣味はよくなかった。ペトロフはまだ電話中で、オーバーを脱いでもいなかった。アタッシェケースは戸棚にのせてあった。革製の立派なもので、色は黒、一対のダイヤル錠がついている。

ペトロフがゲンナージーの視線をとらえ、特大のコーヒーテーブルに置かれた銀色の酒のトレイを指さした。ゲンナージーはジョニーウォーカーの青ラベルの蓋をはずして、三つのグラスにウィスキーを注いだ。イングリッドはくつろいだ笑顔でグラスを受けとった。ゲンナージーは四つ目のグラスにウィスキーを注いでニコライ・ペトロフに渡した。さらに二分が過ぎて、ようやくペトロフが電話を切った。すぐさまイングリッドに視線を据えた。流暢な英語で話しかけた。

「お許しください、ミズ・ソーレンセン。だが、ご想像のとおり、このところずいぶん忙しくしておりましてな」ペトロフは電話をジャケットの胸ポケットにすべりこませ、片手を差しだした。「ようやくお目にかかれて光栄です。ユーリ・グラスコフのところのディナーパーティで紹介してもらえなかったことが悔やまれてなりません。恐るべき過ちを犯すのを止めてあげられたかもしれないのに」

「過ちとおっしゃいますと、ペトロフ書記？」

「マウヌスとの結婚ですよ、もちろん。あなたほどの女性なら、はるかにいい相手とめぐり会えるでしょうに」

ペトロフの勧めに従って三人はコートを脱ぎ、椅子に腰を下ろした。イングリッドはマウヌスのとなりにすわって〈ジバンシィ〉のバッグを脇に置いた。ニコライ・ペトロフがグラスの上から彼女を見つめていた。

「〈ダンスクオイル〉でマウヌスと一緒に仕事をしておられると聞きましたが」

「そのとおりです、ペトロフ書記」

「〈ルズネフチ〉との合弁事業の解消を思いとどまるよう、あなたから説得していただくことはできませんかな？」

「説得に努めてはいるのですが、わが国の口うるさい首相が気の毒なマウヌスに強いプレッシャーをかけて、ロシアへの投資をやめさせようとしているものですから」

ペトロフは微笑した。「あなたはなかなかのポピュリストだと、ゲンナージーから聞いています」

「ポピュリスト？　まさか。わたしは真の過激派です」

「お願いだから、彼女を興奮させないでください」マウヌスが嘆いた。「アストリッドに比べたら、わたしなど、社会正義のために戦う環境保護主義の戦士と言ってもいいほどです」

「じつに爽快だ」ペトロフは言った。「ひとつお尋ねしてもよろしいかな、ミズ・ソーレンセン。ジェンダーというのは何種類あります？」

「二種類です、ペトロフ書記」

「人は自分のジェンダーを自分で選ぶことができるだろうか？」

「そんなことができるのは、西側がたどり着いた極左の幻想の世界のなかだけです」

「では、あなたのジェンダーはどちらです？　それとも、そういう質問は差別的発言になるのかな？」

「わたしは女性です」

「どうやら、西側にも希望がありそうだ」

「ロシアがウクライナとの戦争に勝利すればね」

「その点はどうかご心配なく、ミズ・ソーレンセン」ペトロフは〈タグ・ホイヤー〉の腕時計にちらっと目をやり、椅子から立った。「あなたとお話を続けたいのはやまやまだが、もう時間も遅いし、わたしはわが銀行家とあなたの未来の夫を相手にビジネスの話をせねばなりません」

「わかりますとも」イングリッドは言った。

「ここでお待ちいただいてもよろしいかな？　マウヌスを長くひきとめるようなことはないとお約束しましょう」

イングリッドは微笑した。「必要なだけ時間をおとりください」

ゲンナージーとマウヌスは同時に立ち上がり、ロシア語で短いやりとりをしたあとで、ニコライ・ペトロフについてとなりの部屋へ移動した。羽目板張りの図書室ね――〈サザビーズ〉のパンフレットを思いだして、イングリッドは推測した。精巧な手作りのエレガンス。旧世界の様式と優美さ。いたずらっぽいウィンクとともにドアを閉めたのはゲンナージーで、残されたイングリッドは完全に一人になった。肌が熱を帯びた。指が疼《うず》いていた。

51

ルブリョフカ

ロシア式の資金洗浄法はさほど複雑ではない。しかしながら、ゲンナージーの説明は詳細にわたり、迷路のように入り組んでいた。

まず——彼は話を始めた——一連の電信送金をおこなう。送金先はトベリ銀行との取引が増えているドバイのいかがわしい金融機関。米財務省の法執行機関やその他の国際的監視機関の目を逃れるために、送金額は低く設定する。せいぜい数億ルーブル。ドバイを拠点とするいかがわしい金融機関がそのルーブルをディルハムに換え、ディルハムをドルに換える。すべてが一瞬で完了する。ドルは次に、キプロス島南部のリマソルという町にあるアルゴス銀行へ電信送金され、ある持株会社の口座に入る。その口座は、デンマーク最大の石油・天然ガス生産会社のCEO、マウヌス・ラーセンがひそかに持っているものだ。

「送金については、わたしがトベリ銀行の本店から指示を出す」ゲンナージーは説明を続けた。「だが、マウヌスには明日の朝いちばんにキプロス島へ飛んで、アルゴス銀行で必要な書類にサインしてもらう必要がある。資金がそちらへ無事に移されるまで、リマソルにとどまってもらいたい。手続きに要する時間はせいぜい四十八時間程度だろう」

「で、すべて終わったら？」ニコライ・ペトロフが訊いた。

「あなたの資産のうち、かなりの額をマウヌスがひそかに管理していく。匿名のダミー会社をいくつも使って、あなたのかわりに賢明な投資をおこなう。マウヌスはデンマーク国民で、アメリカやヨーロッパの制裁を受けていないから、預金が没収されることも、口座が凍結されることもない。あなたのような立場の人にとって、マウヌスは理想的な財布だ」

「投資に関してはすべてわたしの承認をとってもらいたい」

「それは無理だ、ニコライ。マウヌスといっさい接触を持たないことが肝要なのだから。実質的に、金は白紙委任することになる。マウヌスのことは、秘密の投資マネージャーだと思ってほしい」

「二十五億ドルのヘッジファンドを管理するマネージャーか？」

「そういう言い方もできる」

三人は向かいあった革のソファにすわっていた。ゲンナージーとマウヌスが片側に、ニコライ・ペトロフが反対側に。あいだに置かれた低めのテーブルに、十九世紀に作られた金箔仕上げのアンティークな時計がのっていた。時刻は十一時半。イングリッドを残して図書室に入ってから七分たったわけだ。

ペトロフが彼のウィスキーをじっと見ていた。「それで、わが投資マネージャーは手数料としてどれぐらい請求するつもりかな？　業界標準の2：20？」

「ドバイとキプロスのバンカーたちは自分の取り分をそれぞれふところに入れるだろう」

ゲンナージーは言った。「だが、マウヌスは、報酬を受けとるつもりはないと言明している」

「ずいぶん気前のいいことだ。しかし、それでも保証がほしい」

「どんな保証だ？」

「二十五億ドルを人に託すのとひきかえにもらえる保証だ」

「マウヌスはこれまでずっとロシアの偉大な友であり、支持者でもあった。そして、われわれの信頼を裏切るようなまねは一度もしたことがない」

「それはマウヌスが大きな弱みを握られているからだ」ペトロフはゲンナージーのアタッシェケースを見た。「わたしのサインを必要とする書類がそこに入っているわけか」

「控えめな言い方をすれば」

「すべての書類を一字一句に至るまで読ませてもらう」

「望むところだ」

ゲンナージーはアタッシェケースから分厚い書類の束をとりだし、金箔仕上げのアンテイークな時計の横に置いた。

午後十一時三十五分になっていた。

ドアはゲンナージーが説明していたとおりの場所にあった。中央の階段をのぼって右へ何歩か行ったところ。イングリッドはドイツ製の錠にバンプキーを差しこみ、ネジ回しのグリップ部分で一度軽く叩いた。二度目は必要なかった。錠はすぐにはずれた。取っ手をまわすと、ドアが室内に向かって音もなく開いた。

部屋に入って背後のドアを閉めた。階下から男たちのバリトンの声がかすかに聞こえてきたが、それを除けば、物音はいっさいなかった。光もなかった。ペトロフがシェードを下ろしたままにしていたのだ。おかげで時間が節約できる。

バンプキーとネジ回しをハンドバッグにしまってから、ジェネシスの電話をとりだした。ホーム画面の光だけを使ってあたりを照らしてみた。たちまち、室内の様子に親しみを覚えた。コペンハーゲン郊外に用意されていた隠れ家でこれとそっくりの部屋に数百回入っている。デスク、椅子とオットマン、垂れ板つきのテーブル。

金庫……。

金庫の前にしゃがんでダイヤル錠に手をかけた。ペトロフが最後に金庫を使ったとき、ダイヤルは四九のところで止めてあった。番号をリセットするために、ダイヤルを時計の針と逆方向へ五回まわし、次に二七の位置に合わせた。残りの番号についても第二の天性のごとくダイヤルを合わせていった。解錠作業の最後のステップとして、時計の針と同じ方向へダイヤルが止まるまでまわした。カチッと低い音を立てて錠がはずれた。

あのコンビネーションで合っていたわけだ。

金庫の重い扉をあけ、ジェネシスのライトで内部を照らした。金塊と札束があり、ロシア連邦安全保障会議の数々の書類が書棚の本みたいに立てて並べてあった。

最初の書類をとりだして表紙を調べ、金庫に戻した。となりの書類についても同じことをした。そのとなりも、そのまたとなりも。こうして次々と書類を調べ、列の最後までやってきた。それから金庫の扉を閉めて施錠し、ダイヤルをリセットして四九の位置に合わせた。

ロシア連邦安全保障会議の計画書三七－二三／ＶＺはニコライ・ペトロフの金庫に入っていなかった。

〈サザビーズ〉のパンフレットでは、屋敷の二階に広い寝室があり、それぞれに専用のバスルームがついていた。ペトロフの仕事部屋を忍び足で出たイングリッドは右に曲がり、両開きドアのほうへ向かった。錠をはずして部屋に入った。シェードのない高い窓から外の照明が射しこんでいた。見覚えのある家具が目に入った。販売用パンフレットにこの部屋の写真がいくつか出ていた。どこからどう見てもゲストルームだ。場違いな品も、個人的な品もない――そして、ロシア連邦安全保障会議の計画書三七－二三／VZ（日付は二〇二二年八月二十四日、ロシア連邦大統領のみ閲覧可）もない。

部屋を出て、踊り場の反対側にある両開きドアのほうへ向かった。ドアをあけると、そこはニコライ・ペトロフの寝室だった。ここにも外の照明が部分的に射しこんでいた。窓のひとつの端からそっとのぞくと、警護係の姿があった。見えるのはシルエットだけで、雪に覆われた庭で見張りに立っている。イングリッドの室内捜索は短時間ながらも徹底的だった。プロの泥棒の調べ方だ――ベッド脇のテーブル、化粧室、バストイレ。安全保障会議の計画書はどこにもなかった。

あとの部屋を調べるのは省略した。時間がなかった。かわりに、中央の階段を忍び足で下りて、客間にふたたび腰を下ろした。図書室から聞こえるバリトンの声のひとつが、目下、暴力の脅しと思われるものを告げていた。ロシア人と金が関係する集まりには必須の要素だ。イングリッドは指先をうずうずさせたまま、ジョニーウォーカーの青ラベルのグラスを空け、戸棚にのっているアタッシェケースを見つめた。今日の夕方、ニコライ・ペトロフがロシア大統領と会うときに持っていったものだ。革製の立派なもので、色は黒、一対のダイヤル錠がついている。

すべての書類を一字一句に至るまで読ませてもらうという約束を、ニコライ・ペトロフは守らなかったが、それでも丹念に目を通し、気にさわったいくつかの箇所の削除までおこなった。ゲンナージーは不要な書類をわざと何種類か紛れこませておき、それにもサインを求めた。そのすべてにゲンナージー自身の副署も――じつは不要なのだが――つけなくてはならなかった。マウヌスもやりとりをさらに長引かせるために、投資が損失を出した場合の彼の責任に関する条項に異議を唱えた。クライアントの資産管理は手数料なしでも喜んでひきうけるが、一度や二度投資に失敗したからといって、クライアントに弁償するつもりはぜったいにない、と言って。

ペトロフが最後の書類にサインしたのは午後十一時五十二分だった。ゲンナージーが書類一式をマウヌスに渡した。アルゴス銀行の口座を使用するのに必要だと言って。とりあえずは、それがゲンナージーからニコライ・ペトロフへの説明だったが、真実はひとかけらも含まれていなかった。ゲンナージーが述べたマウヌスの旅程――エジプト航空の夜明け前の便でモスクワからカイロへ飛び、午後三時ごろの乗継便でキプロス島のラルナカ空港へ――も嘘っぱちだった。

キプロス島のどこに泊まるのかと、ペトロフがマウヌスに尋ねた。

「リマソルのフォーシーズンズです」マウヌスは答えた。これも嘘。

「一人で？」

「アストリッドも一緒です」

「すばらしい女性だ」椅子から立ちながら、ペトロフは言った。「彼女の身に何かあったら大変だ」

「ご心配なく、ニコライ。あなたの資産はわたしが大切に管理します」

「もちろんそう願っている。でないと、きみはじわじわと苦痛に満ちた死を迎えることになる。ロシア式の死だ」ペトロフは言った。「いいかね、マウヌス。それは別物なのだよ」

一行はオーバーを着て手袋をはめた。いましがた殺人の脅しをかけたばかりのニコライ・ペトロフが優雅な物腰で三人を夜の戸外へ送りだした。雪に覆われた前庭に出てから、警護係たちが見張っている前で、ゲンナージーがマウヌスと握手をした。ロシア式のキスが正式に三回おこなわれ、最後の一回がイングリッドの左頰にとどまった。

「見つけた?」ゲンナージーが低い声で尋ねた。

「行きましょう、ゲンナージー」彼女の返事はそれだけだった。

ゲンナージーは無表情にメルセデスのリアシートに身を沈め、イングリッドとマウヌスはレンジローバーに乗りこんだ。二分後、表門を守っているゴシック様式のふたつの時計台のあいだを通り抜けたあと、車はロシア全土でもっとも大切にされている高速道路を東へ向かって疾走した。センターコンソールに二人の電話が並べて置いてあった。イングリッドはFSBの盗聴を承知しているような口調になった。

「ミーティングはどうだった?」まったく興味なしと言いたげな、わざとらしい口調で尋ねた。

「思ったよりうまくいった。ニコライから殺しの脅迫を受けたのは一度だけだった。ただ、きみはニコライに大きな感銘を与えたようだ。すばらしい女性だと言っていたぞ」

「ほんとにそうだもの」

「きみ、今度は何をしたんだ?」

イングリッドはハンドバッグに手を入れて、一通しか存在しない安全保障会議の計画書三七―二三／VZをとりだした。マウヌスは書類にちらっと目をやり、次にまっすぐ前方を見つめた。両手がハンドルをきつく握っていた。

「みごとだ」冷静に言った。「だが、ぜったいにしてはならないことだった」

「誘惑に逆らえなかったの」イングリッドは書類を膝に置いて電話に手を伸ばした。「わたしたちの飛行機は明日の朝何時に出発するの?」

「五時半だ。困ったことに」

イングリッドはうめき声を上げ、書類の表紙を写真に撮った。「シェレメーチエヴォ空港へ直行したほうがいいかもしれない」

「ひとこと言っておくと、わたしはリマソルの海辺で二、三日過ごすのを楽しみにしてるんだ」
「わたしほどじゃないでしょ」イングリッドは答え、次のページを写真に撮った。

52

ルブリョフカ——コペンハーゲン

ニコライ・ペトロフはジョニーウォーカーの青ラベルをグラスに二センチほど注ぎ足すと、戸棚にのせておいたアタッシェケースをとり、階段をのぼって仕事部屋のドアの前まで行った。室内は闇に沈んでいた。アタッシェケースをデスクに置いてスタンドをつけた。次に、安全な回線の受話器を上げて耳にあて、記憶している番号をダイヤルして、ルビヤンカのFSB本部に詰めている夜勤の職員にかけた。

電話に出た職員の声には疲労が色濃くにじんでいた——いや、たぶんアルコールだろう。ペトロフが名前を名乗ると、職員の口調が一変した。

「こんばんは、ペトロフ書記。どのようなご用件でしょう?」

ペトロフは用件を職員に伝えた。航空会社の乗客名簿のルーティンチェック。

「どの便ですか?」

「エジプト航空七二五便。明日の朝」

キーボードをカタカタ叩く音がペトロフの耳に届いた。音がやんだところで、夜勤の職員が言った。「ファーストクラスです。座席は2Aと2B」

ペトロフが次に電話をしたのはリマソルのフォーシーズンズ・ホテルだった。彼個人の携帯電話からかけた。「ラーセンにつないでほしい」交換台のオペレーターに告げた。「マウヌス・ラーセン」

「申しわけございませんが、当ホテルにお泊まりのお客さまのなかに、そのお名前の方はおられません」

「たしかか？　そこに泊まっていると当人から聞いたのだが」

「少々お待ちください」オペレーターは通話を保留にした。数秒後、電話口に戻ってきた。「ラーセン氏と奥さまは明日チェックインの予定です」

「こちらの勘違いだった」ペトロフはそう言って電話を切った。

奥さまか……。

マウヌスもけっこう運の強い男だ。二十年前はルビヤンカの部屋にすわらされ、彼の半分の年齢にも満たない全裸のロシア女と彼自身のビデオを見せられていたというのに。怒り狂うことも、泣くことも、見逃してくれと懇願することもなかった。かわりに、こちらが要求することをすべてやった。いかに屈辱的であろうと、汚れた仕事であろうと——南アフリカでのあの小さな任務もそこに含まれる。ペトロフもその功績は認めないわけにいかなかった。配られた手札がいかに悪くても、マウヌスはたしかな腕前で勝負をしてきた。いまのやつを見るがいい。ルブリョフカの豪邸。若く美しい婚約者。

そして、ニコライ・ペトロフの資産二十五億ドルを管理する身となった……。

感嘆すべき運命の変遷だ。それでも、ペトロフには自分の手札のほうが上だという自信があった。あの女がわたしの保険証券だ。女の命を危険にさらすようなまねは、マウヌスもけっしてしないはずだ。

ペトロフはウィスキーをゆっくり飲み、次に、たぶん賢明とは言えないだろうが、残りをいっきに喉に流しこんだ。空になったグラスを読書用の椅子のそばにある垂れ板つきのテーブルに置き、金庫のダイヤル錠をチェックした。四九の位置に合わせてあった。この日の朝にペトロフが合わせたときのままだ。アタッシェケースの頑丈なロックも同じく、然るべき番号に合わせてある。けっして変わらない。左側は九三四、右側は八〇六。

ダイヤルをまわして正しいコンビネーションにすると——左側は二七一、右側は一五五——掛け金がパチッとはずれた。蓋をあけようとしたとき、安全な回線の電話が鳴りだした。ウクライナにおける兵士の死傷者数を毎晩報告するために、上級補佐官の一人、セミョーノフがかけてきたのだった。それこそが真実の人数。政府がドミトリー・ブダノフのような連中を使ってロシア国民に吹きこんでいる偽情報ではない。今日の戦闘はことのほか過酷だった。死傷者が六百人にのぼっている。ほとんどが徴集兵と服役囚で、バフムトとソレダルでウクライナ軍の機関銃射手たちにズタズタにされてしまった。

こんな泥沼が長く続くはずはない——受話器を戻しながら、ペトロフは思った。それに、すべてが計画どおりに運べば、泥沼はかならず終わる。アタッシェケースに入った書類にその計画が事細かに記してある。偽旗作戦による挑発、慎重に計画した戦術的報復、アメリカとNATOが示すであろう反応、必然的に戦争がエスカレートして、世界はキューバのミサイル危機以来初めて、核による絶滅の縁へ押しやられる。

ペトロフはこれまで、あらゆるシナリオのもとで机上の作戦演習を重ね、あらゆる結果を想定しながら、その数学的確率を計算してきた。アメリカがロシアに対して核兵器を使用すれば、報復によって米国内の都市が破壊され、何百万という罪なき命が失われてしまうから、そこまでのリスクを冒すとは思えない——ペトロフはそう確信していた。大半のアメリカ人には地図で見つけることもできないような国を守るために、アメリカがそこまでするわけはない。だから、この偽旗作戦の結果としてロシアがウクライナで勝利を収め、次に、西側世界の市民生活と政治に混乱が広がって、NATOが崩壊する。この画期的な大変動の先に待っているのは新たなる世界秩序で、アメリカではなくロシアが覇者となる。

そして、あと二、三時間で——仕事部屋のスタンドを消しながら、ペトロフは思った——作戦が開始される。たったひとつの言葉を合図にして。安全保障会議の計画書を金庫にしまっていなかったことにようやく気づいたのは、ベッドに横になったあとだった。いや、かまうものか。この家はロシアでもっとも安全なゲートつき高級住宅地にあるのだし、訓練の行き届いた殺人者から成る小さな軍隊に守られている。書類はどこへも行きはしない。ニコライ・ペトロフはそう考えて自分を安心させ――時刻はモスクワ時間で零時三十八分――目を閉じ、死んだように眠りこんだ。


最初の写真がPET本部のオペレーション・センターに到着し、コースを誤ったロシアの弾道ミサイル並みの衝撃を広げた。キリル文字と数字で書かれた〝三七－二三／VZ〟がはっきり写っていた。ロシア連邦安全保障会議の計画書の表紙と見て間違いあるまい。ただ、理由はまだよくわからないながら、書類はそれを撮影した女性の膝にのっているように見えた。それ以上にわけがわからないのが女性の現在地と進行方向で、エリ・ラヴォンのノートパソコンの画面で明滅中の青い輝点がそれを示していた。

「頼むから、彼女はやっていないと言ってくれ」ラヴォンが深刻な声で言った。

「やっていそうな気がする」ガブリエルは答えた。「だが、念のためにGPSデータをチェックしたほうがいいだろう」

ラヴォンは写真に埋めこまれている座標をとりだした。「やったな」と言った。「間違いなくやっている」

ガブリエルは小さく悪態をついた。イングリッドはルブリョフカにあるニコライ・ペトロフの屋敷から安全保障会議の計画書を持ちだしたのだ。「ペトロフが紛失に気づくまでにどれぐらい時間があると思う？」

「まだ気づいていないと誰が言ってる？」

「然るべき理由があったに違いない」

「どんな？」

「いまにわかるさ、エリ」

ちょうどそのとき、次の写真がみんなの携帯の画面に映しだされた。計画書の一ページ目。今後の計画が短くまとめてある。ラヴォンとミハイルがガブリエルとラース・モーデンセンのために内容を通訳した。

「なんてことを」デンマークの情報機関のチーフが言った。

「しかも、お楽しみはこれからだ」ガブリエルは憂鬱な声でつけくわえた。

「そうだな」ラヴォンが言ったとき、次のページがパソコンの画面に映しだされた。「しかし、核心に近づいてきたのはたしかだ」

「なんて書いてある？」

「ペトロフに見つかる前に、イングリッドが書類の残りをこっちに送らなきゃならん、と書いてある」

一定のペースで写真が届きはじめた。十秒か十五秒おきに計画書が一ページずつ送られてくる。ガブリエルがそれを安全な回線経由でラングレーへ転送すると、そちらで待機中の〝ロシアハウス〟のアナリストと翻訳者たちが分析にとりかかる。数分もしないうちに、エイドリアン・カーターの頭に残っていた毛髪が逆立った。無理もない。計画書には曖昧な点がいっさいなかった。ウクライナで核戦争を起こすための手順が詳細に述べてあった。戦争を誘発するのは〈オーロラ作戦〉というコードネームがついた偽旗作戦。ガブリエルは思った――終末時計の針が真夜中まであと一分になってしまった。いや、もっと短いかもしれない。

最初の写真が届いた九分後に最後の写真が届いた。エリ・ラヴォンのパソコン画面で明滅する青い輝点はすでに、モスクワの環状道路に到達していた。五分後、現地時間で零時半に、輝点はモスクワとサンクトペテルブルクを結ぶ高速道路、M11を北へ向かっていた。グーグルマップはプルコヴォ空港までの所要時間を一時間と推測した。最新の天気予報によると、途中で降雪に遭遇する確率は百パーセント。イングリッドとマウヌスが生きてロシアから脱出できる確率は、ガブリエルの計算によれば、〇パーセント前後といったところ。

しかも、数字はさらに低くなりそうだ。

「今度はなんだ?」エリ・ラヴォンが訊いた。

「エイドリアン・カーターがわたしにアメリカ大使館へ行ってほしいと言っている。ラングレーのネットワークを使って内密に話がしたいそうだ」

「どんな話を？」

「計画書の三十六ページ目」

「そうなりそうなのか？」

「もしかすると」

「アメリカの連中、まさか――」

「うん、エリ。その〝まさか〟だ」

モスクワ環状道路の十一時の方角を起点とし、サンクトペテルブルクの南門を終点とする高速道路は、トヴェリ市の市街地を少しだけ迂回《うかい》するのと、ヴァルダイ国立公園の湖のあいだをジグザグに進むのを別にすれば、基本的に一直線に延びている。身を隠すのは不可能だ。料金所がいくつもあるし、カメラが車の流れを監視している。凍えそうな冬の夜中の午前一時二十分ともなれば、ちょろちょろ流れる小川みたいなものだ。マウヌスは時速百十五キロで車を飛ばし、大いに距離を稼いでいた。

イングリッドが彼の電話の電源を切ってＳＩＭカードを抜いた。「道路脇へ寄って」

「なぜ？」

「運転しながらじゃ、読めないでしょ」

「賢明なやり方だと思ってるのか？」

「あなたの電話を使えなくしておいたわ」

「きみの電話はどうなんだ？」

「わたしのはセルラー・ネットワークに接続されてないの」

マウヌスはレンジローバーを道路脇へ寄せ、ブレーキを踏んで停止した。次に、ドアのハンドルに左手をかけたまま、サイドミラーをのぞきこんだ。

「何をぐずぐずしてるの？」

怪物のように大きなロシア製のトラックが、雪と凍結防止用の塩をまき散らしつつ轟音を上げて通りすぎた。「いまのがきみの質問への答えになったかね？」マウヌスが尋ね、車を降りた。

イングリッドは身体をずらしてセンターコンソールを乗り越え、運転席に腰を落ち着けた。マウヌスはレンジローバーのヘッドライトのまばゆい光のなかを通り抜けたあと、イングリッドがいた助手席にすわった。

渋い顔で言った。「わたしにベタ惚《ぼ》れの秘書だったときのほうが、きみに好意を持てた気がする」

イングリッドはシートとミラーの位置を手早く調節し、アクセルを踏みこんだ。前方の道路はがら空きで、ヘッドライトに明るく照らされていた。少なくともいまのところは雪も氷もない。

マウヌスは頭上の車内灯をつけて安全保障会議の計画書をかざした。「まず、説明してもらうとしよう」

「金庫に入ってなかったの」

「どこにあったんだ?」

「ペトロフのアタッシェケース」

「なぜ写真を撮らなかった?」

「時間がなかった」

「わたしの記憶では、きみが受けた指示はきわめて明確だったはずだ」

「ニコライ・ペトロフは何か理由があって、ロシア大統領との今夜のミーティングにその書類を持っていった」

「どこへ消えたのかと、いまごろ首をひねっているに違いない」

「消えたことに気づいていなければ大丈夫よ」

「じきに気づくはずだ」マウヌスは安全保障会議の計画書を開いて読みはじめた。しばらくしてからつぶやいた。「とんでもないことになった」

「なんて書いてあるの?」

「今夜、きみはまさに正しいことをした、と書いてある、ミズ・ソーレンセン」

53

コペンハーゲン支局

ふつうなら、PET本部からダグ・ハマーショルド大通りにあるアメリカ大使館までの十キロの道のりは車で十五分かかるが、ガブリエルの車のハンドルを握った人物は十分足らずで走り抜けた。CIAのコペンハーゲン支局長、ポール・ウェブスターがロビーで待っていた。革のオックスフォード・シューズをぎしぎしいわせながら、ガブリエルを案内して無人の廊下を進み、盗聴の心配のない彼の領土のドアまでやってきた。部屋に入ると、暗号化されたテレビ電話回線でこちらとラングレーをつないだ。数分後、エイドリアン・カーターが画面に現れた。緊張で顔がこわばっている。

「いまなんて？」ガブリエルは訊いた。

「三十六ページ」カーターはくりかえした。「クレイジーなクソどもが偽旗核攻撃で自国の村のひとつを消し去ろうと企んでいて、その手順が記してある。舞台となるのは、ウクライナとの国境すれすれのところにあるマクシーモフという小さな村だ」

「だが、そのクソどもは、攻撃をいつおこなうかについては何も言っていない」

「そのとおり。だが、準備地点についてはきわめて具体的に書いてあった」

「サカロフカ」

「農業の盛んなところだ」カーターは言った。「ポールが衛星写真を用意しているから、きみに見てもらおう」

支局長はテレビ電話の画面からわずかに離れて、パソコンの前にすわっていた。マウスを二、三回クリックして画像を呼びだした。

「何を見ればいいんだ?」ガブリエルは尋ねた。

「左下の隅に写っている小さな農家」

「ごく平凡な農家に見えるが」

「戦争が始まった日はそうだった。だが、これが昨日の姿だ」

支局長は別の画像をパソコン画面に呼びだした。今度は、わだちがついた農家の中庭に〈カマズ〉の巨大な軍用トラックが二台止まっていた。十人あまりの重装備の男たちがトラックを囲んでいる。

「これならそう平凡には見えないだろう?」

「たしかに」ガブリエルは同意した。「ついでに、このロシア兵たちも平凡には見えない」

「うちの連中の感想も同じだ。スペツナズGRUではないかと言っている」スペツナズG

ＲＵというのは、ロシアの軍部諜報機関のエリート特殊部隊のことだ。「よく見てみると、あの波型鉄板でできた納屋のまわりに防衛線がひいてあるのがわかると思う。〈カマズ〉のトラックがもう一台、納屋のなかに置いてある。興味深いことに、商用トラックのように見せかけている。われわれが危惧しているのはそこなんだ」

「その納屋を攻撃すれば――」

「計画には含まれていない」カーターが言葉をはさんだ。

「計画というのは？」

「厳重な監視を続けるべし」

「衛星による監視はどんな具合だ？」

「あのエリアには、当方が公式に認めているより多くの協力者を送りこんでいる、とだけ言っておこう。トラックが農場を出たら、われわれの監視下に置く。そして、トラックがマクシーモフで停止したら、ウクライナ軍がＨＩＭＡＲＳ《ハイマース》からミサイルを数発撃ちこむことになっている。もちろん、われわれの少なからぬ助力を得たうえで」

「サカロフカからマクシーモフまでのトラックの所要時間は？」

「約二時間。つまり、警報を出す時間は充分にある」

「ミサイルがターゲットに到達するのにどれぐらいかかる？」

「十分。間接的に核爆発をひきおこすことなくターゲットを破壊できることに、われわれは充分な自信を持っている」

「だが、ロシア側の反応をひきおこすことになるぞ。その反応には」ガブリエルはつけくわえた。「ウクライナ側がどうやって作戦を知ったかについての推測も含まれる」

「だからこそ、きみは友人たちをあの国から一刻も早く脱出させなくてはならん」

「二人は目下、脱出しようとしているところだ、エイドリアン」

「現在位置は？」

「モスクワとサンクトペテルブルクのほぼ中間あたり」

「空港の天候は？」

「そっちがＣＩＡの長官だろう。教えてくれ」

「あの二人がかわりの旅行プランを考えざるをえなくなる可能性が、少なくとも五十パーセントはあると思う」

「わたしなら七十五パーセントに近いと言うだろう」

「代案は？」

「ウクライナ軍に頼んで、ルブリョフカにあるニコライ・ペトロフの屋敷を爆撃してもらう。できれば、計画書の紛失にペトロフが気づく前に」

「願いごとをするときは気をつけろ」カーターが言い、テレビ電話の画面が暗くなった。

ガブリエルは衛星写真を凝視した。どこともわからぬ場所の真ん中に崩れかけた古い農家。わだちのついた中庭に〈カマズ〉の大型トラックが二台。納屋のなかにもう一台。ラングレーが危惧しているのはそのトラックのことだ。そこに爆弾が積んである。

サカロフカという小村の農家に宿営中の十六人の男は、第三独立親衛特殊任務旅団、すなわちGRU（ロシア連邦軍参謀本部情報総局）のエリート偵察隊に所属する兵士たちだった。指揮官はアナトーリー・クルチナ大尉。チェチェンとイランで戦闘に加わったベテラン兵で、二〇一四年にロシアがクリミアへ侵攻したときは、〝リトル・グリーンメン〟と呼ばれる謎の兵士の一人として占領・封鎖に加わった。今回のいわゆる特別軍事作戦においてクルチナ大尉が最大の貢献をしたのはブチャでのことで、第二三四親衛空襲連隊が数百人の無辜《むこ》の市民を虐殺するのに手を貸した。悪夢だった。彼が目にしてきたなかで最悪の残虐行為だった。しかし、戦争は戦争だ。ロシア軍が関わったときはとくに。

クルチナと彼の部隊は農家に宿営するよう十一月末に命じられた。二日後に〈カマズ〉の白いトラックが到着した。全長三メートルほどの円筒形の物体が積んであった。鋼鉄製のフレームに乗せられ、コイルケーブルで外部電源とつながっている。この奇妙な物体がなんなのか、クルチナは何も説明を受けておらず、物体に何も起きないように見張り、何があろうと外部電源のスイッチだけは入れないようにと指示されただけだった。クルチナは命令に従ってトラックを波型鉄板でできた納屋に入れ、扉に南京錠《なんきんじょう》をかけた。そして、物体はほぼ二週間にわたって納屋に置かれ、GRUでもっとも高度な訓練を受けた十六人の兵士が見張りを続けた。

日々の単調さが破られたのは一度だけ、前日の午後のことで、GRUの総局長イーゴリ・ベリンスキー将軍が不意にやってきたのだった。階級が下の大佐の制服に身を包み、民間人の服装をした技師を二人連れていた。トラックの荷台の物体を点検し、外部電源のバッテリーの状態をチェックした。GRUの総局長は次に、クルチナにこう言った――きみはウクライナにおける特別軍事作戦のなかでもっとも重要な任務を遂行するために選ばれた。おそらく、GRU自体の歴史のなかで最高に重要と言っていいだろう。

面倒な任務ではなかった。トラックを運転してマクシーモフという村まで行き、〈ルクオイル〉のガソリンスタンドで乗り捨てて外部電源のスイッチを入れる――それだけのことだった。三十分後に爆発が起きるが、クルチナはそのときすでに遠く離れたところへ行っている。GRUの別の工作員が待機していて、爆発域から無事に連れだしてくれることになっている。クルチナが任務を成功させたあかつきには大佐に昇進し、GRUから最高ランクの表彰状がもらえるという。きみの将来は輝いている――総局長は保証した。

「死者はどれぐらい出ますか？」

ベリンスキー将軍は肩をすくめた。たかが一般人ではないか。

「しかし、ロシア国民です」

「一九九九年にあのアパートメントの建物にいた連中もそうだった。三百人が死亡した。ワロージャの初当選を確実にするためだった」

　ブリーフィングが終わったところで、ベリンスキー将軍は民間人の衣服の包みをクルチナに渡した。任務開始の合図があるまで農家にこもっているようにと命じた。合図をするのはベリンスキー将軍自身で、〈オーロラ〉というコードネームのあとに合図が続く。将軍の予定では、合図は朝の六時過ぎになるとのこと。しっかり休んでおくようクルチナに命じた。不具合がいっさい起きないようにするのが肝要。最高の状態でいる必要がある。

　しかし、いまはもう午前五時近くだというのに、アナトーリー・クルチナは一睡もしていなかった。民間人の服に着替えて、台所に置かれたリノリウム張りのぐらぐらのテーブルにつき、火をつけた強い紙巻煙草《パピローサ》を右手の人差し指と中指ではさんでいた。目の前のテーブルにのせた衛星無線に視線を据えた。無線機の横に、波型鉄板でできた納屋の南京錠の鍵が置いてある。彼の頭にはただひとつの疑問しかなかった。

　なぜグロズヌイの死神と呼ばれ、ブチャの虐殺者となったアナトーリー・クルチナ大尉が選ばれたんだ？　この偉大な栄誉に値するどんなことをしたというのだ？　イーゴリ・ベリンスキー将軍はなぜ今回の最高機密の任務に自分を選んだのか？　答えは明白だった。あらゆる命令に従い、クソみたいな任務を押しつけられてもすべて遂行してきたからだ。そう思いつつも、総局長に欺かれたことをクルチナは心の底から確信していた。昇進はない。表彰状もない。〈ルクオイル〉のガソリンスタンドに車を止めて待っているGRUの工作員もいない――そして、爆発まで三十分もの余裕もない。戦争は戦争だ――アナトーリー・クルチナは思った。ロシア軍が関わったときはとくに。

54

クレムリン

朝の訪れにふだんと変わったところはなかった。今後の事態の予兆となるものも、それを暗示するものもいっさいなかった。大統領首席補佐官はいつもの出勤時間に、すなわち午前六時きっかりにクレムリン宮殿に入った。例によって不機嫌な顔だった。その数分後に、弁舌爽やかなクレムリンの広報官、エフゲニー・ナザーロフがゆったりした足どりでやってきた。この世に悩みなどなさそうな顔をしているが、じつはそうではない。ルブリョフカの豪邸から四十分かけてクレムリンへ向かうあいだ、ロシアが何千人ものウクライナの子供たちを拉致して再教育収容所に閉じこめているという報道をどう否定すべきか考えていた。その計画の担当責任者である女性は――たまたま、子供の権利を守る部局の委員でもあったが――二階にある彼女のオフィスですでに仕事を始めていた。

安全保障会議書記のニコライ・ペトロフは出勤が予定より数分遅くなりそうだったが、それはクレムリンの職員用出入口であるボロヴィツカヤ塔のところで渋滞が起きていたからにほかならなかった。いつものペトロフなら運転手を叱責するところだが、〈オーロラ作戦〉を進めている身としては、うわべだけでも冷静に見せなくてはならないため、遅れなど気にならないふりをして、彼のために要約された世界のニュースを読みつづけた。リアシートの反対側に彼のアタッシェケースがおいてあった。蓋があいていたが、機密扱いの書類が入った内側の仕切り部分はジッパーできっちり閉まっていた。

ようやく渋滞が解消し、ペトロフのリムジンも塔のアーチ形の入り口を通り抜けて、クレムリン宮殿の中庭に入った。アタッシェケースを手にして階段をのぼり、二階の彼の執務室へ向かった。広さも豪華さも大統領の執務室に劣らない。補佐官のパーヴェル・セミョーノフが彼のオーバーを受けとった。いつものように、伝統的なロシア式の朝食が彼を待っていた。つねに心遣いの行き届いたセミョーノフが一杯目のコーヒーを注いでくれた。

「ゆうべはゆっくりされましたか、ペトロフ書記？」

「したとも、セミョーノフ。きみは？」

「まあまあです。息子の咳がひどくて」

「それは大変だったな」ペトロフはアタッシェケースをデスクに置いて掛け金をはずした。「軽い症状ですめばいいが」

「大丈夫だと思いますが、ユリアがやたらと心配しております」セミョーノフはペトロフのオーバーを腕にかけた。「朝のスタッフミーティング用に、何か必要なものがおありでしょうか？」

「朝食と、考えをまとめるための時間が少し」

「承知しました、ペトロフ書記」

セミョーノフが部屋を出て背後のドアを閉めた。一人になったペトロフはデスクの席につき、安全な電話の受話器を上げた。ボタンを押してイーゴリ・ベリンスキー将軍を呼びだした。GRUの総局長はいつものようにそっけない挨拶をよこした。

「昨日の視察はどうだった？」ペトロフは尋ねた。

「あの肥溜《こえだ》めみたいな場所にけっこう足止めされました」

「運搬を担当する優秀な人材は見つかったかね？」

「きわめて優秀な男がおります。命令を待っているところです」

「では、きみから命令を出してもらおうか」

「本当にいいのでしょうか、ペトロフ書記？」

「いいとも」

「では、大統領は？」

「ゆうべ、そちらからも了承を得た」

「でしたら、ペトロフ書記、念のためにコードネームをお願いします。あとになって誤解が生じないように」

「オーロラ」

「間違いありませんね？」

「オーロラ」ニコライ・ペトロフはもう一度言って、電話を切った。


小村サカロフカでは風が吹き荒れ、砂利交じりの雪の粒が宙を舞っていた。アナトーリー・クルチナは頭を低くして中庭の凍った泥の上を小走りで横切り、波型鉄板でできた納屋の扉の前まで行った。警備にあたっていた兵士二人は寒さで半分死んだような状態だった。クルチナは任務を終了するよう二人に告げ、それから南京錠に鍵を差しこんだ。

南京錠が凍っていたため、掛け金をはずすのに一分かかり——錆びた扉をガラガラと開くのにさらに一分かかった。〈カマズ－四三一一四〉のキャブオーバー型のずんぐりした運転席が開口部をほぼふさいでいた。クルチナは頑丈なバンパーの横を通り抜けようとして、サイドミラーに左目をぶつけてしまい、それから運転席のドアをあけた。

運転席の前方にステップがついている。ホイールの四分の三ぐらいの高さのところだ。そこに左足をかけ、不機嫌に小さく悪態をつきながら、運転席によじのぼった。左目がずきずき疼いていた。今回の作戦における初の負傷。歴史的任務を遂行するにあたって幸先のいいスタートとは言えない。次はなんだ？　ガソリンタンクが空っぽとか？　バッテリー切れとか？

それ以上負傷することなく、どうにか運転席のドアを閉め、衛星ラジオを助手席に置いた。キーをイグニッションに差した。右へひねるとエンジンが息を吹き返した。しばらくしてから、凍った一車線の道路を西へ向かった。めざすはウクライナとの国境だ。

トラックの出発の知らせがコペンハーゲン郊外のPETのオペレーション・センターにいるガブリエルのもとに届くのに、わずか五分しかかからなかった。遠まわしな表現で知らせをよこしたのはエイドリアン・カーターだった。トラックは午前六時十二分に農家を出発した。国境の町マクシーモフへ向かったのなら、到着は八時から八時十五分のあいだぐらいだろう。トラックが停止したあとで、HIMARSからミサイルを発射する。そして、その十分後にふたたび発射。

「その時点で」電話を切ってから、ガブリエルはラース・モーデンセンに言った。「ニコライ・ペトロフとお友達のウラジーミル・ウラジーミロヴィチが怒り狂うことだろう」

「装置が正常に作動しなかったと思ってくれるかもしれない」

「ロシアの防空部隊がウクライナからのミサイル発射に気づいたら、そうはいかん。何が起きたかを正確に突き止めることだろう」

エリ・ラヴォンが彼のパソコン画面で明滅する青い輝点を見つめていた。

「二人はいまどこに？」ガブリエルは尋ねた。

「プルコヴォ空港の南、一時間十五分ぐらいの地点だ」

「ミサイルがあのトラックに命中する前に、飛行機に乗れるわけだな」

「それはどうかな」ラヴォンはパソコン画面のほうを指で示した。プルコヴォ空港が全便の運航休止を決定したところだった。「代案を出してもいいか?」

「そりゃ無理だろ、エリ」

ラヴォンはラース・モーデンセンのほうを見た。「サンクトペテルブルクにあるデンマーク総領事館を救命艇として使わせてもらいたい」

「あの二人を総領事館に入れることはできる」モーデンセンは言った。「だが、ふたたび外に出すまでに何年もかかるだろう」

「だったら、残された選択肢はひとつしかない」ラヴォンはパソコン画面で地図を拡大して、サンクトペテルブルクの北西のある地点を示した。

ガブリエルはモーデンセンを見た。「飛行機が必要だ」

55

マクシーモフ

〈ルクオイル〉のガソリンスタンドがあるのは、ロシアとウクライナのドネツク州を隔てる、いまはもう無意味な国境から約一キロの地点だった。アナトーリー・クルチナは午前八時十九分に到着した。道路状況のひどさを考えれば、悪いタイムではないと思ったが、予定より数分遅れていた。ガソリンスタンドの広いアスファルト部分の端にトラックを止め、エンジンを切った。突然の静寂にホッとした。これが初めてではないが、トラック運転手の仕事で生計を立てていないことを神に感謝した。

パピローサに火をつけてから、あたりの様子を窺った。給油機のところに客が二人いて、満タンにしようとしている。一人は風雪に鍛えられた感じの老人、もう一人はガムを噛んでいる十代の少女。コンビニの入り口の前に三台目の車が止まっている。リアシートに子供が二人。クルチナにも二人の子がいる。ヴォルゴグラードで母親と一緒に暮らしている。戦争が始まって以来、クルチナはわが子に会っていない。二人とも父親をヒーローだと思っている。祖国を守る者、ヴォーヴァおじさんのために戦う者。〝ヴォーヴァおじさん〟というのはウラジーミルのことだ。クルチナはテレビを叩きつぶすよう、子供たちの母親に懇願したことがあった。

時刻をたしかめた。八時二十二分になっていた。トラックの運転台から降りてコンビニに入った。さっき見かけた二人の子供の母親がレジカウンターの前に立っていた。二十代後半という感じ。戦争で夫を亡くしたに違いない。至るところでそういう女性を見かける。彼女がクルチナに非難の表情を向けた。なぜ軍服を着ていないのかと訝るかのように。クルチナのほうは、この女性も二人の子供もじきに死んでしまうのかと考えていた。

コンビニの通路を二分ほどうろついて食料と飲みものを選び、レジカウンターに戻った。カウンターの奥の女性は一カ月ほど眠っていないような顔をしていた。

「仕事は何時まで？」クルチナは訊いた。

「戦争が終わるまで」女性は冗談で答え、彼の品をスキャンした。

クルチナは現金で支払いをして外に出た。さっきの母親が車をスタートさせたとき、リアシートの子供二人が彼に向かって舌を出した。ガソリンスタンドを出た母親は東へ向かい、ロシアのほうへ入っていった。そのまま走りつづけろ——クルチナは思った。何をしてもいいが、車を止めることだけはするな。

〈カマズ〉のドアをあけて運転台によじのぼった。ポテトチップスの袋を開いたとき、暗号化された無線機から声が流れた。はるか遠くにいる相手は名乗るのを省略した。

「目的地に着いたか？」GRUの総局長、イーゴリ・ベリンスキーが尋ねた。

「はい」

「スイッチは入れたか？」

「まだです」

「なぜだ？」

「帰りの車に乗せてくれる人物が道に迷ったに違いありません」

「もうじき着くはずだ。ただちにスイッチを入れろ」

クルチナは無線機を脇にどけ、東のほうの高速道路に目を凝らした。車の姿はまったくない。いつまで待っても来ないだろう。少なくとも彼のための車は。

最後にもう一度、時刻をたしかめた。午前八時二十八分。次に、アメリカ製のソフトドリンクの蓋をねじってあけ、ボトルを唇に持っていき、姿を消すことにした。

サンクトペテルブルクの南のはずれでは、イングリッドがプルコヴォ空港のフライトボードをネットでチェックするあいだだけ、ジェネシスの電話をロシア最大の通信会社MTSのセルラー・ネットワークに再接続した。車の窓の外の悪天候からすれば意外なことではないが、ボードには到着便も出発便もいっさい出ていなかった。数分後、ガブリエルから安全な衛星回路経由で届いたメールがこの事実をさらに裏付けていて、かわりにフィンランド国境へ向かうよう彼から指示があった。現在、ＥＵの有効なビザを持たないロシア人に対しては、国境は閉ざされているが、イングリッドとマウヌスはデンマーク国民として自由に国境を越えられる。もちろん、ロシアで二人を迎えてくれた連中が出国を許せばだが。

有料の高速道路に入ってサンクトペテルブルクの中心部を迂回し、ロシアとフィンランドを結ぶ幹線道路Ｅ18をめざした。マウヌスがハンドルを握っていた。四時間ほど前に、ミャスノイ・ボルという地獄のような場所にある終夜営業のガソリンスタンドに寄ってガソリンとカフェインを補給し、そのあとはずっと彼が運転席にすわっている。イングリッドは女子トイレのゴミ箱にロシアの核攻撃計画書を捨ててくるつもりだったが、ドアをあけた瞬間、怖くなって逃げ戻った。

計画書は現在、ゲンナージー・ルシコフから渡されたアタッシェケースのなかに、五十万ドルの現金と一緒にしまってある。ゲンナージーに渡されたパワフルな拳銃、ベクトルはイングリッドのハンドバッグに入ったままだ。ゲンナージー自身がいまどこにいるかは、イングリッドにもマウヌスにもまったくわからない。逮捕されたのかどうかも、さらには生死すらわからない。まだ死んでいないとしても――イングリッドは思った――ほどなく死ぬだろう。それもすべて、わたしが安全保障会議の計画書を盗みだしたせいだ。

　イングリッドはＳＩＭカードを抜いたマウヌスの電話に視線を落とした。

「考えることすら禁止だ」マウヌスが静かな声で言った。

「どうしても知りたい」

「最悪の事態を想定しておこう」

「あの人がどんな目にあわされるかわかる？」

「われわれが逮捕されれば、わたしだって同じ目にあうだろう。だが、ゲンナージーは自分を待ち受ける運命を覚悟していた。わたしとしては、今回の件が本になったとき、ゲンナージーが受けて当然の評価を受けられるよう願うばかりだ」

「わたしたちはその本にどう書かれるかしら」

「ロシアの国境警備兵がわれわれの出国を許可してくれるかどうかによる」マウヌスは曇ったフロントガラスをオーバーの袖で拭いた。「いまふっと思ったんだが、きみはわたしについて知るべきことを残らず知っているのに、わたしはきみのことをほとんど知らない」

「そうね」

「せめて、何か教えてくれ」

「育ったのはユトランド半島の小さな町。ドイツとの国境の近くよ」

「スタートとしてはなかなかいい。お父さんは何をしている？」

「学校の教師」

「では、お母さんは？」

「聖女」

「きみは見るからに聡明な人だ。なぜ泥棒なんかになった？」

「あなたはなぜ、エネルギー会社のトップになったの？」

「環境保護論者だなんて言わないでくれ」

「のめりこんでるわ」

「環境問題の意識が高いようだな。カーボンニュートラルとか、そういったことに関して」

「だとしたら？」

「専門家の話を聞くようアドバイスしたい」

「すべて捏造だと？」

「あたり一面に降る雪を見てごらん」

「ここはロシアの北のほうよ、馬鹿ね」

「気候温暖化については認めよう。だが、化石燃料の使用はそれとは無関係だ」

「一九九八年の〈ダンスクオイル〉の社内メモには、あなた、そんなこと書かなかったでしょ。それどころか、正反対のことが書いてあった」

マウヌスの顔が右を向いた。「なぜそんなことを知っている？」

「社長室の外で長時間すわってるあいだに、わたしが何をしてたとお思い？」

「ほかに興味深いことは見つかったかね？」

「掘削プラットホームにおける無数の安全基準違反と、未報告の原油流出事故が数件」

「北海の海底油田の掘削にはよくある話だ」マウヌスはまっすぐ前方を見つめた。ワイパーがフルスピードで動いていた。デフロスターが唸りを上げていた。「今回の件が終わったらどうするつもりだ？」

「結婚してくれると思ってた」

「じつは、きみに話さなくてはとずっと思っていたことがある」

「女たらし」

「仰せのとおりだ。だが、手遅れになる前に、結婚生活を修復しなくてはならない」

「奥さんがよりを戻してくれると思う？」

「きみとわたしがこのロシアでやったことを妻に話せば、許してくれそうな気がする」

イングリッドは指輪をはずした。

「持っててくれ。それを見てわたしを思いだしてほしい」

天候は一分ごとに悪化していた。イングリッドはラジオをつけた。番組を進める者たちの口調に激しい怒りが感じられた。「なんて言ってるの？」

「ウクライナがたったいま、国境近くのロシアの村にミサイルを数発撃ちこんだ」

「ほんと?」イングリッドはダイヤの指輪をはめた。「ひどいことするのね」

56

クレムリン

ウクライナがマクシーモフというロシア国境の村にミサイルを撃ちこんだという報告を受けて誰よりも驚いたのは、ロシア連邦安全保障会議の書記、ニコライ・ペトロフだった。最初は、何かの間違いだと思った。しかしながら、携帯で撮影された動画をNTVで見て、考えが変わった。攻撃は通常兵器によるものであり、何十年も昔の南アフリカ製の高濃縮ウランを使った爆発力の小さな核兵器でないことは明らかだった。

ペトロフをひどく不安にさせたのは、攻撃のターゲットとなった地点だった。ウクライナとの国境から一キロほどのところにある〈ルクオイル〉のガソリンスタンド。この朝、〈オーロラ作戦〉をスタートさせるはずだった、まさにその場所だ。作戦の機密保持が破られた。情報のリークがあったわけだ。だが、どこでどんなふうに？　〈オーロラ作戦〉は最高機密だった——だから、計画の存在自体、シロヴィキのなかでもトップクラスのひと握りの者しか知らなかった。作戦の詳細を記した一通しかない計画書は、ペトロフ自身がじきじきに管理していた。

いまは彼のアタッシェケースに入れてあり、アタッシェケースは彼のデスクにのっている。機密書類を入れておいた内側の仕切りのジッパーを開き、なかをのぞいた。ロシア連邦安全保障会議の計画書三七－二三／ＶＺは消えていた。


デンマーク空軍はボンバルディア・チャレンジャーのビジネスジェットを四機所有し、首相や政府高官を運ぶのに使っているが、ラース・モーデンセンはかわりにダッソー・ファルコン・ジェットをチャーターした。機は午前六時半にコペンハーゲン空港を飛び立ち、一時間半後にヘルシンキに到着した。ミハイルとエリ・ラヴォンはポーランド人として、ガブリエルはカナダ人としてフィンランドに入国した。入国管理官がガブリエルの身体検査をしていれば――じっさいは省略だったが――装塡されたベレッタ92ＦＳと予備の弾倉二個を携行していることを知っただろう。さらにミハイルは四五口径のジェリコを身に着けていた。

トム・マクニールという名のＣＩＡ職員が運航支援業者のビルのロビーで一行を出迎えた。マクニールはフィンランド人以上にフィンランド人っぽく見え、フィンランド語を母国語のように話す男だった。ガブリエルには英語で挨拶した。生粋のニューヨーカーのアクセントだった。

「HIMARSからミサイル三発をターゲットに撃ちこみました。核分裂物質の二次爆発は起きず、民間人の死傷者もごくわずかです」

「ロシアから何か反応は？」

「まだありません」

　運航支援業者のほうで車を用意してくれていた。アウディQ5クロスオーバーSUV。ミハイルが運転席にすべりこんだ。トム・マクニールは助手席。ガブリエルはリアシートに乗りこみ、エリ・ラヴォンと並んですわった。五分後、車はE18を東へ向かっていた。ミハイルが出すスピードは道路状況にふさわしいものではなかった。

トム・マクニールが彼のシートベルトをチェックした。「雪道の運転には慣れてるんですか？」と訊いた。

「モスクワ生まれだ」

「親が車を持ってたかどうか、そいつに訊いてみるといい」ガブリエルは言った。

「持ってたんですか？」マクニールが尋ねたが、ミハイルの返事はなかった。

　ガブリエルがラヴォンを見ると、ラヴォンは彼のノートパソコンの画面をにらんでいた。

「二人はいまどこだ？」

「サンクトペテルブルクの北」

「国境までどれぐらいかかる？」

「この天候で？　早くて三時間だな」

「では、われわれは？」

「ミハイルが道路からそれずに走れるかどうかによる」

ガブリエルは窓の外をじっと見た。もうじき朝の九時半だが、外はまるで真夜中だ。

「今日じゅうに明るくなると思うか、エリ？」

「いや」ラヴォンが答えた。「今日は無理だ」


かつてモスクワ一の高層建築だったトベリ銀行タワーは、いまでは四位に落ちてしまったが、ガーデン・リング沿いのボリシャヤ・スパッスカヤ通りにそびえている。円筒形で、てっぺんに向かって細くなっているため、巨大な男根のように見える。というか、ロシア大統領を始めとするクレムリンのお偉方何人かが顔を出した派手なプレスイベントの席で、トベリ銀行頭取のゲンナージー・ルシコフがビルの縮尺模型を披露したとき、批判好きな者たちがそう言って嘆いた。

ゲンナージーの頭取室はいちばん上の五十四階にある。午前九時をまわったころにデスクについたとき、ニコライ・ペトロフから電話だとアシスタントが言ってきた。ゲンナージーはさまざまな理由から、この電話が来ることを予期していた。

「裏切り者の虫けらめ！」ペトロフがわめいた。「おまえは死んだ！　わかってるな？

死んだんだ！」

「じきにそうなる」ゲンナージーは冷静に答えた。「しかし、何か困ったことでも？」

「ゆうべ、あの女がわたしのアタッシェケースから書類を盗んでいった」

「誰のことだ、ニコライ？」

「おまえがうちに連れてきた女だよ」

「ミズ・ソーレンセン？　頭がおかしくなったのか？」

「わたしが帰宅したとき、書類はアタッシェケースに入っていた。そして、けさクレムリンに着いたとき、書類はアタッシェケースのなかになかった」

「ひとつ教えてくれ、ニコライ。問題のそのアタッシェケースはロックしてあったのか？」

「もちろん」

「だったら、ミズ・ソーレンセンにどうやって書類を盗みだせたというんだ？」

「なんらかの方法でロックをはずしたに違いない」

ゲンナージーは大きく息を吐いた。「しっかりしろ、ニコライ。この国はあなたが頼りなんだぞ。ニュースを見てないのか？　ウクライナが国境近くの村を攻撃したばかりだ。もっとも、なぜ貴重なミサイルをガソリンスタンドなんかに撃ちこんで無駄にしたのか、理解に苦しむが」

「連中はどこにいる、ゲンナージー？」

「ウクライナの連中?　ウクライナにいる、ニコライ。あの国にまだ人が残されているのなら」

「マウヌス・ラーセンと女のことだ」ペトロフは言った。

「ベッドで眠ってるだろう、たぶん」

「二人はなぜ空港へ行かなかった?」

「やめるだけの良識を持ち合わせていたからだ。天気を見ただろう?　さて、そろそろ電話を切ってもいいのなら、ドバイの担当者が第一回の電信送金をいまかいまかと待っているので」

「その金はどこへも送るな。別の銀行へ移す」ペトロフはつけくわえた。「VTBのユーリに預けることにする」

「送金依頼書にすでにあなたの署名が入っている。あいにく、もう手遅れだ。いわば、薬室に弾丸が送りこまれた状態だ」

「送金依頼書は破り捨てろ、悪党め」

「どうしてもと言うなら。だが、取消依頼書に署名してもらわなくてはならない。ほんの数分ですむ。何時に会えるかな?」

新たな悪態の奔流に耐えたあとで、ゲンナージーは電話を切り、ただちにマウヌス・ラーセンにかけた。すぐ留守番電話に切り替わった。マウヌスは賢明にも、携帯の電源を切っているようだ。

しかし、プルコヴォ空港の運航支援業者の責任者は、ゲンナージーの電話にすぐに出た。希望の持てそうな状況ではなかった。悪天候のせいで全便欠航になっていた。運航支援業者のほうでは正午ぐらいに状況が改善されると見ているが、旅客機の離発着が優先扱いになるだろう。プライベートジェットが離陸用の滑走路を使えるのは夕方になりそうだと責任者は見ていた。

つまり、マウヌスとイングリッドはいましばらくロシア国内に足止めというわけだ。ゲンナージーが二人のために何分か時間稼ぎをしたが、もちろん、無事に逃がそうと思ったらそれでは足りない。二人に必要なのはシロヴィキの強力なメンバー――安全保障会議書記のような人物――に、無事な出国を保証してもらうことだ。ゲンナージーには取引できる自信があった。いまの彼に必要なのはわずかな梃子《てこ》の力だけだ。

というわけで、ゲンナージー・ルシコフははるか下の階にいる部下に電話をひとつ入れ、ニコライ・ペトロフの個人資産――金額にして二千五百億ルーブル、もちろんゲンナージーのものではない――を、ドバイにあるロイヤル・ガルフ銀行のライサ・ルシコフ名義の口座へ送金した。巨額の取引があれば、自動的にペトロフのもとへメールで連絡が行く。メールが届いた数秒後に、ペトロフからゲンナージーに電話があった。

「わたしの金をどこへやった、悪党め」

「メールをよく見なかったのかね、ペトロフ書記？　あなたの金はロイヤル・ガルフ銀行へ送られた。だが、そこに長くとどまりはしない。そして、金が消えれば、二度と見つからないだろう。あなたと違って、わたしはものを隠すのが大の得意なんだ」

「何が望みだ？」

「マウヌス・ラーセンとミズ・ソーレンセンがこの国を離れるのを、あなたもFSBのお友達連中も邪魔しないと約束してほしい」

「二人はルブリョフカでベッドに入っているわけではなさそうだな」

「そのとおり」

「どこへ向かっている？」

「見当もつかん」

「しいて見当をつけるとしたら？」

「カザフスタンかな」ゲンナージーは言った。

「わたしはフィンランドに賭ける」

「あなたには賭ける金もないんだ、ニコライ」

長い沈黙があった。

「VTB銀行に金を移せ」ついにペトロフが言った。「そうすれば、二人を出国させてやる」

「逆にしよう。二人を出国させてくれ。そうしたら金を移す。そのあと、わたしのことはどうとでも好きにしてくれ」

「心配するな。そのつもりだ」

電話が切れた。

ゲンナージーはもう一度マウヌスの番号にかけてみたが、やはり応答はなかった。国境を安全に越えられることを二人に伝えなくてはならない。残された手段はひとつだけだった。

ネットで代表番号を見つけて電話をかけた。陽気な声の女性がアメリカ訛りの英語で応答した。「アメリカ大使館です」

「ゲンナージー・ルシコフという者です。トベリ銀行の頭取で、中央情報局の協力者をしています。コードネームはコマロフスキー。さて、しっかり聴いていただきたい」

57

フィンランド南部

あまりにも荒唐無稽な話なので、かえって真実としか思えなかった。少なくとも、それが、ウクライナにおいていわゆる特別軍事作戦が始まって以来、電話線を通じてロシア訛りのたわごとをさんざん聞かされてきた大使館の交換台のオペレーターが出した結論だった。オペレーターがいまの話をすぐさま上司に伝えたところ――ルシコフ氏の言葉をひとつひとつ英語に置き換えた程度だったが――上司は首席公使の執務室へ報告した。首席公使にはちんぷんかんぷんだったものの、分別を働かせ、CIA支局長の耳に入れておくことにした。支局長はすぐさまラングレーのロシアハウスへ情報を送り、情報はふたたび大西洋を戻ってヘルシンキへ送られた。

トム・マクニールのもとに暗号化メールによる知らせが届いたのは、その五分後のことだった。メールには、トベリ銀行の創立者にして頭取であり、CIAの協力者としてコマロフスキーというコードネームで活動していたゲンナージー・ルシコフが、イングリッドとマウヌス・ラーセンのためにロシアからの無事な出国を保証してもらった、と書いてあった。彼自身の身が大きな危険にさらされることは覚悟の上だったに違いない。マクニールはその知らせを喜んだが、ガブリエルのほうはそれほどでもなかった。これまでの経験から、ロシア人との取引はけっして順調に進まないことを学んでいた。ロシア人のとんでもない無能さがそんな事態を招くこともよくあった。それゆえ、協力者二人が無事に国境を越えるまで、浮かれるのも、安堵の表情を浮かべるのも控えることにした。

しかしながら、喜ばしい進展を二人に伝えておこうと思い、イングリッドが持っているジェネシスの安全な通信デバイスに宛てて、衛星経由の秘密のメールを送った。すぐに彼女から返信があった。

「なんて言ってきた？」エリ・ラヴォンが訊いた。

「計画書を持って国境を越えたほうがいいのかどうか知りたがっている」

「取引が破綻しかねないぞ」

「だが、現物が手に入ったらご機嫌だろうな――そう思わないか？」

「危険すぎる」ラヴォンは言った。

ガブリエルはメールを送った。一瞬のちに、彼の電話がピッと鳴って返信が届いたことを知らせた。「このまま持っていたいそうだ」

「まいったな」

またしてもピッ。

「今度はなんだ？」

「どうやら、五十万ドルの現金も持ってるらしい」

「本当か？　どこで手に入れたんだろう？」

ガブリエルは電話をポケットにすべりこませた。「訊くのが怖い」

マクニールはフィンランドの保安情報機関の長官の個人的な携帯番号を知っていた。国境まであと一時間ぐらいになったとき、そちらに電話をかけて、身元が露見してしまったCIAの協力者二人がフィンランドに向かっていることを知らせた。

「ロシア人か？　その協力者というのは」

「いや、デンマーク人だ」

「氏名は？」

「安全性が保証されない回線で二人の名前を伝えるのはやめておきたい」

「身元が露見しているなら、ミスター・マクニール、別に問題ないと思うが」

「あのマウヌス・ラーセンだ」

「超有名人だな」

フィンランドの情報機関の長官は名前をテッポ・ヴァサラといい、なんとか便宜を図りたいと思った。しかし、ロシアとの武力紛争から自国を守りたいという強い気持ちもあった。このところ、彼の頭はそのことでいっぱいだ。「で、二人が無事な出国を保証されているのはたしかなんだな？」

「それ以上にたしかなことはない」

「その現場を目にした時点で信じることにしよう。だが、二人がロシア側の検問所を通り抜けるのを向こうの国境局が許可すれば、われわれのほうも、フィンランドへの入国をもちろん許可する」

「感謝する」マクニールは言った。

「ラーセンと女性はフィンランドまであとどれぐらいのところに来ている？」

「九十分」

「二人が国境を越えたとき、きみも現場で出迎えたいだろうな」

「長く苦しい一夜を送った二人だからな」

「わが国の国境警備隊に話を通しておこう。そちらの人数は？」

「四人」

「あとの三人はどういう人々だ？」

「人物A、人物B、人物C」

「アメリカ人？」

「ご想像におまかせする、ヴァサラ長官」

フィンランドの情報機関の長官は、国境から約十キロの地点にある待機にぴったりの場所の位置をマクニールに教え、追って連絡するまでそこで待つよう指示をした。行ってみてわかったのだが、そこはスーパーとB&Bが共同で使っている駐車場だった。マクニールは熱いコーヒーと食べものを求めてB&Bに入り、数分後にアウディのところに戻ってくると、ミハイルがジェリコの銃把に弾倉を叩きこんでいるところだった。

「そんなもの、どうするんだ？」マクニールは尋ねた。

「ロシア人を撃つ」

「はっきりさせておこう」マクニールは冷静に言った。「ロシア人を撃つのは、今日は禁止だ」

「向こうが馬鹿なまねをしたら、そうはいかん」

「例えばどんな？」

「おれのうしろにすわってる男をよく見てくれ」ミハイルは答えた。

エリ・ラヴォンがノートパソコンに視線を据えたまま、詳しく説明した。「けさの作戦のゴールだが、ミスター・マクニール、ふたつある。イングリッドとマウヌス・ラーセンの無事な帰還がわれわれの最優先事項だ。だが、それに劣らず重要なのが、ガブリエル・

アロンを、ロシア大統領から世界でいちばん嫌われているあの男を、フィンランド国内にとどめておくことだ。はっきり言って、いまのままでもロシアに近すぎる」

「国境まで十キロあるぞ」

「まさにそこだよ、心配なのは」ラヴォンは言った。「数分もすれば、国境までわずか十メートルになってしまう。だから、ガブリエルもミハイルも銃を持っていくだろう」

「おたくは？」

「まさか。おれは荒っぽいことに向いてなくてね」

マクニールはガブリエルに保温式の紙コップと小さな袋を渡した。紙コップにはミルクたっぷりのフィンランドふうのコーヒーが注いであった。袋には何かパリパリした黒っぽいものが入っていた。ガブリエルは胡散臭そうにそれを見つめた。

「カレリアパイ」マクニールが説明した。「ライ麦の生地に米の粥《かゆ》を詰めて焼いてある。フィンランドの郷土料理だ」

ガブリエルはひどく空腹だったので、ひと口食べてみた。

「どう思う？」

「きみは電話に出たほうがいいと思う」

テッポ・ヴァサラがヘルシンキからかけてきたのだった。マクニールはしばらく無言で耳を傾け、それから電話を切った。「よし、出発だ」

ミハイルがジェリコをコートのポケットにすべりこませ、高速道路へ車を向けた。降る雪のせいでほとんど周囲が見えないが、ブルーと白の道路標識に国境の町ヴァーリマーまでの距離が出ていた。

「正式に言っておくと」ラヴォンが言った。「いまいる場所は、きみが安全でいられる場所より九キロもロシアに近い」

一行は二カ所の検問所を手の合図だけで通してもらい、国境警備隊の司令所へ誘導された。外で待っていたのは北欧系の巨漢で、名前をエスコ・ヌルミといった。腰にグロックを差し、顔には自分より小さな相手への軽蔑を示す表情を浮かべていた。トム・マクニールとフィンランド語で挨拶を交わしたあと、ヌルミはガブリエルのほうへ巨大な手を突きだした。

「あんたはどれだね？」雲突くようなフィンランド人は尋ねた。「人物A？　人物B？　人物C？」

「それが問題なのか？」

「何か手違いが生じたときだけだが」

「だったら、わたしは人物Aだ」

「Aというのは、ひょっとしてアロンの略かい？」

「かもしれん」

フィンランド人の軽蔑の表情が称賛に変わった。「このヴァーリマーにあんたを迎えることができて光栄だ、アロン長官。ついてきてくれ」

司令所に入ると、ずらりと並んだビデオモニターの前に、しゃれた感じのセーターを着た隊員がすわっていた。モニターに映っているのは、ロシア側のトルファノフカ国境検問所のほうを向いた監視カメラから送られてくるさまざまな映像だった。一台のカメラは審査レーンの前の鋪装《ほそう》エリアに集まったロシア国境警備局の車に焦点を合わせている。

「あれらの車は一時間ほど前にやってきた」ヌルミが説明した。「国境がまだ開かれてたころにおれたちが目にしていた、典型的なパスポート審査官とは様子が違う。特殊戦術部隊の隊員だ。そして、強力な武器を携えている」

「ここからじっさいの国境線までどれぐらいある?」

「約一キロ半」ヌルミはガブリエルを近くの窓まで連れていき、遠くに見えるふたつの黄色い光を指さした。「国境から約百五十メートルのところに検問所の支所がある」

「誰かが詰めてるのか?」

「警備隊員が一人だけ」

「そちらに合流したい。きみに異存がなければ」

「申しわけない、アロン長官。あなたが進めるのはここまでだ」

二人はビデオモニターの部屋に戻った。国境のロシア側の状況は変わっていなかった。エスコ・ヌルミは腕時計で時刻をたしかめた。「わたしの計算だと、おたくの協力者二人はここから約十五分のところまで来ているはずだ」

ガブリエルがエリ・ラヴォンをちらっと見ると、ラヴォンは同意のうなずきを見せた。

「その人は人物B？　それともC？」エスコ・ヌルミが尋ねた。

「Cだと思う」

ヌルミはミハイルを見た。「人物Bはトラブルを起こしそうだな」

「たしかに」

「武器は持っているのか？」

「コートの右側前のポケット」

「あんたは？」

ガブリエルはウェストのあたりを軽く叩いた。

「どうやってこの国に持ちこんだ？」

「わたしはこの国にはいない」

「滞在を楽しんでくれたかな？」

ガブリエルは国境の向こう側の舗装エリアに集まったロシアのトラックを見つめた。

「返事は十五分後に」

58

トルファヤノフカ

二人が対向車のヘッドライトを目にしたのはチュルコヴォの村が最後だった。西へ五百メートルほど行くと、ロシア国境警備局のパトカーが並木道の端に止まっていた。ワイパーが怠惰なリズムを刻み、ヘッドライトが光っている。運転席の警備隊員が無線を使っていた。二人の車を停止させようという様子はなかった。

「うまくいきそうだな」マウヌスが言った。「われわれが来るのを知っていたのは間違いない」

イングリッドは肩越しにうしろへちらっと目を向けたが、何も見えなかった。リアウィンドーが雪と汚れに覆われている。「車で国境を越えるのをすんなり許してくれるとは思えないけど」

「じきにわかる」

「あなたは何を根拠に、連中がわたしたちを出国させてくれると見ているの?」

「ロシア人のことはよく知ってるからね、交渉に金がからんでいるのは間違いない」

「ニコライ・ペトロフのお金ね」

マウヌスはうなずいた。「ゲンナージーが海外の口座へ移したに違いない。たぶん、われわれが国境を越えたら金を戻すことになっているのだろう」

「そのあとは？」

「ゲンナージーがトベリ銀行タワーから謎の転落死を遂げることになる」

二台目のパトカーがコンドラチェヴォという小村の中古タイヤ店の外に止まっているのを見かけ、うらぶれたモーテル・メドヴェーチの外で三台目を目にした。今度もまた、何カ月も前から事実上閉鎖されて軍が配備されている国境へ向かう車を止めようとする警備兵は一人もいなかった。

マウヌスが最後のゆるやかなカーブをいくつか曲がると、降りしきる雪のベールの向こうに、不意にトルファノフカの大規模な国境通過ポイントが見えてきた。戦争が始まる前は、年間二百万台の乗用車とトラックがここを通過していた。いまではすっかりさびれてしまい、国境警備局の軍用車両数台が止まり、検問所の前の照明がまばゆい舗装エリアに二十人ほどの軍服姿の男たちが立っているだけだ。

ロシアの国境警備兵たちが叫び声と手真似《てまね》でマウヌスに停止を命じ、あっというまにレンジローバーをとり囲んだ。兵士の一人が助手席の窓越しにイングリッドに好色そうな目を向けたが、イングリッドはまっすぐ前方を見ていた——フィンランド側のヴァーリマーの国境検問所でまたたく、はるか遠くの明かりのほうを。

ええ——不安のなかで思った——わたしたちが来るのをこの連中が知っていたのは間違いない。

西へ四キロ行ったところにあるフィンランドの司令所では、ガブリエルが国境のロシア側の不穏な様子を伝えるビデオ映像を見つめ、警戒心を募らせていた。ロシア兵の一人が無線機を口に近づけて、舗装エリアを行ったり来たりしている。あとの者は停止したレンジローバーを囲んで彫像のように立っている。エスコ・ヌルミの意見が正しかった。連中はパスポートにスタンプを捺すだけの係員ではない。

「何かトラブってるようだな」ヌルミが言った。

「ロシアのやつらが登場すると、つねにそうなる」

二人はさらに一分間、ビデオ映像を見つめた。

「丘を下って支所まで行ったほうがいいかもしれん」ヌルミが言った。「万が一に備えて」

「人物Bも連れていったほうがよさそうだ」ガブリエルは言った。「おまけとして」

無線機を持った人物が指揮をとっている様子だった。しばらくすると、レンジローバーの運転席側のドアのほうへ移動して、手袋をはめた手の側面で窓を二回ガンガン叩いた。

マウヌスは窓を一センチか二センチ下げた。「何か問題でも？　モスクワの友人たちから、国境は難なく通過できると保証してもらっているが」

これを聞いて、窓の外のロシア兵が熱弁をふるいはじめた。マウヌスがイングリッドのためにデンマーク語へ同時通訳をした。

「そんな保証をする者がモスクワにいるわけはないと言っている。国境が閉鎖されているのだから。軍の立入禁止区域に侵入したかどで、われわれを逮捕すると言っている」

「あなたのパスポートを提示しなさいよ」

マウヌスは窓の狭い隙間から、ダークレッドのデンマークのパスポートを差しだした。

「マウヌス・ラーセンという者だ。〈ダンスクオイル〉のCEOをしている」

ロシア兵はパスポートを受けとり、分厚い手袋をはめた手でぎこちなくページをめくった。次にパスポートを部下に渡して、マウヌスにロシア語で何か言った。マウヌスはその指示をイングリッドのために通訳した。

「きみのパスポートも見たいそうだ」

イングリッドがパスポートを手渡すと、マウヌスがそれを窓の隙間からすべらせた。ロシア兵がパスポートをチェックした時間は短かった。ロシア兵は次にドアから離れ、ぶっきらぼうなロシア語を二言三言口にした。通訳は必要なかった。国境警備兵たちはマウヌスにレンジローバーから降りるように言っていた。

「ドアをあけようなんて考えてもだめ」イングリッドは言った。「あけたら殺されるわよ」

そして、イングリッドも殺されるだろう。ただし、男たちの慰みものにされたあとで。車の窓のそばに立っている男が列の先頭に並ぶことだろう。男は取っ手をひっぱり、ドアをあけようとしていた。イングリッドは知らん顔だった。国境のフィンランド側の丘を下ってくる一対のヘッドライトを見守っていた。

ハンドバッグからジェネシスの電話をとりだし、MTSのセルラー・ネットワークに再接続した――そのあいだじゅう、窓の外の男が彼女に向かってロシア語でわめいていた。

「電話をしまえと言ってるぞ」マウヌスが言った。

「だろうと思った」

ジェネシスが通信可能な状態になった。信号は弱いが、電話をかけるには充分だ。連絡先に入っている番号をタップし、電話を耳にあてた。すぐにガブリエルの応答があった。

「国境の向こう側に見える人影はあなたなの？」イングリッドは尋ねた。

「わたしがほかのどこにいるというんだ？」

「こっちの状況、わかってくれてる？」

「かなり距離があるし、しかも視界がぼやけている」

「ロシアから出国させるなどという話は出てないって、連中がわたしたちに言ってる。わたしたちを車から降ろそうとしてる。そうすれば逮捕できるから。それと、わたしの思い過ごしかもしれないけど、連中にはほかの計画もあるみたい」

「思い過ごしではないだろう、イングリッド」

「何かアドバイスは？」

ガブリエルが答える暇もないうちに電話が通じなくなった。

イングリッドはジェネシスをハンドバッグに戻し、ベクトルの握りに片手をかけた。次にマウヌスを見て言った。「車を出して」

ガブリエルは彼の電話をコートのポケットにすべりこませると、ズボンのウェストに差しこんでおいたベレッタを抜いた。ミハイルも銃を抜き、それからエスコ・ヌルミを見た。

「何ぐずぐずしてんだよ？」

ヌルミは支所の建物に入り、しばらくすると、ヘッケラー＆コッホG36アサルトライフルを持って現れた。三人一緒に国境までの百五十メートルを歩いた。ヌルミがヘッケラー＆コッホの銃身で雪の上に線をひいた。

「あんたたちのどっちかがこの線から向こうに足をつけたら、あとは自力でなんとかしてくれ」

ミハイルがロシア側の土に爪先を置き、それからフィンランド側にひっこめた。

「困った男だな」エスコ・ヌルミが言った。

「そうなんだ」ガブリエルも同意した。「だが、きみはまだ何も見てないだろ」

ウクライナに侵攻したロシア軍の壊滅的な戦いぶりを考えれば、たぶん意外なことでもないだろうが、トルファヤノフカの国境通過ポイントでレンジローバーを包囲していた十六人の国境警備局の連中は人員配置の点で大失敗をしていた。車の後方に四人置いたのに対して、前方はわずか二人だった。マウヌス・ラーセンが突然アクセルを踏んだのは二人にとって不意打ちで、次の瞬間、三トンもの重量がある英国製の車体の下敷きになっていた。

仲間の兵士たちは「止まれ」と口頭でマウヌスに命じようともしなかった。かわりに、すぐさまロシア製のアサルトライフルで銃撃を開始し、レンジローバーのリアウィンドーを粉々に砕いた。イングリッドは左へよけるなり、ベクトルで反撃に出て、驚いたロシア兵たちは遮蔽物を求めて散り散りになった。

「何かにしっかりつかまってろ」マウヌスが叫んだ。

イングリッドがシートの上で身体を回転させると、車は国境通過ポイントの審査場へぐんぐん近づいているところだった。マウヌスはレンジローバーを真ん中のレーンへ入れ、下りているバーゲートを強引に突破した。

それが二キロ西のフィンランド国境と二人を隔てる最後の障害物だった。マウヌスはアクセルを床まで踏みこんだ。それでも、スピードは時速六十キロまで落ちていた。道路は雪かきもされず、降りつづける雪に覆われていた。

「速く！」イングリッドはわめいた。「スピード上げて！」

「これで精一杯だ」

大口径の弾丸を数発受けた衝撃で、レンジローバーが揺れた。イングリッドがシートの上で身をねじると、二台の全地形型車両がうしろから迫っているのが見えた。ベクトルのダブルスタックの弾倉に入る弾丸は全部で十八発。イングリッドの計算だと十発残っているはずだ。二台の車に交互に弾丸を撃ちこんだが、役に立たなかった。どんどん迫ってくる。

またしても飛んできた弾丸がレンジローバーに命中した。イングリッドは空《から》になった弾倉を排出すると、身体の向きを変え、ハンドバッグに手を入れて予備の弾倉をつかもうとした。だが、捜すのをあきらめた。車が四十五度ぐらいの角度で道路からそれつつあることに気づいたのだ。

「マウヌス！」叫んだが、返事はなかった。マウヌスがハンドルにぐったり寄りかかっていて、車はどんどん右へそれていく。アクセルを踏んでいる足はまるでレンガのようだ。

車が地面のくぼみに突っこみ、幹が白いカバノキの林にぶつかった。エアバッグが膨らんでイングリッドの顔にぶつかった。「速く、マウヌス」意識が薄れていくなかで、イングリッドはつぶやいた。「スピード上げて」

のちにおこなわれたフィンランド政府の極秘調査により、最近リタイアしたイスラエルの秘密諜報機関の元長官、ガブリエル・アロンが東欧標準時の午前十時三十四分に国境を越えてロシア領内に入ったことが確実に認定された――レンジローバーがE18をそれて道路を縁どるカバノキの林に衝突したのと同じ瞬間だった。ガブリエル・アロンのあとにミハイル・アブラモフが続いてすぐさま追い抜き、フィンランド国境警備隊のエスコ・ヌルミも続いた。

ロシア側の車二台が先に衝突現場に着き、男が九人降りてきた。まっすぐ伸ばした手にジェリコの四五口径を握ってミハイルが近づいてきたことに、誰も気づいていなかった。ミハイルは三十メートルの距離からロシア兵二人を倒し、至近距離でさらに二人を殺した。あと五人はガブリエルがひきうけた。ドイツ中央部の森であの朝くりひろげられた光景に少しばかり似ていた。ターゲットの四隅に一発ずつ。もう一発は画鋲に。一瞬ののちに、ロシア兵五人が死んでいた。

エスコ・ヌルミは一度も発砲しなかった。かわりにレンジローバーの運転席のドアをあけ、マウヌス・ラーセンを張り子の人形みたいに抱えて引きずりだした。イングリッドは意識朦朧《もうろう》の状態で、血にぐっしょり濡れて車の床に倒れていた。ガブリエルは彼女の身体を探って銃創を捜したが、どこにもなかった。血はマウヌスのものだった。

ミハイルがガブリエルのところにやってきて、レンジローバーのそばに立ち、のぞきこんだ。「ぐちゃぐちゃだな」

「イングリッドを運びだすから手伝ってくれ」

二人で彼女を抱えて車の外に出し、その身を支えて雪のなかに立たせた。「計画書」彼女がつぶやいた。

「どこにある?」

返事がなかった。

「どこだ、イングリッド?」

「アタッシェケース」

リアシートの床に落ちているアタッシェケースをミハイルが見つけた。重さからすると、ロシア政府の計画書だけでなく、ほかにも何か入っているようだった。

「ジェネシスはどうなった?」ガブリエルは訊いた。

「わたしのハンドバッグ」

ハンドバッグはフロントシートの床に落ちていて、その横に、イングリッドが命がけで戦うのに使った銃がころがっていた。ロシア製のSR-1ベクトル。

「こんなもの、いったいどこで手に入れた?」ミハイルが訊いた。

「ゲンナージー」イングリッドが答えた。

ミハイルはアタッシェケースを手にとった。「五十万ドルの現金も?」

イングリッドはどうにか軽い笑みを浮かべた。「コーナーポケットにボールを七個落としたの」

ガブリエルはレンジローバーの車内へ片手を伸ばし、イングリッドのハンドバッグをとった。ジェネシスが入っていた。それをコートのポケットにすべりこませてミハイルを見た。

「国境まで彼女を抱いてってくれ」

「いいえ」イングリッドが言った。「歩けるわ」

ガブリエルとミハイルがそれぞれ彼女のウェストに腕をまわし、三人で丘の斜面をのぼりはじめた。ヴァーリマーの国境通過ポイントには、非常灯の明滅する青い光があふれていた。がっしりした肩にマウヌス・ラーセンをかついだエスコ・ヌルミが、あと少しで国境を越えようとしていた。彼の背後に血の筋が続いていた。

ミハイルは空いたほうの手にアタッシェケースを提げていた。「やれやれ。〈オフィス〉で長年仕事をしてきたが、五十万ドルの現金を持って作戦現場から去るなんて、これが初めてだ」

「フィンランドに着いたとき、腕時計がまだ手首にはまってるかどうか確認しろ」

イングリッドは思わず笑いだした。「こんなときにどうして冗談が言えるの？」

「訓練の賜物《たまもの》さ」ガブリエルは答えた。

　イングリッドの足がふらついた。「気の毒なマウヌス。わたしが計画書を盗みださなければ、こんなことにはならなかったのに」

「われわれの手でロシアの攻撃を止めることができた。きみはゆうべ、何万人もの命を救ったんだ」

「でも、ゲンナージーがロシアの連中に殺されてしまう」イングリッドは血まみれになった自分の手を見下ろした。「わたしのせいで無惨な死を迎えることになる」

「ゲンナージーはそのリスクを承知していた」

　イングリッドの頭がガブリエルの肩に落ちた。スエードのブーツの爪先が雪のなかに並行する足跡を残していた。「わたし、まだ歩いてる？」と訊いた。

「しっかり歩いている」

「ここ、どこなの？」

「まだロシア領内だ」

「フィンランドに着くまで、あとどれぐらい？」

　ガブリエルは明滅する青い光に目をやった。「わずか二、三歩だ」

59

ノヴォデヴィチ墓地

ガブリエルとミハイルがイングリッドをひきずるようにして、ようやく国境を越えたときは、フィンランド時間で午前十時四十二分だった。トム・マクニールがすぐさまヘルシンキに報告し、ヘルシンキがラングレーにその知らせを伝え、ラングレーからモスクワに連絡が行った。支局長は前回と同じ交換台のオペレーターに命じて、ゲンナージー・ルシコフに電話をさせた。オペレーターはトルファヤノフカの国境通過ポイントで起きた惨劇のことをゲンナージーに伝えた。かなり省略してはあったが、約束が守られなかったことをゲンナージーが知るには充分だった。

たぶん驚くほどのことではないだろうが、二十分後にニコライ・ペトロフ書記が電話してきたときには、大きく違う話を聞かされた。ペトロフの話では、二人は平穏無事に国境を越えた、ふつうと違っていたのは国境警備兵たちの愛想の良さだったという。ペトロフは次に、この日の早朝にドバイへ電信送金された金を返すよう、ゲンナージーに要求した。

ゲンナージーはその返事として、ペトロフの金は永遠に消えてしまったと告げた。

「約束したはずだ」

「だが、約束は守られなかった、ニコライ」

「二人は国境を越えたんだぞ。大事なのはそれだけだ」

「どこで手違いが生じた？」

「おまえにもある程度見当がついているはずだ」

「あなたがFSB長官に電話をし、FSB長官がワロージャに電話をした。そのあと、ワロージャが二人を殺すよう命じた」

「悪くない推理だ、ゲンナージー。ところで、次はおまえだ」

「わたしにはあとどれぐらい時間がある？」

「わたしの金が返ってくるまでおまえを殺すのは待ってもいいと、ワロージャが言ってくれた」

「なんと寛大な男だろう。ワロージャの取り分は？」

「五億」

「わたしの価値はその程度か？　汚れた金をまた五億もふところに入れて、ワロージャはいったい何をするつもりだ？」

「金の問題ではない。おまえにもわかるはずだ。ワロージャはすべてをほしがる」

「ウクライナも含めて」ゲンナージーは言った。「それとも、この悪夢に対して本当に非難されるべき人物はきみなのか？」

「金を返せ」不意にペトロフがわめいた。

「返してやろう、ニコライ。ただし、条件がひとつある」

「おまえは何も要求できる立場にはない」

「逆だ」

「何が望みだ？」

ゲンナージーはペトロフに告げた。

「まさにぴったりだな」ペトロフはそう言って電話を切った。

ゲンナージーはかなり前から身辺整理を続けていた――ああ、この言葉をどんなに嫌っていたことか――だから、すべきことはもうほとんど残っていなかった。最後の数種類の書類にサインし、二通の手紙を投函《とうかん》し、しばらく前からするつもりでいた電話を六件ほどかけるだけでよかった。誰に電話をし、何を言うかを慎重に決めた。病気のことは誰にも知られたくなかった。ライサにまで嘘をつき、冬の休暇は祖国を離れて暮らす彼女のそばで過ごすと約束した。体調はどう？　上々だ。

円形の頭取室のへりを最後にもう一度だけ歩いて、眼下に広がるモスクワのみごとな景観を眺め、途方もなく大きなデスクからたったひとつの品をとってオーバーのポケットに押しこんだ。彼のボディガードたちが頭取室の外の控室にいて、三人の個人秘書のうちいちばん若い子をからかっていた。彼女がゲンナージーの手に電話メモの束を渡し、午後三時にトベリ銀行の最大の株主数人と電話会議の予定だと念を押した。ゲンナージーは会議をキャンセルするよう指示したが、理由は説明しなかった。メモの束はエレベーターへ向かう途中でゴミ箱に押しこんだ。死んだ男は電話を返したりしない――そう思った。

メルセデスのセダンでの最後のドライブはとても快適だったが、ノヴォデヴィチ墓地のチケット売場にいたしわだらけの女性は、ソ連時代を思わせる無関心な態度でルーブル紙幣を受けとった。墓地を囲む赤レンガの塀の奥に入ると、モスクワの街の絶えざる騒音が遠くなった。小道に積もった雪はまだ踏み荒らされていなかった。ゲンナージーは死者のあいだを歩きながら、『ドクトル・ジバゴ』のお気に入りの一節を思いだしていた――それをきっかけにして反逆者の道を歩むことになったのだ。

〝希望を持つこと、行動すること。それが不幸に出会ったときのわたしたちの義務だ……〟

ゴルバチョフの墓にやってきた。ソ連を崩壊させた男。そして、三時きっかりに騒々しい物音を耳にした。鳥の羽ばたきにどことなく似た音。ゆっくりふりむくと、常緑樹の茂みを抜けてニコライ・ペトロフと警護係たちが近づいてくるのが見えた。その背後に、黒い服に身を包んだFSBの悪党の一団。ゲンナージーのような裏切り者を処分する連中だ。

　ゲンナージーが立っている場所から十メートルほどのところで、ペトロフが歩調をゆるめて止まった。警護係たちはオーバーの前をあけてそばに待機している。FSBの悪党どもは、いまのところ、背後に控える立場に甘んじている。ジャッカルのようだとゲンナージーは思った。彼の両手はいま、オーバーのポケットのなかだった。とにかく凍えそうな寒さだし、体調もよくない。デスクからとってきた品を右手で包みこんでいた。

〝希望を持つこと、行動すること。それが不幸に出会ったときのわたしたちの義務だ……〟

　ウクライナ侵攻の首謀者であり、ロシア大統領の最悪の本能を助長した人物であるペトロフが腕時計をじっと見ていた。「さっさとすませてしまおう。いいね、ゲンナージー？　わたしはクレムリンに戻らなきゃならん」

「どこかに置き忘れたあの書類をいまも捜しているのかね、ペトロフ書記？」ゲンナージーはどうにか笑みを浮かべた。「ロシア連邦安全保障会議の計画書三七－一三／VZを」

　ペトロフは腕を下ろした。「なぜあんなことをした？　なぜ自分の命を捨てた？」

「あれが無謀な企てだったからだ。そして、きみを止められるのはロシアでわたし一人だけだった」

「おまえは何も止められなかった、この愚か者。戦争に勝つために必要なら、わたしはどんなことでもやってやる」

「わたしもそうしなくてはならん、ニコライ」

ゲンナージーが殺したかったのはワロージャだが、いまのワロージャは手の届かない存在なので、ペトロフで我慢するしかなかった。オーバーの生地越しに撃てばとても簡単だっただろうが――映画に出てくるギャングみたいだとゲンナージーは思った――かわりに銃をとりだし、獲物に照準を合わせた。命中させられるのかどうか、さらには、引金をひけるかどうかもわからない。だが、そんなことは問題ではなかった。崇高なこの瞬間、ロシアの悪党ではなく、ロシアの英雄になれるのだ。

何発撃たれたのか、ゲンナージーにはわからなかったが――少なくとも百発は飛んできただろう――何も感じなかった。ゴルバチョフの墓の前の石畳に倒れ、頬を雪につけ、一瞬、となりに横たわるペトロフを見たような気がした。やがてあたりが暗くなり、彼の一部が起き上がって墓のあいだをゆっくり歩きはじめた。いまの彼はもうノヴォデヴィチ墓地の住人だった。ここに自分の居場所を確保した。希望を持ち、行動することを選んだ。不幸な運命が彼に求めたのはそれだけだった。

第四部

結論

60

モスクワ――ヴェネツィア

ロシアで何か重要なことが起きたときはたいていそうだが、これも噂から始まった。やがて、独立系新聞『モスコフスカヤ・ガゼータ』の二人の記者の耳に届いた。クレムリンがジャーナリズムを死刑に相当する犯罪という扱いにして以来、二人はラトヴィアで亡命生活を送っている。二人が慎重に言葉を選んで推測したパラグラフ四つから成る記事は、たちまち過剰なアクセスというサイバー攻撃を受け、『ガゼータ』のサイトは閲覧不能になってしまった。攻撃の陰に誰がいるのかを、もしくは、自分たちが何か重要なネタをつかんだことを、二人の記者は確信した。

しかし、大きな権力を持つロシア連邦安全保障会議の書記、ニコライ・ペトロフがモスクワのノヴォデヴィチ墓地を訪れたさいに暗殺されたというニュースだけは、二人にとっても青天の霹靂《へきれき》だった。一緒に殺されたのは、ロシアで四番目に大きな銀行の頭取、ゲンナージー・ルシコフだった。どちらもロシア大統領の側近グループのメンバーで、銃撃によって死亡した。襲撃したのは、クレムリンの発表によると、ウクライナの情報機関の工作員たちだという。

声明を出したのが、世界最大の嘘つきの一人と言われるエフゲニー・ナザーロフだったため、独立系のロシアのジャーナリストや西側の同業者たちは捏造だと自動的に判断した。しかしながら、ロシアの国営メディアはその声明を一字一句違《たが》えずに、そして、その場にふさわしい怒りをこめて報道した。政府の宣伝係も同然のNTVのドミトリー・ブダノフは何百万人もの視聴者に向かってニュースを読み上げながら泣き、ただちに報復すべきだと主張した。数分もしないうちに、民間人をターゲットにしてキーウにミサイルが降り注いだ。攻撃は短時間で終わった。ロシアは弾薬切れを起こしつつあるようだ。

翌朝には、ロシアの従順な国営メディアですら、疑問を呈しはじめていた。そもそも、二人の男性はなぜ墓地へ行ったのか？　二人がそこにいることをウクライナの暗殺者たちはどうやって知ったのか？　ドミトリー・ブダノフのほうは、二人がミハイル・ゴルバチョフの墓のそばで殺されたという事実が気になってならなかった。現在のロシア大統領はゴルバチョフの葬儀がおこなわれたとき、参列を見合わせている。疑問点はほかにもあった。それは事件が起きたタイミングで、マクシーモフという国境の小村に——不可解にも——ミサイル数発が撃ちこまれたのと同じ日に二人は殺されている。

次々と明らかになっていく状況にさらに興味を添えたのが、北欧の権威ある新聞『ヘルシンギン・サノマット』に出た記事で、ヴァーリマー／トルファノフカ国境通過ポイントで勃発したロシアとフィンランドの国境警備兵の銃撃戦のことを伝えていた。フィンランド大統領がすぐさま記事の内容を否定し、危険で無責任な記事だという非難までおこなった。ところが、その舌の根も乾かぬうちに、数百人のフィンランド兵を国境へ追加で派遣すると発表した。すでに泥沼化している戦争を拡大しようなどという愚かなことをロシアが思いつかないようにするためだという。

しかし、デンマークのエネルギー会社、〈ダンスクオイル〉のCEOであるマウヌス・ラーセンが背中を撃たれ、危篤状態に陥ってヘルシンキの病院で治療中と判明したことで、フィンランド大統領はほどなく守勢に立たされた。クレムリンが所有する石油会社〈ルズネフチ〉との物議をかもしている合弁事業から撤退するため、数日前にロシアへ出かけた、そのマウヌス・ラーセンであることを、新聞記事が指摘していた。ラーセンの個人秘書をしているアストリッド・ソーレンセン（三十六歳）の所在は不明。コペンハーゲンの〈ダンスクオイル〉本社で働く同僚たちは、彼女についてほとんど知らず、最悪の事態を危惧している。

デンマークの名士であるエネルギー会社のCEOがヘルシンキに到着したときの状況を、フィンランドの官憲当局が明かそうとしないため、記者たちは空白部分を推測で埋めるしかなかった。ラーセンがロシアで銃撃されたのは、たぶん、〈ダンスクオイル〉と〈ルズネフチ〉の提携解消を決心したせいだろうというのが、論理的に導きだせる結論だった。〈ダンスクオイル〉の広報担当者は新聞社に対し、参考になりそうなコメントを何ひとつ提供できなかった。彼が知っていることはフィンランドの人々よりさらに少なかったからだ。〈ルズネフチ〉からは、CEOの一日も早い回復を願っているというそっけない声明が出されただけだった。クレムリンの広報官、エフゲニー・ナザーロフは珍しくも、言うべきことがいっさいなかった。ロシア問題の専門家たちは、ナザーロフが沈黙しているのは、ラーセン暗殺未遂事件にクレムリンが関与したことを認めたのと同じだと述べた。

そのあとに続いた報道の多くは、CEOとロシア大統領の長期にわたる好ましくない関係に焦点を合わせていた。しかしながら、『ポリティケン』が長い暴露記事を出し、ラーセンがデンマークの情報機関に長いあいだ協力していて、つまりCIAにも協力していたことを明らかにした結果、そうした噂は立ち消えになった。記事にはこう書いてあった――デンマークのエネルギー会社のCEOは二十年のあいだ、ロシア政界と財界の頂点にもぐりこみ、西側のために秘密の協力者として活動してきた。〈ルズネフチ〉との合弁事業を継続していたのはデンマーク側の要請によるもので、ウクライナに対するクレムリンの意図に関して情報を集めるという危険なミッションを帯びて、ふたたびロシアへ赴いた。同行した女性は個人秘書ではなく、PETの覆面捜査官だった。無事に生き延びて、いまはデンマークに戻っている。

デンマークの情報機関も、CIAも、この記事についてはノーコメントを通した。それを知ったほとんどの者は、この記事が一言一句に至るまで真実であることを示す何よりの証拠だと考えた。記事が出た一週間後に、ラーセンもデンマークに帰国した。身の安全への配慮から、コペンハーゲン空港で彼を出迎えたのは妻のカロリーネ以外に誰もいなかった。三十分後、二人はヘレロプの自宅に無事に戻り、PETの身辺警護担当者たちに囲まれていた。メディアからの問い合わせはすべてラーセンが〈ダンスクオイル〉の広報へまわし、広報ではいっさいのコメントを拒否した。この件はすべて片づいたとラーセンは述べた。

メディアは例によって、違う見方をしていた。ラーセンとPETの捜査官がロシアで遂行したミッションの詳しい内容を、そして、ラーセン銃撃事件をめぐる正確な状況を知りたがっていた。ロシア大統領の側近グループのうち二人が死亡した件と、なんらかの形で関係しているのか？　ロシアとフィンランドの国境通過ポイントで銃撃されたのか？　また、マクシーモフというロシアの村のガソリンスタンドが受けた謎のミサイル攻撃はなんだったのか？　この件にはもっと裏があるに違いないと記者たちは推測していた。

もちろん、その推測は正しかった。しかし、記者たちがどれだけ電話をかけようと、どれだけ情報源をせっつこうと、真相にたどり着くことはできなかった。もっとも、手がかりはあちこちにあったのだが――コペンハーゲンの明かりが消えた古書店のなかに、フュン島のカフェのカウンターの向こうに、そして、ボストンのイザベラ・スチュアート・ガードナー美術館に。美術館の二階にあるダッチルームに入った人々は、七二・五×六四・七センチの空っぽの額縁を呆然と見つめるのだった。

もうひとつの重要な手がかりは、十二月の第一週に明らかにされた。カラビニエリの美術班を指揮しているチェーザレ・フェラーリ将軍から、ゴッホの《耳に包帯をした自画像》をとりもどしたとの発表があったのだ。このニュースで美術界に衝撃が走った。もっとも、事件の鍵となる詳細をフェラーリが率直に語ろうとせず、ゴッホの代表作がどこでどんなふうに発見されたかを話すのも拒んでいることに、一部の者は困惑していた。行方不明の絵画が近いうちにもっと見つかるのではないかとの推測が生まれた。フェラーリ将軍は知らん顔をしていた。

しかし、その絵は行方不明だったファン・ゴッホに間違いないのか？　カラビニエリの美術班はそうだと言ったし、記者会見のためにローマへ飛んだコートールド美術館の人望篤き館長も同じ意見だった。カンバスが驚くほどいい状態であることを知って安堵していた。だが、美術館のもとの場所へ戻す前に少し修復するのが望ましい。フェラーリ将軍に相談したところ、誰に依頼するかを将軍のほうですでに考えていた。

「ひきうけてもらえそうですか？」館長は尋ねた。

「目下、ヴェネツィアのサンタ・マリア・デリ・アンジェリ教会の祭壇画と格闘しているところです」

「まさかポルデノーネではないでしょうな？」

「じつはそれでして」

「彼が手がけるのに値する絵ではない」

「わたしも同じことを言いました」フェラーリ将軍はため息混じりに言った。

「かなり高い金をとる人物だ」館長は言った。「うちの予算で払えるかどうかわかりません」

「率直に言いますと、これに関しては無料でやってくれそうな気がします」

事実そのとおりになった――もちろん、〈ティエポロ美術修復〉の上司の承認が得られればという条件つきだったが。彼が大いに驚いたことに、上司は躊躇なく承知した。絵は翌朝、カラビニエリの車列に守られてローマを出発し、黄昏時《たそがれどき》までに彼のアトリエのイーゼルに立てかけられた。彼は英国製のオーディオ装置にCD――シューベルトの弦楽四重奏曲第十四番ニ短調――を入れ、再生ボタンを押した。木の軸の先端に脱脂綿を巻きつけ、アセトンとメチルプロキシトールとミネラースピリットの量を正確に測った混合液にそれを浸して、作業にとりかかった。

61

サン・ポーロ区

ガブリエルは、修復の技は愛の行為に少し似ていると信じていた。ゆっくりと、細かい点に細心の注意を払い、ときどき休憩して軽く何か食べたりしながら進めるのがいちばんいい。しかし、時間がないときは、修復師と作品のあいだに充分な信頼があれば、驚くべきスピードで完成させることができ、しかも出来栄えはほぼ変わらない。

ガブリエルはもちろん、フィンセント・ファン・ゴッホとは親しい仲だった――ゴッホを修復し、偽造し、さらには盗んだことさえある――しかし、故意にカタツムリのペースで作業を進めることにした。ゴッホの代表作であるこの自画像はじきに、世界でもっとも多く鑑賞される作品になるだろう。《モナ・リザ》とまではいかないとしても、多数の人を惹きつけることは間違いない。ロンドンの美術界のゴシップ好きな性格からすれば、作品を修復した人物の名前がマスコミに漏れるのは避けられない。ゴッホも自分も最大限の努力をするしかない――ガブリエルはそう覚悟した。

作業のペースを落とすいちばん確実な方法は、イーゼルの前で過ごす時間を制限することだった。ガブリエルは子供たちを毎朝学校まで送り、午後になったら迎えに行き、作業の合間の休憩時間に白ワインを小さなグラスで一、二杯飲むことで、その目標を達成していた。それでもなお、日々の作業時間は五時間という驚くべき長さになっていた。それを削るため、毎日ランチタイムに家に戻るようキアラに頼みこんだ。彼がつい先日くりひろげた作戦のことが、決まって二人の話題になった。

「でも、彼女がニコライ・ペトロフのアタッシェケースの書類を盗みだしていなかったら？」ある肌寒い雨の午後にキアラが尋ねた。「そしたら、どうなっていたかしら」

「ロシアが偽旗作戦を実行に移してマクシーモフという村に核攻撃をおこない、数百人の自国民を殺していただろう。綿密に計画された人民の怒りの爆発が数時間続き、気の毒なウラジーミル・ウラジーミロヴィチはウクライナ軍に対して大量の戦術核兵器を使用するしかない立場に追いこまれる」

「アメリカはどう反応したかしら」

「通常兵器を用いた圧倒的な攻撃によってウクライナ東部のロシア軍を壊滅させ、気の毒なウラジーミル・ウラジーミロヴィチはキーウを地図上から抹殺するしかない立場に追いこまれる。その時点で、じつに興味深い事態になっていただろう」

「アメリカとロシアのあいだで核の応酬？」

「そうなったに決まっている」

「プロの泥棒が世界を救ったの？　そう言ってるの？」

「世界はまだ危機を脱してはいない」

「そうなるかもしれない？」

「もちろん。だが、確率は大幅に低くなった」

「どうして？」

「コンプロマート」ガブリエルは答えた。

「安全保障会議の計画書？」

「ご名答」

「計画書があなたの手元にあることをロシア大統領は知ってるの？」

「わたしの提案で、PETのラース・モーデンセンが計画書のうち数ページをコペンハーゲンにあるSVRのレジデンテュラに進呈した。モーデンセンはまた、リッケ・ストロムの失踪の背後にSVRがいたことを示す証拠をレジデンテュラに渡している」

「マウヌス・ラーセンが長年にわたってロシアの協力者だったことを、ロシア側が表沙汰にしなかったのは、それが理由だったわけね」

　ガブリエルはうなずいた。

「ところで、リッケのお姉さんは？」キアラが訊いた。

「マウヌスが先日、カーチェの銀行口座にかなりの額の金を送った。また、女性と子供への暴力と戦っているデンマークの団体に大きな寄付をした」

翌日、ガブリエルはファン・ゴッホの修復にわずか二時間しかかけられなかった。なぜかというと、ひとつには、ローマにあるフィンランド大使館の情報担当官が、国境通過ポイントで起きた騒動についてガブリエルに質問するため、ヴェネツィアへ出向くと言って聞かなかったからだ。その夜、大運河を見渡すロッジアで最後のワインを飲みほすあいだ、キアラは尋問を続けた。

「ねえ、ロシア領内にどれぐらい足を踏み入れたの？」ガブリエルの肩に頭を預けて、キアラは尋ねた。

「百メートルほどかな。もちろん、ビザなしで」

「銃を撃ったの？」

「かもしれない」

「何回？」

「五回」

「それで、ロシアの国境警備兵を何人殺したの？」

「五人」

「ロシアとフィンランドが戦争を始めるきっかけにならなくて、あなた、幸運だったわね」

「それなりの努力はしたんだが」

フィンランド側はマスコミに対して彼の名前をどうにか伏せてくれた。デンマーク側とアメリカ側も同様だった。ガブリエルは心の一部で落胆していた。〈オーロラ作戦〉を阻止したのはガブリエル・アロンだったと知ったときのロシア大統領の表情を見ることができれば、さぞ楽しかっただろう。とはいえ、あの騒動で彼が果たした役割は秘密のままにしておくほうがいい。人生のこの段階まで来てまたしてもロシアの連中と対決するなど、まっぴらごめんだ。

おまけに、いつものことではあるが、修復作業が予定より遅れていた。コートールド美術館の館長が進捗状況の報告書を受けとったあとで、ペースを上げるようガブリエルに泣きついてきた。その点は〈ティエポロ美術修復〉の総支配人も同じで、彼がポルデノーネの祭壇画の修復を再開するまでランチデートはお預けだと申し渡した。彼の作業時間はたちまち大幅に増え、一日八時間というすさまじいものになった。

午後も遅くなって、フィンセント・ファン・ゴッホより自分の母親の顔を見つめたくなったときは、ワークブックを広げて鉛筆を握り、彼の足元で寝そべっているわが子に視線を落とすだけでよかった。アイリーンは一度だけ、父親が何週間もヴェネツィアを留守にしていた理由を突き止めようとした。温室効果ガスの大規模な放出を阻止しようとしていたのだとガブリエルが答えると、非難の目でにらみつけてきた。

「恩着せがましい言い方しないでよ」

「そんな言葉、どこで耳にしたんだ？」

アイリーンは人差し指の先端をなめて、ワークブックのページをめくった。「今週末、〈ウルティマ・ジェネラツィオーネ〉がサン・マルコ広場で抗議デモをすることになってるの。あたしも友達と一緒に参加するつもりよ」

「〈ウルティマ・ジェネラツィオーネ〉って、二、三カ月前にリベルタ通りで通行を妨害したグループじゃなかったか？」

「今度のデモは完全に平和におこなうって、警察に約束してる」アイリーンはカンバスの前にすわったガブリエルのところに来た。「どうして絵筆の跡がこんなに分厚いの？」

「画家がチューブから絵具を絞りだし。それをじかに重ね塗りしていたからだ。もしくは、イタリア式に言うと、アラ・プリマという技法で描いていた。ときには絵筆じゃなしにパレットナイフを使うこともあった。それが絵に独特の肌合いを与えたんだ。同時に、そのせいで汚れを落とすのがけっこう大変だ」ガブリエルはフィンセントの上着のボタンを指し示した。「表面の埃と汚れたニスがくぼんだ部分に隠れてしまうから」

「いつ終わるの？」

「コートールド美術館の館長が金曜日にとりに来ることになっている」

つまり、納期に間に合わせるにはあと三日しかない。美術館から盗みだされ、違法な売買が二度もおこなわれた絵だが、奇跡的にも、ごく小さな損傷だけですんでいた。水曜日に絵具の塗り直しを完了し、木曜日にはニスをかけなおした。ついでに、完璧な模写もおこなった——その気になれば、贋作者として生計を立てる能力もあることを示したかっただけかもしれない。金曜日の午後早くにコートールド美術館の館長がガブリエルの家に着いたところ、両方の絵がアトリエに展示されていた。

「どちらが本物のファン・ゴッホです？」館長は尋ねた。

「あなたは専門家だ。判定をどうぞ」

博学な美術史家である館長は答えを出すのに長々と考えこんだ。ようやく、左側のカンバスを指さした。

「たしかですか？」ガブリエルは訊いた。

「間違いない」館長は答えた。「右側は明らかに模写だ」

ガブリエルは左側の絵を裏返して、まったく汚れていないカンバスと現代の木枠を見せた。「ご心配なく。ここだけの小さな秘密にしておきますから」

館長は本物のファン・ゴッホを専用のキャリングケースに収めた。「誰が修復を手がけたのかをマスコミが知りたがるでしょう。どう答えればいいですか？」

「あのガブリエル・アロンだと言ってください」

「そうおっしゃると思っていました」館長はキャリングケースを閉じてロックした。「除幕式のときにロンドンでお目にかかれますか?」

ガブリエルは微笑した。「何をおいても飛んでいきます」

62

〈ハリーズ・バー〉

ラグーナを渡ってマルコ・ポーロ空港に着くまでの短いあいだ、フェラーリ将軍はファン・ゴッホの絵に付き添った。絵が無事に飛行機に積みこまれてロンドンへ向かったあとでガブリエルに電話をかけ、〈ハリーズ・バー〉で会って一杯やろうと提案した。ガブリエルはベリーニが飲みたくてたまらなかったところなので、誘いに応じた。

「これ以上完璧な飲みものがあるだろうか?」二人がすわった隅のテーブルにウェイターが一杯目を運んでくると、将軍は問いかけた。

「ない」ガブリエルは答えた。「そして、完璧な飲みものを飲むのに、ここ以上に完璧な場所はない」人気《ひとけ》のないバーの店内を見まわした。「われわれヴェネツィアっ子がこの街をほぼ独占できる冬はとくに」

フェラーリが乾杯しようとグラスを上げた。「コートールドの館長が言ってたが、きみ、あの人をからかったそうだな」

「コートールドの館長は眼鏡を作りなおす必要がある」

「あの館長、ファン・ゴッホに関する著書が何作ある？　三作？　それとも、わずか二作？」

ガブリエルは微笑しただけで、何も答えなかった。

「模写はわたしが預かることにしよう」将軍は言った。「誤解が生じないようにしておきたい」

「混乱が起きるのを避けるために、サインを入れておこう」

「フィンセントのサインはだめだぞ」

「まさか」ガブリエルは言った。「夢にも思っていない」

将軍はひそやかに笑った。「ロシアのあの件については、きみのサインがほしいと願うのみだ。核の大惨事から人類を救ったのはきみであることを、世界の人々に知らしめる必要がある」

「はっきり言わせてもらうと、すべての栄誉を受けるべきはあなただ」

「わたし？　わたしが何をしたというんだ？」

「本物のファン・ゴッホかどうか鑑定してほしいと言って、わたしをアマルフィまでひきずっていった」

「あれは口実だった」

「しかも、かなり見え透いたものだった」

「正直に言うしかないが、事件をめぐるきみの推理はわたしより正確だった」フェラーリ将軍は防犯カメラで撮った写真をアタッシェケースからとりだし、テーブルに置いた。そこに写っていたのは、アマルフィの〈ピアッツァ・ドゥオーモ〉でランチをしている四十五歳ぐらいの男性だった。金髪の女性と一緒だが、その顔は大きなサングラスに隠れている。「見覚えはあるかね？」

それはグリゴーリー・トポロフ、ガブリエルがケネステザネで殺したSVRの暗殺者だった。

「二人はウクライナのパスポートでイタリアに入国した」フェラーリ将軍は説明した。

「祖国のために戦うより逃げだそうと決めたキーウの裕福な住人を装っていたようだ。ルーカス・ファン・ダンメの住まいからそう遠くないところに立派なヴィラを借りた。興味深いことに、殺人が起きた夜、急にアマルフィを離れた」

「泥棒がディナーにやってきた。泥棒が絵を盗んだ。ロシアの暗殺者がファン・ダンメを殺した」

「残念ながら立証はできない」

「おたがい、する気もないし」ガブリエルは言った。

「事の真相をきみがせっかく巧みに隠蔽したのに、それが綻びてしまうからな」

「泥棒が絵を盗んだ。泥棒が世界を救った」

「それに協力したのが、モスクワの主人たちのために窃盗を依頼したデンマークのエネルギー会社のCEOだった。そして、デンマークのエネルギー会社のCEOはいまや、凱旋《がいせん》した英雄のごとき扱いだ」

「そして、泥棒はミコノス島に所有する豪華なヴィラに身を隠している」

「今回の件で彼女はいくら手に入れた？」

「アマルフィの仕事で一千万ドル。モスクワでビリヤードをしてさらに一千万ドル」

将軍は顔をしかめた。「犯罪はひきあわないなどと誰が言っている？」

「わたしに罪の許しを与えてくれたのはあなただった」

「ヨハネス・フェルメールの《合奏》をとりもどす手がかりになる情報とひきかえにな。言うまでもなく、あの絵はいまだに行方不明だ」

「クッツェーのほうはどうだった？」

「やつの氏名と人相を南アフリカの官憲当局に連絡して、ひそかに調べてほしいと頼んでおいた。昨日、居所は突き止められなかったという返事があった」フェラーリはゆっくりと首をふった。「やつと相棒はずいぶんうまくやったものだ。そう思わないか？　十億ドルと、世界でもっとも値打ちがある絵のひとつを手に入れた」

「だが、南アフリカ製の核兵器のうち、世に知られていなかった八番目のものがブラックマーケットから消えてしまった。もっとも興味深いのは、作戦の資金を出したのがクレムリンだったということだ」

「だが、フェルメールの件はどうする？」

ガブリエルは返事をしなかった。

「南アフリカまで捜しに行くことを、きみに考えてもらえる可能性はないだろうか？」フェラーリ将軍が訊いた。

「残念ながら、このヴェネツィアで緊急の用があるので」

「最新の贋作を買ってくれる相手を見つけるとか？」

「サン・マルコ広場で明日予定されてる〈ウルティマ・ジェネラツィオーネ〉のデモで、うちの娘が逮捕されるのを防がなきゃならない」

「活動家かね、きみの娘は？」

「アイリーンのこと？　本物の過激派だ」

「では、きみは？」

「われわれが娘に残してやる世界のことを心配している人間だ、チェーザレ」

「世界を修復できる者がいるとすれば、わが友、それはきみだ」

ガブリエルはグラスを上げた。「ベリーニの二酸化炭素排出量はどれぐらいだと思う？」

「微量だろうな」

「だったら、二杯目を頼まなくては」

フェラーリ将軍はウェイターに合図をした。「もっとひどい結末になっていたかもしれない。そう思わないか？」

「思う。はるかにひどかったかもしれん」

『イル・ガゼッティーノ』紙は大変な騒ぎになると思っている様子だった。市長も同じ意見で、何があってもサン・マルコ広場へは行かないようにと市民に懇願した。それを知っただけで、ガブリエルが娘にデモの参加を禁じるには充分だった。妻は考えなおすよう彼に訴えた。

「いいでしょ、ガブリエル。あの子はどうあっても行くんだから」

「わたしが説得してやめさせるのは無理だというのか？」

「ロシアから帰ったばかりの人がよく言うわ」

「だが、わたしは世界を救った」

「今度はアイリーンの番よ」

「かわりにみんなでランチにしたらどうだ？」

「まず、アイリーンとあの子の友達が世界を救うのを見守るの。それから、みんなでランチにしましょう」

「わたしが予約を入れておこう。どこがいい？」

「〈アルトゥーロ〉にしばらく行ってないわね」

一行は一系統のヴァポレットでサン・マルコへ向かった。広場に着くと、数千人のデモ隊が鐘楼の下に集まっているのが見えた。キアラとアイリーンは派手な色の服を着た群衆のなかに入ったが、ガブリエルとラファエルは賢明にも背後にひっこみ、〈カフェ・フローリアン〉のテーブルについた。そこにいれば、事態が興味深い方向へ進んだ場合、リングサイドで見物できる。ラファエルが数学の宿題を持ってきていたため、手持無沙汰になったガブリエルは、核兵器がこの広大な広場の真ん中に落ちたらどうなるかと想像するしかなかった。もしくは、キーウの独立広場に。もしくは、ハルキウの自由広場に。

しばらくして、息子が長いまつげに縁どられた翡翠《ひすい》色の目でこちらをじっと見ていることに気がついた。「何考えてるの？」息子が尋ねた。

「何も考えてないよ」

「ありえない」ラファエルはそう言って、ふたたび宿題を始めた。

市長の警告には関係なしに、デモはきわめて平和におこなわれた。発言する者は発言し、シュプレヒコールがくりかえされ、歌声が流れた。大聖堂からコッレール美術館までの広場がジョン・レノンの《イマジン》の美しい調べに満たされた。デモが終わると、キアラとアイリーンは〈カフェ・フローリアン〉へ向かった。アイリーンのクラスメート四人も一緒で、〈ヴィーニ・ダ・アルトゥーロ〉のアロン一家のランチにその子たちも来るつもりでいるとわかった。

店があるのはアサッシーニ通りだった。サン・マルコ広場から店まで歩くあいだにガブリエルが電話をして、四人の予定が急に八人に増えたことを店主に断った。店内が窮屈なため、大人と子供が分かれて別々のテーブルにつかなくてはならなかった。店主が子供たちにセットメニューを勧め、それがとても美味しそうだったので、ガブリエルとキアラも同じものにした。食事のあいだ、二人はほとんどしゃべらず、向かいのテーブルの会話を盗み聞きするのに専念した。

「ねえ、わかる?」キアラが尋ねた。「あなたの子たち、訛りがすっかり消えてる。いまじゃもう、生粋のヴェネツィアっ子みたい」

「ここに越してきて、二人とも幸せだろうか?」

「いまは幸せよ。あなたが帰ってきたから。でも、留守のあいだ、二人ともすごく寂しそうだった。とくにアイリーンが」

「わたしの思い過ごしだろうか、それとも、わたしが何をしてきたのかアイリーンには見当がついているのだろうか?」

「人並みはずれて勘の鋭い子よ、あなたの娘は。そして、とても生真面目。二人ともそうだわ。あなたに似た人生を送ることは間違いなさそうね」

「頼むから、そんなことにならないよう気をつけてくれ」

　キアラは悲しげな笑みを浮かべた。「あなたときたらなぜいつも、自分の業績を軽くあしらわなきゃいけないの?」

「自慢話ばかりする連中につくづくうんざりしてるからだ。そして、たまに願うことがあるからだ」

「ベルリンに生まれればよかった、自分の名字がアロンじゃなくてフランケルだったらよかったのに、って? ドイツで最高の美術学校に入り、ドイツが誇る画家になれればよかったのに、って? お母さんが戦争のあいだビルケナウに収容されていなければよかった、そして、気の毒なお父さんが六日間戦争で戦死しなければよかったのに、って?」

「ウィーンが抜けている」

「でも、それがいまのあなたを作ったのよ、ガブリエル」

「エリに言われた――わたしには何かを修復したいというほぼ制御不能の欲求がある、と」

「あなたの娘がデモに参加すると言って聞かなかったのはなぜだと思う?」

「わたしの症状が遺伝したというのか?」

「あなたの聡明《そうめい》さと、良識と、善悪の観念も一緒にね」

「あの子のことが心配だ」

「あの子もあなたのことが心配みたい」

「どうして？」

「わたしたちに悲しみを見せまいとするのが、あなた、自分で思ってるほど上手じゃないからよ」キアラは彼の手を握りしめた。「戻ってこられてどんな気分？」

「自分が変わった気がする」

「リーアには会った？」

「うん、もちろん」

「具合はどう？」

「一年近く会いに行かなかったから、担当医に叱られた」

「ごめんね」

「謝ることはない。きみの責任じゃないんだから」

キアラはテーブルクロスのほつれた糸をひっぱった。「わたしから訊かなくても話してくれた？」

「いずれ」

「いつ？」

「大運河を見渡せるベッドできみを愛してるときはだめだけどな」

キアラの視線は冷静で落ち着いていた。「じゃ、いま話して――」

「いまはこう言いたい――わたしは世界でいちばん幸せな男だと。きみはわたしをとても幸せにしてくれた、キアラ。きみと出会わなかったらわたしの人生がどうなっていたか、想像もできない」

「わたしは想像できるわ。暴走列車と結婚してたでしょうね」

「わたしは暴走列車から降りたんだ」

キアラは親指の爪で彼の手の甲をやさしくひっかいた。「彼女を愛したことは一度もなかったの？」

ガブリエルは二人のわが子に目をやって微笑した。「その質問にはもう答えた」

著者ノート

本書『償いのフェルメール』はエンターテインメント作品。あくまでもそのつもりで読んでいただきたい。作中に登場する氏名、人物、場所、事件はすべて著者の想像の産物であり、小説の材料として使っているに過ぎない。実在の人物（生死を問わず）、企業、事件、場所とのあいだにいかなる類似点があろうと、それはまったくの偶然である。

ヴェネツィアのサン・ポーロ区を訪れた人々が、大運河を見渡せるパラッツォを改装してガブリエル・アロンが妻と子供二人とともに暮らしている住まいを捜しても、徒労に終わるだけだろう。〈ティエポロ美術修復〉の社屋を見つけるのも同じく不可能だ。実在の会社ではないのだから。また、〈ヴェネツィア保存協会〉というロンドンを拠点とする非営利団体も実在しない。アサッシーニ通りにある〈ヴィーニ・ダ・アルトゥーロ〉はわたしたちが贔屓にしているヴェネツィアのレストランのひとつである。フラーリ広場の鐘楼の近くにある〈アダージョ〉は、午後の遅い時間にチッケッティと白ワインで軽く腹ごしらえをするのにぴったりの店だ。ケネステダネの〈ヨート・レストラン〉でディナーをとったときのガブリエルが不愛想だったことについては、スタッフの方々に心よりお詫びしたい。ロシアから来た暗殺者がドゥーニングバッケンの突き当たりで死亡した件については、まあ、そういうこともあるものだ。

本書に描かれているのは、二〇二二年秋の数週間の出来事である。この時期の背景をなす事実——戦場となったウクライナの状況、制裁と渡航禁止令、ウラジーミル・プーチンの支配下にあるロシアから逃げだす西側の石油会社など——はほぼ忠実に描写されている。必要な場合にかぎって、わたしのほうで勝手に設定を変えさせてもらった。また、企業や場所についても何カ所か脚色をおこなった。例えば、特権階級が暮らすルブリョフカというモスクワの郊外には、バルモラル・ヒルズやサマセット・エステートと呼ばれるゲートつき住宅地は存在しない。

パリのミロメニル通りには〈ブラッスリー・デュマ〉というカフェはないし、アントワープにはトルコ東部の山にちなんだ名前をつけたダイヤモンドの取引所はない。ヴィセンビェアの〈ヨーンス・スモーブロー・カフェ〉も、トベリ銀行も、〈ルズネフチ〉も、デンマークのエネルギー会社〈ダンスクオイル〉も、同じく想像の産物である。じつをいうと、わたしが〈ダンスクオイル〉の本社をわざわざデンマークに置いたのは、ロシアと取引があったほかの西側企業と混同されることはありえないと思ったからだ。EU最大の石油産出国であるデンマークは北海における新たな探査を禁止し、二〇五〇年までに化石燃料の採取をすべて終了しようとしている。本書を執筆中のこの時期に、人口五百八十万のデンマークでは電力の六十七%が再生可能資源——主として風力——によって賄われている。

オランダの黄金時代の画家ヨハネス・フェルメールの10章に描かれた短い伝記は事実に基づいている。一九九〇年三月にイザベラ・スチュアート・ガードナー美術館で起きた強奪事件――美術史上最大の絵画窃盗事件――の描写も同じく事実に基づいている。事件から三十年以上たったいまも、盗まれた美術品の行方は謎のままだ。ガードナー美術館の警備主任をしているアンソニー・アモーレが二〇一七年に『ニューヨーク・タイムズ』紙に語ったところによると、行方知れずの美術品はおそらくボストンから半径百キロ圏内にあるだろうということだ。ところが、元ロンドン警視庁の伝説の刑事で美術犯罪を担当していたチャールズ・ヒル（故人）は、美術品はボストンからアイルランドへ運ばれたと確信していた。それらが〈キナハン・カルテル〉の手に渡ったことを示す証拠はどこにもない。ちなみに、〈キナハン・カルテル〉とはダブリンを根城とする悪名高き犯罪組織で、イタリアの〈カモッラ〉や〈ンドランゲタ〉という組織ともつながりを持っている。ロンドンのコートールド美術館に展示されている、フィンセント・ファン・ゴッホの《耳に包帯をした自画像》が盗まれたことは一度もない――わたしが二〇一〇年に出した、パリの絵画泥棒モーリス・デュランを主要な登場人物とする長篇 *The Rembrandt Affair* のなかだけは別として。

南アフリカの少数派白人の政府が核兵器計画を進めたのは歴史に記録すべきことであり、アパルトヘイトが終焉を迎えようとしていた時期に政府が核兵器の放棄を決めたのも、同じく歴史に記録すべきことと言えよう。イスラエルは強力な核戦力の保有を否定しているのと同じく、南アフリカの核開発にイスラエルが手を貸したという報道についても長いあいだ否定を続けてきた。南アフリカの核兵器――完成品六個と製造中だった一個――は国際的な監視のもとで廃棄されたが、重量二百三十キロ近くにのぼる高濃縮ウランは多数派黒人の政府が管理下に置いている。備蓄された高濃縮ウランをひき渡すよう、オバマ政権が南アフリカ政府を説得しようとしたものの、失敗に終わった。核分裂性物質は熔解してインゴットにしてから、ペリンダバ核開発研究センターで保管されていて、泥棒やテロリストにとって魅惑的なターゲットとなっている。原子力の専門家の意見によると、二個のインゴットを高速で衝突させればかなり大きな核爆発が起きるという。

ロシアはもちろん強大な核保有国で、核兵器の保有数は世界最大だ――ウラジーミル・プーチンと彼のお気に入りの宣伝者たちはこれまで何度も、ウクライナで核を使用するという脅しをかけてきた。核使用を擁護するもっとも好戦的な人物の一人にドミトリー・メドヴェージェフがいる。前ロシア大統領で、かつては西側寄りの改革者と見られていたが、現在はロシア連邦安全保障会議の副書記を務めている。二〇二三年三月に、ロシアと西側諸国の核戦争の脅威が薄らいだかどうかを尋ねられたとき、メドヴェージェフはこう答えた。「いや、薄らいではいない。高まっている。西側が日々ウクライナに武器を供与するため、核の大惨事が近づいている」

こうした煽動的な物言いは西側の決意を弱め、親ウクライナ諸国の同盟のなかに不和の種をまくのが目的と見て間違いないが、けっして中身のないものではない。もしくは、ドミトリー・メドヴェージェフの表現を借りるなら、〝もちろん、はったりではない〟。ロシアの核の原則が修正されて、脅威を感知すればただちに先制攻撃できる態勢になっているし、ロシア陸軍はおよそ二千個の戦術核兵器を保有している。合衆国が保有する同種の兵器の十倍にのぼる。こうした低出力の小型兵器は、戦場で限られた目的を達成する場合に――例えば、バフムトの街を占領するとか――あるいは、ロシアが領土面や戦略地政学面での野心を達成すべくウクライナ危機を〝管理のもとで〟エスカレートさせていく場合に、使うことができる。

二〇二二年の秋、ロシア軍の撤退と死傷者の激増のなかで、合衆国の政府高官たちは警戒心を強めはじめた――プーチンと軍事顧問たちがウクライナで核兵器を使用する口実を探しているのではないか、もしくは、偽旗作戦を使って自身で口実を作りだす気ではないか、と。ロシアのセルゲイ・ショイグ国防大臣がNATOで同等の立場にある四人の相手――合衆国のロイド・オースティン国防長官も含む――に電話をかけて、ウクライナが自国領内で汚染爆弾を爆発させてクレムリンの攻撃だと非難する準備を進めている、と告げたために、大きな緊張が走った。ウクライナもこれに反応し、ロシア側が占領中のウクライナの原子力発電所から入手した放射性物質を使って汚染爆弾を作っているのだ、と非難した。バイデン大統領は異例の行動に出て、ウラジーミル・プーチンに公に警告をおこない、ウクライナで戦術核兵器を使えば〝信じられないほど重大な過ち〟を犯すことになると告げた。ホワイトハウスとペンタゴンでは、事態を重く見た国家安全保障局と軍の幹部がシミュレーションを実施して来るべき核の危機に備えた、と報じられている。

しかし、ウラジーミル・プーチンがウクライナで勝利を手にしようとして、核のボタンを押し――合衆国とNATO同盟国と破滅的な対立を招く危険を冒すことが、果たして現実に起きうるだろうか？　外交官や情報部員や軍事評論家の大半はありそうもないと主張している。だが、世間一般の意見とはかけ離れている。それどころか、かつて合衆国の情報機関の上層部にいたある人物からわたしが聞いたのだが、ロシアがウクライナで核攻撃をおこなう確率は〝二十五から四十パーセントのあいだ〟だという。この人物はさらにこうつけくわえた――プーチンが戦争で壊滅的な敗北を喫して権力の座からひきずりおろされ、不正な手段で得た莫大な資産を失うという事態に直面すれば、脅威のレベルは大幅に高まるだろう。

ウラジーミル・プーチンは現在、ウクライナにおける戦争犯罪の容疑によってハーグの国際刑事裁判所から逮捕状を出されている。しかし、このロシアの指導者を長年観察してきた人々によると、彼がもっとも恐れているのはいわゆる〝色の革命〟だという――例えば、二〇〇四年にウクライナで起きたオレンジ革命や、独裁者ムアンマル・カダフィを倒した民衆蜂起など。ビデオに収められたカダフィの惨殺現場の映像を、プーチンはとりつかれたように何度も見ているという。妄想と孤立がどんどん深まった結果、ソ連共産党時代の暗黒の日々以来絶えてなかったほどのレベルで国内の弾圧をくりひろげている。いまはもう、いかなる反対意見も許されない。ウクライナの戦争に反対することは犯罪とされている。

プーチンがごく稀に人前に姿を現すとき、スピーチの内容は現実からどんどん乖離したものになっている。ウクライナ侵攻を事後に正当化しようとして、ヨーロッパとアメリカの極右ポピュリストたちの発言をとりあげ、いわれなき侵略戦争を起こしておきながら、キリスト教国のロシアが不敬な西側のエリートとグローバリストたちを相手にした聖戦であるという筋書きに変えている。

しかしながら、ロシア国民は真実を知っている――ロシアに降りかかった災難の責めを負うべきはウラジーミル・プーチンただ一人であることを。歴史が何かの指針になるとすれば、プーチンにもいずれ色の革命が襲いかかることは充分に考えられる。

謝辞

わが妻ジェイミー・ギャンゲルに感謝している。わたしが『償いのフェルメール』のプロットを考えだすあいだ、こちらの話に忍耐強く耳を傾け、次に、わたしが婉曲的に〝初稿〟と呼んでいた原稿の束を手際よく編集してくれた。しかも、CNNで毎日のようにニュース報道にあたるあいだに、ここまでやってくれたのだ。ジェイミーへの感謝の念は計りしれない。愛もまた然り。

絵画と修復関係のすべての事柄にアドバイスをくれたデイヴィッド・ブルには、一生かかっても返しきれない恩がある。世界でも一流の修復師の一人であるデイヴィッドには、ヨハネス・フェルメールとフィンセント・ファン・ゴッホの両方の作品の修復を手がけた経験がある。フィクションの世界のガブリエル・アロンと違って、野心のかたまりのようだったヴェネツィア派の癖のある画家、イル・ポルデノーネの絵画の汚れ落としをしたことは一度もない。

アメリカ欧州軍の部隊指揮官だったマーク・ハートリングから、ウクライナの戦争に関して貴重な情報をあれこれ与えてもらった。NATO欧州連合軍の第十六代最高司令官を務め、ベストセラー作家でもあるジェイムズ・スタヴリディスからも同じく情報をもらっている。言うまでもないが、『償いのフェルメール』の作中のミスや脚色はわたしが勝手にやったことで、この二人にはなんの責任もない。

わがスーパー顧問弁護士マイクル・ジェンドラーからは、聡明な助言と大いに必要だった笑いをもらった。大切な友人であり、担当編集者であるルイス・トスカーノは *Triple Cross* と *Mary Bloom* の著者でもあり、原稿に無数の改善を加えてくれたし、鷹のような目をした担当校閲者のキャシー・クロスビーは綴《つづ》りや文法のミスを徹底的にとりのぞいてくれた。デイヴィッド・コラルとジャッキー・クァラントは超タイトなスケジュールのなかで辣腕ぶりを発揮して、刊行までの作業を進めてくれた。

ハーパーコリンズのチームのほかの方々にも心からの感謝を。とくに、ブライアン・マレー、ジョナサン・バーナム、リーア・ワジーレフスキー、レスリー・コーエン、ダグ・ジョーンズ、ジョシュ・マーウェル、ロビン・ビラルデッロ、ミラン・ボジッチ、フランク・アルバネーゼ、リーア・カールソン＝スタニシック、キャロリン・ボドキン、シャンタル・レスティーヴォ＝アレッシ、ジュリアンナ・ヴォイチェク、マーク・メネセス、ベス・シルフィン、ライザ・エリクソン、エイミー・ベイカー、ティナ・アンドレアディス、ダイアナ・ムーニエ、エド・スペード、ケリー・ロバーツに。

最後に、わが子リリーとニコラスに感謝したい。締切に間に合わせようと苦闘するわたしに、二人はつねに愛と支えとインスピレーションを与えてくれた。『償いのフェルメール』の最後の文は二人を念頭に置いて書いたものである。

訳者紹介　山本やよい

同志社大学文学部英文科卒。主な訳書にシルヴァ『亡者のゲーム』をはじめとするガブリエル・アロン・シリーズや、フィッツジェラルド『ブックショップ』(以上ハーパーコリンズ・ジャパン)、クリスティー『ポケットにライ麦を』、パレツキー『コールド・リバー』(共に早川書房)などがある。

ハーパーBOOKS

償《つぐな》いのフェルメール

2024年6月20日発行　第1刷

著　者　ダニエル・シルヴァ

訳　者　山本《やまもと》やよい

発行人　鈴木幸辰

発行所　株式会社ハーパーコリンズ・ジャパン
東京都千代田区大手町1-5-1
04-2951-2000（注文）
0570-008091（読者サービス係）

印刷・製本　中央精版印刷株式会社

定価はカバーに表示してあります。
造本には十分注意しておりますが、乱丁（ページ順序の間違い）・落丁（本文の一部抜け落ち）がありました場合は、お取り替えいたします。ご面倒ですが、購入された書店名を明記の上、小社読者サービス係宛ご送付ください。送料小社負担にてお取り替えいたします。ただし、古書店で購入されたものはお取り替えできません。

この書籍の本文は環境対応型の植物油インクを使用して印刷しています。

Printed in Japan
ISBN978-4-596-63720-8